『十三五』国家重点图书出版规划项目

图书在版编目（CIP）数据

吴云函札辑释 / 白云娇辑释. -- 南京 : 凤凰出版社, 2019.6
（中国近现代稀见史料丛刊. 第六辑）
ISBN 978-7-5506-2956-1

Ⅰ. ①吴… Ⅱ. ①白… Ⅲ. ①书信集－中国－清后期 Ⅳ. ①I265.2

中国版本图书馆CIP数据核字(2019)第102386号

书　　名	吴云函札辑释
著　　者	白云娇 辑释
责任编辑	李相东
装帧设计	姜　嵩
出版发行	凤凰出版社(原江苏古籍出版社) 发行部电话025-83223462
出版社地址	南京市中央路165号,邮编:210009
出版社网址	http://www.fhcbs.com
照　　排	南京凯建图文制作有限公司
印　　刷	江苏凤凰通达印刷有限公司 南京市六合区冶山镇,邮编:211523
开　　本	880×1230毫米　1/32
印　　张	14.25
字　　数	370千字
版　　次	2019年6月第1版　2019年6月第1次印刷
标准书号	ISBN 978-7-5506-2956-1
定　　价	76.00元 (本书凡印装错误可向承印厂调换,电话:025-57572508)

中国近现代稀见史料丛刊【第六辑】

吴云函札辑释

张剑 徐雁平 彭国忠 主编

吴云 著

白云娇 辑释

本辑执行主编 彭国忠

凤凰出版社

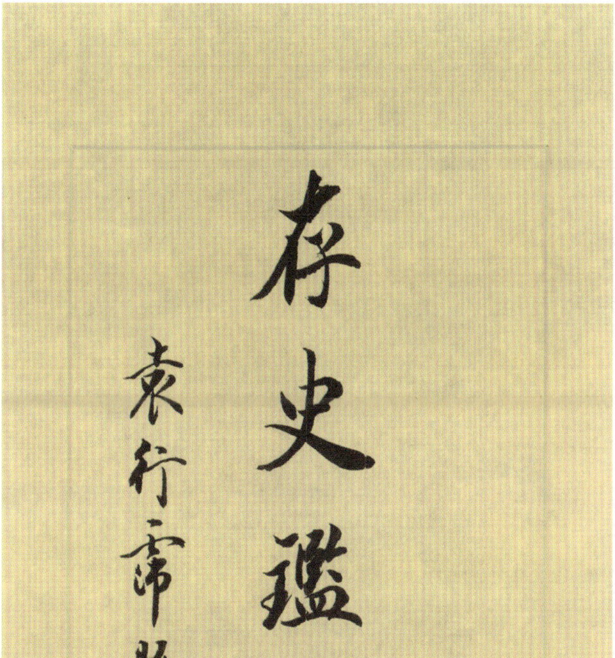

袁行霈先生题辞

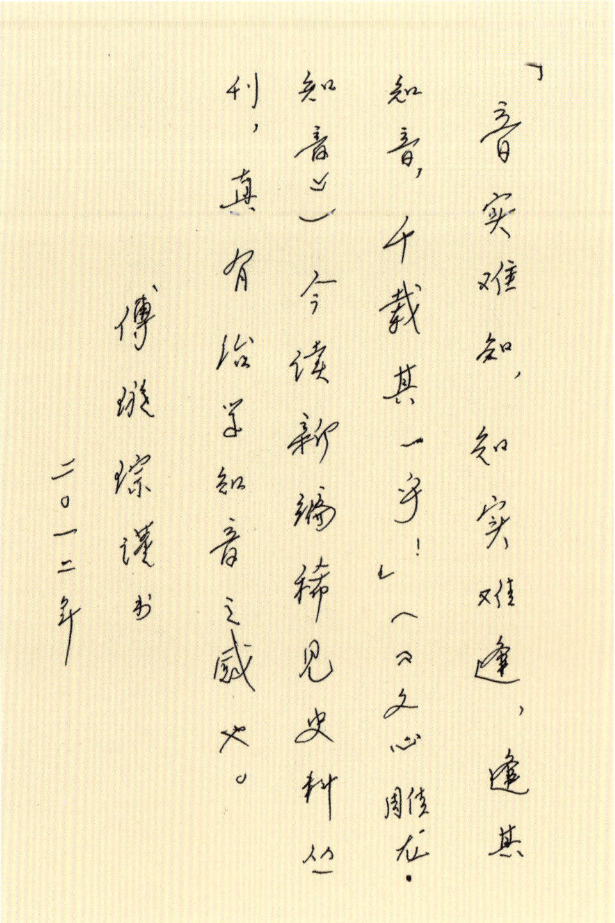
"音实难知，知实难逢，逢其知音，千载其一乎！"（《文心雕龙·知音》）今读新编稀见史料丛刊，真有治学知音之感矣。

傅璇琮谨书

二〇一二年

傅璇琮先生题辞

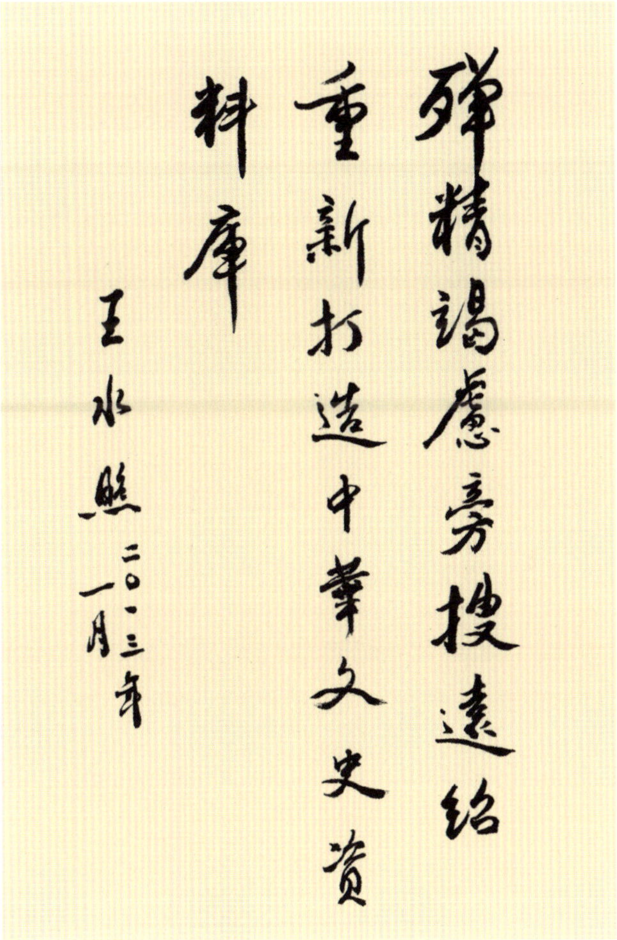
殚精竭虑旁搜远绍
重新打造中华文史资料库
王水照
二〇一三年一月

王水照先生题辞

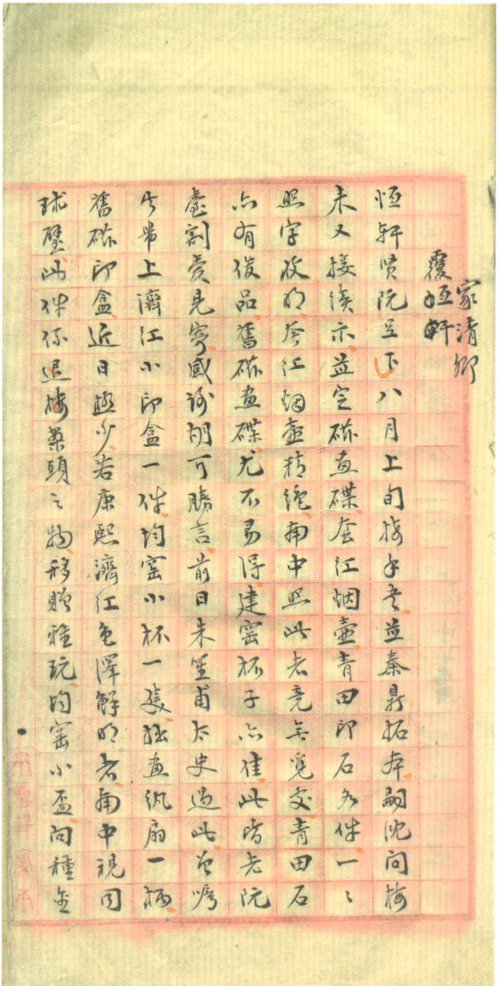
覆恒轩家清卿
恒轩贤阮足下八月上旬接手书并秦量拓本嗣沈问梅
来又接续示并宣磁画碟套江烟壶青田印石各件一一
照字收到套江烟壶精绝弟中照此者竟无冕交青田石
亦有後品旧磁画碟尤不易得建窑杯子亦佳此皆老阮
处割爱见寄感谢何可胜言前日朱笙甫太史过此见赠
[illegible]常上霁红小印盒一件均窑小杯一只独画纨扇一柄
旧磁印盒近日兹少若康熙霁红龟泽舒的名弟中视同
球璧此伴係退炉案头之物移贴雅玩均窑小盃同种无

吴云致吴大澂信札一（韦力先生收藏）

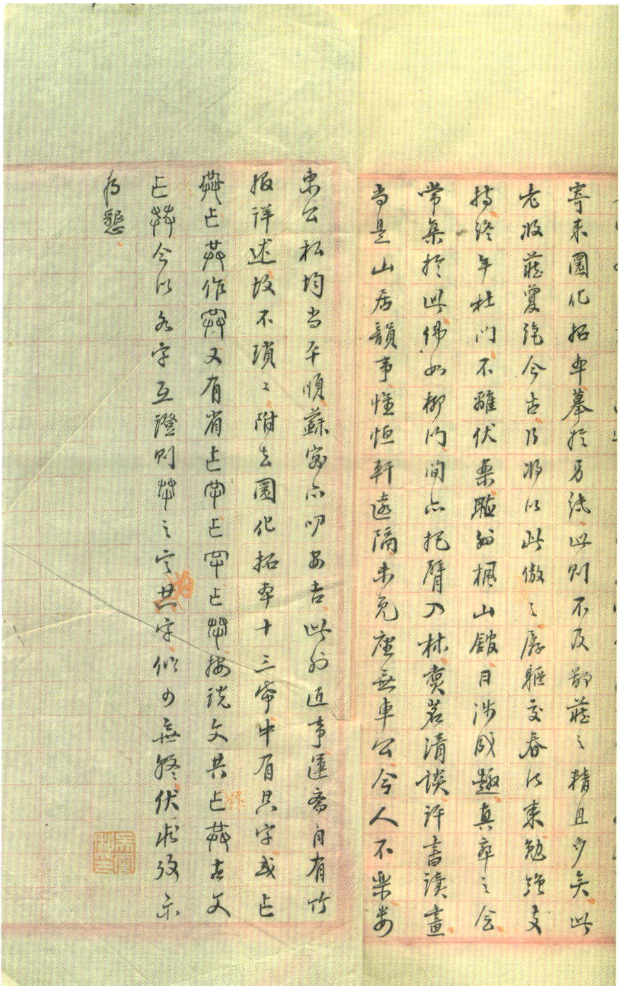
寄來圜化拓本摹於另紙此則不及前莊之精且多矣此
老收藏實綫今古乃祇以此徵之處雖交春以來勉強支
持終年杜門不離伏案聽松楓山館月涉成趣真率之會
常集於此傳如柳門閒亦托臂入林賡茗清談評書讀畫
亦是山居韻事惟恒軒遠隔未免塵無車公今人不樂耳
東公拓均當平順蘇齋亦可安吉此外近事運齋自有竹
報詳述故不瑣瑣附去圜化拓本十三幣中有只字或古
籀之異作篆文有肖古字古字之體按說文共古籀古文
古籀今以各字互證則其之字其字似少無疑伏求改示
爲懇

吴云致吴大澂信札二（韦力先生收藏）

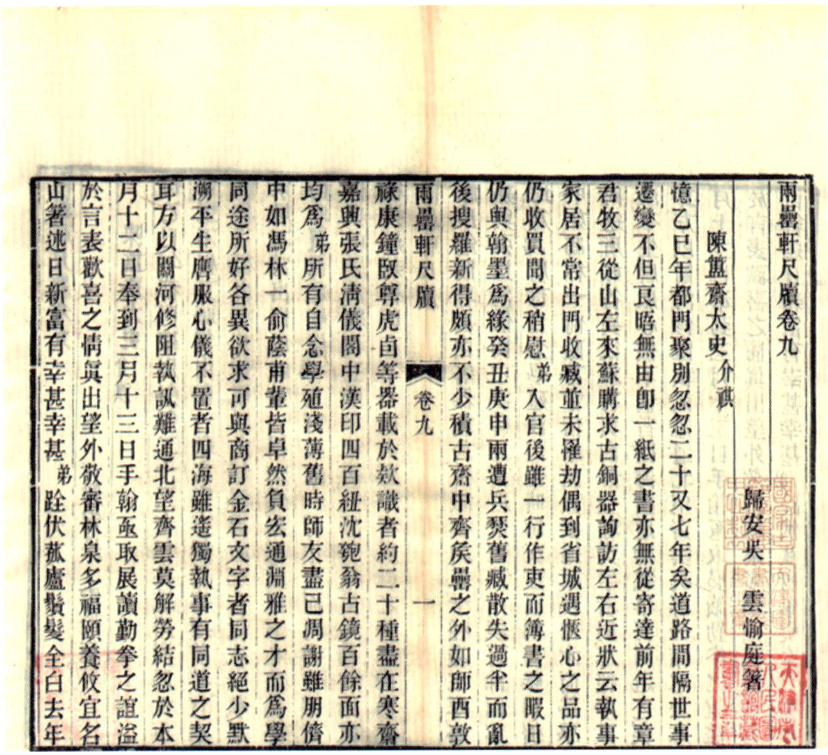

刻本《两罍轩尺牍》书影

《中国近现代稀见史料丛刊》总序

在世界所有的文明中，中华文明也许可说是“唯一从古代存留至今的文明”（罗素《中国问题》）。她绵延不绝、永葆生机的秘诀何在？袁行霈先生做过很好的总结：“和平、和谐、包容、开明、革新、开放，就是回顾中华文明史所得到的主要启示。凡是大体上处于这种状况的时候，文明就繁荣发展，而当与之背离的时候，文明就会减慢发展的速度甚至停滞不前。”（《中华文明的历史启示》，《北京大学学报》2007年第1期）

但我们也要清醒看到，数千年的中华文明带给我们的并不全是积极遗产，其长时段积累而成的生活方式与价值观具有强大的稳定性，使她在应对挑战时所做的必要革新与转变，相比他者往往显得迟缓和沉重。即使是面对佛教这种柔性的文化进入，也是历经数百年之久才使之彻底完成中国化，成为中华文明的一部分；更不用说遭逢“数千年来未有之变局”、“数千年未有之强敌”（李鸿章《筹议海防折》），“数千年未有之巨劫奇变”（陈寅恪《王观堂先生挽词序》）的中国近现代。晚清至今虽历一百六十余年，但是，足以应对当今世界全方位挑战的新型中华文明还没能最终形成，变动和融合仍在进行。1998年6月17日，美国三位前总统（布什、卡特、福特）和二十四位前国务卿、前财政部长、前国防部长、前国家安全顾问致信国会称：“中国注定要在21世纪中成为一个伟大的经济和政治强国。”（徐中约著《中国近代史》上册第六版英文版序，香港中文大学2002年版）即便如此，我们也不能盲目乐观，认为中华文明已经转型成功，相反，中华文明今天面对的挑战更为复杂和严峻。新型的中华文明到底会怎样呈现，又怎样具体表现或作用于政治、经济、文化等层面，人们还在不断探索。这个问题，我们这一代恐怕无法给出答案。但我们坚信，在历史上曾经灿烂辉煌的中华文明必将凤凰浴火，涅槃重生。这既是数千年已经存在的中华文明发展史告诉我们的经验事实，也是所有为中国文化所化之人应有的信念和责任。

不过，对于近现代这一涉及当代中国合法性的重要历史阶段，我们了解得还过于粗线条。她所遗存下来的史料范围广阔，内容复杂，且有数量庞大且富有价值的稀见史料未被发掘和利用，这不仅会影响到我们对这段历史的全面了解和规律性认识，也会影响到今天中国新型文明和现代化建设对它的科学借鉴。有一则印度谚语如是说："骑在树枝上锯树枝的时候，千万不要锯自己骑着的那一根。"那么，就让我们用自己的专业知识与能力，为承载和养育我们的中华文明做一点有益的事情——这是我们编纂这套《中国近现代稀见史料丛刊》的初衷。

书名中的"近现代"，主要指 1840—1949 年这一时段，但上限并非以一标志性的事件一刀切割，可以适当向前延展，然与所指较为宽泛的包含整个清朝的"近代中国"、"晚期中华帝国"又有所区分。将近现代连为一体，并有意淡化起始的界限，是想表达一种历史的整体观。我们观看社会发展变革的波澜，当然要回看波澜如何生，风从何处来；也要看波澜如何扩散，或为涟漪，或为浪涛。个人的生活记录，与大历史相比，更多地显现出生活的连续。变局中的个体，经历的可能是渐变。《丛刊》期望通过整合多种稀见史料，以个体陈述的方式，从生活、文化、风习、人情等多个层面，重现具有连续性的近现代中国社会。

书名中的"稀见"，只是相对而言。因为随着时代与科技的进步，越来越多的珍本秘籍经影印或数字化方式处理后，真身虽仍"稀见"，化身却成为"可见"。但是，高昂的定价、难辨的字迹、未经标点的文本，仍使其处于专业研究的小众阅读状态。况且尚有大量未被影印或数字化的文献，或流传较少，或未被整合，也造成阅读和利用的不便。因此，《丛刊》侧重选择未被纳入电子数据库的文献，尤欢迎整理那些辨识困难、断句费力、裒合不易或是其他具有难度和挑战性的文献，也欢迎整理那些确有价值但被人们习见思维与眼光所遮蔽的文献，在我们看来，这些文献都可属于“稀见”。

书名中的“史料”，不局限于严格意义上的历史学范畴，举凡日记、书信、奏牍、笔记、诗文集、诗话、词话乃至序跋汇编等，只要是某方面能够反映时代政治、经济、文化特色以及人物生平、思想、性情的文献，都在考虑之列。我们的目的，是想以切实的工作，促进处于秘藏、边缘、零散等状态的史料转化为新型的文献，通过一辑、二辑、三辑……这样的累积性整理，自然地呈现出一种规模与气象，与其他已经整理出版的文献相互关联，形成一个丰茂的文献群，从而揭示在宏大的中国近现代叙事背后，还有很多未被打量过的局部、日常与细节；在主流周边或更远处，还有富于变化的细小溪流；甚至在主流中，还有漩涡，在边缘，还有静止之水。近现代中国是大变革、大痛苦的时代，身处变局中的个体接物处事的伸屈、所思所想的起落，藉纸墨得以留存，这是一个时代的个人记录。此中有文学、文化、生活；也时有动乱、战争、革命。我们整理史料，是提供一种俯首细看的方式，或者一种贴近近现代社会和文化的文本。当然，对这些个人印记明显的史料，也要客观地看待其价值，需要与其他史料联系和比照阅读，减少因个人视角、立场或叙述体裁带来的偏差。

知识皆有其价值和魅力，知识分子也应具有价值关怀和理想追求。清人舒位诗云“名士十年无赖贼”（《金谷园故址》），我们警惕袖手空谈，傲慢指点江山；鲁迅先生诗云“我以我血荐轩辕”（《自题小像》），我们愿意埋头苦干，逐步趋近理想。我们没有奢望这套《丛刊》产生宏大的效果，只是盼望所做的一切，能融合于前贤时彦所做的贡献之中，共同为中华文明的成功转型，适当“缩短和减轻分娩的痛苦”（马克思《资本论》第一卷第一版序言）。

《丛刊》的编纂，得到了诸多前辈、时贤和出版社的大力扶植。袁行霈先生、傅璇琮先生、王水照先生题辞勖勉，周勋初先生来信鼓励，凤凰出版社姜小青总编辑赋予信任，刘跃进先生还慷慨同意将其列入"中华文学史史料学会"重大规划项目，学界其他友好也多有不同形式的帮助……这些，都增添了我们做好这套《丛刊》的信心。必须一提的是，《丛刊》原拟主编四人（张剑、张晖、徐雁平、彭国忠），每位主编负责一辑，周而复始，滚动发展，原计划由张晖负责第四辑，但他尚未正式投入工作即于 2013 年 3 月 15 日赍志而殁，令人抱恨终天，我们将以兢兢业业的工作表达对他的怀念。

《丛刊》的基本整理方式为简体横排和标点（鼓励必要的校释），以期更广泛地传播知识、更好地服务社会。希望我们的工作，得到更多朋友的理解和支持。

2013 年 4 月 15 日

目　录

前　言

吴云(1811—1883),字少甫,号平斋,晚号退楼,又号愉庭。浙江归安人。道光二十四年(1844)以通判分发江苏。先后任宝山县、金匮县知县,镇江府、苏州府知府等职。笃嗜金石,富收藏,意有所疑,则博稽经史以证明之。著有《二百兰亭斋收藏金石记》《两罍轩彝器图释》《焦山志》《两罍轩印考漫存》《汉建安弩机考》《两罍轩题跋》等。

《两罍轩尺牍》[①]共收录吴云致友人尺牍近五百通,由其哲嗣吴承潞辑录刊刻而成。函札按照收信人与吴云之关系可分为上司同僚、金石之交、书画好友等,内涵亦深厚丰富:与薛焕、吴煦、张玉良、周腾虎等上司同僚之函札多涉政局时事,特别是与太平军相关的内容,可补史料之阙;与陈介祺、潘祖荫、吴大澂等金石之交的信函,则探究故实、细致入微,可作为其考据学问的延伸与补充;与顾文彬、何绍基等书画好友主要是探讨书艺、品鉴画作,揭示了晚清书画界的流行风尚。诸此种种,勾勒出一幅栩栩如生的吴云及其朋友圈动态图,从中可以窥见晚清士人交游品格与情趣。

一、上司同僚

咸丰十年(1860),太平军围攻苏州,形势十分危急,吴云奉上官

① 按,本书以光绪十年(1884)潘祖荫序刊本《两罍轩尺牍》十二卷为底本进行点校,并加以系年考释。为与《中国近现代稀见史料丛刊》整套书体例保持一致,书名改作《吴云函札辑释》,特此说明。

之命，赶赴上海与两国领事会议，欲借洋兵助战，未及议定而苏州陷落，吴云滞留上海。《两罍轩尺牍》卷十二《庚辛拾遗》即此两年间吴云与上级同僚之往来信函，详细记录了战事进展，具有重要的史料价值。如该卷中吴云致周腾虎信札记录了咸丰十一年(1861)以江苏巡抚薛焕和布政使吴煦为主的官绅试图安插内应、发动叛乱、颠覆太平军的行动：

> 一昨奉手书，猥辱详询军情，谨将近日所办各事，略陈大概，惟执事察之。自伪忠逆窜陷杭省以后，乘逆焰方张之势，率其丑类，驰回苏州，而永昌徐氏兄弟与李、熊、钱三人密约之举，遂不得行。当忠逆窜围杭州之时，李、熊均奉伪令往杭，至十一月初四、六两日，先后托故回苏，即与徐氏兄弟密约举事。徐董于初九动身，十三至沪，力陈忠逆在杭，陈逆赴江北(即陈坤书，曾至东西梁山，复折回窜扑镇江，现闻在丹阳，此悍贼也)。苏城党类，大半李、熊心腹，正可乘隙进攻，必能得手。惟欲先筹军饷十数万，以备临期举事为各项经费，大府持重，决意覆绝。徐董留沪旬余日，再四恳求。其时杭省接济不通，万分危迫，有援伐魏救赵之策，向大府怂恿，因发军火银二万两，徐董即匆匆购备，于廿七日回去。出吴淞口，由常熟进口(此钱姓所踞之地)，风逆，直于十二月初五始到，当即齐集民团，添募枪船，逐日冠带点名(可谓大谬，作事之粗疏如此)，毫无顾忌。人数过众，既需时日，而又不能慎密，事机大露，以致无锡、昆山、苏州一带各贼卡贼馆伪官逃匿一空(时已得杭州被陷信，谬谓忠逆必不能即返)。原约十二月十九日举事，旋得李、熊信，云忠逆即欲回苏，改于十六夜间，传单甫发(传单为调各路民团)，而忠逆前队已于十六清晨赶到矣，事遂中阻。忠逆到苏，即发伪谕到各卡，凡永昌徐氏船只过往，一概拿解(陈墓乡董昨有密禀到来，故知其详)，远近民团无不惊骇，谓大祸即在顷刻矣。乃越日，忽又有伪谕，谓徐某

之剃头赴沪，系为采买军火解往杭州(其时杭州未陷)，以备攻打之用，早经禀明办理。各卡馆未悉根由，见徐某剃头，误会有异志，以致群相疑惧，现已查明，无庸再究，徐氏船只仍照常放行。此绝大破绽，居然瞒过，此必熊、李从中播弄，然忠逆岂竟形同木偶，为熊、李玩弄股掌之上耶？此中实在底蕴，未能尽悉。惟闻熊、李、钱联为一气，合四人所部实有三四万人，忠逆见其人众，亦未敢轻以下手，此说亦似近情。总之此事一误于迁延，再误于不密，而原其致误之由，有非笔墨所能尽者。(致周腾虎第二通)

由于徐氏兄弟之大意，以及李绍熙、熊万荃等人的不配合，此次行动最终未能成事，战事每况愈下，吴云为此忧心如焚：

二十日巳刻接十七日手书，承详示军务，均系实在情形，曷胜怅闷。刻下亭林、南桥均失，贼匪即将东窜，浦东万分阽危，而枫泾贼聚益多，逼近泖泾，亦甚险极。惟有足下会同营局设法堵御，以固松城屏蔽，是为至要。军事堕坏至此，虽曰天数，岂非人谋不臧。(致陈绍本第四通)

庚辛年间，吴云虽暂避上海，却时刻关心战局，筹备物资、鼓励将士，为击退太平军出谋划策，竭尽心力，正如卷末朱仁培跋语所言："平斋丈与中丞薛公、方伯吴公支持危局，共济时艰，两载辛敏，为后来恢复根本。如扩充厘捐，则军营饱腾所自资也；密办招抚，暗设内间，则苏逆献降所由致也；募洋枪队，立会防局，则中外合力，彝兵效顺之明验也；备火轮船，远迎楚师，则又时局一大转圜，而为中国制造之先几也。"体现了吴云忠于职责、尽心尽力的为官操守。

同治元年(1862)，吴云罢职寓沪。同治三年春，苏城克复，遂归苏州，再不复出。吴云解任后，与朝中重臣及地方要员日渐疏离，但若事涉民生疾苦，他仍然不辞辛劳，上下奔走呼吁，最为突出地体现在致力减赋和兴办水利两个方面。

自南宋以后，特别是明清两代，江南赋税特重。而江南各府州县中，又以苏州、松江、太仓所承担的漕赋最重，其缘由正如吴云所言："因溯苏松嘉湖赋重所由致，其害实始于宋景定间贾似道行买公田，赋法杂乱，元初沿宋之旧，至延祐中复增定赋额。明祖定天下田税赋则本轻，而于苏松嘉湖各府则以张士诚久抗不下，怒民附冠，遂将籍没豪族田地取其私簿，饬有司依租额定赋，列入官田，故赋则独重。建文即位，特予减免，照各处起科，亩不得过一斗。未几而永乐尽革建文之政，苏松嘉湖之民重罹其厄。宣德、正统间民困重赋，逋逃日甚，巡抚周公忱、知府况公钟累疏请减，苏松两府得减秋粮百万石有奇。嘉靖间苏州知府王仪、嘉兴知府赵流请行均田法，以官田重赋摊絜于民，从此永为定制。国朝平定，江南田赋照万历间则例为准，时已无官田名目。康熙年间，韩公世琦、吴公正治、慕公天颜、汤公斌因苏松粮额过重，先后请减，反复披陈，卒格部议未行。雍正三年，特恩蠲免苏州额征银三十万两，松江额征银十五万两。乾隆二年，又诏减苏松额征银二十万两。终以旧额过重，相沿至今，酿成江湖日下之势，若不据实历陈，早筹变计，其隐患有不忍言者。"（致潘曾玮、郭嵩焘第一通）

吴云罢职后长居苏州，对于因赋税过重而给苏松百姓带来的苦难，深有感受，因此能够提出切实有效的减赋方案："愚意以为，此举必宜早办，若待全省肃清，恐多龃龉。且自古壤地相错，赋则宜同。今苏松之赋三倍于常州，四五倍于镇江，较之江北各州县至十数倍不等。今不敢引镇江以及江北为比，请查照常州科则一律定赋，恩准之后，未尽事宜，候奏准办理，似立言较有依据，措词亦觉得体。况未遭兵以前，酌十年之通所征，本止此数。今照常州定赋，论虚额虽多，论实征仍少。"（致宋晋第三通）并将此方案反复上呈给乔松年、冯桂芬、应宝时等在任官员，最终由冯桂芬起草《请减苏松太浮粮疏》，曾国藩、李鸿章会衔上奏，减赋一案终获朝廷批准。

吴云认为“夫水利者，农田之本，而衣食之原也”，因此在兴办水利方面更是不遗余力，曾在同治五年(1866)写信给时任浙江廉访的王凯泰，论述水利于民生之重要性，就乌程溇港从疏浚至日后维护提出十条建议，并且附有横道及直道水则碑式，情辞恳切，具体而微，拳拳爱民之心，溢于言表。在致杨荣绪的函中亦写道：“吴兴水利本为农田命脉所关，执事痌瘝在抱，勤勤下访，此东南苍生之福，不独桑梓蒙泽已也。窃闻此时议浚碧浪湖及各溇港，此诚当务之急，第念经费支绌，恐筹办诸多掣肘，善举亦因而中隳，此不可不先为之计也。愚昧之见，与其省费而急求了事，不如筹定款目然后举行，以期一劳永逸。”(致杨荣绪第二通)关于筹款方法，吴云早已有所考虑：“条议中请筹四万串，殊非容易。然农田水利实为地方第一急务，鄙意在丝捐之外，别无可筹。明公爱民如子，为士商所悦服，倘蒙谕知丝业董事，属令熟商办理，必能仰体仁心，襄成善举。”(致杨荣绪第一通)并在同一函中提出专责成、立水则、慎启闭、酌津贴、示惩劝、定岁修、筹经费、严稽察八项措施，以保证疏浚工作顺利实施。

上述吴云的种种设想，无疑是比较理想的状态，但在实际实施过程中往往难以尽如人意，“其时补翁新授浙江廉访，事权不属，不便作高远之论，转致因难而废”(致杜文澜第一通)。不过吴云并未因此气馁，而是反复和潘曾玮、郭嵩焘、应宝时、陆心源、周学濬、钟佩贤等人申述“得寸则寸、得尺则尺”，希望能够合苏浙两省之力，协心同力，做好水利建设，以实现其“士大夫居乡，凡有地方善举，尽一分心则造一分福”的心愿。

二、金石之交

金石之学肇始于北宋，下逮清代中晚时期日臻昌盛。金石学的兴起与考据学紧密相关，金石文字所具备的考经证史的功用与价值，在晚清时期受到学者的日益重视。吴云及其金石好友即是其中的杰出代表，他们频通书翰，互赠新得金石文字拓本，考订释疑；亦鼓励彼此著书立说，颇有传古之志，极大地推动了晚清金石学的发展。

吴云与其金石好友的信函主要以分享各自藏器和考辨铭文为主，对于罕见藏品，他们都给予了极大关注。例如潘祖荫于同治十三年(1874)获赠大盂鼎一事，很快就传遍了吴云的朋友圈：

盂鼎居然为伯寅所得，获此玮宝，洵称奇缘。(致陈介祺第十七通)

关中有盂鼎二器，乃海内烜赫著名之品，寿卿先有信到，谓左相移赠郑盦，正欲函问，而郑盦信亦到，遂知确有其事。(致吴大澂第五通)

鲍子年兄想常叙晤，乞道念忱。盂鼎已到京师否？此八囍斋中第一玮宝也。(致李佐贤第一通)

盂鼎中变之疑，闻之怅然。嗣晤季玉亲家云得近报，此鼎已从关中起行，将可到京，不胜抃舞。(致潘祖荫第五通)

而吴云自己的访古所得，也会及时与好友分享：

近得张从申书延陵季子庙碑，特寄鉴赏。此碑弟访问历任丹阳令，竟无知者。兹因张同苏公子见赠一分，根询来历，始知庙在丹阳九里镇。该镇去延陵镇九里，故名，与句容交界，距县城尚有三十余里，地颇迂僻。此庙自汉至明屡圮屡建，庙貌崇宏，正殿象祀季子，相传墓在其下。古碑不少，今不知存否。现专人前往，将庙中所有碑碣全行拓至，再当续寄。此碑在献殿甬道右，有亭覆之，住持道士与地方绅士护爱甚力，寻常不准人捶拓，故字文完好，尚如新发于硎。从来箸录家皆以十字碑与张从申季子庙碑分而为二，钱竹汀、孙渊如亦沿其说，实则重摹孔书，十字镌在碑之阳，张书改修庙记在碑之阴，事非目谂，往往舛错

如此。(致潘祖荫第二十六通)

江南丹阳县属有张从申书改修延陵季子庙碑,访之数十年,近始得之碑在丹阳县境之九里镇,该镇距古延陵镇九里,故名。(致陈介祺第二十七通)

张司直延陵季子庙碑访之数十年,未得踪迹,顾亭林《金石文字记》止载重出孔子题墓十字碑,而不及张氏庙记,潜研堂、平津馆但云碑在丹阳,而不详注其地名,故询之历任丹阳令,皆属茫然。前月张同苏公子忽以拓本见赠,亟叩所从来,始知碑在离丹阳城三十里之九里镇季子庙中,当即雇工往拓。(致吴大澂第十一通)

此数通信札所言,皆为吴云访得《张司直延陵季子庙碑》之经历。由此可知,和故交分享珍爱藏品,是吴云金石朋友圈的乐趣之一。

除却收藏珍稀之品外,吴云及其金石好友更多地致力于考证,他们之间的信函几乎每通都涉及到考证,可看作其考据学问的延伸与补充:

曹氏器中罍中字本有疑义,罍字《书序》作仲虺,《史记·殷本纪》作中罍,陈颂南侍御亦引及之,惟谓罍为齐侯名,不应于其臣称桓子之谥而于其君称名,故不从虺从罍;子贞兄则以从虺为是,罍为非,然"《春秋》《论语》在此罍"阮文达句也,贞兄为弟作小斋匾,后有短跋袭用其词,则云"《论语》《春秋》在此罍",吾师诹考集群才,则又未尝不从罍字也;许珊林丈云:《诗·终风》"虺虺其雷",《传》"震雷之声虺虺"。然《易·象传》"山下有雷,小过",《系辞》"断木为杵,掘地为臼,取诸小过"。《史记索隐》:"齐景公名杵臼,虺其字也。"器为景公受天之命,命陈桓子嗣文子为工正,桓子用作文子之庙器,得曹氏此器证之,景公名杵臼字中虺尤无疑义,其说亦本《书序》与《史记·殷本纪》也。总之铭在

腹内，篆文极不易识，言人人殊，鄙人之宗陈说亦踌躇而未能满志者也。（**致陈介祺第五通**）

此通信函详细记录了吴云与陈介祺、何绍基、许玶几位好友讨论彝器铭文的过程。这样的考辨在他们的往来函札中比比皆是，体现了彼此好学求真的学术旨趣。

强烈的传古意识，亦是吴云金石好友圈中的鲜明特质。对于金石著作的刊刻，吴云、潘祖荫等曾对年富力强的吴大澂寄予厚望：

尊处新得古竟，汉魏六朝以来共有七十余种，令人艳羡不已。寿老寄来藏竟拓本一百六十余种，合三家所有，已在三百以外（前云沈仲复廉访有古竟百面，谓琉璃厂某肆言之确凿，非也。实是沈西雍观察，非仲复也）。倘能选择其字文之至精者刻之，亦可以补金石专书所未备。《西清古鉴》多内府奇珍，不敢比拟。此外如《宣和博古图》及世传各种金石书，附刻古竟皆不过数十种。仆自以所藏一百三十余种颇足自豪，于是有《古竟录》之刻，工将及半，后知寿老藏竟之富，因遂辍业。今吾恒轩又有七十余种之多，其中如"元兴"竟有年号者，尤为希有之珍。地不爱宝，日出无穷，此盖作者精神命脉所寄，造物亦不忍终闷，历久必泄，亦理数之常也。仆老矣，体又多病，伏案稍久，便觉心火上升，时有不适。今夏将《古印考》一书补录续得各印，务欲克期蒇事，中间颇有出瞿氏《集古官印考证》之外者。至古竟之刻，惟望吾恒轩成之，剞劂之费，仆当力任。（**致吴大澂第七通**）

昨所商辑三代款识，愚意就现在各家所有彝器并收藏款识拓本，择其篆文精美者，仿《积古斋》例钩摹锓版，即为《积古》之续。计算新出各器与旧时著名之品及器逸而拓本存者，大约至少可得八百种。其一二字而无关考证者汰之，比《积古》所录，已加倍之多（积古斋止四百余器），亦可谓集一时古文之大观也。

鄙人蓄愿未偿，今得老阮台同有此意，实为至幸，特将昔年与让之诸君商辑残稿奉阅。此稿无甚考释，不能有所裨助，姑作喤引而已。请即从速属草，先将拓本选择，标明目录，次第钩抚，释文有考者录之，疑者阙之，不必穿凿，总以传古文为主，将来剞劂之资，鄙人独任。此书成后，署曰某某同辑……至云模取钟鼎文字，编韵成书，俾学者易于翻查取证，此虽盛举，似可从缓。（致吴大澂第九通）

承示入春以来杜门五十日，考订籀文，多有创解，所撰《说文古籀补》一书，约千余字，重文数百字。旧释不可信者，概从阙略，附于卷末，则别为一篇。此书若出，不独篆籀之学藉为依考，而于许君之书亦实有匡益，洵不朽之盛业也。剞劂之事，仆当任之。（致吴大澂第二十一通）

并以好友陈介祺为例，劝诫吴大澂于著述一事切莫过于苛求，否则容易因噎废食："书之成否自有一定，往年寿卿欲作此书，鄙人再三敦促，许以相助为理，而狃于体例未果。""昔年与恒轩及让之兄商辑先秦古器款识，拟为阮氏《积古》之续，所约已逾十年，迄未能践。总之，此事过欲求精，必致因噎废食。"

值得一提的是，吴云与其金石好友不仅分享珍稀器物和考证所得，生活中的喜讯亦相互告知。如陈介祺半年之内一索得女，再索得男，吴云即刻将此消息告知诸位好友，体现了他们彼此间的真切关怀：

寿卿老而弥健，去年得一子一女，来书云相隔廿八年之久，忽叶一索再索之占，甚以为喜。（致吴大澂第六通）

簠斋昨有专信索取朱子注稿墨拓，渠自去年已来精神大旺，半年之内一索得女（在去夏），再索得男（在今春），书来谓自二十八岁以后所未有之事，却真可喜。（致潘祖荫第十一通）

大约同辈中惟簠斋可称健者，去年一索得男，再索得女，尤为难得也。（致鲍康第二通）

三、书画好友

吴云自幼爱好临池学书，最初从赵孟頫、董其昌入手，后喜欧书，身边聚集了何绍基、顾文彬、李鸿裔、杜文澜、沈秉成、张之万等书画好友，互相讨论书画卷册的鉴赏与收藏，揭示了晚清时期书画界的流行风尚。往来函札中，他们会分享藏品：

昨奉示并仇实甫二卷，一《仿贯休罗汉》、一《洛神》皆系的真之迹，而《洛神》尤为书画双绝，可宝可宝。《瑶台清舞》在过云楼中亚于《蓬莱仙奕》而居于诸仇迹之上，特为加跋题字，用已退羊颖书，尚有六朝人遗意，法眼许之否？（致顾文彬第四通）

昨示书画卷册数种，内吴文正金书小字《麻姑仙坛记》为吾弟心爱，属将文正籍贯事实一查。（致杜文澜第二通）

谨率儿子承潞检呈卷册数种，敬代祝嘏。中间石溪西堂画迹，明公曾云少觏，故特寄呈。（致张之万第四通）

前者以巨纸六幅属书罗氏《鹤林玉露》所载《山居篇》，久未报命，兹特书于便面，并与林海如合作一图，奉赠清赏。此篇写山林恬适之趣，读之悠然意远。出入怀袖，随时观玩，足以祛尘虑而怡心性，或亦有当尊意也，希哂纳。（致沈秉成第一通）

商询书法：

承示学书进功之难，谬以弟为识途之马，询商笔法，此所谓以能问于不能也，虽然愚者千虑，或有一得。窃意晋唐以来，各书家凡得盛名者，未有不精熟行草书。盖篆分真楷，皆有间架依傍，在中人之资，力学有年，便可得其仿佛。独行草书寓规矩于变化之中，运神明于章法之内，分行布白，意在笔先，然后一气呵成，心手斯畅，此古人所以有匆匆不及作草书之说也。（**致顾文彬第一通**）

庚戌年奉檄赴淮，僦寓扬州，晤同宗让之兄，一见如旧识，其年子贞兄由南入都，亦便道来访。三人同处，上下议论，讲求执使转用之方，博究篆分真行之秘，渐窥奥颐，始悔乖违。（**致李鸿裔第一通**）

属题数语，书于另纸，中间极论王右军书，千文之谬，语虽过激却有所见，非敢妄发也。（**致沈秉成第三通**）

总结时代风尚，探讨形成缘由：

平山画名本重，与小仙、三松同派。南方专尚恽、王，遂视北宗为异境，几不复寓目。古来儒、释两途，俱有门户，今之论书画者亦存此见，大约风会所趋，虽有一二领袖坛坫者欲起为砥柱，亦难挽既倒之狂澜。然风气俗尚会有转移，如今人作书喜学北碑，亦莫之为而为也，偶发狂瞽，藉博一笑。（**致张之万第三通**）

间尝论本朝书家，前推汪姜，后推张刘，退谷从河南入手，故风神独绝而魄力未具。湛园小楷学晋帖，功候颇足，饶有古致，行草书似非所长。张文敏书格宏整，有大家风范，惜为绳墨拘束，又限于年寿，未入化境。刘文清如紫袍玉带之士，雍容揖让于庙堂之上，而风度自胜，洵足领袖群英，然生平见文清书毋虑数十百种，而合作十无一二，或中有赝迹羼杂耶。此四贤为本朝书家正宗，傅青主、邓石如或精行草，或善篆隶，皆能业久功深，自张一帜。此外王箬林、翁覃溪、山舟、梦楼、未谷、冬心辈或恪守古法，或自立机杼，亦各风流自赏，辉映书台。包慎伯、何子贞

起，则又雄视楚淮，各踞一席。子贞气骨足媲四贤，遑论余子其他。道咸间精于书律者，代不乏人，未能悉数。（致李鸿裔第一通）

与金石故友的相隔甚远不同，彼时吴云与其书画好友大都居于苏州，相去不远，过从甚密，以“吴中七老”为主要参加者的真率会更是流传至今的文坛佳话。真率会每月集会一两次，旧雨新宾，时时加入，俱一时胜流。会中文酒唱和，所传观共赏者多法书古器旧籍，并屡作图卷，以传将来。现苏州档案馆所藏之《吴郡真率会图》、南京博物院所藏之《吴中七老图》等，皆为集会明证。《两罍轩尺牍》以及顾文彬、李鸿裔等人的日记中对真率会的记载随处可见：

云杜门不出，日益衰慵，昔朱晦翁七十后始以野服见客，云则早效魏三，束带久置高阁。闲与林下诸老仿洛阳故事作真率之会，月举一二次，此外酬应概行谢绝。（致潘祖荫第三十八通）

弟杜门守拙，除与二三亲友“真率会”之外，不复窥户外一步。（致陈介祺第四十二通）

近于听枫山馆添筑数楹，悬挂新斋，真率会中诸老见恒轩手书，莫不叹赏，谓不啻晤对也。往年张子青先生临别留赠山水一幅，属于燕会时张挂，以当促坐，此王宣征欲预洛社之意，盖先生亦真率会中旧侣也。（致吴大澂第十九通）

赴敦闲草堂真率会，见景泰博山炉，制度甚古。（李鸿裔《靠仓阁日记》光绪七年二月廿九日）

午刻赴网师园，坐客少仲、退楼、仲复、敦闲。见香严新押之《醴泉铭》，张小华旧藏，帖之边纸翁覃溪精楷题满，固是宋拓佳本，尤以翁题加重。此外尚有宋拓《王圣教序》、王石谷《趋古》册，石涛《山水对题》册，张得天、陈香泉两字册，共押千金，已是足价，未必取赎矣。（顾文彬《过云楼日记》光绪五年二月十八日）

愉庭(吴云)邀作蝴蝶会,即真率会中人,惟添入许星台。(顾文彬《过云楼日记》光绪六年十二月九日)

光绪五年己卯冬十月十三日,新建勒方锜、吴县潘遵祁、中江李鸿裔、元和顾文彬、长洲彭慰高、吴县潘曾玮、归安沈秉成集吴氏听枫山馆,同观宋本书籍。其为当世稀有者,如朱长文《吴郡图经续记》、章衡《编年通载》《严州新定续志》、法颖编《参寥子集》,已各署观款,汇注数语于此,以志欣赏。藏书者归安吴云,即听枫山馆主人也。(宋嘉定三年宝庆至咸淳年间增补刊本《中兴馆阁录》沈秉成跋)

聚会席间宾主甚欢,分离时往往依依不舍,吴云甚至因告别分神以致跌倒受伤:

前七月初二日,姻家沈仲复循旧作会,时正天气酷热,藉以遣暑,炉香苔碗,读画平书,幽赏清谈,颇饶佳趣。昔人所谓纵有红尘赤日,不到松下林边,仿佛有此妙境。迨至斜日西沉,始各趁凉归去,鄙人先行升舆时但顾回头说笑,忘却下有台阶,遂至失足倾跌,头面磕在砂石版上,左颧、左额、眉际、鼻梁均遭磕破,众皆大骇。鄙人虽极疼痛,而神志尚清,归家后合目静憩,知无内伤。少顷医来,所说亦同,旬日后创痕渐平,逾月始得脱痂。(致陈介祺第四十二通)

相同的志向兴趣,将吴云与其书画好友紧密地联系起来,虽然他们之间往来信函的数量在《两罍轩尺牍》中所占比重并不大,却具有极高的史料价值,为我们了解晚清时期的书画风尚打开了一扇窗,同时因其私人信札的属性而显得更为真实可靠。

吴云一生宦途坎坷,五十二岁遭妒忌者诬陷而辞官。性喜收藏,归田后更为潜心于金石书画的考藏,此近五百通尺牍恰是其生活经历的真实写照：在任时尽心职守，心系民生困苦；辞官后独善其身，致力学问传古。而其众多好友的评价，更可谓一语中的：

> 君官江苏，三宰剧邑，两典名郡，年甫强仕，罢官，遂不复出。人咸惜君之未竟所用，然而君之造福于三吴者已甚巨矣。诸大吏屡欲起君，皆以疾辞，而民间利病往往为当事者言之。……士之大端，惟学惟仕，苟不兼优，何以言士？惟君之仕，政绩咸在，未竟所施，以诒厥子；惟君之学，与古为友，罗列尊彝，排比图史，我观时流，无出君右。（俞樾《江苏候补道吴君墓志铭》）
>
> 性喜金石、彝鼎、法书、名画、汉印、晋砖、宋元书籍，一一罗致，入其室者觉满目琳琅，令人有望洋之叹。（张鸣珂《寒松阁谈艺琐录》）
>
> 纵览百家经籍书画，金石源流，不徒两罍有缘，是吾所好；
> 广取三代钟鼎尊彝，古籀文字，只恨一编未就，请质无从。（吴大澂挽联）

《两罍轩尺牍》数量众多，内容丰富，具有原始资料的性质。上述分析概择其大要言之，其他诸如考察吴云及其友朋的生平细节、成立官办书局和刊刻典籍事宜、考释铭文中遭遇的喜怒哀乐、朋友之间真挚情谊的展现等等内涵，尚希读者能够静心阅读，从一封封信札中细细品味体会。

凡 例

1. 本书以光绪十年刻本《两罍轩尺牍》十二卷为底本。该本由吴云哲嗣吴承潞辑，目录前有潘祖荫序，末附朱培仁跋。

2. 函札释文以简体字录出，衍误、存疑之字以方括号标示；漶漫残缺或未能辨识之字以方框代替。

3. 本书函札按收信人归并整理，收信人简要介绍冠于信札之首，以助解读。

4. 函札中提及的重要人物，如非本书所收录之收信人，则以脚注形式加以注释；作札年代和涉及的重要历史事件，在信札末按语中简要说明。

潘祖荫序

荫自少好金石之学，平生所与商榷者，沈文忠师、陆星农师、鲍子年丈、李竹朋丈、陈寿卿丈、吴平斋丈数公而已。吴丈以姻亚故，于吾家为密，荫弟祖颐，丈女婿也。十余年来，月必三四通问，即少亦一二往返也，金石外无一语他及。荫长秋曹，案牍事冗，日不暇给，始少疏，然一年间亦音问四五。癸未春，荫奉先君讳南归，而丈于正月十一日下世矣。荫僦居之屋与丈邻，翰墨如新，人已不可见矣，悲夫！二十年来沈、陆两师，鲍、李两丈先后下世，今惟寿卿丈在耳。荫自遭大故，疾病侵寻，经营窀穸，杜门伏处，不惟无与言金石者，亦无暇及此。既叹逝者，行自念也。广庵观察刻尺牍成，书之怃然，不能已已。光绪甲申三月吴县潘祖荫拜识。

卷一

致叶志诜

叶志诜(1779—1863),字仲寅,号东卿,晚自号遂翁。湖北汉阳人。嘉庆九年(1804)进册翰林院,官国子监典簿,升兵部武选司郎中,后辞官归。长于金石文字之学,家藏书籍、金石甚富。著有《识字录》《上第录》《金山鼎考》《稽古录》等。

一

庚申秋间,奉到手谕,当肃复简,烽烟澒洞,未知曾否达到,深切驰系。辰下敬惟福躬安泰,精神强固为颂。云罢职后仍寓申江,杜门养疾,颇得从事翰墨。合家自老母以下,均托庇平安,惟囊无储蓄,食指繁多,薪米仆赁之资不免如韩昌黎之“日求于人以度时月”。客冬承镇江道府邀修《焦山志》书,于今春二月到山,藉馆修所入为赡家之计。从此得为太平幸民,躬耕奉母,于愿已足,不复再存骛外之心矣。去年将旧藏古铜印千纽印成数部,兹乘许信臣姻丈就养蜀中之便,托为带呈诲定。此书深以无从质正为憾,吾师阅其序文,能赐跋数行,书以弁端,荣感无既。前谕命访宋刊《石林奏议》,闻旧在苏州汪阆元家,乱后莫知踪迹。此书关系师门祖典,从前润臣世兄亦曾托及,容随时留心访觅,以副諈诿。再,云所辑《吉金款识》一书,拟为《积古斋》之续,现已成稿,计分十卷。吾师旧藏各器拓本,务求检寄。此外，如有刘燕庭[①]、吴荷屋[②]各家藏器拓本亦望寄下，如有考释，一并见示。云处搜辑未广，见闻又隘，遗漏必多也。云常在焦山，即或暂返申江，山中亦有人招呼，此后惠函可无遗误。《遂启祺鼎》，云拟即载入《焦山志》内，考释题咏并载。惟此器当年吾师携置金山，未几贼至，该山寺僧埋藏土内，迨至镇江收复，云守此郡，访求得之，而此鼎之获保全，实金山寺僧之功不可没也。现在金山多兵勇驻宿，此鼎无可庋藏，故移置焦山，如师意以入《焦山志》书为然，祈付一示，即可照办也。

按，据同治十三年(1874)刊本《焦山志》吴云自序："癸亥甲子间，故友赵吟蕉炳麟、亲家许缘仲道身先后为常镇观察……余闲居沪上，所好相似，寓书招游以修志事见属。余以内河兵阻，迟迟不赴，比至山，吟蕉卸任，缘仲接篆。"与札中所言"客冬承镇江道府邀修《焦山志》书，于今春二月到山"相符，而叶氏卒于同治二年(1863)，则此札当作于是年。又，吴云同治元年罢官，同治二年暂寓上海，至三年苏州克复始归家，时间上与札中所言"罢职后仍寓申江"亦相合。

---

① 即刘喜海(1793—1852)，字燕庭，一作燕亭，山东诸城人。嘉道间文献大家，嗜藏书及金石。著有《长安获古编》《金石苑》等。

② 即吴荣光(1773—1843)，字殿垣，一字伯荣，号荷屋、石云山人，广东南海人。性好书籍，于法书、名画、乐石、吉金视同性命。著有《石云山人诗文集》《筠清馆金文》《筠清馆钟鼎款识》等。

致沈兆霖

沈兆霖(1801—1862),字尺生,号雨亭,后改朗亭,又号萸井生。浙江钱塘人。道光十六年(1836)进士,选庶吉士,授编修,官至户部尚书,署陕甘总督。谥文忠,有《沈文忠公集》。

十月杪,接奉九月十八日钧答,蒙指示南北用兵大势及封疆情形,冰鉴高悬,无微不烛。大臣忧国之意,溢乎言词,庄诵回环,钦感交至。比于邸报中欣闻朝端清肃,政化一新,明公晋陟枢垣,翼襄密勿,佐中兴之盛治,措六寓以乂安。抃舞之声,殷于薄海,辱在荫末,尤切轩鬐。南方军务于前禀略陈大概,总缘兵成痼疾,将少良材,以致饷竭锱铢,效鲜尺寸,此中委曲,匪笔能殚。至于假抚恤之名,寓招徕之意,原以羁縻反侧,解散逆援,藉线索常通,悉贼中虚实,果能乘其倾巢远出,锐师疾攻,内中响应者殊不乏人。乃因备多力分,兢兢防御,屡失机会,坐困一隅,言之徒增浩叹。上海自去年以来,海舶商贾贸易日形衰减,而室庐栉比,街市殷阗,则数倍于往日。盖缘江浙被兵后,苏、松、杭、湖数十郡县之人民避难觅食者,群萃于是。遂至肩摩毂击,析玉炊珠,气象极似丰盈,局势愈形杌棿。天心仁爱,或留此以为克复江南之基,乃日久迁延,迄无进步,内忧外患,均在意中。浙垣自绍、宁失陷,遍地贼氛,杭城十门外贼营联贯,闻有数十万之众,官兵只有凤山门江头三营屹然不动,张璧田军门迭次奋击,期与城中相应,乃逆垒重重,竟难攻破。璧翁血战阵亡,所部尚未解散,现归况镇统带,雪轩中丞与瑞将军督率文武竭力拒守,月前只餐一粥一饭。自十月廿八日后,内外信息水泄不通,沪上节次解济银米火药,因鳖子亹不能进去,分泊黄道关等处。昨又由赵守炳麟带同夷目及沪勇坐炮船前往,期以必达,不知能如愿否。杭城势已万急,如有蹉跌,则湖郡亦孤立不能独存,贼将并力松沪,东南全局去矣,从此饷源绝望,恢复更难,大府镇日焦愁,殊无善策。昨苏常绅士偕同委员前赴曾营乞师,曾帅允于年内先发劲旅数千来沪,保守饷源,正二月间,再行大举合攻,但盼胜兵早到,庶可藉以撑持耳。刘卯生农部系京职人员,外省难以差委,已为代筹一馆,聊资敷衍。洪苏仲令亲来晤,知许英甫处馆地明岁须得另就,亦已为之设法,正月间可以到馆,并以附陈。

按,据《清代职官年表》,王有龄于咸丰十年(1860)三月任浙江巡抚,次年十二月败死[①]。壁翁即张玉良,《清史稿》载其咸丰十一年(1861),"战杭州城下,辄身临前敌,力斗,中飞炮,殁于军"[②]。又据《曾国藩日记》咸丰十一年十二月初七日载:"有翰林院庶吉士范鸿谟,杭州人,自上海来此,为浙请兵,述及杭城被围四十余日,与各路水息不通。十一月初七日,王雪轩中丞有信出城,言杭城六十万人无米可食,已饿毙三万人,请薛中丞代为陈奏,一日有米,一日坚守,米尽则亡云云,实为耳不忍闻。"[③]与札中"雪轩中丞与瑞将军督率文武竭力拒守,月前只餐一粥一饭,自十月廿八日后,内外信息水泄不通"之说合,故此札当作于咸丰十一年十一、二月间。

---

① 钱实甫编:《清代职官年表》(第二册),中华书局,1980年,第1703—1704页。

② 国史馆校注:《清史稿校注》列传一百八十九,台湾商务印书馆发行,1999年,第12册,第10033页。

③ 曾国藩:《曾国藩全集·日记》(第二卷),河北人民出版社,2016年,第204—205页。

致王有龄

王有龄(1810—1861),字英九,号雪轩,福建侯官(今福州闽侯)人。道光十四年(1834)报捐盐大使,十九年由吏部签发浙江,历任杭州知府、浙江巡抚等。咸丰十一年(1861)十二月,太平军攻破杭城,有龄以身殉节,清廷赐谥"壮愍"。

九月间奉到钧答,猥蒙垂示军情,窃见我师忠勤忧国,砥柱危疆,强寇屡乘,辄以少却众,伏戎欲起,每消患未萌,惟抚循溥挟纩之恩,斯士卒作同仇之气,德威所播,遐迩同钦,辱在门墙,尤殷鼓舞。云自六月杪始患唇疔,继患腹泻,精神极为狼狈。适值奉到廷议,遂请假就医,并请交卸郡篆。其时逆贼肆扰,沪上戒严,遂力疾侍奉老母渡江至通州所属之新河镇避乱,一家数十口,跧伏于菰庐之中,地属海滨,不堪卑湿。八九月间,自老母以下无人不病。云则前恙甫愈,复患痁疾,直至前月初,始渐霍然,以致禀函久缺,心实歉悚。沪上大府函札频催,且于克复云间案内录及微劳,登诸荐牍,现又专弁敦促,因将居行稍稍摒挡,力疾到沪。近日青浦、嘉定等处又添剧贼拒守,此非惧我军之进攻,实防彼族之助剿。至可惜者,闰三月间,该酋鉴去年之败,心震沁邸声威,情愿助顺息兵,早定和局,群言皆以为非,而我师独韪此议。时已开府两浙,不能力主其事,当时失此机会,固已铸成大错。迨至根帅到沪,四月杪,藉弭北衅一疏,反复敷陈利害灼见,柄凿不行,遂致决裂不可收拾。此时南局已等于土崩,北事又类乎瓯脱,虽和议勉循,而戎心已启,该酋本只为利,议者不察,酿成奇变。追念往事,正如唐生恸哭,无休时也。现在沪上为助顺之议,往复与商,百般开譬,尚无眉目,然江南兵勇见贼即溃,虽戚南塘复生,亦难骤回锢疾,实已万无可用矣。回纥助唐,契丹援宋,明知后忧叵测,而事至无可如何,古人为救急之方,不能不从权处置,以挽此残局。盖两害相形，则取其轻也。云到沪后暂作逗留，因老母年高，拟仍回江北度岁，不知能如愿否。知关慈念，谨肃缕陈，所望我师于军政之余稍节荩劳，勉加珍摄，私衷企祷，神与笔驰。

按，根帅即何桂清，于咸丰七年(1857)四月署理两江总督，至十年(1860)始有闰三月，则此札疑作于咸丰十年。

致宋晋

宋晋(1802—1874),字锡蕃,江苏溧阳人。道光二十四年(1844)进士,选庶吉士,授编修。历任礼部侍郎、户部侍郎、工部侍郎、内阁学士。编有《宣宗实录》。

一

满地烽烟,久疏执讯,正深驰想,乃荷手翰下颁。惶喜交至,浣薇庄诵,仰蒙眷念旧雨,略分言情,感激愧奋,不律难尽。伏审德位兼崇,身名俱泰,幸甚幸甚。云待罪沪江,积忧成疾,自春徂夏,日与药炉茶灶相为周旋,一室萧然,形影自吊。向辱明公知爱,谨将两年来所历之境与所办之事略陈梗概,惟执事察之。江南自庚申春,大营溃散,殿帅阵亡。苏常本无防御,斯时如天倾地塌,虽有智者,亦无以善其后矣,不得已有乞援回纥之议,希冀支此危局,以待援师。议者谓为非计,中格不行,迨至毗陵,又陷事势至无可如。何君青中丞特委云驰赴沪江,商借西兵,讵申胥甫履秦庭,吴下遽闻楚炬,神魂飞越,身无可厝。觐唐中丞以松沪正在危急,留商防堵事宜,逆势鸱张,松郡旋又失陷。中丞特颁令箭,札委统带水陆兵勇数止及千,益以西兵百人,会同美国人华尔前往攻剿。奉命于危难之间,仰托福庇,两旬即报克复。时因栖宿篷窗,积受暑湿,劳伤过甚,一时内外症交作,万分狼狈。适老母避乱海门,遂北渡就医,原拟息影菰庐,奉母偕隐。乃中丞函札频催,继以专弁敦促,不能自匿,于冬杪重赴沪江。正以苏常陷后,商贾不通,丝茶各捐十减七八,兵糈异常竭蹶,当即委云办理筹捐,总局谆谆以裕饷为嘱,不得已督同委员扩充各项货捐,于去年三月间开局,殚五月之心力,始得办有成效,综计终岁所入,为数已逾百万。浅水长流,源源不竭,现在沪上军饷,颇赖此以为挹注。云以经手银钱近腻多嫌，故开办之初，即禀请设立货捐分局，专司捐项出纳，丝毫不一涉手，兢兢自矢，聊以副大府知遇，毁誉由人，心迹誓诸天日而已。叔裳本系世交，亲戚知其光景清窘，去年开办货捐，即委在砖灰卡当差，藉薪水为过度。至冬间，又请方伯札委在会防处听候差委。本年春杪，李中丞到沪，委叔裳充当抚院巡捕，砖卡一差即令伊弟候补，从九名承管者接办。叔裳人颇敏干，能作小楷，亦能作函，将来加以阅历，可期远到。勃谿一节，早已夫妇如初矣。今年三月间，小女出阁，叔裳夫人曾到舍间，人极端整。萧宅木贸易中人，止此一女，娇养成惯，叔裳又少年情性，致有雀角。经此一闹之后，彼此知错，近来颇为和睦。云属亲串，故知其详。执事关念世好，真同骨肉，令人兴感。眉生去年之赴江北，云实赞成其事，讵经理甫有就绪，而忌者已如麻而起，卒至因公罢官，怨家又从而下石。宋荔裳诗云："君看太行险，未足敌人情"。为之浩叹。云处境与眉生略同，惟不涉手银钱，较无后患耳。昨得眉生书，知事已得白，将来须赴曾相处完结。曾相廓然大公，爱才如命，眉生到彼，当必易了。赔款一层，亦只有待事结之后，熟商办理。若真欲筹此巨款，无论现已罢官，即在从前，眉生亦无此大力量也。西人自法酋卜提督阵亡，与发逆已有不解之怨，现闻向彼国征兵，暑退秋凉，欲图大举。昔郭、李成中兴之业，回纥助之，天若悔祸，事固有莫之为而为，非人力所能主之也。缦云全家到沪，曾相邀办文案，因天热，定于八月间挈眷赴皖。岷帆[①]作古，莲伯[②]陷在郡城，已经殉难，其心绪亦可知矣。风便尚求惠示数行，是所感祷。

按，札中言"本年春杪，李中丞到沪"，据《清代职官年表》，李

---

① 即周学源，字星海，号岷帆。道光十四年(1834)举人，咸丰二年(1852)进士。周学浚(缦云)弟。

② 即周学濂，字元绪，号莲伯。道光二十六年(1846)举人。周学浚兄。

鸿章于同治壬戌三月任江苏巡抚[1]，可知信札作于同治元年(1862)三月至八月间。另，札中所言“何君青中丞”应为“徐君青中丞”之误。徐有壬(1800—1860)，字钧卿，时任江苏巡抚。

二

本年二月十一日奉客岁小春廿五日手书，并左孟辛世兄、孙敬亭明府两函，谨悉壹是。伏谂勋德兼崇，台候万福。属交两函，当即分别确致。云罢职后，日读瞀墓之文，常书乞米之帖。吾安吾拙，无所萦心，惟家无储蓄，食指繁多，薪米仆赁之资，不能不学昌黎公之日求于人，以度时月。比到焦山，承常镇道府款留，属修《焦山志》书，藉馆修所余，聊佐家用。且可以揽江山之胜，白云怡悦，颇足慰情。在沪时，屡辱当道念其为识途老马，思欲弃瑕见录。云自揣菲薄，既脱樊笼，得为太平幸民，终身奉母，此愿已足，誓心已久，不复再作春梦婆矣。眉生负经世之才，侘傺更甚于云，言之可叹。云日内暂返申江，江南北军情民事，想时有报闻，故不琐赘。风便还求时惠数行，以纾饥渴。

按，札中提及“比到焦山，承常镇道府款留，属修《焦山志》书”，则此札当作于同治二年(1863)春。

三

清和下浣，曾肃覆笺托眉生转递，未知何日上澈青览。云于本月朔日由焦山返沪，沪上军情自福山克复，常昭解围，日有起色。比又中外合力，连克太仓、昆、新，乘破竹之势，逆贼畏惧飞炮，城中甚为慌

---

① 钱实甫编:《清代职官年表》(第二册)，第1705页。

乱，天如悔祸，苏、常可望廓清。所恐铤而走险，江北完善之区愈形吃重，此则可虑也。去岁底，当道下访时政，云自惭菲薄，且立志不入仕途，无以副其来意，因举从前减赋一议，为之剀切敷陈。中丞极以先从松江办起为是，揆帅更志在必行，而任其事者为郭筠仙观察，以冯林一宫允留心此事最久，遂举以相属。林一力为担承，本拟二月间即可出奏，因林一欲查取近十年中除去歉缓实征之数，牵匀合算，酌十年之通以定征数，照此为请，是有减之名无减之实，期免部驳。因乱后档册不全，查核稽滞，折稿屡定屡改。又有从中力主克复全省，归于善后举办者，故汔未缮发。愚意以为此举必宜早办，若待全省肃清，恐多龃龉。且自古壤地相错，赋则宜同。今苏、松之赋三倍于常州，四五倍于镇江，较之江北各州县至十数倍不等。今不敢引镇江以及江北为比，请查照常州科则一律定赋，恩准之后，未尽事宜，候奏准办理，似立言较有依据，措词亦觉得体。况未遭兵以前，酌十年之通所征，本止此数。今照常州定赋，论虚额虽多，论实征仍少。司农掌天下度支，兹事体大，当必筹之已熟。方今东南陆沈，疮痍未复，挽积弊而苏民困正在斯时。执事饥溺在抱，现综八省漕政眷顾珂乡，当亦亟盼此议之即见于行事也。伏惟俯赐加察，遇事扶持为祷。

按，同治二年(1863)，李鸿章将减赋之事托给冯桂芬和郭嵩焘办理，冯桂芬在起草奏疏过程中博访通人，数易其稿。与札中所言颇有相合处，故暂系于此。

四

四月杪暨五月初旬两肃复函，均托眉生廉访转递，未知何日得达典签，深以为念。今夏南中酷热异常，敬维摄卫起居，顺时谐畅。云旋沪后杜门养疴，药炉茶灶与金石图书杂陈左右，颇亦自安其拙也。苏、松减赋一议，大府于前月十一日由驿具奏，得蒙特恩准照常、镇二属核减定额，永以为例。此真非常旷典，凡有血气者，莫不同声感颂也。查敝郡程、安、德三县赋则之重，亦首祸于宋景定间贾似道行买公田法。沿至元末，张士诚窃踞苏、湖，明祖兴兵略地，安吉、长兴、武康于丙申、丁酉两年先降，而程、安、德清与苏、松两府相距最久。明祖怒民附寇，遂取官田租簿，饬有司依额定赋，故至今湖州一府之中，程、安、德三县赋则之重数倍于安吉、武康，与苏、松赋则之重数倍常州、镇江又同一律。两省志乘具在，可复按也。伏念各直省漕政尽隶于执事，今苏、松既沐特旨，起七百年相沿之积困而革除之，殊恩溥沛，民已有出水火而登衽席之庆。湖郡与苏、松毗连，赋额相等，民困亦相同，如天之福，廓清有期，亿万生灵恐不能不翘首而望樾荫之远庇也。至嘉兴所属，亦在应减之例。从来言浮赋者，必举苏、松、嘉、湖，盖四郡同为有明仇怨地方，故赋额并重也。云湖人，只言湖事，他非敢及也。不宣。

按，同治二年(1863)五月，曾国藩、李鸿章会衔上奏由冯桂芬起草的《请减苏松太浮粮疏》，朝廷当即颁布上谕，令曾、李二人督饬布政司办理，折衷议减。则该札当作同治二年五月后。

致乔松年

乔松年(1815—1875),字健侯,号鹤侪,山西徐沟人。道光十五年(1835)进士,授工部主事。咸丰三年(1853),以知府发江苏。同治二年(1863),擢安徽巡抚。同治五年,调陕西巡抚,后授东河河道总督。光绪元年(1875)卒,谥勤恪。著有《萝藦亭遗诗》《鹤侪诗存》《萝藦亭札记》《萝藦亭文钞》《论语浅解》等,辑有《纬捃》《乔氏载记》等。

一

年余未修音敬,詹念道范,钦迟实甚。云自去年罢职以后,谢绝酬应,键户读书,颇亦自安其拙。只因家无储蓄,食指繁多,薪米仆赁之资,半仰给于二三亲友,韩昌黎“日求于人,以度时月”,云学行万不敢希古人,而穷境窃似之。饥来驱人,不得已作惘惘出门之计。本年二月间,承缘仲、小舫、香圃邀修《焦山志》书,藉馆资所入,以佐家用,亦不过慰情胜无而已。近辑《续积古斋款识》一书,粗已成稿,迟日当录副呈诲,外《古铜印存》一部,又近刻《落水兰亭帖》一本,敬奉清赏。云日内拟暂返申江,不及渡江一叩钧颜,深以为歉。附上林一宫允书一通,书中所云减赋一事。客冬,筠仙观察过访,云正杜门不通宾客,筠翁先倩潘季玉来寓闲谈,旋即排闼而入。谈次询及沙洲章程,有人条陈谓清丈各属沙洲,听民缴价,可得军饷二百万金。中丞委筠翁与季玉综司其事,拟设局于适中之地择期举办,谬以云为识途之马,欲引为指臂。云告以昔年曾侍明公左右筹办此事,宽严兼济,竭两年之久,仅得银二十万金,不至酿衅滋事,固已煞费匠心矣。今各沙洲非陷在贼中,即与寇氛相接,此时清理,益难措手。即能得干员数人,再宽以终岁之期,所获亦无补于巨款,而毁局、殴官、抗勘、聚众,皆在意中。千金之弩,似不值为鼷鼠发机。至云身本多病,且母年高,此后得为太平幸民，于愿已足，决不再登仕版。因见筠翁有废然之色，遂以昔年所议减赋一事反复敷陈，以副来意。盖此本粮储之责也，筠翁极以为然。越日，属季玉索取说帖，为疏其大略，复之原稿，录奉省览。愚见苏、松、常壤地相错，赋则宜同。此时档册不全，欲酌十年之通以定额数，断不能钩心斗角、丝丝入扣，不如请照常州定额最为直捷，立说亦觉得体。此议当告林一，而林一之意恐部中以减数过多遭驳，坚执十年之通为断，筠翁亦主其说，乃辗转稽查，愈办愈难，遂致不能定稿。林一信来，亦以十年之通窒碍。云答以此等大事总以速奏为是，只须声明未尽事宜容督同司道随时妥筹，奏咨且俟奉到谕旨再议其后，不宜筑室道谋，因噎废食。刻得林一复书，现拟以苏、松、太三属请征五十万石为言，核与照常郡定额不甚悬殊。惟凭空立言，不如有所依据之为结实可恃也。外与林翁一纸，比致尊函中较详，附奉台阅，仍乞掷还为荷。此事关东省亿万生民大局，明公如有卓见，何弗便中达之。沪上自去冬闻明公有移节来临之说，甚盼郭公早至，登民衽席。至云已脱樊笼，不复再受羁靮，幸勿齿及贱名，是所感祷。

按，信札中谈及郭嵩焘过访讨论减赋一事，在同治二年间(1863)[①]，则该札当作于是年。

二

昨奉手谕，深纫存注，伏审执事为国宣猷，身名俱泰，幸甚幸甚。云于月之初五日附缘仲都转便舟到山，山中红叶满林，较去时风景又一变矣。缘仲赴江北勾当公事，云仍寓三退楼中，坐对江山，俯念身世，颇思专意静修，勤寻本相，但恐根浅志移，致多障碍耳。月初或到海陵，定当抠谒铃辕，面求清训。减赋一事，前书所陈照常州定额者，

---

① 见本书卷五吴云致潘曾玮信札第一通。可与本札参看。

原以常、镇科则虽比苏、松少至三分之二，而年来办歉办荒，积习相沿，久同苏、松一律。今欲为苏、松请减，势不得不将常、镇暂置缓图，而彼都人士未悉用意，自不能默默。此实早在意中，故请援照常州定额，冀以杜绝旁议。当时景翁亦采鄙言，而折内未经直陈。今部议常、镇减十之一，苏、松减三之一，并明知一百二十万之数必办不到，特以民散田荒开示通融。法门所议，亦尚平允，似不如姑从其说，留为异日盈缩地步。而景翁志在廓清积弊，欲从此为一劳永逸之计，拟请覆奏，亦不为无见。曾以折稿见商，云告以即欲覆奏，亦宜参以活笔。盖苏、松减三之一，计存额固尚嫌多，而常、镇减十之一，比之未乱以前征数转增，将来如何着手，此不可不预为之地也。时势所限，积重难返，非一人之力所能独撑耳，钧意以为如何？兹许信臣中丞从汉口寄来一信，特专差赍上。内有盛守备恤典一事，可否仰乞即赐饬承，将咨文缮就，掷交来差带下，因盛处有人在此守取也。不备。

按，札中所言，似与上札相隔不久，故当作于同治二年(1863)。

三

违侍多年，跂恋之私，时萦梦毂。前者秋墅过苏，述及明公有夏间来南之订，道路多梗，正不知何日克践此约。方深悬盼，刻得石梅专函，欣悉节麾由皖北起旱，于前月廿八日安抵维扬，拟暂驻泰州城内。闻信喜慰，匪言可喻。伏念中原多故，回捻交讧，关中夙号形胜，尤为贼所觊觎，乃频岁凶荒，师旅饥馑，迭乘纷迫。公以一身砥柱其间，内筹军实，外歼强寇，奠安辑备，屹然为西北雄镇。回捻之不能联为一气，赖公搤其吭使不得逞耳，伟哉！厥勋固已远近震服，中外皆知。每于邸报中读明公奏议，知功绩虽高，积于劳苦，体中时有违和，不审近日眠食何似，车马风尘，不致过于况瘁否？曷胜驰系。云键关守拙，鲜善可陈，本拟即日渡江钦谒，面申积愫。因日内邀董伴仙回家覆看先茔，转棹时尚须到上海一行，准出月下旬恭诣崇阶，一展恋悃，兼请驺从到苏，作匝月盘桓，谨当扫除蓬茅，悬榻以待。儿子承潞[1]猥蒙提挈，列诸荐剡，惟有属其循分从公，加以勤奋，勉副明公期望。现在听鼓苏垣，奉中丞札委提调书局，兼随办洋务事宜，上游相待尚好，太仓一缺可以望补。林一宫允现居木渎，著述之外，求田问舍而已，足迹不常到城。小舫、缘仲精神意气尚如昔日，独云齿牙脱落，须鬓皓然，他日公见之，当亦讶其衰废遽至此也。知荷垂注，用特缕陈，伏希鉴察。不宣。

按，据《清代职官年表》，乔松年于同治五年(1866)八月戊子日由安徽巡抚改任陕西巡抚。又据《冯桂芬年谱》："同治五年，冬，以夙疾频作，城中酬应烦苦，买屋灵岩山下木渎镇，挈家定居木渎。"[2]则此札当作于同治五年冬。

四

昨读付儿子承潞谕函，猥荷垂注勤拳，感幸无量。久欲手肃数行，一申契阔。因客夏感患臂疾，屈伸不良，艰于握管，又不欲倩人捉刀以寒暄，上混清听，坐是音敬久稽，幸勿为过。频年来从邸报中读公奏议，备闻勋绩，知河政殷繁，绸缪于未雨之先，经营于盘错之际，鸿猷丕焕，倍极荩劳，尚望为国葆躬，节宣善卫，祷甚祷甚。大著《萝摩亭札记》八卷一由筱舫交到，敬谨浣读，仰见考核明确，识解过人，

---

① 吴承潞(1833—1898)，字广庵，号慎思，吴云之子。咸丰九年(1859)举人，同治四年(1865)进士，历任太仓知州、江苏按察使、福建布政使等职，有《延陵故札》稿本。

② 熊月之：《冯桂芬评传·附录》，南京大学出版社，2011 年，第 291 页。

举凡经、史、子、集、象纬、舆地、形声、训诂、金石、词章与夫方言、土俗、古谚、今谣莫不穷究其原委，辨析其疑似。而又明白显豁，不以艰深炫博，务使学者易知易解，晓然得读书稽古之助。沾溉艺林，嘉惠来学，洵非浅鲜，敬服敬服。便中尚乞再寄一二部，一赠荫甫太史，一付儿子承潞。未知林一宫允处已寄否，如未寄，恐见之亦必索也。云所患末疾，今夏得一丹徒包姓者以针法治之甚效。惟蒲柳先凋，精力日益衰迈，偃息菰庐之中，丛残书卷常与药炉并陈，日处其间，酬应久废，恒数月不一出门。亲旧怜其老病，来而不往亦不以礼节相绳，尚得自安其拙。儿子承潞仰蒙埏埴，优睐频加，自任事娄东已阅数载，公事尚无陨越，年来于属境水利尚知讲求。今夏南中亢旱，幸得车戽有赖，未至成灾。现在冬漕已将蒇事，堪以上纾垂注。附奉拙著《彝器图释》一部，敬求训定。敝帚之享，不足以尘大雅，倘蒙明公于退食之余，赐予披览，视其中或尚有一二可存，惠以弁言，俾藉增重，荣幸何如。秦瓦拓本并呈清赏，统希察入。不宣。

按，乔松年于同治十年任东河河道总督，则该札应作于是年后。又《萝摩亭札记》有同治十二年(1873)刻本，似为最早刻本，则该札最早作于同治十二年。

致王凯泰

王凯泰(1823—1875)，字幼轩，号补帆，又自号补园主人；原名敦敏，字幼徇。其先世居苏州，明末迁居宝应白田铺，遂为扬州府宝应县人。道光三十年(1850)进士，同治五年(1866)升任浙江按察使，次年迁任广东布政使，同治九年升任福建巡抚。著有《应元书院志略》《三山同声集》《致用堂略》等。

前者伏蒙惠顾，垂询湖郡溇港情形，亟欲振兴水利。如云梼昧，亦复屈尊降贵，不弃葑菲。仰见执事饥溺为心，虚怀若谷。盖有鉴于兵燹之后，沟浍湮塞，塍岸摧圮，设今不治，民无所赖。起疮痍而登之衽席，计必以农田为始。夫水利者，农田之本而衣食之原也。窃尝考东南地势本低，湖州尤为洼下，万水所凑，触地成川。就大要言之，合郡之水发源于天目诸山，建瓴而下，汇合于碧浪湖。出东运塘，釃而为渠者，不可以更仆数，要皆分泄各溇港以入太湖。东坡曰："三吴之水，潴为太湖，太湖之水，溢流吴淞江以入海。"归熙甫称为古今不易之论。譬之人身，各溇咽喉也，太湖腹也，吴淞等江尾闾也。今欲导溇归湖，疏湖达江，通江入海，使之血脉贯通水无逆防，非合两省之力不为功。昔范文正云："今之世有所兴作，横议先至。"在当日已然，况今中原多故，边塞未靖，时诎举赢，恐成筑舍。不如先其所急，择要兴工。辱承明问，谨就一得之愚，疏于另纸。陵谷变迁，今昔异势，蹄涔之见，必多舛漏，惧无以仰裨高深，良用惭悚。惟高筑圩岸一条，云籍隶乌程，向经目谂，客冬今春又两次归家省墓，舟楫往来，见有同一村庄，甲圩被水，乙圩有秋，相距不一二里，而丰歉迥判者。询之里老，佥云去年霖雨稍多，一则圩岸高固障水，一则单薄遭淹。农民非不思培筑，无人为之倡，则相率因循耳。东坡有言，浙西水暵，乃人事不修之积。故胡安定教授湖州，特设水利一斋，所以为水患计者，至深远也。今者伏遇执事轸恤民艰，勤求农政，悲乱后之凋残，拯生民于垫溺，所望膏泽立沛，速赐举行。云亦部民，谨当虔爇瓣香，从乡耆老后为执事上万家生佛之颂焉。临颖不胜引领待命之至。

一开浚宜先从北面起也。各溇属乌程者三十六，合大钱、小梅口三十八，属长兴者三十六。乌程之大钱，为湖城东北入太湖要道，约二十里，深阔通畅，尚无浅滞。由大钱迤东至震泽县交界之湖溇，类多淤浅，必须分别开浚。查各溇北通太湖，北口乃其下流，《禹贡》治水先治下流，大小一理。故必先从北岸筑坝戽水，分段开浚，以次而南，地势水势皆顺。

一开浚浅深须标识水则庶昭平准也。张氏《吴中水利全书》载，宋宣和二年立浙西诸水则碑，盖以验田之高下，设遇霖潦，即以量水之涨落。各溇港浅深不一，开浚丈尺不得不随地增减，无水则以为之准，恐无凭测量，难期一律如式，即无以为一劳永逸之计。但采石立碑，既需时日，又多经费，断难猝办，办亦遽难周遍。今思一简便之法，请通饬各邑尽境内石桥，定于某日某时，于石柱上各准平水横泐一画，以起一则，由下而上，用工部营造尺，每一尺为一则，递增至七则止。必于同日举行者，盖水有涨落也。此法不独可以测水，遇旱潦之年，即据以勘荒。官民昭然共见，胥吏无从隐匿，裨益农政，实非浅鲜。其碑式绘于另纸备览。

一分段估工派委员绅董稽察，以杜弊窦也。河之开深若干，悉视水则，无可争执，惟面阔若干，可左可右。或旧时坍岸为居民占种桑枝，阻碍水道，董事徇情，当开不开；或挟嫌作难，损伤房屋坟墓；甚或得贿舞弊，皆不可不预为之计。应令总董总司其成，分董分核其地，而以委员为之稽察。估工既定，即责令承办，各溇土方多少不同，分董以在溇归溇为宜。毗连处或须会同筹议，要亦各专责成，不必搀越，致多枝节。

一兴工宜待农隙也。山乡牛耕，人力较易，收获亦早。程安水乡，插秧在夏至后，刈稻在立冬后，而又有种麦、种菜、纳漕、纳租之事，须至十二月方可筑坝戽水，正月方可挑土，而二月中又须赶紧完工。一值清明，则桑条将茁，蚕事将兴，无暇工作矣。

一用开河泥土培筑圩岸也。东南如苏湖等处，圩岸本来单薄，平时去水高不过二三尺，广不过尺许，人单行犹侧足，间有隙漏，妇竖持木杴探污泥以补缀之。一遇淫潦，溪水涨溢，农民仓皇无计，搬取门窗板壁以为之障。舟楫避路，恐橹摇水荡岸坍圮也。风势稍紧，农民呼天吁地，哭声振野，眼见岸倾田没而莫之救。今以挑浚溇港之泥，即为培筑圩岸之用，前人成法，岸高六尺，基阔八尺，面阔四尺，以平水为准，务使一律杵槌坚固。其距挑泥之所路途较远，则于田内取土，其取土之田，仍令篙泥填实。按照全圩田数，派钱给价，宁丰毋啬。明人张铎有言，岸塍譬诸城郭也，城郭坚则外寇不能入。可谓善喻。兵乱以后，各处圩岸更多坍损，必须赶紧培筑，一圩固则一圩之农田先受其益。去年霖雨实不过多，而水灾何以甚重，应请饬查某圩因何淹没，某圩因何获全，便知圩岸之关系农田至为吃紧。不必侈谈远略，实可收得寸则寸、得尺则尺之功，农民自顾身家，剀切晓论，断无不乐于从事者。

一各溇有横港一二道均宜疏通也。溇港直干南北三四里不等，其间圩田围绕，又多横港，即古沟横洫纵浍横川纵遗意。横港不通，灌溉不利，且水涨时干流峻急，易于溃岸。道光九年疏浚溇港时，亦未能一律疏通。大约有人烟处皆乐于开浚，以便汲爨，而空旷处不复注意。今开溇港，亟宜一并疏通。

一筑闸口以谨启闭、资蓄泄也。闸制起于北宋，有丰、登、稔、熟、康、宁、安、乐、瑞、庆、福、禧、和、裕、阜、通、惠、泽、吉、利、泰、兴、富、足、固、益、济二十七名，而皆冠以常字。今汤家港之常登桥、许溇之常禧桥、义皋之常裕桥、陈溇之常通桥、伍浦之常乐桥犹存旧名。道光九年重建闸板，乱后俱毁。闸夫每溇四名，向有公项存典生息，由府发归大钱司给予口粮。今成案已失，须另筹款。闸板之设，所以备暵潦蓄泄旧制，必宜复也。

一茭芦须铲除净尽也。小民贪小利不顾大害,往往向地旁私放茭芦,日积月累,充塞河道,此惟溇之南口横港为尤甚,亟宜铲除以通水道。

一溇口入湖宜一律改向东北也。太湖三万六千顷,西北无山。而风挟水涌能使倒灌者,以西北风为最猛,泥水随风而上,即为淤滞之由。惟口向东北,则能避风,旧制如是。乾隆间误将口门改直,甚或改向西北,以致淤垫日甚。道光九年虽有仍改东北者,尚未能一律如式。今宜正之,工不费,事亦易集。

一倾圮桥梁亟宜修建也。自经寇乱,桥梁每被毁拆,石落河中,碍舟阻水,或改小桥门,减去桥洞,皆水利所关,一遇霪潦,必至涌溢。今当开浚之时,宜饬董事各就地方桥梁,查明有倾圮者,报官委验,分别修建,疏水道兼以便行旅。

以上各条,就乌程溇港言之。昔吴越钱氏于太湖旁设有撩浅军专治田事,而以都水使主之,何等郑重。故享国百年,水灾仅长兴一次。今不必轻言古制,然岁修之法,实不可阙。我朝各府县设有水利同通县丞等官,今则视为具文,积习相沿,无足责也。诚能于疏浚之后,严饬专管水利官员各就所辖境内,将河道已挑后,能否无壅塞,圩岸加筑后,能否无坍损,茭芦铲除后,能否无补放。或按月,或按季,分晰详报,以凭查核。再按春秋二季,遴委干员,会同地方官覆查,如有违越者,传集圩甲地保略示惩劝,督同整理。果能实力奉行,如此三年,吴兴水利农田似亦渐可望治矣。至欲合苏常沿湖各港渎,上自天目而溯源,下至海口而竟委,量高度深,一律浚治,尤为万世利赖。此惟恃大力者为之,不敢轻议也。

附水则碑式

碑立垂虹亭北之左右,长各七尺有奇。左碑横为七道,道为一则,下一则为平水之衡。水在一则,高低田俱无恙;过二则,极低田渰;过三则,稍低田渰;过四则,下中田渰;过五则,上中田渰;过六则,稍高田潦；过七则，极高田潦。如某年水至某则为灾，即于其则刻之曰：某年水至此。值各乡报灾，官司虽未及踏勘，而某等之田被灾已预知于水则之中。为民牧者，验则以得其实，而虚冒无所容矣。右碑分上下二横，横六直，凡十二直，直当一月，每月三直，直当一旬，凡三十六旬，每旬验水之涨落，法如前载《东南水利略》。

横道水则碑

直道水则碑

按《吴中水利全书》，宋徽宗宣和二年立浙西诸水则碑。凡湖陂泾浜河渠，自来蓄水溉田通舟，官为按核打量丈尺并地名四至，均镌之石，偶遇水灾，官司验碑，早悉其实。自水则失，苏、湖数郡遇水灾，胥吏借勘灾而百弊丛生矣。沈江村曰："吴江二碑，石刻甚明，正德五年犹及见之。其横六道中刻宋淳熙三年水到此；七道中刻元至元二十四年水到此。正德五年大水，城中街路皆不通往来，稽其碑水到六则，与宋淳熙同，则元之水犹过也。今石尚存，而宋元字迹与横刻之道尽凿弃矣，止有减水则例四字，亦非其旧。"今又数百年，谁复问有水则哉？苟能修复水则，以验田之上下，既杜勘灾不实之弊，即以兴水之利也。

按，据俞樾《赠太子少保谥文勤福建巡抚王公神道碑》载，王凯泰同治五年(1866)任浙江按察使，次年迁任广东布政使[①]。又据信中所言“时任浙江廉访”，则此札当作于同治五年。

① 收入俞樾:《春在堂杂文》(续编卷一)，清光绪二十五年刻《春在堂全书》本。

致杨荣绪

杨荣绪，字黼香，广东番禺人。咸丰三年(1853)进士，选庶吉士，授编修，擢御史。同治二年，出为浙江湖州知府；四年，始到任。在任十年，疏浚溇港，兴修水利，成效显著。著有《杨黼香先生遗稿》。

一

前月杪，接奉手书，庄诵再过，实切钦佩。蒙谕程属各溇旋开旋淤，止有岁修一法，庶可补救，否则虽开浚迭兴，亦难免淤塞等因。仰见明公轸念民艰，欲筹历久不弊之规，以收一劳永逸之利。虚怀旁采，下及刍荛，如云梼昧，惧无以上副垂问，捧谕傍徨，莫名惶悚。查湖郡山水汇凑，向称泽国，自吴越钱氏兴修水利，有都水使者统率撩浅军专治其事，竭力经营，故有国百年，水灾罕见。由赵宋以至有明，言水利者各有专书，单、郏诸贤最为较著，张氏《吴中水利全书》尤称详备。近日同乡凌少茗著《东南水利略》，于吾湖水道原委俱经目验，颇能切实讲求。今不必远征前事，第就乾嘉百余年来言之。苏、浙两省之于水利疏浚已不下数十次，乃未几而淤塞如故，从未闻有议及岁修之法，以善其后者。今何幸得从明公发之，此殆天祚吾湖笃生硕彦为斯民永苏垫溺之困，云亦部民，能无感幸。谨就管见所及分列八条，疏于另纸，以备采择。此第言其大略，而条分缕晰，因地制宜。云离乡已久，未能周知，尚望明公就近赐商缦云侍御及存斋观察、钮、徐两孝廉，总蕲臻于尽善，可以持久，以仰副大君子泽民盛意。比因病臂，握管殊艰，力疾肃复，临颖皇恐皇恐。

再，目前经费支绌，条议中请筹四万串，殊非容易。然农田水利实为地方第一急务，鄙意在丝捐之外，别无可筹。明公爱民如子，为士商所悦服，倘蒙谕知丝业董事，属令熟商办理，必能仰体仁心，襄成善举。款项得以扩充，则于北塘河工程亦大有补裨，统望裁夺，不宣。

一专责成。现在各府县有水利同通丞簿等官，本专为治河而设，今则视为具文，试叩以水道情形，茫然莫知所对。积习相沿，无足深责。今于疏浚之后，责成该管水利官员会同总董，按照水则将各溇港浅深阔狭按季详报，定春秋二季委员履勘，以昭核实。

一立水则。张氏《吴中水利全书》载，宋宣和二年立浙西诸水则碑，盖以验田之高下，设遇霪潦，即以验水之涨落。如能仿照古制，采石立碑，固为尽善。否则请通饬各邑尽境内石桥，定于某日某时，各准平水于石柱上横泐一画，以起一则，由下而上，用工部营造尺，每一尺为一则，递增至七则为止。必于同时举行者，盖水有涨落也。此法不独可以测水，遇旱潦即可据以勘荒，裨益农政处甚巨。

一慎启闭。各溇向有闸坝，所以备旱潦资蓄泄，其闸夫经费亦有定额，归大钱司领发，日久弊生，无可追问。今筹善后，必须将每溇闸夫酌定，认真经理。查各溇情形迥不相同，有船舶进出极多者，有终月而绝无进出者，倘比而同之，一律额设闸夫几名，则启闭不时，劳逸悬绝，人心不服，断难持久。必得按照各溇情形，由总董会同该管官悉心区画，以昭平允。

一酌津贴。从来办事无经费，必不能责其认真出力，应请将该管官员常年夫马钱酌贴若干，总司支放司事薪水若干，闸夫工食若干，一律厘定，总以格外撙节为主。

一示惩劝。此次各溇港开浚之后，其闸座牐板必须一律修整。茭芦有碍水道者，必须督令铲除净尽；圩岸坍损者，必须劝谕培筑坚固。此该管官之责也，固能认真经理，著有成效，应请酌予奖叙，以示鼓励。其查有漫不经心、废弛不治者，亦应酌量示惩。

一定岁修。此次壬申年各溇港开浚之后，果能于闸座斗门慎司启闭，以防西北风泥水倒灌，当不致甫开即淤。应请酌定年分，限几年一大修，其常年则仿撩浅之法，饬令该管官会同绅董，每至冬令水涸之时，遇有浅塞处，雇夫疏淘或即督令该闸夫承办，惟须在常年工食外酌贴饭食钱，庶能踊跃趋事。夫役之多寡，临时酌定。

一筹经费。计常年各项经费，每岁约需以二千串为率，请筹钱四万串发典，以每月一分生息，一年得四千八百串，以六年计，得钱二万八千八百串，或即定为六年一大修。查本届开浚，已比各上届认真，然总为经费所限，实未能一律如式深通。再得六年，一兴工重浚必能加阔加深，从此永无淤塞之患，此为善后第一要著。

一严稽察。事必慎始而后可图终。关涉银钱之事，一经胥吏之手，恐不免百弊丛生，不能不责成总董司事。现当发轫之始，经办者皆属公正谨慎之人，固无他虑，而日后接替者贤愚勤惰均难预必。所有支放经费，或按季或按月，必须榜示通衢，由总董知照该管官，报明查考，至年终刊刻《征信录》一通，永绝浮议。

二

再，吴兴水利本为农田命脉所关，执事痌瘝在抱，勤勤下访，此东南苍生之福，不独桑梓蒙泽已也。窃闻此时议浚碧浪湖及各溇港，此诚当务之急，第念经费支绌，恐筹办诸多掣肘，善举亦因而中辍，此不可不先为之计也。愚昧之见，与其省费而急求了事，不如筹定款目然后举行，以期一劳永逸。查乌程所属三十余溇，大约西路如大钱等处皆尚深通，再加疏浚，泄水便畅。迤东自蒋溇至胡溇，冬令水涸之时，竟有湮成平陆，港底可以行路者，必得大加挑浚，方能有济。管见以挑河之泥培筑圩岸，务使高厚坚固，此为近里著己之法，并望饬议举行。侧闻执事拟仿海忠介之屏去傔从，轻舟巡诠，群黎欢庆，举将爇香尸祝，顶戴无穷。舍侄承泠阅历尚浅，如有驱策，尚乞恺教为恳。再，各溇自遭兵乱，土著殷实者皆属烬余，集资之难，合邑共知。今欲兴办工程，非宽筹经费不可，大约只有从湖丝一项想法，而丝捐稠叠，亦未易措手，然舍此恐别无可筹。幸为数尚不过巨，得六万串当可集事。查湖丝散出于各溇及他乡镇，而买卖交易则以南浔为综汇大宗。该处绅董如庞公照、蒋堂、邵棠、陆长春、刘镛诸人向来办事平正，谕令于湖丝市内公同熟筹,将来如可发款兴办,即由该董等会同溇上绅董妥商办理,务使事归实际,费不虚靡。开工之后,必饬将支放用数榜示通衢,俾晓然于滴滴归公,毫无侵蚀浪费,庶出而筹捐者亦乐于从事,乡民亦可踊跃赴工。如春间赶办不及,改于秋冬兴办。此数世之利,惟执事是赖,临颖祷切。

按,据《浙江湖州府知府候补道杨君碑铭》载:"同治二年,补授浙江湖州府知府,时'长发贼'据湖州。四年,官兵克复,始到任。"[①]可知杨荣绪于同治四年(1865)履任湖州,此时溇港管理废弛、淤塞严重,信札内容即是吴云回复杨氏征求治理溇港的方法。又据《湖州水利志》,杨荣绪于同治五年即开浚乌程、长兴两县溇港与有关塘河[②],则此二札当作于同治四年至五年春。

---

① 桑兵主编:《清代稿钞本》第三十册《杨黼香先生遗稿》,广东人民出版社,2007年,第397页。

② 湖州市江河水利志编纂委员会:《湖州水利志》,中国大百科全书出版社,1955年,第190页。

致许梿

许梿(1787—1862)，字叔夏，号珊林、乐恬散人，室名红竹草堂、古均阁、行吾素斋，浙江海宁人。道光十三年(1833)进士，直隶知县，荐修国子监《金石志》，书成，改知州，选授山东平度。后官徐州知府、镇江知府，官至江苏督粮道。清代著名文字学家、藏书家、刻书家。著有《六朝文絜》《说文解字统笺》《洗冤录详义》等。

前月奉到手谕，敬审杖履冲和，精神弥胜。蒙惠法书、屏对各件，益征腕力遒健，奄有两京风格。张诸座右，奉为楷模，感幸无已。承示弆藏图籍，尽付劫灰，现在带至寓次，尚有十六厨，另有寄存西庄钱宅者十厨两箱，大率金石小学两门居多，字画止卷册数件，吉金惟商周二钟，劫后所剩，如是而已。闻之稍释怀系，盖所失虽多，得此亦慰情胜无也。侄所必注者惟大著《说文汇笺》一书，今得全稿无恙，此中殆有鬼神呵护。当日侄与筱沤力请先缮清稿，以次授梓，并愿相助为理，而长者以千秋盛业不肯遽出示人，致有蹉跎。今则江湖满地弥望烽烟，学问一道未暇遽议及此，言之一叹。承索拙著《金石记》，此书当年为家让之熙载所录，刻者柏姓，专镌让之手写诗文，推为妙手，故能转折毫芒，一丝不走。至纸印装钉之法，汪岚坡皆秉承长者指授，颇称精致，侄亦敝帚自珍，不轻以投赠。乃庚申变起，家藏书籍、碑版与拙著各稿竟荡焉泯焉，无只字获存。乱后寓沪，凡苏、杭、嘉、湖流传书画金石都集于此，悬金访购旧藏，既有收回，新得又复不少。《金石记》止收得二部，又从姚子贞亲家处索回一部，共有三部。今长者所需，不敢自匿，敬奉呈一部，伏乞鉴收。齐侯罍释文多有同异，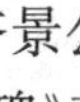释为𪈎，器定为钘，长者所释，与何子贞兄意见相同。而直指为齐景公之器则惟长者发之，他日拟刻专书，谨当备录也。双钩《华山庙碑》工竣，知必见赐，窃愿先睹为快也。

按，许梿于道光三十年(1850)任江苏粮督道，咸丰六年(1856)因病留苏州。咸丰十年(1860)遇暴乱，迁至如皋。咸丰十二年，卒于如皋。据札中“长者”、“庚申变起”、“尽付劫灰”等记载，则此札当作于咸丰十年至十二年许梿迟暮之年。

卷二

致钱泰吉

钱泰吉(1791—1863),字辅宜,号警石,别署深庐、冷斋。浙江嘉兴人。自幼刻苦好学,道光七年(1827)以廪贡生官海宁训导,历时近三十年。庚辛之际,辗转由江西抵达安庆,往依曾国藩幕中,同治二年(1863)病逝于安庆。富藏书,精校勘,著有《曝书杂记》《甘泉乡人稿》《海昌备志》等。

一

违侍以来,时殷驰仰。一昨金明府交到本月初六日手谕,发函庄诵,伏审杖履冲和,著述益富,欣慰无量。蒙示半闲堂《玉枕兰亭》,旧为先文端公所藏,当时宝爱,不轻椎拓,后来原石遗失,或谓已入内府,并引林吉人、赵晋斋及文瑞公各跋见示,属考其流传原委。云谫劣不足,辱长者垂问,且家藏稧帖二百余种,十年来两遭兵燹,所存仅十之一二,内如缩本《兰亭》,积至三十余种,无一获存,书籍又复散失,无从援证。谨就平日所知约能记忆者,为长者陈之。乙巳年谒选入都,陈寿卿太史赠云《玉枕兰亭》一本,前有右军坐执书卷小像,云为钱塘戴醇士侍郎所贻,原石在杭城故家。逾年需次苏垣,同官诸子良别驾嘉杲亦以拓本见赠,云原石在杭城伊亲戚一老妇人处(约记汪姓,为别驾姨母),欲售值为养老资,索五百金,时以价昂置之。前说皆在二十年以内，是《玉枕兰亭》原石未乱以前之在杭城彰彰可据。或谓已入内府，当是《玉版十三行》之误(《玉版十三行》，葛岭出土，归翁萝轩学使，康熙四十五年贡入内府)。尝考王虚舟[①]吏部题跋，载《玉枕兰亭》石高五寸，阔九寸，厚三分，色青黑，远望如墨，叩之琅琅有声。傍角有微阙，内会、群、流、带、右五字劖损，盖当时用定武五字损本上石者，背有右军像。明末在陈盘生家，康熙壬子秋为闽中萧长源给谏所得。时耿逆方镇闽，欲取之，萧靳固不与，后耿反，萧遂遇害，其子静君，金坛倪氏婿也，携此石来奔，性命守之，今尚在也。余以宣德纸穷日之力精拓一本，以为枕秘，而书其原委得失之详。又引《太平清话》载贾秋壑得定武《兰亭》，使廖莹中以灯影缩成小字，令工王用和以灵璧石刻之，经年乃就，酬以武爵。云按，吏部金坛人，原石又称亲见，所言必确，林吉人、赵晋斋各跋或即本此，亦未可定。至第十五行押缝为曾为僧。云旧时藏本翻刻者记有五种，海宁蒋生沐、上海徐紫珊两本最易乱真，二君皆云故交。蒋本属胡衣谷刻，衣谷父子常往来寒家，凡有刻本，无不携赠，当时不甚爱惜，随得即庋高阁，不复记忆。今衣谷之子号心农者在沪，云石尚在伊家，将来可拓也。徐本属吴中詹紫云刻，紫珊故后，石流转至苏，云购得之，命木工制座如小石屏风式，与钟绍京书《维摩经》残石同为几案陈设(石为阮文达所藏，曾用双钩刻入拙著《金石记》)，陷在苏城，并墨拓亦不可得矣。前日紫珊之子宾之茂才适以其先人所刻《春晖堂》各种法帖丐求题跋，尚留在案头，玉枕本亦在其内。因为详审押缝字作曾，上下有钢钉纹四，第一行“会”字阙，二行“兰亭”二字，三行“群”字、“地”字，五行“带右流”三字，九行“盛”字，十行“游”字均有小泐痕；十七行“感慨”字斜泐至十八行“陈”字，而“系”字无损。前有右军执卷坐像，标题“晋王羲之像”五

---

① 即王澍(1668—1743)，字若霖，号虚舟、二泉寓居、竹云，江苏金坛人。官至吏部员外郎。绩学工文，尤以书名，著有《淳化阁帖考正》《古今法帖考》《虚舟题跋》等。

字，后有“贾如道印”四字小方印，上下有钉纹三。紫珊自题云：“《玉枕兰亭》现在杭州，为闺阁所藏，求拓本不易得，因属詹君肖模于石。”题在道光乙巳三月，亦可为《玉枕兰亭》在杭之一证。又按，张未未题《王大令十三行》诗云：“玉枕卷留太傅题。”自注：《玉枕兰亭》，钱文端公家藏，余得一拓本，有公手题。生沐即从此本翻刻也。原石现无踪迹，乱后恐归浩劫矣。长者近于皖城购得拓本，未识字文损泐处与徐本同否？所惜山河修阻，不能面聆教言，临颖实深依系，风便还求时惠数行，俾资发矇，祷甚幸甚。

按，咸丰十年(1860)春，钱泰吉为避太平军之乱，去安庆依其次子钱应溥。札中言“于皖城购得拓本”，则该札当作于咸丰十年后。

二

前月初，奉八月廿二日手谕，蒙示王虚舟《竹云题跋》旧有坊本，未见论《玉枕兰亭》一条，或所藏坊本遗漏不全，抑或见之他处跋语中。损书下询，时为九小儿就亲泰州正欲启行，匆匆未及裁答，歉悚无已。《玉枕兰亭》前人著录中不多见，独王吏部辨析最精，虚舟《竹云》两题跋皆有考证，特照录奉鉴。此书始梓于钱寿泉司马，后经温氏一斋重刻。司马始梓之本，侄处旧有者已付浩劫，现在二跋从温氏本录出也。李筱石闻已到皖，带呈信件，谅蒙垂览。完白山人字迹，侄处尚有存者，无烦另购也。

三

比奉十月望日手谕，敬审杖履康健，道味加腴。惟闻秋凉以后，嗽疾小发，刻下想已霍然，实切驰念。侄秋间小住焦山，阅三月返沪，明春二月间仍须前往，以《焦山志》一书尚未卒业也。昔人谓山中佳胜在杏花红叶之时，倥廿载风尘，尤悔之来，总由自取。此后山居岁月，但期多读有用之书，不做疚心之事，或可收之桑榆，稍盖末路之愆。蒙询王蒻林跋兰亭年月，前书详覆，并将蒻林原跋钞呈，此书由缦云侍御转交，计前月初必可达览。衣谷于九月间避难到沪，暂寓侄处，昨渠得家信，知家中房屋为贼焚烧，光景累极，幸穗生道况尚好，勉可支持。生沐处英光原帖已付劫火，刻石尚在，将来当可拓奉也。玉枕拓本一纸，系从衣谷索得者，即徐紫珊覆刻，右军像已失去。其石本在寒斋，后陷苏城，现托人在苏购觅，能否珠还，未可必也。

按，据札中"李筱石闻已到皖，带呈信件"所言，此时钱泰吉已到安庆，则此二札当作于咸丰十年(1860)至同治二年(1863)间。

致许乃普

许乃普(1787—1866),字季鸿,别字滇生,浙江钱塘人。嘉庆二十五年(1820)进士,授翰林院编修,充实录馆纂修提调。历任兵部尚书、光禄寺卿、吏部尚书,加太子太保衔,卒谥文恪。家多藏书,著有《堪喜斋集》。

蒙赐宋拓《张猛龙碑》,欢欣宝爱,感何可言。侄向爱收藏六朝碑版,兵乱散失过半,《张猛龙碑》旧有藏本,颇自秘惜,亦同归浩劫。兹蒙远贻古拓精本,重以椽笔题识,并有退谷诸家跋语,较之旧藏更胜。侄尝谓北魏书律见之墨拓者,笔力之劲健,结体之峻整,无过《郑幼骕》《张猛龙》两碑,惟字多杜造,即如《张碑》“神囧”,囧字已属通借。江郑堂跋云:“详玩碑文作⿴囗⿱凵只,⿴囗⿱凵只,渊字也,名猛龙,所以字神⿱山⿵冂川。”侄考字书,并无⿴囗⿱凵只字,其训渊不知何据。王兰泉《金石萃编》云:“细验拓本,只字之上有凵形,疑是囦字之别体,古渊字也。”其意以为南北朝每多世俗创造之字,或囦字作⿴囗⿱凵只字写耳。此王氏臆说,似难援以为证。且此碑极有章法,只字已居口字之中,若只字上再加凵形,未免疏密失势,与通碑字体不类。况明是泐痕,墨本具在,不难一覆按也。退谷云囧呼骨切,日出气也,与龙字亦有关合,应从之。郑堂所云⿴囗⿱凵只,⿱山⿵冂川字也,岂即主王氏说耶?抑别有所据?谨抒管见,呈质大宗工训定。

按,许乃普于咸丰九年(1859)五月至咸丰十年九月任吏部尚书,则该札当作于此间。

致冯桂芬

冯桂芬(1809—1874),字林一,号景庭(一作景亭),江苏吴县(今苏州)人。道光二十年(1840)进士。历任顺天乡试同考官、广西正考官、教习庶吉士、南京惜阴书院山长、右春坊右中允。先后主讲金陵、上海、苏州诸书院。著有《显志堂稿》《说文解字段注考证》《校邠庐抗议》等。

一

前日奉手毕,尚未裁答,昨承枉顾,又失倒屣,罪甚罪甚。辱示大著,已披读十数篇,洵为经世大文,救时良药,恐亭林先生亦当让席,余子无论矣。韩子曰:"用功深者,收名也远。"可为大著决之。惟间有语涉太激、过触忌讳处,俟读竣再申鄙说,以尽一得之愚。内绘地图一篇,蒙一决其可行与否,弟反复读之,再三细绎,复又参读《均赋税议》,虽略识端倪,终以未谙算法,莫窥窍奥。然减赋之议成,则履亩清丈实关紧要,管见或请大府先将图说行下府县,饬令依法试行,果得通晓其义,则推而行之,为用甚大,无穷利益也。至照常州起科一节,鄙意请两存其说者,盖因十年比较之数乃未遭兵乱之数,今地方初复,田荒丁少,元气大伤,农部准减之后,责令照数起征,目前尚有词可措,三五年后不能如额,恐仍不免开冒歉捏灾之弊,不可不慎之于始。苏、松、常、镇壤地相错,今不敢引镇江为例,而请照常州起科,即以兄前日面议云云为词,纵不能邀准,亦似不致因此转遭驳斥。且双请听农部定议,亦属得体。或以此二层会商筠翁,请两大府酌定,仍候裁夺。所谕荒田或有二三成一说,弟略记旧荒三亩作一亩,并入额征数内,若欲将坍荒请豁,须得另案办理,未便羼混。大约照十年比较之数,大谱总在五成,所少亦殊有限。钱粮细数,外省与部中向有参差，得其大略即可据以入折也。先此布复。不宣。

按，咸丰十一年(1861)，冯桂芬写定《校邠庐抗议》初稿，赠与好友吴云，请他就书中所议直言坦陈意见。吴云读过十余篇后，写作此札，以为回复。则此札当作于咸丰十一年。

二

连日伏读大著，综贯经史，旁采百家，文止四十篇，而天文、地理、官制、田赋、水利、河渠、盐漕、军旅以及柔远之方、自强之术，凡关民生国命者，莫不溯本穷源，详考得失，而又志在匡时，心蕲实用，忧天闵人之意，忠君爱国之忱，溢然流露于字里行间，此通儒之学，抑亦王佐之才也。苟能上达朝廷，见之行事，举当世之秕政，斟酌而变通之，拯溺扶衰，洵非小补。况如《汰冗员》《免回避》《许自陈》《复乡职》《变捐例》《利淮盐》《收贫民》《复宗法》《重儒官》《广职士》《制洋器》《善驭夷》诸篇，皆按时势以立言，虑周识远，意美法良，非迂阔难行者比。拨乱世而反之正，是在当局者之善采其说也。云梼昧不学，乌足以定兄文，乃辱知爱过深，忘其固陋，属为商榷，不敢自外，谨将尊著篇目重缮别纸，间有瞽见，附注于篇目之下。涓水纤尘，断无补于海岱，仍请厘正，幸甚幸甚。抑再有陈者，从来忠愤郁结于中，矢词每多切直。贾生之当汉文时，尚不免痛哭流涕，处今日而慨论时事，言之过激，固有不及自检者。闲尝浏观载籍，昌黎、眉山，千古大儒，皆以文字召谤，祸几不测。黄鲁直《承天寺塔记》初无幸灾讽刺之词，乃为陈举所讦，羁管宜州。方今朝政清明，贤辅在位，求言正切，原无忌讳，惟兄学行文章，士林宗仰，韩子曰："名之所存，谤之所归。"似宜远鉴前贤，引以自慎。况此经世鸿文，有志匡济者必来取法，或触时忌，恐致格于上陈，转负作者苦心。此一得之愚，不能已于言者也，是否有当，伏候裁答，临书皇恐。

按，根据信札内容，可知写作于吴云读完《校邠庐抗议》全书之后，距上札时间不久，则亦应作于咸丰十一年(1861)。

三

奉手书，欣悉一帆风利，别之次日即安抵珂乡，慰甚。承示减赋一节，爵相之意，惟常、镇减十之一，不能移易，此外听议。现派陈观察来会商，自当相机行事云云，仰见勤勤为民之意终始不懈，敬佩敬佩。伏思酌科则之重轻，定减赋之多寡，用意非不善。惟查苏、松因重赋而有歉缓，数十年于兹矣，向之歉缓固统轻重，科则一律普办，并非科重者有歉缓，轻者无歉缓也。今减赋之后，三数年间，民气稍复，当道必议办清漕，在科则之重者减三之一，再以轻则之所余挹注之，亩不过一斗左右，即完清漕，亦有减无增，力所绰绰。若轻则之田不蒙普减，而欲责之同完清漕，则较从前歉缓之年陡令增赋一倍，不特怨讟烦兴追咎不已，窃恐向隅过甚，事与势均属窒碍难行，似不可不慎于始也。太属之嘉、宝向系民折官办，科则亦轻，往时办理歉缓本有区别，今不妨稍示变通，此外各属尚望详访舆情，悉心斟酌。弟杜门守拙，本不应妄言时事，惟此议与兄同志，而兄又适在幕府，奏稿出兄手。一时机缘凑合，得以上邀恩准举五百余年之积弊而更张之，兄之有造于东南匪浅矣，岂特桑梓蒙泽已哉。愚见倘共事者志同道合，原应卒襄善举，如其舒展不由乎己，不如卷而怀之，善后中义举甚多，留此精神再办别事，为苍生造福如何？兄苏人，家有负郭田，事修而谤兴，德高而毁来，此心固不能掬示人也。弟辱至爱，又蒙示及前事，用敢尽其一得之愚，伏望垂察。昔人谓马伏波规人则智，而不能自免于谗隙。弟无伏波规人之智，而谗隙则躬自蹈之，今已忏悔无及矣，聊引古人博兄一笑，余惟为道珍重。不宣。

按，同治元年(1862)春，冯桂芬入李鸿章幕，提及苏、松二府减赋事。同治二年，松江知府方传书也提出减赋问题。李鸿章遂将此事交付冯桂芬、郭嵩焘办理。冯桂芬即刻起草了《请减苏松太浮粮疏》，交由曾国藩、李鸿章会衔上奏。后在具体实施中因均赋问题遭人诬陷，即札中所言“事修而谤兴，德高而毁来”等等。翌年秋，冯桂芬从上海回到家乡苏州。则该札当作于同治三年(1864)。

四

比日春和，想清恙定已霍然，眠食何似？伏维珍重。蒙示丁雨生都转上曾相书稿，其所论盐务情形，内如掣签、劝让两条，可谓洞若观火，贵整、忌散数语，所见尤为宏远。至开纲楚西皖同时并举，只开本季，不可使虚引丛积，此皆探本之论，详绎再过，颇深心折。查淮南自经曾相整顿，销数颇旺，成效甚著。所惜政出多门，十羊九牧，恐难持久耳。从前陆立夫制军改章之时，兄在邗纂修盐志，弟则总办局务，皆身亲其事。然其设立总局，所委皆知府以下之官，虽暗移运司之权而仍受钤制，上下互为纠绳，用意实为深远。今则势均位埒，且各局之官亲幕友丁役人等闻颇不少，既无衙门关防，焉能禁其不与商人来往？积日既久，相与习熟，营私舞弊莫可究诘，都转书中云云不过十得三四耳。盐政远在数百里外，纵有知人之明，各局员岂尽有烛奸之识？德优者每患少才，才优者又苦无德。是昔日所虑只求一运司，得人而事办，今则非合一运司四局员尽庆得人不可，不亦难乎？况处脂膏而不润，古今有几孔奋哉！淮盐为国家岁入大宗，寇乱以后，厘捐较旧课三倍之，故额销虽减于前，而正课转增于昔，诚能不务见小，握要以图，去其荆棘，使商人共履康庄，不必过事更张，而久大之规模可定。闻去冬楚局开秋纲，将商人春纲已请之引按数派捐，并欲追溯历纲已运之引，劝使量捐，商人惧贻异日之累，已有闻风引退者，此其乱法之尤，言之可为太息。承下询略疏梗概，余容晤罄。不宣。

按，丁日昌于同治四年(1865)十月赴扬州任两淮盐运使，年内多次致曾国藩函详谈有关淮盐利弊事，疑即札中所言“丁雨生都转上曾相书稿”。则该札当作于同治四年底。

五

十一日，专人至志局探询，从者已于即辰登舟，旋得手翰，谨悉安亭一节，已属贾木匠至韵珊处索地图一看，约今明必送来，并未叙谭，容晤再说。眉老节略已交到，是此老看家拳头，但不知所谓“只要得安山、张秋一带黄河足矣”此说靠得住否？原稿奉上，录出后将来交至弟处可耳，不急也。大著已交筱舫摘录，特缴还。第一次收复松江，弟与应敏斋、俞乃舟在豆腐浜炮船上者匝月，克复之时仅有洋人四十余名，余皆炮船上水手与新募勇丁数百名耳。时贼倾巢而出，暗袭上海，城中止留老弱数百名，城门不闭，附近居民到弟舟次通信，于是弟与乃舟诸君商定，派令洋人居前，水陆勇丁居后，潜入其城，各门城垛上俱派洋人数名，协同水陆勇丁把守，枪炮之声不绝。贼闻松江已失，又闻有洋人帮助，恐归路截断，遂急折回，踉跄遁去。是役也，若非松江从无意中收复，则上海即不失守，其附城一带亦必蹂躏无孑遗矣。此其中殆有天也。鄙人奉札，持令督队，开复原官，应敏斋之超擢直刺，皆见之章奏，贪天之功以为己有，殊属可愧，而当日之实在情形如此。大著谓华尔率中西勇各数百攻松江克之，其时华尔为英法所制，不欲出面，所带西人仅八十名耳。常往来松江沪之间，克复时正在上海，得信赶回帮华尔约束西人者，人皆呼为黄胡子，事犹历历在目。记事贵简，原不能详叙，惟此事弟身在行间，知之最悉，华尔亦同一幸获，并未有西兵数百之多也。偶读大稿，纵笔及之，姑备它日为佚事张本可也。统惟为道加护珍重。不具。

六

久不握晤，侧闻清恙已愈，未知眠食已如常否？念念。弟键户读书，两月来取旧藏金石文字详加考订，颇有心得。昨为友人题宋拓《虞恭公碑》，检读《唐书·温彦博传》，彦博字大明，兄大雅字彦宏，弟大有字彦将，兄弟义当一体，而名大者字彦，名彦者字大，殊难释然，宋时欧、赵二家亦均以此致疑。因复检读《唐书·宰相世系表》，则云彦将字大有，而彦博大雅则与传同，于此益难释然。王述庵《金石萃编》援引赵氏《金石录》所载，亦未考及，此外顾亭林、王虚舟、钱竹汀诸公亦俱无考。寒斋书籍乱后散失，新得无多，因思邺架卷帙较富，前贤或有辨证，敢乞指示。至《唐书》于列传则名大有字彦将，于《世系表》则名彦将字大有，一人而名与字互异至此，其讹舛无足言矣。又题《嵩山太室石阙铭》，检读《中州金石记》谓"嵩高"作"崇见"，汉时尚无嵩字，《地理志》有密高县，云古文以密高为方外山也。《国语》："夏之兴也，融降于崇山。"韦昭注："崇，崇高山也。"据此知经典有作嵩或作崧，皆后人所改。云按赵氏《金石录》，《后汉·灵帝纪》熹平五年复崇高山名为嵩高山，章怀太子注引《前汉书·武帝纪》中岳改嵩高为崇高，《东观纪》曰使中郎将堂溪典请雨，因上言改之，复为嵩高。据此则不得谓汉时无嵩字，且查汉永寿二年《韩敕碑》从事鲁张嵩眇高，熹平二年《鲁峻碑》阴尉氏胡嵩永高，此嵩字之见于汉碑者。毕氏谓汉时无嵩字，岂另有所解？统乞明以教我。外呈上《嵩山阙铭》题名各石刻，汇装一册，附有拙见考证，祈直笔指谬并赐题数行为此册增重，幸甚感甚，余惟珍重。不宣。

七

前奉手答，蒙示唐人以字行者甚多，嵩、崧皆崇之俗。《史记·封禅书》《汉书·武帝本纪》《郊祀志》皆作崇，惟《地理志》作密，知武帝时尚不改作嵩，后人始作嵩也，谨已诵悉。弟之致疑于温氏兄弟之名，非因其以字行也，以一则名彦博而字大明，一则名大雅而字彦宏，名大有而字彦将，兄弟三人名彦者字大，名大者字彦，一时无从索解，前贤博识如欧、赵二家均曾论及而亦不得其故。昨偶阅《容斋随笔》，内有辨证温大雅兄弟名字一条，引《大唐创业起居注》，大雅所撰，中云炀帝遣使夜至太原，温彦将宿于城西门楼上，首先见之，报兄彦宏，驰以启帝，帝方卧，闻而惊起，执彦宏手云云。据此，则温氏兄弟之名皆从彦，而《创业注》首题乃云大雅奉敕撰，不应敢自称字。已而详考，高宗太子宏为武后所鸩，追尊孝敬皇帝，庙曰义宗，列于太庙，故讳其名。如宏文馆改为昭文，宏农县改为恒农，大雅之名，后人追改之也，所论极确。数月蓄疑，一旦砉然而解，甚快事也。"嵩"字《史记封禅书》《武帝本纪》皆屡见，并未皆作崇；《郊祀志》中岳嵩高太室，嵩高亦屡见，又加增太室祠，禁无伐山木，以山下三百户封密高，《封禅书》《武帝本纪》皆作崇。为之奉邑。师古注曰：密，古崇字，以崇奉嵩高之山，故谓之崇高奉邑。据师古之注，则嵩高"嵩"字谓为后人所改岂为定论？《尔雅》：山大而高曰嵩（俗作崧），从山从高，正合六书会意之旨，似不得因许氏《说文》未收，遂谓汉时无嵩字。至弟前书所引《韩敕》《鲁峻》二碑嵩字，以一则名嵩字眇高，一则名嵩字永高，古人字由名生，援此以证嵩字之从山从高，亦非漫引也。晨起精神颇爽，重读手札，谨书此以代面谈。兄博极群书，如有所训，仍祈明示。前奉去太室诸石刻汇装册如已赐跋，付下为感。

八

前月廿三日奉别解缆，廿四日申刻泊无锡。西门外一片瓦砾，寂无人烟，入城里许，始有店铺约百家，食物皆有。弟于市肆中以四十钱买一汉人私印，尚欲他往物色，询途人，知止此街面，遂归舟。廿五日酉初刻泊常州西门，甫登岸，于荆榛瓦砾中见一甫毙尸，掩鼻疾趋而过。靠城有店铺数十家，皆系茅屋。入城，街道、房屋尚完好，却无居人，行里许始见店铺，与无锡相似。廿六日申刻泊丹阳西门，城外与无锡、常州略同，城中则居然熙熙攘攘、生意成市，与未乱以前不甚悬殊，难得难得。廿七日傍晚到焦山，山中残桂剩馥，霜叶渐红，日来坐枕江阁，对此秋色晶莹、江山明洁，觉凡虑皆空，悠然有出世之想。详味六祖所谓“随所住处恒安乐”一语，若有所得。倘能从此勘破尘障，不为境缚，则烦恼消除，一切放下，无往而非清凉世界矣。所患者志愿不专，静处生动，动处生妄，一生爱恶贪痴，颠倒梦想，叠起而与为缘，则又堕落火宅中，前愆后过，忏悔无及。兴言至此，未尝不嗒然自失也。老兄夙具慧业，道根至深，尚望有以指示我也，盼祷盼祷。弟接汉口友人书，初十外拟前往一行，约月杪初归来。贫贱也，衣食于奔走，此行非为游观扩眼界也。曾中堂闻初一日启节，有初十日进督署之信，吾兄何日前往，如到焦山，即弟不在山中，亦有人招呼，弟已切托之矣。适有便羽，草此以当晤对，统惟为道为时保重。不具。

九

比者秋气渐深，不识起居何似？所患想已霍然，行坐能否如常？甚念甚念。前承假《全唐文》，缴上乞检收。某君以旧拓《茅山华阳观王先生碑》来索题，此碑世少传本，前人著录仅见于赵明诚《金石录》及《宝刻类编》、顾亭林《金石文字记》，而全文则未之见也。今取《全唐文》中所编者详校，内有不符之字，如《全唐文》中第二行“遐希蠹册”，“希”碑作“睎”；三行“化洽无遗”，“遗”碑作“为”，又“仁含有截”，“含”碑作“涵”；十七行“常尉坐怂之寓乃秀行念之允”，“怂”碑作“亾”，“念”碑亦作“亾”；十九行“泯之而为一”，“泯”碑作“汦”；二十一行“正堕背飞之泪”，“堕”碑作“落”；二十二行“萍流不定”，“萍”碑作“荓”；二十七行“乃分灯于暗室”，“分”碑作“传”；三十行“想朱公而思圣公”，“公”碑作“宫”；三十九行“应彼弓旌”，“旌”碑作“招”；四十行“丰厨享膳”，“享”碑作“厚”；四十一行“亦铺霞而藉锦”，“亦”碑作“乃”；四十四行“及精通道法之徒”，“道”碑作“兵”；四十六行“蠢蜚肆趸”，“蜚”碑作“飞”；六十四行“北振岱宗”，“振”碑作“拒”；六十六行

“两庑”，“庑”碑作“厦”；六十七行“黯然云布”，“黯”碑作“黓”（按，潘岳赋“翠幕黓以云布”，碑似本此）；六十九行“何景福之难酬”，“酬”碑作“俦”；七十行“内殿”碑作“殿内”，又“光趺八尺”碑作“丈八”；七十七行“钟魏之楷模”，“魏”碑作“卫”；八十二行“兼知校领省官”碑作“兼知领校省官”；九十三行“王元熠”，“熠”碑作瞸；又“十有余人”，“十”碑作“千”；九十九行“爽节川停”，“停”碑作“渟”。此碑与《全唐文》所异之字，其文异而义同者可仍而不改，而其中必应从碑厘正者正复不少，于此益叹古拓之可贵也，因作《王先生碑》跋，草草录呈考订。

十

奉手答谨悉，并知下乡修墓喉患又发，闻之实深驰念。前弟进暂辍著述之议，孱躯本亦多病，此说从体验中得来，非妄发也。费晋卿医道总算有本领，弟往年至冬间服温补之剂，去冬觉不对症，请渠诊视，专以养阴为主，谓温补万不可服。刻下所服膏滋，以天王补心丹为君，此外则龟鹿二仙胶、东西洋参加以流利消痰之品，系鄙人自拟之方，服之甚对（赖渠切不可服温补一言，故改弦易辙）。明春二三月间，天气晴和，兄往访晋卿，顺便看看惠山景致亦好，此行不可省也。抑弟愿兄有此行者，更不仅为利己事，尚有利人一事欲由兄发之。弟尝往来扬、镇两郡，所过各处，见桥梁为贼拆毁未修建者甚多，小民病涉，心颇恻然。今秋过毗陵，泊舟无锡所属之洛社镇，见两岸行人待渡者如蚁，船主系无锡人，云自洛社大桥被贼毁坏后，十数里内皆恃此渡船，去冬某月因人多舟小，覆溺数十人至有灭顶者，闻之心益恻然。因思自丹徒迤南各水道，不必论穷乡僻壤，即以官塘运河言之，其未修建者不知凡几。兄入山深，足迹不越数百里外，倘使目击情形，定亦同此恻然。中丞重兄品学，他日从毗陵归，据所亲见之一二处为之喤引，请中丞通饬各属，各将境内所辖桥梁为贼毁而未修建者共有若干起开折禀呈一面，遴选公正绅董劝捐兴办，其捐数及工料经费榜示通衢，倘实有无可集捐之处，请善后局酌量拨款接济。登高一呼，众山皆响，是在中丞一号令耳，而千万人之利济胥赖此矣。弟久欲向中丞一言，因思身为寓公，非官非绅，虽属善举，究系地方公事，不便越俎，惟与敏斋、筱舫辈时言之耳。兹承询商行止，用特附布梗概，计亦兄所乐闻而必为剀陈者也。

按，同治五年冬(1866)，冯桂芬以夙疾频作，城中酬应烦苦，遂买屋灵岩山木渎镇，挈家居住。据札中"入山深"等言，则此札当作于同治五年之后。

十一

前日辱惠顾，有失倒屣。越日正欲走谒，适奉留函，知因天气骤热，未带夏衣，匆匆转棹。比届黄梅暑湿司令，不审眠食何似？伏维珍重。弟体中时有不适，惟看书虽终日把卷不觉辛苦，写字至六七百以上便觉劳倦，欲辍笔矣。若诗文只须稍一构思，便心摇头疼，一时把捉不定，自去年夏秋至今常常如此。年已六十，恐无复强健之时，平生未完之笔墨，正不知何时能竟，言之可慨。书局借刻《左传》，以十偿一，此借书翻刻之成例也。倘雇工写样，其工费恐再加十倍亦办不到，此事系弟经手，偿十之说亦弟所言，非出自兄口也，昨已属潞儿与局员说定，即当照送无误。柳生一节，若长洲修志举办，则柳生必应住局，弟处可从缓议。缘弟欲求一可与谈金石文字之友，闻柳生年力正壮，人亦朴实好学，《焦山志》已成之书，请其校对不过借此为名，实则另有笔墨相烦，第不知渠于考据一门性相近否？故必得下榻寒斋，朝夕相处，方知其蕴，不能兼顾两事也。秋试在即，如其破壁飞去，则前言皆是废话，不如且作缓议，俟至秋后再说，想尊意亦以为然也。子山五月初四日来信，云军机进单大费周章，选司坚不肯行，幸胡、彭两少宰皆是旧识，力持公论，遂于初三日移交枢垣候简。渠得家信,知中丞出奏迟回,兄曾经移书相托各层,极为感激,属先道意。原信送与敏老阅看,尚未取回,他日奉览。

按,据札言吴云"年已六十",则当作于同治九年(1870)。又据《焦山志》自序,吴云于同治九年完成书稿,与"《焦山志》已成之书"相合,则该札应系于是年。

十二

数月不见,想念时萦梦寐。前辱惠顾畅谈,稍解劳结,越日风雪严寒,不审回山后眠食何似?实切驰仰。牛乳诚补气血,为高年所宜,然不可多饮,多则痰凝中满,胃纳遂因之有减。鄙人现服人乳,止能大半茶杯,若至一满杯便胸次作呕不适,饮牛乳亦然,此年来体会得之,兄其留意。兹恳者,拙著《彝器图释》十二卷虽已刻竣,尚多舛讹待改,因亟欲奉求大序,特先印一部呈正。弟获交左右逾二十年,自顾生平颇不为当代贤豪所弃,交游正不乏人,然知我之深无逾于执事。王元美遇书画金石,不惜解衣质买,谓非惟宽身,且用自污,弟所耆与元美同,却无所用其自污。惟垂老之年,曾无短长之效以见于世,沾沾以铅椠冀博身后之名,其志亦可悲已。兄视此书为可存,敬求赐序一篇弁首,感且不朽。尊书字形之大小不计,惟版口须如此书之式,当精选手民奏刀,必不致如书局之草率从事也。

按,《两罍轩彝器图释》十二卷有同治十一年(1872)吴氏自刻本,前有冯桂芬、俞樾手写序。则该札当作于是年,或此前不久。

十三

日前奉手翰，敬悉著述如意。惟旧恙时愈时作，又因霍乱而神晕体冷，脉伏汗不止，服姜桂大剂而平，此所谓急则治其标也，越旬日而痰红又小发，想即旋止。不识日来眠食何似？伏惟珍重。承示力辞善堂一节，沙田向以互讦争讼为能事，甚至纠党械斗，每有官法所不能禁，三善堂之因讼呈牒，曩在江阴总办沙田升科时常见之。兄以此事最为烦心，决计冬间觅替卸去，甚善甚善。前日敏老来，亦曾言及，当可如指办理。至阅经古而旁有检书之人，虽费心思却是乐事，可不必辞。弟有因查一二字，至于心火上升、头目俱晕，推己及人，故作前语。弟与兄耆好同而有小异，兄舍书卷外别无所耆，弟则花木也、禽鱼也、字画、金石也玩，好在耳目之前无不可藉以为乐，大约清昼六时，三之二在笔墨，三之一在游息。今年交夏后身子较好，不识交秋何如，时刻防病，一年四季健与不健毫无把握。莫健于贾芸老，次则晓帆、缘仲，今皆谢世矣，然则世之所谓健者，转不如我辈病夫也，兄以为如何？金氏之捐款本定二万串，系弟力劝而成，嗣因嘉兴人闻之，谓捐苏州而不捐本籍，乡党不平。惟弟当日劝捐二万串，原许其入奏，查奏案须得万两始能专奏，今拟以一万两捐与苏州，以三千串为本籍捐，已与杜筱舫弟议定由伊转达，倪载轩辈俱各允协。惟有此一折，金氏之具呈欲由绅士加呈代递，且欲求兄为领袖。好在出此巨款并不邀叙其呈词，不过目击兵燹以后艰苦情状云云，并无窒碍为难处也。此万两中以五千发典生息，为冬间粥厂之用，缘自十年分以来三首县粥厂停止，每至冬寒施粥总以经费不敷，由弟帮同募损接济，前年七百千，去年六百千，皆各相好处凑集，弟亦解囊。前年七百千之中敏老与舫老各有一百千，今得此息银则一劳永逸矣，此弟之心愿也。尚有五千两息银，拟为尊处所办安节、洗心二局经费及顺之、季玉诸君紧要善举之用，以期周妥。此说尚未与顺之、季玉言，如兄以为可行即当举办，否则只好中止劝令金宅。随时量做好事而已，恐未必真有实际也，是此万金巨款之善举系于兄之一言，专函奉商，伏候进止。

按，信札中提及“晓帆、缘仲皆谢世”，而吴煦逝于同治十二年(1873)，则此札当作于同治十二年后。

致吴煦

吴煦(1809—1873),字晓帆、晓舫,号春池,晚号荔影,浙江钱塘(今杭州市)人。以捐纳知江苏宜兴、吴江、嘉定等县,署苏松太道、江苏布政使。借兵列强,引用洋枪镇压小刀会及太平军,后被劾革职。

昨面议亦西斋书坊之设,原为兵燹后各处经书版籍毁失无存,坊间所售四书五经纸印既劣,讹字又多,误人子弟不浅。现拟先刻十三经读本,已属管事胡鲁山购版兴工。桥孙之意谓《昭明文选》亦学堂中不可少之书,现欲觅一汲古阁文字清楚者,不独价值贵,兼无觅处,胡刻更无论矣。桥孙有汲古阁本,字尚清楚,不能翻刻,盖翻刻非初印本不可也。现欲写样,需古刻校雠,知弟处藏有善本,欲借去校对。今特检上二部,其一高丽纸大字本,粉红绢面,此从郁泰峰[①]借来,泰峰藏书至富,宋元刊本《文选》不下十余部,知弟见爱,遂举以为赠;又一部系苏州汪阆元所藏,磁青纸面,称为宋刊,惟凑配甚多,然在今日实亦不可多觏矣,统望转交桥孙为荷。

---

① 即郁松年,字万枝,号泰峰,一作泰丰,上海南翔人。船商,藏书家。刻有《宜稼堂丛书》。

致丁日昌

丁日昌(1823—1882),字禹生,一作雨生,号持静,广东丰顺人。咸丰四年(1854)因"潮州军功"入仕,历任万安、庐陵知府。同治四年(1865)授苏松太道,旋升两淮盐运使。六年任江苏布政使,次年升任江苏巡抚。光绪元年(1875)转任福建巡抚,六年(1880)会办南洋海防,节度水师,并充兼理各国事务大臣。著有《保甲书辑要》《奏稿》《巡沪政书》《百兰山馆诗》等。

一

昨者伏蒙赐顾,勤勤以地方利弊为问,而又思周虑密、慎始图终,将举古人已行之政教因时通变,次第施行。云虽梼昧不学,窃不敢不尽其愚,以备采择。闲尝考周文襄之治吴,其良法固多,而置济农仓一事尤足以为后世法,史称吴中终文襄之任,数十年民不知有凶荒,由于储积之丰也。汤文正重文爱士,而义仓之设亦必居于社学之先。礼义生于富足,盗贼迫于饥寒,二公之德泽在人非无故矣。云伏观本年五月间久暵不雨,民心已万分荒张,赖明公暨各大府设坛虔祷,天心仁爱,渥沛甘霖,遂得转荒为熟。侧闻苏、松、嘉、湖除未垦各区外,其余高低田亩一律种遍,秋收可望丰稔。将来新谷登场,佥谓米价石不过二千文左右,执事诚能及此时会,分饬所属各州县量地方之肥瘠,酌缺分之菀枯,仿前贤遗法设仓积谷,或于漕务中酌提羡余,或于业户中广劝捐助,自数千石以至数万石,合四府一州计之,初年得谷已复不少,数年之后定必仓箱充溢,利济无穷。应如何冬收春贷、推陈出新,必明定画一章程,以垂久远。果能合官绅之力奉行尽善,有此积储,即遇水旱偏灾亦足有恃无恐。兵乱之后恐有凶年,似亦当务之急也,惟执事图之。

按，丁日昌于同治七年(1868)至九年在苏州任江苏巡抚，则该札当作于此数年间。

二

前者辱惠书，猥荷垂注勤拳，并承惠颁老树橘红，谨即拜登。东坡晚年在海南时好储方药，以应不时之求，兼备摄生之用，猥蒙远寄，感幸无量。辰下伏维颐养冲和，贵体定已彊饭。近日医生固不易得，惟明公以优游林下之余，尘劳屏扫，琴书自娱，则六时消息未必不胜于一剂清凉。比闻陈请养疴，已邀俞允，贺知章鉴湖乞赐，欧阳公颍上退居，一时君臣契合，辉映古今，遭际之隆，后先同辙。然在明公以皋夔之身寻莘渭之乐，卷经世之大略，抒绪余之鸿文，高尚之风，世诚罕觏。而不知江南人士去思之切，有不啻如渴思饮，如饥思飧者。福躬康健，务望早日出山，为霖为雨，苍生望谢公亟矣，公忍恝然无意于斯民乎？巨制诗篇业已浣诵百过，健笔扛鼎，词源倒海，气韵足与玉局抗席，非胸有万卷书而识力又足以副之，安能臻斯境界。牛耳之盟，舍公谁属？承命勉和《园居杂咏十一首》之四[①]，小国郳滕，不过为明公负弩执鞭，奉盘匜以听驱策而已，不足云诗也，幸直笔训削之。儿子承潞得侍左右者有年，凡居官治事悉秉当日箴诲，不敢稍有违渝，故数载以来尚无陨越。去岁今春，筹浚属境七浦各支港水道以资农田灌溉，今夏吴中亢旱而娄东车戽有资，幸未成灾，此则堪以仰慰垂。

按，同治十年(1871)正月，丁日昌扶母灵柩至揭阳居住。据《百兰山馆诗》卷五载，丁日昌于同治十三年(1873)九月作《园居杂咏十一首》，则该札当作于诗成后不久。

---

① 《园居杂咏十一首》其四诗云："中岁嗜古籍，简编时在手。佞宋复佞元，第恨乏科斗。"见丁日昌《百兰山馆古近体诗·百兰山馆诗》卷五，清末铅印本。

致金国琛

金国琛(？—1879),字逸亭,江苏江阴人。咸丰中,以诸生谒罗泽南于江西,使参军事,治军严明,累功擢知县、知府、道员、广东按察使。光绪五年(1879),卒于官。

日前台从莅苏,屡辱惠顾,畅聆教言,稍慰劳结,别后未知何日安抵金陵,深以为念。承谕捐局会衔一节,猥荷谆劝至再,且以弟之辞差,尊处未接明文,现在具报开局及一切文移均以爵帅札子装首,尤不便将贱名抹去,致乖公牍体裁,此执事慎重公事之意,佩甚佩甚。惟弟去年十一月间奉到左爵帅札子,当于腊月间具禀,沥陈病状,请另委接办,词颇剀切详尽,必可邀准。此禀托上海转运局代递,路途遥远,不知何日始达。弟非膏肓泉石之人,且与执事同差尤所深愿,况蒙左爵帅、袁星使[①]激扬废滞、采及虚声,苟可勉任驰驱,亦欲仰首伸眉,稍图建树,一吐胸中郁勃之气。无如十年伏处,药炉茶灶未尝离侧,倘不自揣分量,轻出尝试,颠覆召愆,后悔何及,此所以再四思维,不得不具禀力辞,冀全晚节。昔人誓墓,弟则誓之于心,匪伊朝夕矣,执事挚爱,亮亦曲鉴此衷也。小午星使向未谋面,未敢通书,乞于递中代达鄙意,梅小岩方伯[②]前亦望婉致区区,是所至恳。不宣。

---

① 即袁保恒(1826—1878),字贞叔,号小午(一作筱坞),河南项城人。道光三十年(1850)进士,授翰林院编修,官至刑部侍郎。少随父袁甲三治军,曾先后佐李鸿章、左宗棠幕二十余年。

② 即梅启照(1827—?),字小(筱)岩,江西南昌人。咸丰二年(1852)进士。官至浙江巡抚。著有《强恕斋诗草》。

致李联琇

李联琇(1820—1878),字季莹,号小湖,江西临川人。道光二十五年(1845)进士,改翰林院庶吉士,散馆授编修。咸丰三年(1853),擢大理寺正卿,五年调江苏学政,任满,乞病居通州数年,后主讲钟山、惜阴二学院。著有《好云楼初集》《好云楼二集》《临川答问》等。

一

烽烟澒洞,执讯久稀,每念霁光,辄深驰溯。辰下敬维道履冲和,顺时谐畅,千秋盛业,富有日新,幸甚幸甚。云待罪沪江,积忧成疾,自春徂夏,日与药炉茶灶相为周旋,一室萧然,读书自遣,杜门不出者三月余矣。韩昌黎云:"居闲食不足,从仕力难任。"古人于出处之际,不能自决如此。云今者但慕居闲之乐,永绝从仕之心,纵使食或不足,亦当减衣缩餐,勉支岁月,还我酸咸面目,矢诸天日,誓于江神,此生再不作傀儡中人矣。暑退秋凉,贱躯得稍顽健,拟拏舟北渡,省视老母,必当专诚奉访,藉罄别绪,先以此书达意。闻大集已经刻竣,何日惠读,甚盼念也。楞翁常通信否?余惟为道保重。不尽。

按,咸丰十年(1860),太平军围攻苏州,吴云赶赴上海与西洋诸国领事官会议。同治元年(1862),因遭妒忌者诬陷而辞官,暂居上海。同治三年,苏城克复,遂归苏州。则该札当作于此数年间。

二

伻来奉手书,并蒙惠颁诗文初集,谨已领悉。执事宏通博雅,名满寰区，久为士林皈仰，而犹虚怀若谷，如云谫劣，亦复不弃其愚，属为直笔厘订，此真以能问于不能也，闻之益增皇恐。乡居无俚，连日焚香静对，展读再过。骈文雄浑峻雅、盛世元音，散体议论警辟，《反侯朝宗燕太子丹论》一篇谓“博浪之免正非秦幸，咸阳之免不为燕惜”，卓哉斯言，洵为千古独创之论。此外箴言、杂识皆有功来学，所谓经世鸿文也。古今体诗尤见酝酿之深，古人于家国之间忧患婴心，触物生感，激而为酸楚悲凉之调，以写其穷苦抑郁之思，《小雅》《离骚》以后，至于杜少陵论诗者每谓穷而后工。执事门传通德，家有楹书，纡青拖紫，席丰履厚，苟幼时爱育稍偏，噢煦过甚，又安见砥砺自奋，骤成国器。人情喜逸恶劳，观于读书欲卧，自爪其面，此固有迫而致之者，不必待苏季子穷困归来而简练以为揣摩者久熟矣。一出而遽掇巍科，声隆朝野，年未四十，位列上卿，是当日之操心虑患，无非玉汝于成也。读《祭嫂》一篇，所谓欲扬先抑、欲亨先屯者实由中之言，非矫情之语也。集中载赐鄙人二书五古一首，附青云而传后世，荣幸何如。所至可感者，云遭庚申之乱，平生覆瓿之作与庋藏书籍同罹浩劫，竟无只字获存。今读大稿，谓拙题吴承泌墓志驳兰泉之跋辨证僖昭年号，今此碑既佚，文亦久不置怀，而既为大贤所赏，或则尚有可存。因之追忆前题，默为纪录，尚得十之六七已存诸稿矣。此外未梓者，悉付烟云，无从追问，益叹执事初集之刻，谓恐一旦抛失，使精神遐漂为可惜，真甘苦之言也。至于吴守栖黄桥、李生宿青郊引前人之诗以写两人离索之感，回首前尘，凄然欲绝。一俟孱躯稍健，准当专诚诣访，作竟日之谈，一纾蕴结。

按，《好云楼初集》刊行于咸丰十一年(1861)，据札中言“并蒙惠颁诗文初集”，则该札当作于咸丰十一年后。

致许乃钊

许乃钊(1799—1878),字恂甫,号信臣、贞恒、遂庵,晚号遂庵老人。浙江钱塘人。道光十五年(1835)进士,授编修,历任河南、广东学政。咸丰三年(1853)任江苏巡抚,七年,以三品顶戴帮办江南军务,次年补光禄寺卿。十年,太平军破江南大营,克常州、苏州,遂被革职回籍。著有《武备辑要》《续武备辑要》《荒政辑要》等。

一

月之中浣,奉九月杪手简,欣审道履冲和,娱情翰墨。承属觅米老法帖,今先寄上《向太后挽词》一种。米老小楷颇不易得,《英光堂帖》一刻于徐紫珊,一刻于蒋生沐(与徐刻不同),侄处均有,尚有重刻《群玉堂帖》,比之《英光》尤佳。出月有便人到海陵,当属带呈,驿递不便也。至来谕谓嘉兴张氏有重刻《英光堂》一卷,是米老临智永鲁公《瘗鹤铭》诸帖,侄未见过。当时叔未丈所刻金石各种,侄尽知之,未闻有此帖也,容另访之。蒙询敝藏禊帖,言之可慨。侄积三十年心力,搜罗至二百余种,其中不少希有之品,一毁甲寅年家遭郁攸,再毁于庚申之变,现在所剩仅十之二三而已。开皇十三年本已付劫,十八年本尚在,均经重刻,石亦无存,昨于友人处得一重刻十八年本,附寄清赏。所至可惜者,旧藏《冯承素摹禊帖》一卷,系唐人双钩廓填,为魏文节杞家藏赐本,自南宋历元、明、国朝均有题记,其最著者如赵松雪、俞紫芝、倪云林诸公,流传有绪,为敝斋中瑰宝。乃己未年秋间为石门李笙渔太守借刻,旋携至杭州,去年陷于城内,此卷既免苏州之劫而不能免杭州之劫,岂存毁亦先后有时耶?侄遭遇患难,万念俱灰,比来键户读书,颇亦自安其拙,所辑《吉金款识》一书粗有就绪,日握铅椠,篝灯不辍,窃计明春可以成稿,再当就正。惟家无储蓄,食指繁多，薪米仆赁之资颇似昌黎公“日求于人，以度时月”。明春膺镇江赵、金两观察之招，杏花初放，必鼓金山之棹，斯时当便赴海陵，抠侍左右，与长者作数日叙。敝藏遭劫者固多，新得亦颇不少，必携数种以资评赏也。江南讲金石之学者自韩履丈、翁叔均[①]故后，我道益孤，海陵有可谈之人否？侄所知者有吴让之茂才，年老家贫，好学不倦，其篆隶师邓石如，实有出蓝之誉，非时史可及。铁笔尤妙，惜目昏，已不能多刻，其于汉魏六朝碑版考鉴最精长者，暇时试进见之，当知侄言非谬。惟此君颇抱道自高，非先枉驾，恐不轻至也。

按，己未为咸丰九年(1859)，而咸丰十一年(1861)十二月，太平军攻破杭州，札中言“旋携至杭州，去年陷于城内”，则该札当作于同治元年(1862)九月后。与吴云次年春赴焦山行程亦相合。

二

日前肃复一函，附有重刻开皇禊帖暨米书石刻，由镇江转递，未知何日达鉴。一昨又奉手谕，并致觐堂星使寿幛等件，一一领悉，遵即代办，专送取有回帖缴呈，伏祈察收。辰下敬维福躬安泰，道味加腴。蒙示温习四书兼涉二氏，三教会通，互相发明，此中无实无虚，正吾儒诞登立脚处。况长者久以广大心得清净觉，今复勤参宗旨，体悟真诠，以葆此坚刚不灭之性，此大智慧，悬崖撒手本领。恨侄根行浅薄，不能信受奉行，一意潜修，今已神疲志耗，甚悔三十余年心血非劳形于案牍，即消磨于故纸堆中，噬脐无及，奈何奈何。明春准赴海陵，

---

① 翁大年(1760—1842)，字叔钧，又字叔均，号陶斋，江苏吴江人。精考证，篆刻取法秦汉，颇有韵致。著有《古官印志》《古兵符考》《陶斋金石考》《泥封考》等。

侍聆棒喝，冀可启牖愚蒙也。家让之本长者所器重，侄前书虽属失晨之鸣，知长者必许其论荐之不谬也。兹寄上兰伯亲家竹报三通，又鹿茸一架，统乞检收。蒙谕春和拟作蜀川之游，板舆之乐固属人生难得，然间关万里，又值中原多故，道路难行，似非高年所宜进止，尚望酌之。英光堂米帖两本、群玉堂米帖一本附呈清赏，余容续寄。不备。

按，据札中言"明春准赴海陵"云云，则当作于据上札时间不久后，暂系于同治元年(1862)。

三

日前奉到续示，并抄录米卷诗句，命为考定。按米书刻于《清芬阁集帖》中，特将原帖寄上，中间如第一首"缕"字下点去一字，及"膳"字误"瞻"，帖中皆无错，而卷中所讹竟为巨眼抉出，益征长者聪强善记，断非后学辈所能几及，若侄之瞢学早衰更无论矣，惭愧惭愧。

致黄芳[①]

黄芳，原名晃，字荷汀。道光十五年（1835）举人，咸丰三年（1853）署宝山县事，后迁同知，赏戴花翎，调补上海，擢苏松太兵备道，立会防局稽查海面，以积劳得疾，归卒于家。

吟蕉[②]竟于本日卯刻骤患时疫弃世，弟力疾往吊，顷归寓，余痛犹未已也，想兄闻之定亦同深一哭。吟蕉交卸常镇道篆到沪后，承办各事倍极棘手，昕宵从公，几于忘寝废食，近复触暑往来，不遑喘息，竟以时疾陨命。伏念中丞平日器重吟蕉，闻此信必为恻然。吾兄晋谒时能相机婉言，得援军营办事、积劳身故例入奏，则不特为饰终之荣，而身后官累亦可例豁，赵氏子孙世世感戴矣。吟蕉系委办理京米人员，现在京米办竣，本有劳绩可录，措词亦有依据，统祈裁示。酷暑伏维善加摄卫。不宣。

按，卷四同治二年（1863）吴云致金以诚信中言及“吟蕉于廿四、五日治丧”，则该札当作于是年。

---

① 原题作“王荷汀观察芳”，经查，未见有王荷汀观察此人，疑为黄芳之误。

② 赵炳麟，字吟蕉，浙江归安人，道光二十三年（1843）举人，署江苏常镇通海兵备道，著《退思斋诗钞》。

致何绍基

何绍基(1799—1873),字子贞,号东洲,晚自号蝯叟。湖南道州人。道光十六年(1836)进士,历充武英殿和国史馆协修、纂修、总纂等职。咸丰二年(1852)九月授四川学政,四年被议去职。先后主讲山东泺源书院、长沙城南书院和主扬州书局。著有《惜道味斋经说》《说文段注驳正》《东洲草堂文钞》《东洲草堂诗钞》等。

一

去年秋冬曾两肃芜笺,本年初夏又由汉口友人专递一信,迄今未得覆书,均不知一一达到否?弟不肖,不能从俗浮沉、与时俯仰,卒为含沙所射,然窃自念古今来多少英贤豪杰横被口语,蹈不测之祸者难更仆数。涉此乱世末流,犹得骨肉完聚,苟全身命,且劫火之余尚有图书、金石可供观摩,不可谓非苍苍者厚于我也。比来杜门谢客,编辑《钟鼎彝器款识》一书,甫经草创,俟有就绪,即当另缮清本,寄请正定。刻因润州绅士以金、焦两山志书均毁于火,邀弟纂修,年内或出门一行,亦未可定,藉山居清静更可卒未竟之业也。后有惠函,寄上海洋泾浜会防局转交,必可无误。

按,同治元年(1862),吴云因遭妒忌者诬陷而辞官,于同治二年春至焦山纂修志书,则该札当作于同治元年(1862)。亦与札中所言“卒为含沙所射”事相吻合。

二

前寄家子俊带呈一信,子俊未行,适荷汀从湘南来,携到手书。

发函伸纸，宛挹笑言，并知今春有九疑桂林之游，想见杖履佳胜，腰脚轻健，致足羡也。承惠楹联及张迁隶碑，如获异宝，法书诣力已到至精极熟之候，无论欹侧、端庄，各有妙处，未易一二为俗人言也。弟于汉人隶书中颇以未得《张迁碑》善本为憾，今观吾兄所临，间架略仿《张迁》而根柢岐阳《石鼓》，复参以《娄寿》笔意，遂觉雄浑古厚。伊墨卿一生学《张迁碑》，但求形似，惜未见尊书也。当今不乏书家，而平生心折者实止老兄一人，得失寸心，知此言非可强致也。弟近日亦颇致力于隶书，自知功欠沉着，天假我年，或者有所造就，此不仅八法已也。所需黄小松折扇已为龙蛇攫去，近得边苇间所画芦雁折扇一柄，尚可拂暑，兹特交子俊带上。弟与翰墨颇有奇缘，兵燹之后所得《岳麓》《云麾》二碑皆系宋拓致佳，此外碑帖及名贤卷册亦颇可观，恨无万回飞往之术，携以就赏也。筱沤[1]殉难以后，其子谷甫世讲于本年五月间挈眷入都，七月津门大疫，竟客死异乡，真可恸哭。韩履卿[2]、许珊林两丈暨汪鉴斋、翁赤均皆已作古，惟吴熙载岿然独存，现寓泰州。谈金石之学者如广陵散矣。冯林一、潘玉泉、顾子山均在上海，弟不出户庭，此数君者常来晤叙也。荷汀已过谭数次，《圉令赵君碑》尚未见也。

按，朱钧和韩崇皆逝于咸丰十年(1860)，许梿逝于同治元年(1862)，则该札作于同治元年七月后。

---

① 朱钧(？—1860)，字衡可，号筱沤，浙江海宁廪贡，官苏州粮道。家富收藏，精鉴赏，工书。

② 韩崇(1783—1860)，字符芝、元之，一字履卿，苏州元和县人。性嗜金石，工书。编著有《录德录》《义门先生集》《江右石刻文编》等。

三

承询雁塔题名，忆己未年在苏时有贾人持以求售，索值百金，后为李筀渔购赠王雪轩中丞。兵乱，雪翁将此件连同各字画寄回家去，现当在福建，或未遭劫也。弟处所藏汉碑，劫火之余，仅存二十余种，内《曹全》《乙瑛》《孔宙》皆有重出本，然不过熙、雍、乾、嘉间所拓。《天发神谶》尚是明拓，原石已毁，颇不易得，兄如需此，示知寄上。兄近日画兰否？奉赠箨石翁①墨兰一轴，兄喜离奇，而此实为正宗，似出板桥辈之上也。外宣城旧纸八帧，尚宜笔，聊供兄临池之用。《齐侯罍》释文终未惬意，从前兄来信云子苾、印林、定庵均有释文，弟遍访不得，兄处如有稿，务求寄下。尊释必有稿本，并乞一并寄下。

四

去年夏秋间曾寄二书，附有黄小松画卷、楹联、集帖等件，讫今未奉还答，究不知前书曾否达到，深为驰念。比来眠食何如，伏维万福。弟自山居以来，爱右军誓墓之文，陋鲍焦愤世之语，一编在手，聊复逍遥，颇能自安其拙也。去冬杪，由山旋沪省视老母，幸寒家长幼均得托庇安健。昔人谓山中胜境在杏花红叶之时，日内即拟重鼓焦山之棹，此乐甚不易得也。比检庚申后所得名贤尺牍一百数十家，汇为一编，付梓传世。前寄去魏鹤山《文向帖》真迹卷，无论已否赐题，恳即付来人带还，拟以此札为诸贤领袖也，恳切恳切。

五

邗上归来，得读七月念二日手示，欣审闰月望日安抵珂里，沿途暑热异常而眠食无恙，精神康健，实慰驰念。弟夏间自江北回家，未

---

① 即钱载(1708—1793)，字坤一，号抱尊，晚号万权居士。浙江嘉兴人。乾隆十七年(1752)进士。善水墨，尤工兰竹。著有《萚石斋诗文集》等。

曾出门，九月下旬与季玉联舟至京口，季玉赴江宁，弟则渡江上扬州，耽阁月余。梅花书院本有两席，其一已属晏公，其一当道以为脯修止名世之数，恐亵高贤，迟疑未决。弟属缘仲转告丁雨翁，贞兄向视礼意之诚否为进退，而不以幣帛之厚薄为得失。外信二件附上，阅之即知弟于此事固无日不为之筹也，不识兄何日南来，当道亦企望之至。此席本在可有可无间，不必以此定游踪。潞儿到家后一病三月，昨始出门销假，渠之就原班亦为境所迫。惟殿试甲第在前而覆试朝考又俱列一等，舍翰苑清华而为风尘俗吏，未免有辜师门期望。然能替老人分轻家累，细思之亦未始非计也，现以知府直隶州到省，蒙念附及。性泉闻患恙，弟两次去信迄未得覆，未知竹报常到否。

按，何绍基于同治四年(1865)七月廿二日有书致吴云①，所询"梅花书院"等事宜皆与此札相吻合，则此札当为吴云回书，应系于同治四年。吴承潞亦为同治四年进士。

六

去冬肃复寸笺，由族侄念椿转递，计必尘览。流光如驶，忽又暑去秋来，未识大集已刻竣否，窃愿先睹为快。弟杜门息影，无善可陈，幸自老母以次均托庇平安。溥儿蒙兄垂爱，谆谆以勤学为勉，去春以来命渠习八比文，弟亲自督课并时时引兄濒行策励之词，警其惰顽。本年五月间科试，幸以第四名入泮，现赴秋闱，倘能认真用功，下科或可望隽，此时姑令观场而已。潞儿已奉调入帘，一切尚称顺当。性泉免议一节，四月间季玉从金陵归来，云渠尚未奉行知。昨得沈午桥原信，交与季老带去矣。吴冠英现寓苏州，《西圃雅集图》属渠另画一

---

① 何绍基致吴云书见崔伟:《中国书法家全集 · 何绍基》之图版，河北教育出版社，2002 年，第 163 页。

幅，添入汪秉斋、吴冠英二人，兹特寄上，或当尊意也。同人皆欲请兄为记，并以行书写就寄来，格式比画卷略低寸许，拟即拓出付刻分装于卷后，又可作横幅张挂也。附呈白金三十两，聊佐尊酒之需。南中友人求兄法书者甚众，皆以道远难达为虑，一说润笔便十分郑重，总之不外乎坤道吝啬，一笑。

七

一昨辱惠顾，晤言颇畅。两月来彼此体中小有不适，相见甚希，得此清谈，稍解劳结。谕及夜梦阮文达公见过，议论甚久，所论何事已记不清，惟文达临行云吾尚欲到吴平斋处，此语却甚清楚。比醒，以为颠倒梦想常常有之，未始以为异也。可异者，晨起适阮世兄由邗来见，以埋幽之文见属，会逢其适，此则大为可异。因笑属弟留心，紧防文达公有笔墨事相烦，可预为之计云云。弟以为从古无不死之人，果能死后在文宿宫中与先辈相周旋，岂非得所。惟兄在，弟何敢死？请兄将此一段梦缘效东坡作《纪梦》一篇，留为他日征验如何。当日东坡梦中亦止记得“蟋蟀悲秋菊”一句也。谨专人将《揅经堂全集》四套送上，乞察纳。不宣。

卷三

致鲍康

鲍康(1810—1881),字子年,署所居曰观古阁,安徽歙县人。道光十九年(1839)举人,官至四川夔州知府。同治十一年(1872)六月,解职夔州知府,旋入都,归隐臆园,自号臆园老人。著有《泉说》《续泉说》《观古阁丛稿》《古泉丛考》《大钱图录》《谥法考》《古泉考略》等。

一

神交久矣,南北睽隔,徒殷向往。昨从郑盦司农交到尊刻三册,谨读至再。大著考证详明,鉴别精审,题金砚云孝廉《古泉考》而推许及于鄙人,未免感惭交并,然于此益见文字之交形骸虽隔,心性自孚,非道里所能间阻也,幸甚幸甚。兹寄上古瓦当文七纸,中有寿卿一百九十四种所未备者。又古泉拓本八纸,亦有出《古泉汇》之外者,特未知有鱼目之混否?乞为审定。唐龟鱼符四种,为燕庭先生旧物,龟符字精而难拓,特各拓一分,附奉清赏,不宣。

二

二月初曾有复函,交小婿朱孝廉镜清带呈,附有拙辑《焦山志》一部,齐侯罍拓本二分,计已达览。尊刻《续泉汇》四册已由郑盦侍郎寄到,翻读再过,具见搜罗愈广,鉴别愈精,此正、续二书一出,世传前贤各种泉志泉谱皆废矣，洵必传之作也。中间蒙采及敝藏数种，附垂不朽，幸甚幸甚。竹朋兄曾接其去年夏、秋两书，据云用按摩之功，所患稍稍见效，大抵老年气血皆亏，见症如此。弟亦常常抱病，交春以来，虽无不适，而精神总不能振作，大约同辈中惟簠斋可称健者，去年一索得男，再索得女，尤为难得也。尊刻各种，刊印皆精，《续泉汇》尚欲奉求二分，或仍托郑盦侍郎转寄，或交小婿朱平华均可。平华寓吴兴会馆，现在正赴礼闱也。附去晋太元古砖拓本，又唐咸通汤府君墓志，皆本年正月廿二日苏州吴县横山新出土墓志，字已漫漶，砖文字亦不精，而书于正面者却颇罕见，聊奉鉴赏。

按，据吴云与陈介祺通信可知，陈介祺于同治十三年(1874)秋和光绪元年(1875)春分别得子、女各一，则该札当作于光绪元年。又，《续泉汇》于光绪元年八月刊刻而成，札中言及此书，亦为一证。

三

前月中旬，奉上巳日手教，敬悉道履清胜。承示抱孙之喜，闻之抃跃。我辈林居晚境，万事皆属身外，惟此天伦性分之乐，至不易得。造物亦至靳，尊府廿余年不添丁，今连举两孙，想见积善有庆，将来充大门闾，可以预卜。令侄与朱婿为丁卯同年，渠来信亦述及，转眩春榜揭晓，再添谱谊，尤为喜幸。弟以孱躯多病，性又疏懒，年来谢绝酬应，恒终月不一出门。膝前有五孙、一曾孙，含饴分果，日与调笑取乐，亦暮年自怡之境也。属荷挚爱，用特附陈。承赐大著各种，暂存平华寓次，俟便妥寄，必无遗误。《续泉汇》郑盦交汪柳门司业转寄，业已领到，敬谢敬谢。寿老久无音书，渠有同乡韩君服贾于苏，年年冬去春来，故此二三月之中偶断音问，尚不为异。乃尊处与郑盦亦俱有三月不得只字，真令人疑虑不置。竹朋兄此病颇不易见效，海内金石之交正如天上晨星，落落可数，能无互为爱重，共保岁寒。兹因郑盦令弟济之中翰入都之便，手肃布复，附奉墨拓三册，敬乞鉴定。

四

月初交舍亲潘济之中翰带呈寸笺，附有墨拓三册，计必澈览。一昨由平华寄到三月廿二日手翰，并蒙续惠《古泉汇》《毕公墓志》等件，谨领谢谢。辰下伏维道履清胜，著述如意。弟跧伏菰庐，笔墨之外，日惟浇花种竹为消遣计，亲友中颇有喜治园亭、讲求书画者，独金石考证之学郑盦与清卿远暌数千里，此间颇少可谈之人。清卿久无信到，昨寄来先后所得金器目录，分列已刻、未刻竟至八十余种之多，人竭毕生心力所未能至者，渠于数年间得之，此固金石有缘，然非持节秦凉，亦不能有此奇遇。关中自燕庭方伯搜罗之后，清卿可谓嗣响矣，难得难得。兹乘顾舍亲入都之便，手此布臆，附去《唐石经校文》三册，《说文声类》一册，双钩东海庙碑、温虞公碑、化度寺碑各一册，统乞鉴纳。

按，据函札内容可知，吴、鲍二人通信颇为频繁，则该札可暂系于光绪元年(1875)，时吴大澂任陕甘学政。

五

顷奉闰午月手书，欣审道履安胜为慰。清恙乃老年常有之病，只须勤加颐养，调摄得宜，自会霍然。竹朋兄所患病根已深，难期奏效。海内金石同志止此数人，非老即病，独簠斋精力弥健，嗜古弥笃。郑盦广搜博采，所获既多且精，年力富强，名位隆盛，学识又足以副之。清卿继起，用力尤锐，心思精到，将来所造，皆未可量。清卿所得之鼎，极为惬意，铭中第一字[illegible]，清卿以文有“帝考”二字，释作“启”字，定为微子之器，旁引曲证，极称辨博。书来属为考订，弟以作器者之名无义可绎，姑从其说，于心未安也。薛氏南宫鼎中有[illegible]字，篆形与此颇似，薛氏释为“括”字，并无依据，不过因古人有此名。特以括字实之，不足为证，尚不如清卿之释“启”字较有意义也。尊意以为如何？

按，据《吴愙斋先生年谱》①，吴大澂于光绪二年（1876）三月得愙鼎，考为微子之鼎。朋俦知之，无不叹服。则该札当作于是年三月后不久。

六

前奉手书，并承惠寄《海东金石苑》，谨已领悉，谢谢。比来秋气渐凉，不审眠食何似，伏维珍重。竹朋兄相识在三十年前，遭时多故，音书久绝，近数年始得频通尺素，不意渠病竟不起，遽作古人。幸生平著述已及身刊播，后起又复有人，文人结局至此，福寿俱已无憾。惟海内金石旧交落落，止此数人，今又弱一个。我辈望七之年，伤逝自念，能无于邑？读寄示挽词，情谊肫挚，可泣可歌，益令人怆感无已也。簠斋殇去幼子，心绪已大不佳，又以东省灾荒，潍邑捐赈至盈万之巨，且为众望所归，既输巨款，复欲出为经理，身心俱悴，其情况亦可以想见矣。孙春山驾部所需两罍拓本，此罍因有微损，不敢捶拓，篋衍尚剩全分，不复自留，谨以为赠。又古小布拓本二纸，似不多见，弟得之石门蔡氏者，篆文明显，乞为考定。孙世兄想益聪俊，弱龄多病，凡为长辈钟爱者，类多如是。施愚山学士幼时病不离身，后享大年，名位山斗，前辈如此者不一而足，无足虑也。

按，李佐贤病逝于光绪二年（1876）闰五月，是年鲍康已患重

① 顾廷龙：《吴愙斋先生年谱》，台北文海出版社，1965年，第59页。

病，犹成诗《哭李竹朋三首》，足见感情之深。则该札当作于是年。

七

月之中旬，奉前月廿七日手翰，展诵之余，欣审道履安和，动与吉会，为慰无量。前寄空首小币，其文有二字，尊释“郑氏”，致为精确，胡石查所释亦同。承示都中继幼云藏空首币有二百余之多，燕翁旧藏亦归之，难得难得。所需帑拓，谨再寄二分，以视继君所藏，此真成辽东豕矣，一笑。簠斋频有书来，云心绪焦劳，有人所不能堪之语。今年东省亢旱，潍县尤甚，现在抚恤粗完，人心已定，当可释此仔肩，重理故业矣。兄舌本稍有微恙，近日定已霍然。舌乃心之苗，笔墨一道，原是我辈乐事，然不能不用心，只好随时自节。弟坐是得病，年来颇自知之，敢以为献。余维为道保重，不尽。

按，札中言“今年东省亢旱，潍县尤甚”，可知与上通信函相距不远，暂系于光绪二年(1876)。

八

久疏修候，时殷驰仰。前者得潘绂庭亲家书，云兄舌本之患未愈，近日颇似韩公子，口吃不能道说，而善著书。亲友知好来晤，多藉笔谈，闻之益切怀念。海内金石旧交正如天上晨星，落落可数。自子贞兄作古，竹朋兄相继云亡，弟与兄又抱同病相怜之感，惟簠斋老而弥健，近为赈恤哀鸿，破财劳力，两月来不得渠信，心绪可知矣。郑盦位高学赡，收藏又富，自是传人。恒轩假满还朝，此次视学关中，拔幽振滞之外，搜罗金石不遗余力，所得古器既富且精，执事相见，定可畅观。昔后汉建初七年，幸槐里岐山获铜器，形似樽，诧为异宝，献之于朝。记载所传，凡得一器，莫不以景庆视之。至我朝乾嘉以来，古器出土日多，今日益盛，大抵前人制作，精神所聚，斯文未丧，抑久必发。理固如此，然此止可为知者道，未易一二为流俗人言也。兹因恒轩入都，手此布臆，用当促膝之谈。余维为道加意保卫为祝。

按，据《吴愙斋先生年谱》，吴大澂于光绪三年(1877)四月入都覆命，则该札当作于是年。

致李佐贤

李佐贤(1807—1876),字仲敏,号竹朋,山东利津人。道光十五年(1835)进士,十八年殿试,三年后加科散馆,由礼部庶常授编修,任文渊阁校理、国史馆总纂。二十四年典试江西,二十六年出守福建汀州知府。咸丰二年(1852)引退故里,七年(1857)进京闲居,以著述刻书为业。光绪二年(1876)病逝于利津。著有《古泉汇》《书画鉴影》《石泉书屋》《武定诗抄》等。

一

别久思深,常切驰仰。每于贵亲家簠斋太史书中备问尊况,兼读鸿著,想见道德文章日益增胜,幸甚幸甚。往者曾以拙辑《彝器图释》及吉金拓本各种托簠斋转达,聊申向往之忱,未足解其劳结。客腊由舍亲郑盦司农寄到手翰,并蒙惠颁全集九种,洎古器诸拓本。郇云一朵,忽从天际飞来,展诵之余,慰与抃会。大著诗古文词不觍觍于摹古,而气苍格老,仍复法度井然,此由识解既超又深之以阅历,故讲学不近于腐,论事必衷之理,语在彀中,音流弦外,当今作者,非公其谁。《古泉汇》早经卒读,网罗宏富,考证精审,合古今来泉志泉谱所未有而独创巨观,此必传之书,可以预决。《书画鉴影》评骘允当,阐发绘事之蕴,尤非深于六法者不办,足与《襄阳书史》《华亭画禅》并重艺苑。弟束发受书即癖嗜书画,四十年来收藏宋元已来名贤遗迹惬心者,现在箧衍尚有数十百种。只以书画一门,非彝器可比,彝器有款识,拓本可以传观,审其铭篆可得十之七八,其劣者则一望即知伪造。惟书画竟非目击不可,故不敢以所藏诸迹妄陈左右。现将《朱子易系辞》草稿六十行及魏文靖《文向帖》两件先摹入石,夏间必可寄鉴。比来尊体想早康复,不审眠食何似?伏维珍重。弟去冬常患咳嗽,交春愈甚，近日天气暖和，精神稍振，嗽亦渐已，然药炉终不能一日离也。兹因鄙世好蔡乂臣观察入都之便，寄上金石拓本及墨刻各种，详开另纸，统望察收鉴正。来书不署月日，不知何日所发，以后书尾乞署月日。执事就养郎署，极家庭之乐，羡羡。记识荆之初，在苏州顾湘舟辟疆园中，今湘舟与黄秋士诸君皆归道山，亦无后起之人。回首前尘，已阅卅载，恍如隔世。海内金石旧交，簠斋外绝少其人，尚望不遗在远，时惠德音，以慰饥渴。鲍子年兄想常叙晤，乞道念忱。盂鼎已到京师否？此八囍斋中第一玮宝也。

按，同治十三年(1874)十一月，左宗棠托袁保恒寄赠盂鼎，当月二十八日潘祖荫邀翁同龢、徐桐等南书房诸友观盂鼎。又据下通信函中所言“前月奉寄之《朱子易系辞注稿》”，则该札当作于光绪元年(1875)。

二

前奉四月廿日手翰，发函申纸，语重情长，浣薇三复，感幸交至。比来清恙想早就痊，步履如何，手指已屈申如意否，至以为念。弟交夏以后，孱躯尚无不适，惟精神终不振作，终岁杜门，除三四亲戚至友外概不接见，人事久废，已成习惯。簠斋老而愈健，去夏得女，今春得男，半载之中适符一索再索之占，此福寿之征也，可喜可羡。承索两罍拓本，兹特精拓一分奉寄。此器铭在腹中，绝不易拓，故友朋见索，未能遍应，非吝也。外又寄上近刻《魏鹤山手札》全分，与前月奉寄之《朱子易系辞注稿》可作延津之配，均乞鉴收。簠斋收藏之富，夐绝今古，赏鉴亦高出一时，惜刻书过求精致，未免蹈因噎废食之弊。弟移书规之，并愿相助为理，盖其欲汇三代彝器款识，精刻一书，此已操必传之券。嘉道以来，地不爱宝，所出先秦古器，独簠斋搜罗墨拓为至多，倘得及时付梓，略仿薛、阮二书之例，删烦就简，疑者阙之，不加穿凿，此书一出，与薛、阮二家鼎峙不朽。乃因体例未定，又复高阁，殊可惜也。吴中旧雨无一存者，湘舟去世尚在庚申以前，其后嗣零落，目前止有一侄而已。三十年故交诚如来谕，簠斋外惟我二人，而又年老多病，远隔数千里，此生未必有相见之期，只有凭管城君互通尺素，以当晤觌。近日轮船有专递书信局，都中往还不过十三四日必达，以后寄书统由枚卿世讲转呈，惠函径寄苏城金太史场吴公馆，无有不到也。

按，据吴云与陈介祺通信可知，陈介祺于同治十三年(1874)秋和光绪元年(1875)春分别得女、子各一，则该札当作于光绪元年。

三

去年夏秋两次惠寄手书，俱于十一月二十三同日领到。流光如驶，转眩岁律已更，将交杏花时节，遥想林泉颐养，动定攸宜，幸甚幸甚。弟跧伏蜗庐，无善可述，今年元旦后南中奇冷，为近十年所未有，瑟缩拥炉，笔墨皆废。甚念吾老友，交春以来眠食何似？旧恙能否霍然？药石培补，老年必不可少，然以血肉之品为宜。按摩固好，恐未能遽有效验，弟曾行之，不久即辍，盖不能耐烦也。兹因小婿朱平华孝廉(名镜清)计偕之便，带上拙辑《焦山志》一部八册，伏求鉴定。尊刻《吾庐笔谈》及《续泉汇》均以先睹为快。

按，《吾庐笔谈》和《续泉汇》皆刊刻于光绪元年(1875)，而李佐贤病逝于光绪二年闰五月，则该札当作于此二年间。

致冯焌光

冯焌光(1830—1878),字竹儒,广东南海人。咸丰二年(1852)举人,从曾国藩军,积功升为海防同知,总办江南制造局。留心经世之学,设局译书数十种。光绪元年(1875)任上海道台,同年二月开设洋务总局。其父冯玉衡咸丰十三年(1861)卒于伊犁,焌光于光绪三年(1877)春扶柩归葬,积劳成疾,抵上海而卒。

前者辱损书,重荷奖饰,实切惭悚。敬审德位兼崇,身名俱泰,颂声洋溢,中外交孚,幸甚幸甚。弟衰病杜门,日惟于故纸堆中消遣怀抱,而耄荒寡学,老而无能。乃执事不弃其愚,勤勤以著述见商,并以人才下询,在执事虚怀若谷,不择细流,而蹄涔之水,何足仰裨高深,只益愧疚耳。伏念执事宏通渊雅,学识超群,年力正富,精神又足以发之。今于政务之暇,欲综本朝开国以来圣德神功,仿纪事编年之例排比成书,此不独扢扬光烈,而列圣之厚泽深仁,所以迈越汉唐,蔚成万年有道之基。俾读史者因文见义,考究其得失,晓然于积累之深其来有自,诚一代承明著作之林也。惟兹事体大,来谕谓非得广搜群籍,详稽博采,难期成书,尤服卓见。舍亲沈味畲孝廉仰托宇下,其于诗古文词俱有根柢。闻幕府英贤荟萃,有阮相国、毕尚书之风,他日鸿制告蒇,必能信今传后,备国史之采,甚愿先睹为快也。附呈拙著《焦山志》一部,乞鉴定不宣。

前函正欲拜发,又奉手毕,承惠朱提五十金,谕作刻书之助,仰见挚谊勤拳,溢于仪物之外,感幸曷已。惟拙著已刻者业已蒇事,续有所刻一时未即开雕,用将原券谨璧。心领之忱,辞受实无二致,交托文字之末,决不敢以形迹自外,尚望鉴原,勿以矫情为疑,致辜盛意,祷切祷切。

致潘曾莹

潘曾莹(1808—1878),字申甫,别字星斋,吴县人,潘世恩次子。道光十四年(1834)举人,二十一年(1841)进士。官翰林院庶吉士、编修,历至户部、吏部左侍郎,兼管三库事物。咸丰八年(1858),因受"戊午科场案"牵连,托病请辞,回到苏州。学植深厚,尤长于史学。工诗古文词。画以青藤白阳为宗,书法初学赵孟頫,晚学米芾,且得其神髓。有小鸥波馆,以收藏书画著名。

一

八月间儿子承潞出都,接奉手函,并承远贻墨妙,一花一叶,胎息南田,仰见簪毫画日之余,擩染之工进而益上,欢欣倾倒,如何可言。弟于九月杪偕季玉亲家联舟至镇江小住一日,季老赴宁,弟则渡江上扬州,留连一月有余。月之既望回苏,偃蹇菰芦,日惟从事研削。夏秋以来,为亲友所迫,间事丹青。蒙惠法绘,早经潢池,悬之斋壁,觉生香活色,真有秀绝人寰之妙。窃不自揆,辄对临一幅,题语、行款、印章位置亦俱照原本,不稍移易。此真优孟衣冠也,附寄法家,得毋捧腹。南中名贤字画,自去年以来颇不易觏,弟频年略有新得,惜相暌过远,未能就鉴也。

按,吴云于同治四年(1865)致何绍基的信函中提到"九月下旬与季玉联舟至京口,季玉赴江宁,弟则渡江上扬州",与札中所言"九月杪偕季玉亲家联舟至镇江小住一日,季老赴宁,弟则渡江上扬州"相合,则该札当作于同治四年。

二

旧冬新春，两奉手教，深荷存注。弟自去夏忽患臂疾，屈申不良，作字逾五六百便欲辍笔。生平无他嗜好，除却故纸堆中，别无生活。所著《彝器图释》十二卷业已授梓蒇工，俟便当寄请是正。子青制军剧喜作画，偶见拙笔，遂折节下交，两年以来讨论六法，弟固藉获进境，而青翁得纵观东南收藏名迹，扩充眼界，笔下益增苍润之气。间遇心闲意得，几可与戴文节相埒。承询能否作画，弟久欲以近作奉教，乃脱手即为友人攫去。俟天气暖和，当作小帧奉寄，窃欲抛砖引玉，老亲家其许之乎？承示往年奉赠新罗小立轴，为松筠庵诗僧所得，此画被柳门遗失，意谓必入伧夫之手，今得藏之名山，仍称得所矣。南中自兵燹以后，好事者颇多，书画碑版稍可入目者，价便腾贵，吉金类多赝鼎，其著名之器价必以千计。人肯以重金市马骨，则千里马至矣，骛利者固不胫而走也，然非好之而又有力者，安能与之豪夺哉。寿卿屡次来书，欲托在吴中购觅金石，盖不知近时情形也。知好中惟子山蔗境最甘，甬上不乏收藏之家，好事者少，故渠新得独多。现仿《庚子消夏》之例，编辑《书画目录》，致足羡也。林一常在木渎，正月间来城一晤，身子与鄙人相同，无月不病。子贞病在床褥，每见必执手呜咽，前月十八日在卧床相会，病颇危殆，近日略好，今已七十五岁矣，此海内灵光也。敉闲亲家精神意兴均好，寒家亦托庇安适，长孙馥绶于去年初夏完姻，即子山孙女，今已怀孕矣。琐琐附陈，聊当情话。三兄亲家处亦久疏音候。只以至好通书，虽随手拉杂，亦必有真意存雅，不欲以寒暄套语倩人捉刀，转致疏阔，职此之由，此书即呈省览，不另谈涟。

按，何绍基生于嘉庆四年(1799)，七十五岁即同治十二年(1873)，亦其病逝之年，则该札当作于是年。

致许彭寿

许彭寿(1821—1866),字仁山,浙江钱塘人。许乃普之子。道光二十七年(1847)进士,选庶吉士,授编修。官至太常寺卿、署礼部左侍郎。

夏间仲弢亲家来苏,奉手书,并承惠寄《张猛龙碑》一册,毡蜡精工,古香四溢,重以老姻伯跋尾,尤足尊贵,谨当什袭珍藏,永志雅贶。比因来往大江南北,又迫于贱事,致稽裁报,幸勿为过。弟于九月间复偕季玉联舟至镇江,季玉赴金陵,弟则渡江上扬州,留连月余,于月之既望返苏。蕉林亲家与仲弢皆在邗上,畅晤刻知为漕运事蕉林赴淮见漕帅,因农部欲办河运,漕帅主此议,而河运无船,故李宫保力主海运,前折想已阅见蕉林之赴淮欲与漕帅面述情形也。今年苏属漕事颇形竭蹶,至今各县米数未定,幸劫后民情较驯,届时或可敷衍完篇。比来冬寒殊甚,不审尊体若何?旧患想渐霍然,金石图书有无新得,窃愿一闻之也。前携去江南十画家合作《树林小卷》,有董思翁、陈眉公题语,此卷乃姚子真亲家所赠,如已临有副本,务乞将此卷寄还,因故人遗物,不忍舍去之也,千万千万。

按,札中提及九月间偕季玉联舟至镇江事,可知作于同治四年(1865)。

致金安清

金安清（约 1817—1880），字眉生，原名国琛，号傥斋，浙江嘉善人。国子监生。弱冠丧父，弃科举，在苏皖游幕府，颇得林则徐等人赏识。后任江苏泰州府同知、海安府通判。又因镇压太平天国军有功，迁两淮盐运使。咸丰十年（1860）署江苏按察使，后被劾免职。同治十年（1871），因劝捐功赏复原官阶。著有《能一编》《筹洋三策》《水窗春呓》等。

一

日昨专布一信，限初六日投览，计可如期达到。刻奉手书，并抚藩各件，当即一一分致。吾弟一片公忠，在江北创立饷局以赡水陆各军，原恐饥军哗溃，里下湖一块干净土设竟陆沉，则东南大局从此无转圜之日。此为匡济时艰起见，并非逐逐于名利也，议者不察，遂起忮心，百计阻挠，多方牵掣，更不免播散雌黄，务欲使坍台而后已，此其居心，尚何可问。客有从江北来者，详询尊处情形，譬如单枪匹马鏖战于百万军中，虽子龙浑身是胆，而从旁窥之，实代悚然。所望执事处之以镇静，济之以缜密，小心擘画，大度包容，俾舍沙射人者无所施其伎俩，然后效刘穆之之五官并用，或可期展布裕如，攸往咸宜。否则阁下苦累已极，而动不应手，不亦辜此劳勚耶？意有所触，拉杂书此，以当抵足，明者见事于未形，定心心相印也。朝政焕新，中兴有兆，而东南贼势尚炽，殆劫数未盈耶？兄与杨憩棠定初七、八动身渡江，一切面议，大约乘坐轮船，以期快速。曾帅书如未发，幸将每引十两之说参以活笔，缘盐务尚有浮费，今欲一扫空之，尽归于官，断做不到。此事上游看得十分郑重，盖恐难以交卷也。兄此行为四路鹏逼，不能自由，余详晓翁书中，不尽。

二

前者台从濒行，曾草复数行，计邀鉴入。日来秋热殊甚，不审尊履如何，眠食无恙否，念不能置。吾弟本是傅修期、辛稼轩一流人物，世乱贤才不得登用，故一小试，辄为忌者尼之。记得东坡在惠州，佛印与之书云："人生一世，如白驹之过隙，三、二十年功名富贵，转盼成空，何不一笔勾断，寻取自家本来面目，万劫常住，永无堕落。"又云："子瞻胸中有万卷书，笔下无一点尘，到这地位，不知性命所在，要这一生聪明做甚么?"兄学行不敢望古人，亦尝三复斯言，颇有领悟。虽不能举头天外，作透网之鳞，然视身外之功名富贵，实有不动于中者，五年于兹矣。二氏之学稍稍涉猎，惟患经旨艰深，读之费心，故不卒读。平生最服范景仁，服其晚年清净无欲，一物不芥蒂于心，不学佛却是真学佛，可为我辈师法。同侪中如刘松岩、金香圃辈宦途可谓得意矣，曾不能享一日清福，遽尔化去，甚至不得善终。我辈虽贫，一身健在，尚不致便作饿鬼，且图书满架，尔室啸歌，名山之业，自有千秋，亦何必劳精疲神，清耗于镜花水月之中耶？前见老弟精神意气索寞已甚，迨兄将用世一层喝破，吾弟低首降伏，不似从前以辩言巧抵，故兄不惮烦言，重为此书，以进于左右。至于家食之累，自古圣贤豪杰、逸客清流皆不免求人度日，此则自当徐筹善法，近里著已，凡属知交，断无漠视。天下滔滔功名之际，如今之衮衮者亦可谓雄矣，欲求如我辈之一日清闲得乎？吾弟不寐之时，以此譬之，其弃取当自有在也，千万珍重。

按，金安清于咸丰十年(1860)被劾免职，似与信中所言经历颇有相合处，概作于咸丰十年后不久。

三

前日得采香书，知吾弟曾到吴门，越日即赴沪上。正深驰念，适奉手翰，猥以兄六十贱诞复承宠锡佳章，词意殷肫，情侔骨肉，惟奖许过当，蹄涔堂坳受江渎之水，不免盈溢是惧。首篇著书，各有千秋，想下笔能供一世求，则又吾弟兄所当交相策勉，以期追踪古人，不虚生此世。三篇殊恩，要自仁言。发积困难，教俗论知功果可成，宁已。出名能不朽，亦心期。用意尤深，有颂不忘规之义。细释再三，敢不永佩箴言，益励晚节。兄到娄东小住，日与孙儿女辈调笑取欢，亦聊以自慰也。因采香书来，谓菊花盛开，促即归去，台从来苏，正可畅叙。惟兄今年交秋后精力益衰，崦嵫已迫，颇以撰述无成，惧与草木同腐。前承索观钟六英学士所呈拙议，恐与原稿或有窜改，故未抄奉，昨由浙抚抄咨到苏，已得阅见，特寄清览，仍乞掷还，因林一亦索观也。苏松嘉湖水道同源共贯，为农田命脉所关，己巳年奉旨开浚，仅择数直港略加挑挖，深不过尺许，费不盈万串，其实在淤浅处概未开浚。若因限于经费，原可逐年分办，作得寸则寸之举，乃承办之人见不出跬步，不明利害，妄思褒奖，遽报一律疏通开竣，当道不察，亦遂据以入告。愚以为不报开竣，尚有重开之望，今已报开竣矣，覆奏矣，非阅数十年断不能遽议重开，其为农田之害甚巨。语云：食某处粟，即视某处为一家。况兄籍隶乌程，家居溇上，既已身亲目击，安能如秦人之视吴越人肥瘠漠不相关，此义所不敢出，亦情所不忍不言者。不意六英遽以上达也，使由是得以重加大治，俾农田水旱有资永免垫溺，则虽受多言之咎，亦何所恤。前日湘文来书，谓议合碧浪湖及各溇港大加兴办，未知果能践言否？今之从政者苟能实心为地方兴利，著有成效，民未有不口碑载道，馨香尸祝者。汤文正民不能忘，至今绰楔巍然，岂异人任哉。此事关系水道，不独湖州一郡沾其利而已，吾弟如致书湘文，尚望有以规益之，幸甚幸甚。

按，吴云生于嘉庆十六年(1811)，年六十为同治九年(1870)，则该札当作于是年。

四

伻来辱赐书具悉。比日岁律将更，伏惟道履冲胜。承示明正将家事交与中馈主持，先至吴会，以次出游，饱观东南好山水，不复再预尘事，庶不虚生于世等语，甚善甚善。吾弟天分既超，而又博极群书，宜其发为诗文，足以凌跨一世。特为牵于名场，如良骥之伏枥，闻鼓鼙之声，常有昂首嘶鸣之意，遂不免憧憧扰扰，把捉不定，未能专务本业。从今以后，果能将无益之心思志虑一扫而空，更借山川雄奇苍秀之气以扩其诗境，自然夐邈高迥，有一种不可磨灭优入作者之域，信乎必传而无疑者，岂徒以月露风云、雕绘景物、袭韵语皮貌为哉。此则仆所望于吾弟，窃愿与之共勉者也。人还待覆甚促，拉杂布臆，统俟明正晤罄。所需绍酒，特拣四年陈者两坛，以佐春燕，希哂纳。

五

销英道人足下，一昨接手书，尾注“初四”二字，殆笔误耶？承谕外间物论，全是私心，不足扰我胸次，不过如天明之蚊阵，太阳一出，即寂然无声，甚是甚是。道人袖纳乾坤，气吞湖海，一点阳光孕于道人胸次，所望早早放出，普照大千世界，魑魅罔两使之无所遁形，岂特蚊声寂然已哉。然则蚊声之寂与不寂，在太阳之出与不出，而太阳之出与不出，其权固操自道人也。前者道人自定榜名曰“痴”，今又加一“疯”字，真疯耶，抑传奇中之尉迟恭耶？一笑。昨与香严、采香、敦闲约三月间必鼓棹诣访，作三日畅谈，亟盼道人大施法力，将文章光焰敛入胸次，炼成一点真阳，直从顶门上放出，变成祥云瑞霭，使新居花木都有欣欣向荣之气，岂不善哉，岂不善哉。不宜。

六

销英道人足下，前昨两日叠接沪上所发第二、第三两函，一一领悉。承谕禾中谣诼，月前已知之，即使不胫而走，到北方亦必在六、七月之交，又恐鄙人之忧念也，曲为慰藉，抑何待我之厚，而自待之薄耶？从来明于知人，而自知稍疏者，史臣于马伏波尝论之矣。以伏波之忠谨，尚不免苡米之谤，今道人所发为措施者，人人皆以为非，即二三至好以及家庭骨肉，亦莫不代为忧虑。乃道人明知故犯，甘以一身为丛怨之府，现在苏浙两省贵人侧目，富室吞声，而道人毅然行之，百折不回。揣道人之意，以为直隶哀鸿，非我莫救，故不惜此身，以拯此百万垂毙之命。此固道人一片热肠也，然而误矣，我国家深仁厚泽二百余年，凡遇水旱偏灾，一经奏请，无不立沛恩施，如今司农虽支绌，数十百万之赈何难咄嗟立办。李中堂雄才大略，八面玲珑，岂真见不及此。倘届时赈项不继，只须附奏数行，朝廷视畿辅至重，断无不朝请夕发者。道人既无官守，又无言责，何苦独撄众怒乎？仆非不知数则斯疏，圣有明训，然与道人二十年文字之交，猥忝一日之长，知而不言，是仆负道人，言而不纳，区区之心尽矣，窃恐道人必有自悔之一日，此书不妨留为异时之证券也可。不宣。

七

前月读大著《咏菊八章》，词旨工雅，意义深远，愈读愈隽永有味，不觉为之心折，佩极佩极。吾弟蕴负宏富，不得已托诸著述，骎骎乎已造必传之诣。昔贤论诗古文，于才、学、识三者之外，必继以“养”之一字，诚以涵养深，则才、学、识皆从酝酿出之，由是胸怀洒落，意气和平，发为文章，得中正温厚之旨，此鄙人欲得而未得之境。知交零落，无可问津，惟吾弟或有以启牖我耶。比交冬令，气候寒暖不常，不识起居何似？伏维珍重。前台从有来苏之订，专盼行旌，故未裁报。兹闻先作沪游，未知何日惠然，良深驰企。贱恙总未脱体，末疾时发，右臂较平时短一寸，左臂短至六寸，以向高处取物伸缩为准，故知其长短，如此奈何。

八

昨奉手书，谨悉种切。承示近著，已详读数过。平生未登泰山，致为憾事，今阅《谒岱》一篇，从遥参亭至造化殿，不独全山胜景宛然在目，中间塑象之庄严、画壁之飞动。温凉玉得之耳闻，不料实有此珍。至"帝出乎震，人生于寅"一联，署款姓名与兄同，岂兄孩提时所书？评云"语巧而书不称"，洵为正法眼藏，一笑。惟《论秦碑》谓宋人刘敬记尚存二百二十四字，至本朝已仅存二十九字云云。此碑原父兄弟均有著录，而刘敬所记实未阅及，尚乞详示，以广闻见。尊体亦时有不适，望六之年，有不期然而然者，只有放宽心思，加意调摄一法，不宣。

按，金安清约生于嘉庆二十二年(1817)，札中言"望六之年"，则当作于光绪二年(1876)之前。

九

前日台从枉顾，力疾陪谈，略久起坐便不能支，殊以积怀未罄为怅。兄此次病后已有五旬，而精神总未复元。昨从香严处交到手翰，展诵之余，深荷爱注之殷，无殊骨肉。至谓著述最耗心血，并引国朝诸老其传世之等身著作，当日不过综其大纲，至于援古证今，钩心斗角，类多出门弟子与幕府诸名士之手，故能长享遐龄，身名俱泰。勤勤之意，惟恐兄于笔墨一门过费精力，有违颐养，以致久病未愈。循读箴言，实切铭感我弟兄处境约略相同，当年壮气盛之时，皆欲有所树立，以功名遂显扬之志，乃辰逢箕斗，运值角张，侘傺半生，屡起屡蹶，于是翩然戢影，长与世辞。而又名心未灭，思欲以文采表见，冀不与草木同腐，遂致自缚自缠，几如春蚕吐丝，非死不尽。此诚自讨烦恼，不自知其劳精敝神，陷入魔障也。今蒙良友规劝，谨当暂辍研削，未蒇之作，悉俟春暖身健再理，以副雅怀。黄花时节，吾弟能不为饥驱出门否？

十

月之十三日奉寄寸笺，附酥糖八十包，未知何日澈览。一昨奉到手谕，并《冬居杂咏》四篇，额诵至再，爱不忍释。中间如“座上盆梅花簇簌，床头春酿醉悠悠”，此邵康节《安乐窝》中佳句也。“远道哀鸿饥正苦，穷交涸辙计难全”则又与杜少陵忧在天下同意。四诗陶写性灵，不事雕饰而自然名贵，允推合作，必传无疑，佩甚佩甚。岁云暮矣，昔人所谓风景凄然者，我辈转以陶然泰然处之，随境取乐，屡空晏如，守拙安贫，共保晚节。世有郑子贞、陶渊明其人，或许把臂入林，引为同调耶。

十一

昨者台旆临苏，畅谈三日，情足千秋。联语真是雅谑，使遇退庵中丞，必将采入《楹联丛话》矣。别后接到手札并诗文近著，读悉一一。二十日超山探梅之约，想不后期，惟是日风狂如虎，气候欠和，鄙人瑟缩拥炉尚觉畏冷，于此益羡诸君子游兴之豪，真不可及也。敏老新居闻有水木清华之趣，篪翁近体如何，均深记念。大作“市小疏钲迷废堠，夜寒微火失渔汀”不愧警句可传，“今雨犹怜旧雨无”句似嫌凑韵近率。因来书即欲料理授梓，一得之愚，辄贡左右，敬礼陈思，互资攻错，古人所以重朋友也。平捻弁文有为而言，与世之澳涊献谀者不同，自是佳构，佩服佩服。

致丁彦臣

丁彦臣(生卒年不详),字筱农,归安人,官山东督粮道。

同乡亲故,宦各一方,久闻博雅好古,心窃向往。比得手翰,并承远寄北魏各种摩崖碑,及汉张迁、鲁峻、河平各碑,一一领到,感谢感谢。汉碑绝少精拓,宋元明书家不专习分隶,间有传世者,于两京风格相去似远。想当时捶拓者少,故世间不易多觏,偶得一二旧拓,已不啻景星凤凰矣。张迁、鲁峻二碑尚是五六十年前所拓,可贵河平新近出土,去年潘伯寅少司农亦曾见寄一本,或疑其伪造,究竟如何。敝藏汉魏六朝唐宋已来碑碣不下三千余种,屡欲汇一碑目,至今未就。云峰大基各摩崖均有,独少郑文公上碑,今承惠我,得未曾有,欣悦无已。辱示新得泰山二十九字原石本,此碑近来绝不易得,弟藏一本,尚系嘉靖以前所拓,旧藏彭尺木先生家,为吴中著名之品,曾属仪征吴让之茂才摹刻入石,形神毕肖,特寄奉一幅。外又寄去程孟阳稧帖一种、汪容甫稧帖一种、米临稧帖一种、赵文敏小楷《赤壁赋》一种、文待诏小楷《千字文》一种、齐侯罍拓本两幅、周盘汉碑合装二册、虞恭公碑双钩二册,统乞检收订正。所需吉金拓本,容后续寄,倘有新得,尚望示知。惜道远,不能各出所藏以资欣赏,临书翘勤不已。

致吴大廷

吴大廷(1824—1877),字彤云,又字桐云,湖南沅陵人。咸丰五年(1855)举人,十一年奉调入安徽巡抚李续宜军营差委。约同治元年初入曾幕,参与大计。同治五年(1866)迁台湾兵备道,九年经曾国藩奏派入江南制造局。光绪二年(1876)奉派兼办松沪厘捐总局。后病逝于上海。著有《孝经今古文传注辑论》《小酉腴山馆全集》等。

一

一昨辱损书,伏审道履清嘉,荣问休畅。前蒙惠攽大著,嗣又从眉生方伯处交到《续集》,谨已浣读再过。中间兵农礼乐,道德文章,中外事机,边防形势,莫不斟酌古今,按时立论,无苟同之见,无炫异之心,言必冀其能行,事必期于有济,和平质实,粹然一归于正,此经世之鸿文,不朽之盛业也。若仅以气格苍老、词旨简贵,谓可并轨方姚,论文则似矣,恐尚未足以窥大贤之用心也,敬服敬服。弟键户养疴,药炉茶灶与丛残书卷杂陈左右,日处其中,人事久废,恒终月不一出门,亲旧见谅,亦不以礼节相绳,时或伏案拈毫,聊以消磨岁月,闲居拙况如此,不足为执事告也。鲍子年观察博雅好古,夙所钦慕,前由家清卿太史寄来《观古阁泉说丛著》各一册,读之益增向往。兹承远索拙著《彝器图释》,本当即寄,因此书虽已授梓,尚多舛讹待改,故未刷印。夏间老友陈寿卿太史暨伯寅司农索观稿本,遂先印数部寄之,余则尽为友人取去。现在校订粗完,即拟重印,一俟蒇事,必当首先驰正,兼寄子翁,大约季冬总可报命。赏音在前,藉可求教,亦不敢自匿其丑也。恐劳廑注,先肃布复。

按,同治十一年(1872),《两罍轩彝器图释》先行刷印校本数部，则该札当作于是年。

二

久疏修候，实殷怀想。前月底有东洋人竹添君名光鸿字渐卿号井井者来访，云与阁下为文字之交，人颇风雅，言语不通，彼此皆以笔谈，文理亦甚明顺。挈眷遨游，访求名胜，出示《游草》一卷，楚楚可诵。惜弟病体不能多谈，临去以素纸索作书画，当许以寄由阁下转交，兹特涂就，敬乞即日确致。我辈与外邦人交，纵未能忠信笃敬，而有约在先，不可不践也。琐事渎陈，临书皇恐。

按，光绪三年(1877)三月，竹添光鸿从上海出发，游览了杭州与苏州，应该在这段时间与吴云会面，故暂系于是年。另，《小西腴山馆主人自著年谱》于同年三月载："日本竹添光鸿以诗文就正，求序。……闲与笔谈，皆推诚相与。"[①]可见二人交往亦始于此时，所以吴云托吴大廷转交书画给竹田光鸿。

---

① 吴大廷：《小西腴山馆主人自著年谱》，台北：台湾银行，1971年，第93页。

致吴熙载

吴熙载(1799—1870),原名廷飏,初以字行,后因避同治皇帝讳,更字让之,攘之,号让之、让翁、攘翁、晚学生、晚学居士、方竹丈人等。室名有师慎轩、樱桃砚斋、匏瓜室等。江苏仪征人,诸生。晚清著名术家,书、画、印兼擅。著有《通鉴地理今释》《匏瓜室词》《梅花诗谜》及印谱《吴让之印存》(魏锡曾辑,二册)、《吴让之自评印稿》《师慎轩印拾》等。

一

接到惠书各件,现已装池成幅,悬之斋壁,如对故人。内如《临西岳华山琅邪石刻》天发神谶,各种篆隶笔力苍浑古劲,不特凌跨流辈,实足驾邓石如、桂未谷而上之,将来一代传人,可为兄预决,珍重珍重。弟现在编辑《吉金款识》,凡积古斋已载者不重录,其无关考证而迹涉赝鼎者概行汰去,大约钟鼎簠簋敦彝尊甗之属,可得六百余种,类次十六卷,窃愿为积古之续或即署《续积古斋钟鼎彝器款识》。此外有积古斋所载而于原器铭文实有讹舛,如邢叔钟之漏刻数字者,拟另编一卷为《积古斋钟鼎彝器款识订》,但论字文,不及考释,以免喜谤前辈之诮。所慨兵乱以后,故交零落,同好凋亡,兄又一江远隔,质疑问难颇少其人。现俟草稿粗定,明春安砚焦山,奉迓枉顾,就正有道,再行付梓。至释文仿《啸堂集》古例,疑者阙之,以省剞劂之费。柏刻匠现在何处,如无事做,可属其趁便船来沪,给予舟资四金,可向洪石梅取付,由弟寄还,此事石梅亦必欣然也。倘柏匠现有生活,则明春随吾兄到焦山亦可。缘仲舍亲处屡次切托,为吾兄筹一馆地,杜小舫弟处亦已屡次信去,未知有无眉目。世兄差事能否蝉联,均切系念。焦山掌故有应补入志书者,乞为留意,不宣。

按，吴云于同治二年(1863)春至焦山修志书，则该札当作于同治元年。

二

此来伤逝思旧，无可以言，与兄相晤两次，亦迥非昔时意兴。兄今年政七十耶，人生自堕地以至百年，莫不要从原路上去。弟薄有留赠，交存季谷处，并有说话属王吟轩转达。乔中丞与小云秋墅处均已面托，亦各有所赠。此数项统望留作正经用，不必归入开门七件事中。晤询吟轩，自悉鄙意。□装留此代白，惟保重为属。

按，吴熙载生于嘉庆四年(1799)，年七十即同治七年(1868)，则该札当作于是年。

致戴丙荣

戴丙荣(？—1866),字礼庭,浙江嘉兴人。诸生。同治年间游应宝时幕,喜金石书画。

奉手示具悉。子偲信已面交,渠尚有耽阁。所云官书一节,弟与同志友早经议及,当道皆以迂阔目之,今得李宫保提倡,必可以就。然昨日子偲来,适首府汪黼卿在座,云曾与三首县商及此事,都以无处存储为虑。弟暗中以言歆动之,恐非西平势力,此等事未必即能成也。子偲论书,极以蝯老为野狐禅。平心言之,蝯老学博而见广,在今日应推独步。惟年望俱高,不免有英雄欺人之处,此訾议所由起也。蝯老尝谓子偲曰,自书契以来,从未有尊书这一派。当面调侃,未免恶作剧,令人难受。子偲亦今之学者也,原不必以书律重。书虽小道,然非有数十年苦功加以读书养气,又多见古人名迹,未足与语也。韩子曰,用功深者,收名也远。六书亦一端也。弟为境所迫,未能专精于问学。古人鹑衣脱粟,悠然有自得之色,自恨又不能耐苦,物来辄为所诱,即如终日敝精于故纸堆中,思欲以文采表见,此佛家所谓魔障,亦吾儒所谓杂念,不知何时始能克治净尽,不为外挠。昔宋祁行年六十,知五十九年之非,弟今年五十六岁,久过蘧大夫知非之年矣。来日苦无多,恐至子京六十之年仍懵然也,奈之何哉,奈之何哉。

按,吴云生于嘉庆十六年(1811),年五十六即同治五年(1866),则该札当作于是年。又,据《莫友芝年谱长编》载:“(同治五年)八月二十九日,过玄妙观搜旧书。访勒方锜、王大经、汪有勋。访蒯德模、张切庵、方濬益,不值。访吴云,值汪有勋在,谈久之。”[①]故该札作于是年八月三十日。

---

① 张剑:《莫友芝年谱长编》,中华书局,2008年,第413页。

致莫友芝

莫友芝(1811—1871),字子偲,自号郘亭,又号眲叟,贵州独山人,道光十一年(1831)乡试举人,然六上礼部,未获一第。道光后期及咸丰前期,先后主讲遵义启秀书院、湘川书院,并编有《韵学源流》。道光二十一年,与郑珍修成《遵义府志》,极得时誉。咸丰十一年(1861)入曾国藩幕。同治四年(1865)奉曾国藩札委,寻访乾隆间颁存文汇、文宗两阁《四库全书》散失零星之本。同治七年为江苏书局总校,同治九年为扬州淮南书局总校,同治十年访求古籍于扬州里下河,病逝舟中。著述甚丰,然生前刊出者仅《遵义府志》(与郑珍合著)、《樗茧谱注》《郘亭诗钞》《唐写本说文木部笺异》和《持静斋藏书纪要》数种,身后经其子莫绳孙或他人整理出版者又有《郘亭知见传本书目》《宋元旧本书经眼录》《郘亭遗诗》《郘亭遗文》《黔诗纪略》《影山词》《莫友芝诗文集》等。

客腊奉手毕,承示听松石岿然独存,弟亦访确,诚如尊谕。弟前岁亲到惠山,兵乱以后,旧游之地风景全非,亟欲觅听松踪迹,询访无有知者。后问茶肆中人,得此兵毁舁迁两说,所谓道路之言也。嗣晤王补帆廉访、俞荫甫太史,佥云此石实在。本拟重作一跋,今读大著,叙说甚善,谨当并梓,以志匡益。惟原版册尾空处止余今尺二寸五分,高六寸五、六分,能将尊跋缩写数行,则移宽就窄,不必另添版刻,更为合式,幸即书成,寄下为盼。李伯明碑兄摹本既为鼠碎,自须重摹,倘台从春间不能到苏,弟必将此碑拓本寄上,决不失诺。旧藏《泰山廿九字》实为南宋精拓本,去年与让之钩摹入石,拟置焦山,特将墨拓寄呈法鉴。唐写《说文》残字春间必可装池完好,缘刘匠病已渐愈,春暖即赶紧动手,大约暮春之初可以奉缴,足下闻之,必称快事也。怀宁邓完白卒年,包慎伯称其六十三岁,见包氏《安吴四种邓山人传》,而方彦闻(屡筏)著《完白山人墓表》(见《万善花室稿》)则云卒年六十七岁,近人平湖钱海芗作《补疑年录》亦云六十七岁。慎伯与山人交甚密,服膺推重又甚,至不应为山人传将其生年舛误。按,方氏墓表云卒年六十有七,有子曰尚玺,能世其学,似又确凿无疑。究竟孰是孰非,索解不得,兄如知之,望即示悉,如亦未详,望转询山人嗣君守之文学。缘弟藏有山人篆书《弟子职》全篇,书于暨阳书院,时在嘉庆九年,逾年归道山。此生平杰笔,装成十六幅,友人借刻,索作跋尾,应为纠正也。

按,据《郘亭日记》[1]载:"(同治六年)正月二十七日,本日致吴云信云:元日奉到惠书并《泰山廿九字》精刻新拓……《听松》跋如命别写过,尔时偶然兴到,固不必定可存也。"应为吴云此札之回复。《郘亭日记》又载:"(同治五年)八月二十九日,蒯、张、方皆不直,遂访吴平斋云廉访,直黼卿先在,共谈久之。出所携唐写本《说文》木部卷同观,即留平斋,托其为觅善手装池。"与札中所言"唐写《说文》残字春间必可装池完好,缘刘匠病已渐愈,春暖即赶紧动手,大约暮春之初可以奉缴"相符,则该札当作同治五年(1866)底。

① 莫友芝:《郘亭日记》,稿本。

致沈树镛

沈树镛(1832—1873),字韵初、均初,号郑斋,江苏南汇人。咸丰九年(1859)举人,官中书舍人。收藏丰富,尤嗜汉唐石刻。与吴大澂为姻亲,卒后其藏物皆归吴氏所有。著有《书画心赏日录》《养花馆书画目》等。

酷暑正炽,未识眠食何似,伏维珍重。弟杜门养疴,久已不出户庭矣。月余来两得陈寿卿太史书,考论金石之学,甚为辨博。此二十年前旧交,久不通音问,不意其健在,勤学如此,难得难得。汉韩敕《礼器碑》,《曝书亭集》载:前碑纪造礼器,后碑以志修庙谒墓。翁覃溪云韩敕后碑今竟不见,其石属桂未谷,访觅亦不得。昔年金陵郑汝器犹手拓其本以遗朱竹垞,何至数十年间便湮没不见云云。昨蝯叟忽欲借阅此碑,弟处止有前碑及碑侧、碑阴,未知尊藏有此后碑否?如有,望借一观,必不转借与人,两三日便缴也。

按,吴云与陈介祺自同治十一年(1872)三月复得联系,此后不久的通信中亦提及"韩敕《礼器碑》",则该札当亦作于是年。

致朱履恒

一

前者到山，知兄在将军幕府襄筹军政，本拟约兰坨奉访，适让之来述老伯母西逝之耗，不胜惊疑，旋得讣音，为之惋愕者累日。伏思兄纯孝性成，遭此大故，辟踊哀毁，自不待言。第念老伯母懿行淑德，节比松筠，昔年读《柏舟风雪》之诗，久生敬仰。只以山川迢隔，未获升堂谒拜，一识慈颜。今者寿考登仙，兄已勋名昭著，克副显荣，绰楔辉煌，丝纶稠叠，固当九原含笑，遗憾毫无。还望顺变节哀，援古人灭性之戒，珍重自爱，以妥先灵，是所至祷。弟本拟渡江叩奠，因前日让之在山，白首相逢，恣意谈燕，未免饮食不节，日来小有腹疾，未能远出，特备挽联、香楮专丁代躬，稍申刍敬，伏希告存，临书歉悚。

二

兰坨书来，云兄月初即欲归葬，未知从何路行走，江湖满地，深以未得一晤为念。弟患难余生，近益自废。昔褚伯玉五十四岁卜隐剡之瀑布山，绝迹世交，人称其隐操。弟今年正同此甲子矣，自恨入山不深，用志未一，于古人所谓道德文章汔毫无窥见，每一念及，辄增悚怍，真不足以仰对知己。兄归榇时能过山作一二日留否？倘此约得果，务望先期示知，以便预约兰坨共罄积悃。虞山公得近信否？弟于长安故人，年来概不敢轻投尺一，而于虞山踪迹，则尤未知之也，颇深系念。

按，吴云生于嘉庆十六年(1811)，年五十四岁即同治三年(1864)，则该札当作于是年。

三

前月奉手书，伏审道体安和，勋望日懋。此番两使相会于金陵，想见冠裳锵跻，旌旆飞扬，更闻节署演戏三天，尤令人有复睹汉官威仪之感。季玉来书，亦颇兴高采烈也。销英为谒李相到宁，想必握晤，渠本郑当时、辛稼轩一流人物，乃怀才不遇，未免有老骥伏枥之悲。近为浙鹾事益复左支右绌，鄙人曾一再规之，人情于锐意欲行之事，不至推车撞壁，固不肯歇也。马制军和平中正，想必相见恨晚。眉生有奉托之事，望关拂及之。风便惠示近况，慰我饥渴。

卷四

致蔡振武

蔡振武，字宜之，号麟洲，浙江仁和县人。道光十六年(1836)进士，由翰林院编修考选江南道御史，官至广东肇庆府。

夏间云蓝阁陈君携到手书，早经领悉。陈君本系旧识，当与接谈，获知底蕴，允为邪许，并将尊函交冠云阅看，亦愿助力。嗣陈君因赁屋未就，迟未举办，弟亦附缘仲便舟到山，以致报书久缺，幸勿为过。比者秋凉，伏维起居清胜。侧闻贵治兵燹之后凋残殊甚，得执事劳来绥集，可期渐复旧观。盘错所以别利器，虞升卿神明之颂不得专美于前矣，可胜健羡。弟到山后，因蕉林主人赴江北勾当公事，仍得借寓三退楼中，楼为蕉林拓宽丈许，三面临江，比旧时更为轩敞，实全山第一胜地。蕉林题“枕江阁”三字，属鄙人书额，昨已悬诸阁中。案头有右军《誓墓》、鲁公《乞米》诸帖，兴到辄临数过，坐对江山，悠然有出尘之想。时或倚阑凭吊，唱大江东去一阕，慨念髯苏当日抱文章忠义而迁谪转徙，几蹈不测之祸，则又未尝不眷怀前贤，感伤身世。弟此来为了向平之愿，大约冬月间始能返沪，把晤尚遥，风便乞惠数行，以慰饥渴。余惟为政自爱，不宣。

致金以诚

月初接前月十七日惠答，昨又接本月十一日手书，均已领悉。吟蕉于廿四、五日治丧，属代送幛对，当即办就送去。承示潞儿不宜遽改外官，或仍以京职应试，可望馆选。此吾弟骨肉之爱，所以期望之者至深且厚，心感心感。兄之萌此意者，实迫于境耳。韩子曰：中世士大夫以官为家，罢则无所以归。自念宦途二十余年，图书金石之外，一身仅在，两袖清风，此弟所素知者，今以一家数十口事畜之资，常效昌黎公之日求于人，以度时月，安能持久。复念犬马之年已五十有三，精神意气日益颓唐，倘以家计艰难，腼颜再登傀儡之场，不特人所齿冷，抑且鬼为揶揄，兄又断不出此不得已，欲为儿辈作求禄养家之计。此固无聊之极思，本非心中所愿也。今蒙明谕，容俟八月间到山，挈同潞儿渥聆清诲，再定进止。前书所云馆修一节，面询某某，据称欲蕉林一言，方能定局。此事蕉林致书于前，子和、小舫介言于后，吾弟复又面托，岂众人之谆谆，不及蕉林一语耶，未免市侩故态矣，或即置之，亦无不可。昔都南濠穷老著书，常仰屋笑曰："天壤间当不令都生饿死。"窃引此言，博弟莞尔。

按，吴云生于嘉庆十六年(1811)，札中言"年已五十有三"，则该札当作于同治二年(1863)。

致曹恺堂、李友琴诸君

自香圃故后，即闻嗣君福保以髫龄之年病目甚剧，心窃忧之，后得渐瘥，真天幸也。今春承香圃三位夫人携福保过舍，谈及家常，弟即告以香圃遗蓄颇丰，目前只要安分和睦，便可吃著不尽。至要在广积阴功，为培植福保地□，语颇谆切，当时三位夫人似以鄙言为然。昨在汪观澜封翁座中，谈及香圃大夫人肝厥几殆，诸君子皆以为忧，鄙人又援积善降祥之说，请诸君转达，诸君抚掌称善，均谓此实胜于服药，未知曾否达及。韩子曰："殃庆各以其类至"，金氏之为殃为庆，与鄙人何预哉，徒以与香圃当日曾共患难，又见诸夫人及福保身弱多病，故不惮再三之烦，献此愚悃。此后凡夏施医药，冬施衣粥，以及修桥补路种种善举，凡有正经人来募劝者，务必乐施。或有大工程实可遗数世利益者，虽为数较巨，亦不可惜。语云，修德必获报。又云，和气致祥，乖气召戾。此皆古今来明效大验，无丝毫或爽者。世有积赀数十万尚孳孳为利，维日不足，不转瞬而荡为丘墟他人入室者，指不胜屈。此无他，是犹筑垣墉而基不培固，上益加高，鲜有不倾覆者矣。自今以后，应属三位夫人普存为善之心，勿存营利之见。或有以将来难过日子等话头来讨好诱说，此其人要剥丧金氏元气，是与福保为仇者，不得不留心审察。以金氏现有家业计之，只要无意外之衅，即每年作善多用万金、数千金，量入为出，仍有赢余。倘外侮迭乘，内讧又起，虽一钱不用，日进斗金，恐亦无济于事也。诸君不以鄙言为谬，请即切致三位夫人，或摘其中听者分录一通，留备省观。从此雍雍睦睦，时刻以积阴德、遗子孙为念，天道好还，会见福保聪明日进，三位夫人亦必康强逢吉，此皆可预决者。款款之忱，无非为亡友起见，香圃灵爽有知，当亦含笑点头也。

致沈秉恒

宝墨斋顾云峰善于装裱，亦能鉴别碑版，特属走谒，如有装潢之件，付与经理无误。清恙新愈，首以调养为主。近日时医多有不明脉理者，服其药间致受害，不可不慎也。大约调养之方，饮食外以静坐数息为第一，东坡所谓无事此静坐，一日抵两日，是也。他如临模古帖，间观书画，亦足怡情悦性，特不可过于认真，务求刻画。前见足下临郑道昭书，非不酷似，所恐大费腕力，转妨颐养耳。书律虽小道，却自有循序渐进之功。鄙人幼喜临池，乃今头白，学书垂五十年矣，得失寸心，知其能摆脱古人绳墨，不为所束，而自能心手相应，有挥洒自得之趣，惟近数年始稍窥此境。好之不如乐之，固未易一二为外人言也。足下书学雅有根柢，又能心思静细，专志用功，梓乡名贤，吾党俊材，断无有逾于足下者。因自忘老丑，检今夏杂临《十七帖》《坐位帖》《吴郡书谱》《圣母帖》《郑文公上下碑》《西岳华山碑》共六本，又兰亭小卷一匣，奉尘鉴赏。小窗多明，赐以平阅，书虽不工，而临古不泥于古，或亦有愚者一得之长，质之法眼，能不见哂否？即乞转交四兄偕少兰同阅，各题数语，或书一观款，均是增重。此数册皆系儿辈装池，为家塾所藏，定于重九日走领，敝帚自珍，未免可笑。手此代面，略陈区区，藉为调摄之助。诸惟保护，不尽。

按，吴云生于嘉庆十六年(1811)，函中言自幼学书垂五十年矣，则该札当作于咸丰十年(1860)以后。

致魏锡曾

魏锡曾(? —1882),字稼孙,号鹤庐,浙江仁和人。贡生。官福建盐运使。好篆刻,嗜金石拓本。著有《非见斋金石文字》《开成石经图考》《书学绪闻》《庚子消夏记校文校勘记》《魏稼孙集》《绩语堂诗存》等。

别后时殷怀想。昨从仪顾堂寄到手翰,读悉种切,就审兴居安善,学与日进,欣慰无量。弟崦嵫日迫,衰病侵寻,终岁杜门,一切衣冠酬应概行谢绝,偃息菰庐,驯成老废,不足为左右述也。承示觅得叔未丈文稿,拟为授梓,甚盛举也。《清仪阁诗集》已有刊本,《文集》未见。弟与未翁为忘年之交,其长孙敬仲明府曾来受业,有通家世谊,故新篁弆藏大半归与敝箧。未翁手迹,如金石书画题跋考证积累至伙,无从摘录,尊处所藏清仪稿本或先寄下,互为校阅,无者增入,有者芟去,倘能得一通晓文墨之人将稿携来,即在寒斋缮录,不过十月即可蒇事。至剞劂之费,弟当力助其成,无忧不继也。

致吴廷康

吴廷康(1799—?),字元生,号康甫,别号晋斋,晚号茹芝。安徽桐城人。官浙中数十年,与何绍基至交。精金石考据,亦工刻竹。著有《墨林今话续编》《广印人传》《竹刻录》等。

一

苏州吴县所属横山,于本年正月二十日忽陷露古墓道,乡人掘得古砖,有太元九年、五年及作者朱稚等字,后因纷纷开掘,当道闻而禁闭。太元有三,一为吴大帝,一为前凉,一为晋孝武。按,吴太元未及五年,凉在西北,此太元定为东晋,特拓数纸奉寄。其文字在正面者少见,此数字大有古趣。晋砖出吴兴甚多,苏州颇为罕,闻足下藏古砖至富,其正面有字者有否?乞示一二,以广闻见。吴中近多好事,争购此砖,市中骨董店因而遍搜居奇,甚至每砖售至五六金,亦属异事。此墓为何人所葬,未见埋幽之文,尚无确考。

按,据卷三吴云与鲍康通信,可知光绪元年(1875)正月吴县横山新出土东晋古砖,与函中所言相同,则该札当作于是年。

二

日昨奉到手翰,发函申纸,洋洋洒洒,千数百言,反复紬绎,具见耆学之勤,爱古之笃,洵可谓足吾所好,乐此不疲,此福寿之征也,健羡无已。承惠彝器拓本三十余种,展阅之余,但觉琳琅满目,古香四溢,亟付装池,永以为宝,敬谢敬谢。弟偃蹇菰庐,方以行不加修,学无所就，时深兢惕，乃蒙奖饰过情，益增颜汗。所需敝处藏器全图拓本，兹检点箧中拓就者五种先奉法鉴，即以为赠，不足云报也，余俟续寄，不敢失诺。

致杜文澜

杜文澜(1815—1881),字筱舫,号憩园,浙江秀水人。以盐官起家,署两淮盐运使。同治六年(1867)代理江宁布政使,次年实授。著有《古谣谚》《江南北大营纪事本末》《采香词》《万红友词律校勘记》等。

一

昨覆数行,计已鉴入。承询水利一节,洵为农田急务,往年王补帆方伯出京,我乡戚友官于京者,谆谆以此事为言。补翁过苏,特来见访,属开大略。其时补翁新授浙江廉访,事权不属,不便作高远之论,转致因难而废,仅就湖州一郡应浚要工先行函覆,然大要亦即在其中矣,用特录呈省览。吴江令建议开通垂虹桥,同为水利要务,亦同此得寸则寸之见。若欲穷源竟委,成数世之利,垂久远之谟,非合两省之力择要疏浚不为功。今吾弟以浙人而开藩三吴,有志振兴,实地方生民之福也。抑有陈者,从来成盛功者必资人力,吾弟欲办此事,必须官绅中先求主持之人。官场兄不敢妄参末议,亦无人可举,绅士中兄敢举二人,浙则缦云侍御,苏则清卿太史,二君向为同志,皆究心水学者。缦老昨日书来,云李中丞邀办善后,已渐理归装,清卿定八月间出都。此二君肯出而任事,将来用人,即由二君保举,可期周妥得力。兹事体大,今得吾弟主持于上,又得二君为之襄助,此千载一时之会也。兄虽弃废跧伏,不预外务,苟有一得之愚,亦必随时上贡,共成善举,但不能出面办事耳。今昔殊形,此等事亦非身亲目验,不能取效。条分缕晰,开办次第,只有临时定议,非空言所能赅也。缘奉垂询,谨就管见所及,先行肃复,惟加察不具。

按，据函中所言，当作于王凯泰任浙江廉访（同治五年，1866）之后。又言“清卿定八月间出都”，似指同治十年（1868）八月吴大澄赴京参加会试及殿试后告假回苏之事，暂系于是年。

二

昨示书画卷册数种，内吴文正金书小字《麻姑仙坛记》为吾弟心爱，属将文正籍贯事实一查。按，文正名澄，字幼清，抚州崇仁人。幼禀异质，校定群经，阐明理学，为有元一代大儒，与许鲁斋齐名，学者称为草庐先生。又考至治间尝有旨集善书者，粉黄金为泥，写浮屠藏经，是金书为当日所尚，故此卷阅五百年而金色灿然，所谓真金不变也。其为文正真迹无疑，吾弟正法眼藏，洵不可及，佩佩。

三

昨示具悉，琼玖之贻，谊不容璧，敬谢敬谢。吾弟归去，正可料理名山事业，图书万卷，恣意啸歌，俯仰皆宽，起居自适，比之逐逐风尘，仰人鼻息，相去何如耶。兄罢职以来几及廿载，粗有撰著，浪负虚名，苟非投闲置散，世与我遗，则虽欲以诗痴覆瓿供人谈笑，亦不可得。然则人之厄我，正所以玉成我也，而又何懵焉。我弟兄务当各励晚节，蕲成不朽之名，此则临别赠言所当互守勿失者也。汉碑精本绝少，兄藏汉碑中以《乙瑛碑》为甲，观弟所赏爱，兹特移赠。吾弟怡情翰墨，时取临摹，见物如见故人，知必欣然，勿却也。病后腕弱，勉作此书，用代赠别。

按，吴云于同治元年（1862）因遭妒忌者诬陷而辞官，札中言“几及廿载”，则该札当作于光绪八年（1882）之前。

四

前承示十七帖，乃有明王氏据唐摹廓填本刻入类帖者，帖名《郁冈斋》，亦振振有声。兄藏有旧本，与此勘校，丝毫无异。夏愚存金石目《戏鸿堂》《郁冈斋》二帖，钩填者为王鸿胪凤岩(宏宪)，其烜赫有名可知，特怪其羼入王右军书钟太傅千文数十行词，既舛讹难读，字亦劣弱可憎，尚未能梦见右军脚汗气，不知何以误宝燕石至此。彼见阁帖中有汉章帝书《千字文》，遂谓《千字文》不始于梁，不知此种伪迹乃村学究所造，以为书家之钟、王犹儒家之周、孔也，故以钟撰王书为合璧，愈可取重于世，亦有受其所绐者。他日吾弟见此帖，当不以兄言为谬。万岁通天乃武周年号，某君强作解事，题跋必应褫去，跋中谓董思翁无此寿，尤为可笑。晨起清凉，知吾弟近日已亲笔砚，特将前帖寄还，并附此书，以当晤对，诸维加意珍重。

五

顷奉手书具悉。承示戴文节[①]画卷，此伪作也。款署鹿宾，鹿宾为朱筱沤太常妹婿，兄之同谱至交。石门人蔡姓工于书画，为沈竹宾高足，或有此卷，为作伪对摹，亦未可定。论此字画尚不及钱伯声[②]世讲，于戴文节相去甚远，切不可买。眉生所买吴九太爷字画约千洋，并无碑帖。嘉兴陈太守善书，未知有著作及勒石之件否？极愿闻之。兄处《太清楼》二册标目前列历代名臣法帖(一第七、一第八)，皆书"晋右将军王羲之书"八字，后署"大观三年正月一日奉圣旨摹勒上

---

① 即戴熙(1801—1860)，字醇士，号松屏，浙江杭州人，清代画家。道光十一年(1831)进士，官至兵部侍郎，后引疾归，曾主讲崇文书院。咸丰十年(1860)太平天国克杭州时死于兵乱。

② 即钱卿龢(1829—1882)，字伯声，秀水(今浙江嘉兴)人。咸丰八年(1858)举人，官至苏州、常州等知府。工书善画，尤以花卉、山水为长。

石”。此二册尽是羲之所书,钱梅溪题签,宋拓《太清楼》二王书帖后有长跋。此二册在国初藏于海宁杨氏,不知施九韶明府与鹿笙太守所见标题是否相同,乞询示知,二百金博易之说,姑作缓议。附去曹素功艺粟堂墨,此赵惠甫之兄弱侯太守所遗。弱侯卒于徽省屯溪差次,藏墨甚多,此种为第一,眉老叹赏不置,重仅三钱五分,价至纹银五钱,亦不为菲矣,请试用之,尚可续寄也。承示前后《汉书》校本,乃吾弟费四五年工夫始得录竣。兄曾叹吾弟小楷工雅,用心专一,为不可及,今为友人假阅未归,闻之代为闷损,容为留心访之。

承示欲将近日亲友中寿挽各联择其隽雅者类为一编,或付梓人,以公同好。并云兄所撰各联有录者,有失记未录者,询及当日挽蝯叟一联,特遵谕录于另纸奉正,不宣。

附录挽子贞先生联句:

四十年师友兼资我惭涪老,
八百载后先济美君是坡公。

按,何绍基病逝于同治十二年(1873),则该札当作于此年以后。

致勒方锜

勒方锜(1816—1880),字少仲,号悟九,江西新建人。贡生。曾入曾国藩幕。光绪元年(1875)八月迁江苏按察使,三年十一月迁广西布政使,十二月调江苏布政使。五年迁福建巡抚,七年四月调贵州巡抚,八月改东河河道总督,未赴任病免。著有《太素斋词》《太素斋诗钞》等。

一

初九日托李质堂军门带去太仓风鸡三双,嗣闻渠泝邗江而上迎谒曾相,且与香严偕行,不知何日始到金陵,恐此鸡已成失时之鸣矣。前接到十月杪手书,昨又奉本月初六日倪载兄带来台谕,又附新刊《三国志》一部,一一领悉。《三国志》纸印俱妙,弟处《史》《汉》正是此种,恰合也,谢谢。小湖先生处墨宝不能暂借出门,若得眼明心细之人前往双钩,则慨然许借。兹特请张玉斧兄到宁,钩取丁道护《启法寺碑》、欧阳询《化度寺碑》、虞世南《夫子庙堂碑》、褚遂良《孟法师碑》,玉斧年壮心细,目力极好,镌刻之工,一时无两。诸碑中惟《庙堂碑》有宋时旧摹本(笔画板滞,殊失秘书妙腕)尚为习见,惟此本评者为唐拓,故欲借摹耳。弟昔年在扬州钟小亭中翰处见过翻本,约记与彦超重刻笔画颇有同异,事隔二十年,已省记不清,亟欲得双钩一观也。《启法寺碑》仅于宋贤碑目中见之,元明以来绝少著录。此本为吴中故物,系义门何氏旧藏,弟久欲一见,不可得。《孟法师碑》与《化度寺碑》弟处俱有翻本,《化度》尚系旧翻,《孟法师碑》则坊版耳,阅之生厌。今属玉斧不远六七百里之程,亲携纸笔,钩此四碑,不可不谓之好事矣,一笑。另备一书致小湖廷尉。闻廷尉住书院中,距尊寓有三里之遥,左近又无客店,冬令日短,此事颇费踌躇,最好得书院一席地暂为借榻。玉斧心灵手快，计算四碑不钩题跋，至迟二十日可了。如书院中本有肄业之人，则伙食可包与厨人，更为便当，否则或就近找一地，或即在舫老所说之金宅耽阁，统乞兄代为酌定是托。附去龙井茶叶两瓶、近刻两册、两罍拓本两帧、新近托健甫制墨两丸，又季玉属致雷君润笔六洋，统望鉴收，不具。

二

伻来奉前月十九日手书，承示差寓逼仄，添葺新居数椽，为公余读书习静地步，乃素心人远，俗客频来，辜负明窗，徒供酬酢，似悔多此一番经营。执事清旷绝俗，迈往凌云，举目悠悠，未免有不堪晤对之感。昔东坡居士喜人谈鬼，听之忘倦，来书所谓潜声倏至者。当无可遣拒之时，则聆其浮谈，即作为鬼话，此中亦别有鬼趣耳，一笑。弟交春后亦常多疾病，颇思闭门养疴，而友朋相嬲，酒食征逐，不能不稍稍追随，殊乏兴致，此亦关乎精力也。舫老近与同居，晨夕相见，渠名心頡冷，终日伏案，能作蝇头细楷，目力远胜鄙人。敏老亦常见，光景不甚高兴，良有以也。荫兄昨从闽中归，有奉致一书附去，香严亦不常出门，承潞公事尚无陨越。知承廑念，琐琐布陈。外纸二幅，乞书近著，得早见寄，幸甚幸甚。赐商入觐行止，兄景况非香严、采香比，鄙意既不能舍此一官，则以早日进京引见是为正办，望勿迟疑为祷。人还，草草布覆，诸惟为时自爱，不宣。

三

昨从射雕山馆交到手翰，知吾兄袁浦之行，正值孙淮五聚众滋事，留滞多日，想亦无兴出游，于翰墨书画金石各物未必有所见、有所得也，此为憾事。吾兄无他嗜好，所好止精墨佳茶，迥非弟之几于无所好者。比即以茶论，弟每日只饮三盏，不但茶非真明前龙井不可，而水尤必亲自检点，家储天水缸三十余只，每只必有盖。水之陈也，必有轻尘浮于缸面，取水时须将此一层轻尘撇去，然后入砂罐煮，火候要适中。茶取其绿,水取其白,举杯凝视,觉一种清光明艳,恐虢国夫人亦有珠玉在前之叹。坡老佳茗似佳人之喻,不可谓无真见,然鄙人尚欲为其下一转语,改为佳人似佳茗耳,一笑。吾兄爱茶,以佳茗难得,欲以稍粗者间之,此可不必,明年可帆、采香、篠轩均必有佳茗奉报。弟则取诸宫中,虽不能多,以四人供给必够兄一年之需,不必精粗相间也。近从子青尚书处分得康熙五十三年《耕织图》,墨颇精尚,当分饷左右也。

四

一昨奉五月初二日手翰,欣审道履清胜,动与吉会为慰。前闻真除观察之信,知兄亦料我必欢跃不已也。兄自奉俭约,此缺想尚可敷衍。世讲天资甚高,渊源家学,读书定益精进,秋闱伊迩,不识肯降心从事举业否?念念。弟交夏以后身子尚无不适,惟精神总不能振作耳。四月初间,曾到上海就西人医齿,因有亲戚庞君治之有效,谓动摇虫蛀者可修补,脱落者可重装,一经医治,向之遇食物坚硬不能入口者,可登时能咀嚼,其验如神云云,于是决意前往。讵连访三医,讫无一效,据称若要得力,必得拔去数齿,另为装配,怕疼请饮麻药水,饮之如死一般,然后听彼所为,方有大效。闻之不寒而栗,遂托词而出,白花去番饼数十枚而已,兄闻之,得毋捧腹。是行与采香同往,归舟又添一香严,尚不寂寞,只算遨游洋泾,聊可解嘲也。薛世香兄因何事赴杭?他年兄开藩两浙,即可为西湖主人,此愿总有时偿也,请姑待。近刻《朱文公易系辞注稿》两分,一赠鉴定,一乞转交密兄。此用棉料纸所拓,一经装裱,更觉神明焕然,望即付裱,免致散失为要。朱子道德文章敻绝千古,即以书法论之,南渡后亦推首出,法眼以为如何?

按,据卷九吴云致陈介祺函,可知吴云于光绪元年(1875)赴沪治疗牙齿,不意徒劳往返,全无益处。则该札当作于是年。

五

数日不见，如三秋之隔，怀想不已。龙井芽茶采自清明之前，去年底付价定买，经买主人家居龙井山下，敏老所谓无一叶假者，此物此志也。因便人带来，故今始到，特奉去二包，须用淮块石灰储于缸内，勿使有一丝透风。执事今之蔡陆也，试取各友所赠者品平之，先验一旗一枪之粗细匀杂，再辨色香味，引杯细尝，静参自得，惟解人斯能领取耳。佳茗必得好水，惠山泉日供两担，取不伤廉，用一百青铜钱买白砂罐一个，入惠泉水，烹龙井茶，公冗之暇，偶饮一杯，亦足涤尘虑祛烦襟。况惠山相距至近，水清且洌，多取之不为虐，彼或以李卫公例视之颠矣。

六

顷奉手翰，敬审道履安胜。闻披阅各处文报，每至夜深未辍，想见用人理财必更劳擘画，其操心处当尤甚于劳形案牍也，尚望节宣善卫，为国保躬，是所至祝。弟体弱畏寒，近益瑟缩窝居，不复窥户外一步，偶读“人静费炉烟”句，颇堪自况。思欲作尺幅写意，又苦天冷指僵，未能下笔，大约除看书之外，直无一事可为，只自笑冬烘头脑也。承示贵友欲觅名人字画，属为物色，此事颇未易交卷。世少真识，彼此是非妍媸杂投，真赝莫决，弃取之间，恐难吻合。然其人既为悟兄至好，不可以常例待之，当为物色数种，议定价目，先寄阅看，合则留之，否则还之，如此办法，较为妥惬，亮尊意定必为然。此间已得祥霙，盆梅亦有一二朵舒花者，想节署封篆后公务当可清简，还祈时惠数行，以纾饥渴。

七

客腊寄复一函，想早澈览。献岁以来，天气晴明，风日清美，梅花已放，想见香凝燕寝，民物胥恬，政事之暇，定多乐趣。姜白石词云：

"花长好，愿公更健。"敬为执事诵之。孱体交春后嗽疾愈剧，改岁至今，已阅两旬，止有探张太夫人之丧出门一次，此外酬应，概行谢绝，老病景态可以想见。幸饮食如常，往后天暖，精神或可稍振。清卿三载秦凉，轺车所至，采风问俗之外，遍搜金石，所获至富且精，实为难得。鹿茸已为执事带到一架，与此间所售者迥不相同，或留俟面奉，或先寄上，统候示遵。

按，吴大澂于同治十二年(1873)出任陕甘学政，光绪二年(1876)八月卸任，腊月旋里。则该札当作于光绪二年间。

八

昨日之叙虽草草盘飧而畅谈颇乐，惟良朋远别，诚知为日无多，此心终不免恋恋耳。纨扇一握，乃敝帚之享，既为宗工见赏，谨以奉赠。秦诏唐符考证详载拙著《彝器图释》，并呈一部，以备篷窗省览，即乞鉴正。石谷山水立轴系敝箧旧藏，云山杳霭，树石苍寒，乃此老晚年精诣，实为开门见山之作，以配新得南田小帧，可称恽王合璧，检奉雅赏。此等物事，两罍轩中颇称富有，幸勿视为郑重麾却之也。

九

前者得建节三吴之信，直欲距跃三百，继知公位益高而心益下，必有以任重为兢兢者，休戚相关之谊，不敢作虚文谀辞为公颂贺，亦恃公知我有素耳。顷间奉到手翰，并蒙惠赐果子狸半具，仰见垂念菰庐，渥加存问，感谢感谢。日来勃戾弥空，檐溜如泻，亟盼朗霁，庶免水灾。黄鲁直云："蹙眉终日，为百草忧春雨耳。"然今日之忧，岂特为花事哉！倘如天之福，畅晴多日，园中花枝招展，香风溢座，敬治果子狸，以候八驺之临，是为至幸，第不知能如愿否。

按，勒方锜于光绪三年(1877)十一月迁广西布政使，十二月调江苏布政使。函言“建节三吴”，则该札当作于光绪三年。

十

日前辱承惠顾，虽草草盘飧，不免辅亵。然公以八座之尊，下与二三故旧追寻林泉逸事，纵谈无讳，形迹胥忘。想当政务丛集之时，聊藉清游稍祓烦抱，似一月一叙之订或亦公所乐此而不忍舍者耶？狂言一笑。属书纨扇涂就，谨缴。书甚劣，而所书秦七题语读之如登华子冈，使辋川全景历历在目，可抵一幅卧游图也，幸赐哂正。大著横幅词稿奉上，乞连同求书折扇一并掷下，勿急急也。

十一

昨闻开府八闽之信，为之额手。朝廷念海疆任重，现当华洋交涉，事会艰巨，非文富重望不足以资控驭，正虞升卿所云盘根错节足以别利器也。惟鄙人自念无似，乃蒙垂爱殷肫，存问周浃，略去形迹，曲恕疏慵，每当促膝，或遇燕谈，无非道义切磋，直谅无隐，此固十数年如一日也，行将远别，情何以堪。素知明公喜用赵人，爱此旧疆，兼及故友，或亦同此眷眷耶。所望福星东耀，郭侯重临，不特竹马儿童欢呼塞道，即菰庐中皤然一老，亦当扶杖而起，为公负弩也。何日得暇，拟作真率续会，伏候示定。

按，勒方锜于光绪五年(1879)调任福建巡抚，即函中所言“开府八闽”，则该札当作于是年。

十二

客冬棨戟过苏，襜帷暂驻，谊追温蜀，异姓忘形，草草盘飧，悉循真率，叙今论古，文燕方酣，忽听骊歌，黯然执别，只以疆寄重任，未敢攀留。判袂以来，倏又改岁，比者春融景淑，遥想福星所至，遐迩欢腾，式詹新猷，定臻休畅。闽俗夙称犷悍，现当中外未靖，时事纷纠，苟或措置稍涉矜张，抚驭略有违忤，贻彼口实，肇启衅端，皆意中事也。惟公本经术以为治功，而又富贵浮云，半视通塞，国家事重，功名念轻，从容擘画，自然戾气潜消，蔚为和平之福。斟元调运，砥柱横流，卿云在霄，群生托命，不独林下旧雨饮食必祝已也。云终岁杜门，尚能安拙，惟崦嵫已迫，学业无成，辱公错爱，引置文字交契之末，自维谫劣，无以仰副期望，言之愧悚。惟近于西邻汪氏废园中得太湖石数百块，为过云楼遗珠，费六十缗购获之，又费百余缗，就听枫山馆之前叠石为阜，中建小亭，颜曰“因树”。又撰短联云：“树高根要固，亭小荫偏多。”由石级盘旋而上，可直登墨香阁。因思频年来常作真率之会，蒙诸公怜云多病，大抵设席于听枫山馆为多，每逢燕集，公独小憩枫阴，谓此树大逾合抱，难得枝茂叶盛，状如华盖，低徊叹赏，若有不忍舍去者。鄙人以树为大贤所爱，故亦加意培护，今复因树为亭，可供小坐，预备他日公移节三江，敷政之暇，效文潞公留守西京，举洛社故事，过临茅舍，重续坠欢，谨当集同会诸老，就亭中煮茗清谈。昌黎述李愿所谓坐茂树以终日，酌清泉而自洁，以古方今，未易多让。此中真味，知公乐闻，琐琐上陈，聊博莞尔。昔黄鲁直知张武笔为东坡所喜，每闻坡至，必预设砚席，多备佳纸俟之，可见古人相聚，必互留翰墨，以助琢磨。鄙人非鲁直比，公则今之东坡先生也。因树亭中不可无公椽笔，适汪柳门学使去冬寄来宣城旧纸，奉去小对联二副，乞政暇一挥，无论陈言新制，均足增光。此纸虽非澄清，似尚可用，惜张武笔不可得也，一笑。近刻《汉建安弩考》一册，附呈鉴定。专肃布臆，谨代晤对。伏维为国节宣，金玉自葆，临颖依切不尽。

又于因树亭之北，就两罍轩旧有回廊小加改筑，向东建一亭，题曰“适然”，后系小跋，揭明命题之意。荫甫撰一联云：“以东坡居士快哉亭意，读南华真经逍遥游篇”。谨将亭额刻样拓本呈阅。两亭俱新辟，倘蒙各赐一联，固属意外之喜，否则得其一，亦增光宠。异日八驺重临，睹碧纱笼护，或亦可喜也。真率会图象早已画竣，因青帅书来云即欲入都，往后通信至便，得将拍照寄来，便可增人，故尚未补景也。同人意兴均尚如旧，惟荫甫辍琴之后，至今神伤未释，颇形侘傺也，知念附及。

再，前函尽是林下闲谈，肃就尚未缄发，适奉本月初四日赐书，并范志真曲、酸枣贡糕，未及启封，先已喜心翻倒，亟浣手庄诵，语重情长，恍同觌晤。吴中诸老每于谈次，皆以未得尊翰为念，今承不遗在远，宠寄土谊，立即连同丹柬一一分致，莫不欢欣鼓舞，属先道谢。谨将诸老回条奉上，亦略见此间各友近状也。初二日耦园有真率之集，再将台函携示会中人同读。

按，勒方锜于光绪五年(1879)调任福建巡抚，函中言“客冬”，则该札应作于光绪六年。又，吴云著《汉建安弩考》有光绪六年刻本，亦为一证。

十三

前月复谢寸笺，附有真率会中诸老条字各件。嗣又续寄一书，附有讷生信，均由轮船带呈，计必早登签室。苏浙新茶收于清明谷雨之间者，其芽最细，寄上吴兴本山两瓶、武林龙井两瓶，又顺老托寄邓尉本山四瓶、洞庭碧螺四瓶，共十二瓶。此四种为苏浙绝品，中间邓尉似次阳羡，为坡公所赏，亦不过与邓尉等乱后所产甚少，因茶树被伐，改种桑枝故也。弟喜饮龙井，重其色香味独全，年来不能多饮，颇以为憾。昔蔡君谟好茶，老病不能饮，则烹而玩之，与吕行甫之不善书而磨墨小啜，同见雅人风致。鄙人每每煮茗一杯，必注玩移时，而后入口，窃欲自附君谟门下，署为茶经私淑弟子，公或引为同志耶，一噱。

按，该札与上通所作相距仅隔一月，当亦作于光绪六年(1880)。

十四

月之初二日奉前月八日雨窗手书，并蒙惠赐福元贡膏四瓶，新刻《延平答问》一部，一一只领。法书楹联二副，腕力日益遒上，观其使转从心，旋折如意，不必远论魏晋，而于唐初四家门庭实已入其室而哜其胾。至集句之工切，款跋之隽雅，尤为独出冠时，当世无两。即日命工制成屏式，拓于木版，悬诸亭内。初九日有真率之会，座中添柳门谱琴，与诸老同声赞叹，莫不倾倒心服。因恐亭柱有风雨之侵，特以玻璃罩之，期可耐久。他日明公移节来吴，见之或喜其郑重爱护，胜于碧纱笼也。承谕福州屡遭水厄，元气未复，今又夏雨连绵，建延数百里，溪流奔注，四五日间涨高三丈，西南东三门内外俱被淹浸。现虽得报消平，须得从此开霁，庶望补救。想见数月以来焦心急虑，经营抚辑，正不知若何劳勚，尚望节宣善卫，为国葆躬，是所至祝。云交夏后孱躯尚称顽健，终岁杜门，惟与诸老友轮作真率会，月集一二次，藉为消遣之计。每至杯酒谈心，辄以明公远隔，常兴座无车公之感。青帅亦久不得音问，闻同苏夫人怀孕，约三月杪分娩，青帅欲待抱孙之后始拟进京，迄已多月，绝无消息，究不知行止如何也。顺老近日小有不适，荫老服吴子备附桂干姜重剂，居然病愈，面亦腴润。属送顺老福元膏，并诸老《延平答问》，一一照单分致，均属先为道谢。静逸病虽愈，而精神步履俱未复元，屡有到苏之约，竟不能践。南中小暑以后，转嫌雨水过多，急望开霁，否则棉稻皆恐有损。浙省查荒之役，大拂舆情，履勘固属为难，而办法自有窾要，安有不问情由，不查底里，硬以荒田欠额洒派于熟田之内，无怪人心不服，激成事端，言之可叹。

按，卷七吴云致张之万信札中提及光绪六年(1880)同苏世嫂怀孕，分娩约在三月底。与此札所言事同，故该札作于光绪六年。

十五

数日前曾寄寸笺，附有印石四方，又《陶柳门》一书，未识何日达到。一昨奉到手谕，并承惠赐密兰二瓶、佳茗两盒，又李监巨篆、王审知巨碣。李篆篋有旧本，王碑得未曾有，欣谢欣谢。此碑笔意在颜、柳之间，兼有北朝人风骨，难得文字完好，一若新发于硎，与丹阳镇张从申书《延陵季子庙碑》相同。江南张从申有二碑，一茅山元靖先生碑，久佚；一即延陵碑。好事者得一元靖碑，不啻球璧之珍，而延陵碑绝无人知。前年因于张同苏公子处获见墨本，始悉碑尚岿然独存，当即雇工往拓，其字体绝似王审知碑，曾以拓本奉赠。试取二碑比较，真一时瑜亮也。李唐以书取士，故当时善书者多，然非遇真鉴家勤求物色，发其幽光，则沉霾不显者正多吁，岂独一碑已哉。弟因潞儿专舟来迓，即与老妻挈同孙子官保赴署，今年木棉颇庆丰收，聊以遣怀。隙光泡影，岂竟昧然，七十之年，尚欲自缠自缚，坠入魔障，不亦颠乎。知兄念我至切，故详及之，藉以纾爱注也。曲园书附去。

按，吴云生于嘉庆十六年(1811)，七十之年即光绪六年(1880)，则该札当作于是年。时勒方锜仍任福建巡抚。

十六

月初从苏寓寄到重阳次日手谕，发函庄诵，伏蒙慰喻勤拳，词意肫挚，谨当铭切于心，不敢套言鸣谢。外承远惠食物多种，罗列满筵，尽是闽中佳味，诸孙环视，拍手腾欢，索果分甘，争先恐后，抃舞之情，可以想见。老饕馋吻，犹得暗匿，大半留为自享。中间橙橘二种与酸枣、干荔皆可醒脾，每当茶熟香温之际，读书静坐，随意细嚼，真觉别有风味，不仅如数点梅花芬留齿颊已也。岩茶为武彝山寺珍秘之品，即本籍人亦不能必得，嬲索过甚，寺僧没法，每每以伪者应之，价重兼金，非止一日矣。承分惠小瓶，适潞儿有粤人旧赠茶具，不但壶杯样小，即沙罐、泥炉亦各有专造，其烹茶之法与尊谕正合，闽粤人所谓吃工夫茶是也。昨特于瓶内取出二钱，集阖署亲友浅斟细啜，以次遍尝，莫不啧啧叹赏。虽未必人人真知，或间有随附，然一缕茶香，沁人心肺，则固雅俗共赏者也，欣谢欣谢。所需重摹《天发神谶碑》当属友人向张氏店肆购买，止有一分，特先寄上。另有一分，俟取到续寄。冬寒食物不坏，尚有绝好辣酱与娄东风鸡，出月当交轮赍呈，《天发碑》即可附达也。静逸前日由禾中到此，精神眠食已俱照常，盘桓五日，恐往后天寒，旋即归去，约于明春到苏畅留数旬，此至喜之事，用特附告。尊体亮必清健，闽地卑湿，尚望加意调护，至祷至祷。

按，据札中所言，时勒方锜仍任福建巡抚。又据下通信函“前月中浣在娄东署中肃复寸笺”，则该札作于光绪六年(1880)十一月中旬。

十七

前月中浣在娄东署中肃复寸笺，附有孙吴《天发神谶碑》全分，不识何日尘鉴。兹于月之初三日旋苏，初十日奉到手翰，蒙惠赐福州莲桂等件，谨领之余，感幸交至。惟此书尚是十月初十所发，迟至匝月始到，大约为附物重滞之故。敬绎函词，知节麾有巡台之行，忠信波涛自有吉神拥护，惟骨肉至爱，得此航海之信，不能不神驰意往，还乞于安抵后将风物土宜一一详示，此非欲广异闻，实欲知起居之安适无恙，以解劳结也。《天发碑》尚有一分未寄，今特补上。另有辣酱、风鸡，恐附带转致此信羁迟，故另属沪友代寄，冀可速达，想省旃与九梦，必有一人在署也。

按，根据二人之通信频率，又据下通信所言“嘉平之朔又肃一函”，则该札当作于光绪六年(1880)十二月初一。

十八

客冬两奉台谕，并蒙先后惠赐各种食物，当经肃笺申谢，附寄《天发神谶碑》暨俞、陶二兄信。嘉平之朔又肃一函，并呈娄东土物二种，均交轮船局递送福州节辕，由省旃、九梦两世兄转呈，未知能否达到，深切驰念。日月如流，倏又改岁，遥想福星所莅，威德并昭，化丛棘为康庄，息鲸波于沧海，畏神服教，中外咸孚，翘跂卿辉，弥殷顶祝。云菰庐跧伏，衰态日增，本年自新正至今已将两月，出门止有三次。花朝前后，雨雪连绵，比虽晴霁，而春寒殊甚，芸生恐碍长发，不独如山谷老人忧在花草而已。回意去冬轺车将发，贻我尺素，谓台郡目前虽无事，而朝廷轸念岩疆，不能不循例前往，一尽职分所当为，归期当在杏花时节。今忽忽三春过半矣，屈计旌麾当已安旋节署，必有手札数行，远慰饥渴，盼切盼切。此间真率会中旧侣俱尚无恙，静逸订三月间到苏。荫甫今年精神颇旺，貌亦加腴，现在已赴武陵，有信一函，外附针线一包，大约酬谢月下老人。又《右台仙馆笔记》一部，统乞察收。

按，函中言“去冬轺车将发，贻我尺素”，则该札当作于光绪七年(1881)初春。

十九

前月肃奉寸笺，附有俞、陶二兄两函，由轮局赍递，未知何日尘鉴。月之初二日奉二月廿六日手谕，并惠橙饼、闽姜等物，只领之余，感慰交至。恭审星轺遄返，寝馈攸宜。此次巡阅台疆南北约及千里，海口不可胜数，而轮船能进泊者惟一基隆，此外尽是礁石板沙，不能近岸，此天生险隘也。二月初六乘轮内渡，适遇狂飙，行旌避过暴风，始涉大海，初十日安抵节辕。此真忠信感召，到处有吉神拥护，闻之可胜额庆。云息影蓬庐，衰慵益甚，偶一出门，必迟回却顾，仿佛千里远行，若不胜其烦劳跋涉者。幸真率会中诸老见谅，每有聚会，席设听枫山馆，为多月之十七日。许星台廉访送来珲春熊掌，与去年吾兄所赠者相等，腼之旬日，宰夫告熟，遂约星翁与诸老作熊蹯续会，并将所惠之橙饼、闽姜登盘佐饮，出示尊函，互为传读，感念旧之殷勤，饱异乡之风味，迹虽暌于千里，情若联于一堂，遥望卿辉，三肃起谢。所来巨竹，闻台郡有至大可作浴盆者，此四段已不为小，惜竹青削去，不但不能奏刀，并不能着墨。凡竹刻之可供文玩者，全在刻画之后加以摩挲，久之光熟，精彩四溢，自然名贵，好事者每每不惜重值，购作书案陈设。今竹青既去，譬诸虎豹无毛鞟，与犬羊无异，商之工师，皆以废物例之。鄙人念物自远来，又曾为大贤顾盼，必思有以处置，度材审势，运以匠心，思得一法，尚于文房相近。拟取其高者二段置案旁，为积储字纸，低者插鸡毛拂尘。俟马厨归时，交其带还二段，留二段作所拟之用，如公别有妙用之方，可以点铁为金，即望示我遵行。前年所绘真率会图，补景早已竣事，诸老均已装成，兹特寄呈一卷，幸察收。台疆风土物产以及山川卉木，务乞公暇详示其概，俾得广此确见确闻，实所欣盼。苏浙芽茶已购就，统俟马厨带呈。去年承惠寄各种武夷茶，用砂罐煮饮，觉比绿茶别有风味。平生爱茶，而所饮绝少，便乞再寄数两，只求穰将军所称厩中之中驷，若去年所寄之每两价至三千六百文者，此古德所谓阿耨多罗之品，未免逾分罪过，不愿再饮也。

按，此札写作时间据上函不远，当亦作于光绪七年(1881)。

二十

月之初三日，奉前月廿七日手谕并真率会图一卷，又蒙惠寄武夷奇种茶四瓶两合，一一领悉，感谢感谢。云终岁杜门，无非摩挲书案，藉以自娱。年逾七十，正如挚伯陵所言但欲俯仰从容，以游余齿，晚节趣尚，如是而已，不足为公述也。吴中得天姥东倾之耗，比闽中早至旬日，向来典礼多详于宫寝而略于直省，故哀诏未到之先，每每参差不齐。如宁苏一省也，而宁则素服摘缨，苏则素服不摘缨。若浙省则不待诏至已先自哭临成服，前次因两番哭临大骇耳目，今又踵故辙，不知将来诏到之后如何举行。若仍穿二十七日孝服，是合前后所穿，几有四五十日矣，此非特旨命穿不可，似难逾制擅服。若遵以二十七日为准则，诏到之后，孝服数日即除，义有未安，情亦不忍。会典繁重，安得有简明画一条目，俾直省于哀诏未到以前一体遵行，免得参差紊乱，为外邦所议。今部文有俟诏到素服摘缨跪迎开读一条，或谓如已摘缨，何用重言及之，故苏主素服不摘缨也。或云所谓摘缨素服者，盖四字连类而言，非谓摘缨必跟缟素也，故宁主素服摘缨也。不审闽省何从？执事富于学，娴于律，更事又多，扬历中外数十年，卓然为礼法之宗，必能参详典制，斟酌协中，推暨邻疆，可垂定则者，乞详示之，至恳至恳。寄上龙井真芽茶一瓶，吴兴本山芽茶一瓶，皆隔年付值，采自清明时节者。云爱茶，近则所饮无多，一日四小杯，犹以所寄之武夷茶间之。居尝笑蔡君谟老年病不能饮，则烹而玩之，不意五六年来，饮稍过量，便觉胸怀不适，而又爱不能置，故每煮茗，必先挹其色香，然后详辨其味，昔之所笑者，今且师之矣，不亦可大噱哉。吾公向有同嗜，闻近亦不能多饮，若欲烹而玩之，则非以在山之泉煮极细之芽，不足以发色香味三者之全也。闽中有好水否？武夷味胜，而色香则逊于龙井。顺老亦有茶托寄，此产自洞庭光福诸山者，连信一并奉上。又荫老一书，统乞察收。真率会图引首寄上二纸，乞书“吴郡真率会图”六字，或不加“吴郡”二字，竟书“真率会图”四字，希酌定。尚有一纸，谨当各书其一，互为收藏可也。外又附上杏叶笋一瓶。此物乱后所产愈少，味淡而鲜，煮汤最妙，幸哂纳。

按，函中言及“天姥东倾之耗”，即指光绪七年(1881)慈安皇太后仙驭哀诏，则该札当作于是年。

二十一

前月廿五日专肃寸笺，附呈曹氏艺粟斋陈墨五挺。拜发后五日，欣奉十二日手谕并荔干、枣脯、桂圆膏、印泥、印油各件，谨领之余，感幸交至。朝廷念闽土卑湿，台郡尤多瘴疠，于尊体似不相宜，且明公曾有辞烦就简、愿厕京曹之请，此次移节黔疆，恩命之颁，或有深意。况黔中全境肃清，劳徕绥集，亦必得富郑公、张忠定其人前往镇抚，庶几利弊兴革，动协机宜，吏治民生，驯臻上理，想彼都人士早已兴歌来暮，盼望福星矣。蒙示道出西江，拟乞假两旬，倘能径附轮舟，或可向吴门一转，闻之倍增向往。鄙意此行长途六七千里，虽倚畀正隆，量移当在指顾，然迟速之间，未能预测，既请给假，何不多请一二十天，将家务从容部署，吴门之约亦可践言。黔中烽烟早靖，戍鼓无惊，非霍将军匈奴未灭何以家为时也，尊意以为如何？其真率会图卷即刻裱就，并交舍甥张学周带呈。引首“吴郡”二字用《白香山诗集》，朱长文《图经》，似比苏台吴门稍为蕴藉，请挥就付下，以便装池，能得赐题数语于后，尤为至幸。印泥等物尚在局船，须明后日始到，俟试用后再行报谢。

按，勒方锜于光绪七年(1881)调贵州巡抚，则该札当作于是年赴任前。

二十二

前日张敬甫归，带到手谕，并大甲溪番席、方竹、海树各件，一一祇领。海树、方竹得未曾有，与海石供设听枫山馆，苍松翠柏之外，别有雅趣。番席旧有亲友馈赠，价甚昂贵，二十年来每交夏令常常用此，不但能祛风湿，且于老年尤宜，盖不比苏席之易于着凉也。旧有已损，恰承新赐，正所谓心得所好，口常欲笑者。食物止供一时，此席可以耐久，拜公远赐，真有寝馈不忘者矣。闻岑中丞将次可到，日来正届伏暑，炎威甚炽，长途跋涉，未免劳顿。闽沪洋面平稳，轮舟既得便捷，且比陆路适意远甚，吾公何日启节，既有乘轮之意，幸即定见，勿再游移。听枫山馆花木禽鱼闻公将至，皆有欣欣之态，谨早扫除静室，为公下榻之所。良朋会合，本难预期，况在暮年，又逢远别，兴言及此，能无黯然。用特专函奉订，倘不嫌简亵，惠然肯来，当约真率会中诸老，陪公尽平原十日之欢，此平生愿也，望切盼切敬。甫辱公推爱，归述晋谒情形，甚为感奋，此间雨旸应时，诸称平静。敏斋太夫人于月之廿二日西逝，同日又逝去张氏如夫人，闻太夫人自十六日后，死而复苏者数次，直至伺候有人，然后撒手，真无愧福寿全归矣。曲园近体颇健。西圃为其子秋谷大令颈间遽生一瘤，形状与鄙人所患绝相似，而未及一年大已过之，且转侧不便，正可望补缺，患此重症，不得已力求交卸，日内可以到家，西圃因此急煞。此二君吾公至关切者，故附及之。

按，该札写作时间距上通不远，亦当作于光绪七年(1881)。

二十三

昨者驺从贲临，屈居蓬荜。始则尊恙初痊，谈燕未畅，旋幸日就康复，意兴渐增，林居旧雨，相率来会，移尊设席，迭为主宾，野服清谈，绝无形迹。聚首虽未盈月，良会实足千秋。送别以后，想一帆风顺，日内即可安抵里门。行装甫卸，戚友纷来，定有一番酬接，不知总角旧侣尚有几人？指幼年钓游之地，感王事鞅掌之劳，四十年中外扬历万余里，水陆奔驰，离合悲欢，都为陈迹，回首生平，静念身世，毋亦有感慨系之者乎。人生行藏得失，皆有前定，非人力所能转移。有识者自不以此措意，无足深虑，惟性分之地，关系天伦，一有拂逆，纵能达观，每每塞抑难解，惟有退步引喻，借人自况，如公之援蒋心香以劝慰顺老者，斯为得之矣。曲园长嗣年正强仕，甫以服满到省，讵数日之病遽归道山。曲园现在武林，因不得直隶家信，至减眠食，前日专足到杭，及门诸君秘不与闻。渠女婿许孝廉与及门徐花农庶常拟伴送来苏，家中已设灵，骤闻此耗，正不知如何悲恸，真欲代唤奈何。公与曲园至交，闻之当亦同此浩叹也。开缺之请，得蒙恩准，此由公诚正勿欺，朝廷知病出实情，必非虚饰，故特允所请。指日病痊旨京，见公强固耐劳，其精细缜密有三四十岁壮年人所不逮者，然后知皮相者所说之诬，内而嘉谟嘉猷，纳忠陈善，外而兼圻连帅，霖雨苍生。以公之精力卜之，其年位必可与文、富二公相颉颃也，祷祀祈之。桂观察一书系从许星翁处送来，特附上，希察入。

按，据俞樾《春在堂诗编·已辛编》卷九叶三十九有诗题曰："(光绪七年)《大儿绍莱既免其母之丧，仍赴直隶以知府候补，感疾卒于天津，盖八月二十五日事也。家人以余在杭州，秘不使知。还苏始闻之，哭以诗》"与函中所言相同，则该札当作于光绪七年(1881)。

卷五

致殷兆镛

殷兆镛(1806—1883),字补金,一字序伯,号谱经,江苏吴江人。道光二十年(1840)进士。授编修,任大理寺卿,充湖北、陕西、顺天考官,督直隶学政。历任礼、户、吏诸部侍郎。著有《松陵诗经》《玉尺堂诗文集》等。

一

春间驺从过苏,辱承枉顾,适抱采薪之患,未及迎谒,实切歉悚。嗣晤林一宫允,述执事于高邮道中致宫允书,拳拳于下走,仰见念旧殷肫,迥异恒格,望风倾仰,不胜驰情。每于邸钞中伏读执事奏议,凡所敷陈,悉中近弊,此真救时药石,经世宏文。昔苏子瞻谓陆宣公才本王佐,学为帝师,论深切于事情,言不离乎道德,如执事立朝正色,遇事直言,洵足继美前贤,追踪往哲,辅中兴之盛业,立不世之休名。云向辱知爱,能无忭庆。儿子承潞礼闱幸隽,比得家禀,知以薄植得托大匠之门,闻之实深荣幸。今科浙江进士覆试、朝考俱列一等者,惟汪君柳门及潞儿两人,论甲第必得馆选。乃榜后叠次来禀,谓长安居大不易,频年来食指愈繁,家计日绌,本系分发江苏直牧,若就原官到省,则班次甚快,希冀得补一缺,为求禄养亲计。云以内用外用,自有定数,亦不以其说为非,兹得点用消息,知以先期呈明,竟归原班。

闻闰月例不引见，云已属渠常诣函丈，恭承师训，他日得获寸进，饮水思源，当不忘所自也。

按，吴承潞为同治四年(1865)进士，覆试、朝考皆一等，与札中所言相合。故该札作于是年。

二

昨从景亭宫允交到手谕，发函仲纸，仰荷垂念患难，慰诲勤肫，雒诵回环，惭感交集。云罢职后菰芦跧伏，药炉、茶灶而外，日惟于故纸堆中聊遣愁抱，足不出户庭者半载余矣。自愧窳暗，昧于进退，获咎总由自取，惟不克仰副执事期望之殷，至为愧疚。然窃幸身处脂膏，丝毫不敢近腻，卷案具在，得免后累，此可附慰爱注者。云本孱弱多病，不复作伏枥之鸣，惟沪上米薪珠桂，大不易居，读昌黎"居闲食不足"之诗，不免废书兴叹耳。伏念执事名言谠论，中外共钦，方今朝政清明，贤藩当轴，拨乱世而反之正，中兴伟业，指顾可期。所望妖氛速靖，早奏升平。云家尚有薄田二顷，得返里门，躬耕度日，是则饮食所必祝者也。

按，据札中所言"沪上米薪珠桂"等语，可知吴云时居沪上，尚未返苏，则该札当作于同治二年(1863)至次年春这段时间。

致翁同龢

翁同龢(1830—1904),字叔平、茎阶,号松禅、瓶庐,江苏常熟人。咸丰六年(1856)进士,授修撰,八年典试陕甘,授陕西学政。光绪间官至户部尚书、协办大学士,授军机大臣。为光绪帝师傅,力赞维新。著有《瓶庐诗稿》《翁文恭公日记》等。

四月间两辱枉顾,其时正齿患大发、寝馈俱废之际,是以不获侍晤,一尽饥渴之忱,至今歉悚。辰下敬维舟车无恙,早抵都门,德位兼崇,身名俱泰,幸甚幸甚。云衰病杜门,无善可告。前者旭人方伯述执事谬采虚声,垂问肫挚,索及拙著《彝器图释》,大雅当前,正思就教,遂不敢自匿其丑。今旭人赴江北未归,适有贾筱芸世兄入都之便,托其带呈一部,敬求鉴定。另一部乞转交玉甫中丞,同赐教削。久闻尊藏宋刊精本甚富,惜未得一读,以扩闻见。云处所藏有《新定续志》十卷,惟景定间方逢辰序文残损,余俱完好无阙。又有元丰间朱长文《吴郡图经续记》三卷,纸印甚精,卷中钞补均出钱磬室手笔。又《中兴馆阁录》及《续录》各十卷,中间虽有损阙,而曝书亭及竹汀老人所藏皆是钞本,此却的真宋刊。三书可为东南文献之征,世少传本,黄荛圃当日珍藏甚秘,惜未出就法家订证,殊为憾事耳。

致雷以诚

雷以诚(1795—1884),字省之、作霖,号鹤皋。湖北咸宁桂花镇石城村人,道光三年(1823)进士,历任刑部侍郎、太常侍读学士。其影响当以在扬州帮办军务时为筹饷于咸丰三年(1853)创办的厘金制度为甚;著有《雨香书屋诗钞》《大学解读》《经传杂记》等。

一

前在上海寓次奉到手谕,展函庄诵,如挹笑言。恭审福履绥和,精神弥健,游泳佛海,味道而腴,引詹函丈,慰与抃会。云于前月中旬自上海动身,道出吴门,逗留数日,即至焦山。山中残桂剩馥,林叶渐红,秋色晶莹,云物清洁。居停主人赴江北勾当公事,日来独坐枕江阁,对北固诸山,遥望芜城烟雨,慨念当日在老夫子戎幕,驻军万福桥,募黑衣郎穴地攻扬州城。每至刁斗无声,寒月照地,辄绕城相度进兵之路,炮子从顶上过,霍霍有声。追思前事,如在目前。今者苍苍悔祸,东南廓清,升平重睹,可以优游岁月矣。老夫子主教鄂垣,身心性命之功,从游问道者想日益众。云栖身岩谷,日与翰墨为缘,尚能自安其拙。庄生有言曰:“得者时也,失者顺也,安时而处顺,哀乐不能入也。”此数语云常粘之座右,反心内勘,亦颇有怡然自得之趣。前日本拟偕许荫庭六弟到汉口一游,谒拜高斋,面伸恋悃,并求指教。正欲附轮船开行,适居停有事,属从缓启程,此行遂中止,大约俟至明春矣。《周易函书》一部,计二套,特呈上。又近刻《温虞公碑》一册,楹联集帖一册,墨拓数种,统祈鉴纳。《书隐楼丛书》尚未觅到,俟购得再寄。《振新集要》一册,所论清修功夫极为明畅,粘出一“觉”字,即姚江之良知也。附呈省览。

按，雷以诚在同治年间主讲江汉书院，则该札当作于此期间。

二

二月间奉手书，书尾不署月日，详绎词意，当是去岁杪所发。江汉人文荟萃，书院关系士习，尤为风气所转移，诚非道德文章为乡党敬服者，不足以当此席。今官爵相请吾师掌教，正与范文正公荐胡安定为太学师同意，将来楚湘南北理学名臣蔚然而起，不独中兴武功炳耀史册已也，云属在门墙，与有荣幸。捻逆闻已远扬，近日武汉想必安谧，晴川阁比前更为雄峻，黄鹤楼亦已兴工修葺，闻之实深向往。云本拟作湘汉之游，躬诣函丈，侍谈数日，藉罄恋忱，因去冬从邗上回苏，为修理先人坟墓，还乡照料。春来又迫于贱事，复赴吴兴，日内仍拟渡江到邗，往来仆仆，不得习静读书，楚行更须俟秋间再定矣。树欲静而风不停，为境所迫，殊可叹也。幸自老母以次均托福平安，儿子承潞蒙李宫保留宁当差，知荷爱念，谨特缕陈。族侄念椿系湖北候补知县，初历仕途，诸未谙练，兹属渠晋谒，尚望吾师颁以治谱，俾有遵循。念椿自朴安族兄殉难后，尚能耐苦晓事，还乞吾师于诸当道前嘘拂而提挈之为恳。附呈拙书杜君墓志石刻墨本伏求诲正。此后赐书，交念椿转递甚便，统维垂鉴，不尽。

三

一昨晋谒，知杖履已往木渎，作天平灵岩之游。兵乱以后，各处庙宇遭毁，现所存者不过百十分中之一二耳，破壁颓垣，都未修葺，地方之凋敝，亦可略见一斑矣，吾师凭眺之余，得毋有举目山河之感，西湖剩水残山，亦非复昔时佳丽。吾师到六桥、三竺之间访韩蕲王骑驴故迹，父老尚能指而言者，其高风为何如也？吾师此次出游，往来数省，倾倒公卿，接席纵谈，尚望效蕲王之逍遥风月，口不言兵。人多轻薄，鬼喜揶揄，云之狂瞽亦有为而发，实非无病之呻，不识吾师以为雍之言然否？云寄迹吴门，键关守拙，谢绝酬应，未敢一履公庭，自念废弃之人，本不必高论时务，讨人憎厌，此皆向日备闻师训、守己持身之道，多蒙启发，不敢不兢兢也。吾师行将别去，白头师弟，临歧颇难为怀，亦知吾师必以云为念，用敢谨布区区，以释垂注。附呈贶敬并微物各种，登于另纸，戋戋表意，伏乞鉴存。不宣。

四

一昨奉到本月初九日手谕，庄诵之余，敬念道履冲和，精神弥健，并知元旦获麟，充闾增庆，孙世兄赴京朝考，转晌报捷，一堂四世，喜溢门楣。凡此家庭之乐，益征蔗境之甘，此人生所不可得者。而尤有万万不可得之一事，则以我师年登大耋，精力之康强，步履之轻健，直与三四十岁壮年人无异，此天之特厚于我师，福禄炽昌，正未有艾也。云今年六十四岁，蒲柳先零，竟无有十日不病者，大约一月之中得半月之安便算佳境。今春二月初间，偶尔失足倾跌，便病至二十多天，向愈未及二旬，忽患齿痛，已有二十余年不发，痛至呼天吁地，手足无措，至今饭非极烂者不能下咽，余物可知已。本月以来，精神稍好，总觉不能振作，故从未一出户庭，亲友存问亦来而不往，幸皆怜其衰病，不以礼节相绳。去今两年连得曾孙二人，现在共有四孙、两曾孙，终日在家与孩提调笑，以娱目前而已。拙著《彝器图释》四册甫经刷印，蒇事敬呈训定。

按，吴云生于嘉庆十六年(1811)，六十四岁即同治十三年(1874)，则该札当作于是年。

五

久疏音敬，亦未奉训示，正深驰念，适接月之十三日手翰，发函申纸,洋洋千言,恍侍几席,备闻清诲,幸甚幸甚。我师以大耋之年,三年之内竟叶一索再索之占,兰芽双茁,竞秀庭阶,此固熙朝人瑞,抑亦千秋佳话。云虽瞢学无似,当撰长句为贺,以志德门之庆。云今年尚无甚病,惟精力日衰,终岁杜门,酬应久废。娄东连岁木棉歉收,办公颇形竭蹷,刻下雨旸无愆,但望往后调顺,可望丰收。近有邪教剪辫及魇人等事,如常州所属及苏州省城竟至彻夜锣声,群起守夜,闹至旬日,妖风渐息,而又蔓延至于嘉禾一带,可称咄咄怪事。妖眚之出,自古有之,虽以唐贞观之盛,亦有枨枨杀人之谣。至于弓刀自卫,弥月始息,原可以镇静处之,惟目前邪教之人诡附天主教,以冀避罪,而该教堂又一味袒护,酿成民教水火,激生事端,是则可忧也。吾师双眼并新宅落成,想起居定必适意。禅悦愈深,世情愈淡,焚香读易,颐养天和,一切烦恼爱憎,悉置度外,以自安其坦坦荡荡之天,是则白头门生所饮食切祝者。

六

前月二十日接是月初二日手答,发函庄诵,如亲色笑。蒙示《纪述重赴鹿鸣》长律八章,气苍格老,慨当以慷,中间历叙行藏通塞,身世危疑,而惓惓君国之忧迸溢于字里行间,循环额诵,能无忭舞。云久不作诗,应酬赠答早经谢绝,惟念重宴盛典,非耆年硕望不容轻预其选,窃不自揆,谨依元均成诗八篇录于另纸,伏乞诲定。律虽未工,却不敢摭拾浮词,贡谀取媚,良以白发师生其交契自有在世俗酸咸之外者,亮师亦必鉴及此也。云交夏后尚无不适,深恐秋风将至,嗽疾复发,时切惴惴耳。

七

元旦吉辰,欣奉手翰,发函庄诵,猥以云七十犬马之年新诗宠锡,藻饰纷披,阖室传观,共相庆幸。伏念吾夫子寿臻大耋,重赴鹿鸣,盛典躬膺,恩纶稠叠,词林佳话,已属科第中不可多得之遭逢,此人情之所荣，犹未足为吾夫子颂也。所至难得者，耳目聪明，精神强固，兴会所至，虽壮盛少年亦所不逮。良由久耽禅悦，晓畅宗风，四相三心，早经勘破，用能万缘解脱，实证菩提，不必咽芝饵丹，自然坚刚不坏，克享长生，海内灵光，熙朝人瑞，固非佛地位中人不足以当之也。云德薄能鲜，懵道昧学，秉资钝滞，欲从末由，兼以蒲柳早衰，病不离体，终岁杜门，一切酬应礼节久经谢绝，不过在故纸堆中消磨岁月。崦嵫已迫，学术无成，詹望师门，徒呼负负。去冬旧恙小发即愈，方以为幸，不意右臂忽作痛楚，饮食需人扶持，不能握管者，兼旬有余。今虽云痊，而屈伸尚有未顺，此书屡辍始成，以视吾夫子信笔挥洒，精神满纸，真不可同日语也。来札已附装在诗册之后，传示子孙，永志师谊。谨呈白金三十饼，聊以侑函。拙画一册、临张迁碑一册、临素师圣母帖一册、缩临北魏郑文公上下二碑石刻一册、《汉建安弩机考》一册，统乞赐纳鉴定。

按，吴云生于嘉庆十六年(1811)，七十之岁即光绪六年(1880)，则该札当作于是年。

八

端节后二日，接奉四月廿八日手谕，备悉种切。敬审杖履安和，精神弥健，欣慰无量。去年浮沉之书，云意恐系送书交局之人贪此二百文号金，遂将此书毁弃，路隔二千里，明知无可对证也。吾师连遭胠箧，竟出于左右伺应之人，良由宅心仁厚，待人以诚，以不亿不逆之坦衷加之若辈，又见其小忠小信，貌似朴实，于是银钱出入，一以委之。此辈豺狼成性，昧良者多，虽赤心为主者，不乏其人，然究良者寡而莠者众也，往事可置勿论，以后稍加审察为宜。明岁重宴琼林，此非常之庆，吾国家二百数十年预此恩荣者，偻指不越十人。昨于邸报中见泰州王子勤观察已由督抚入奏，由二品衔蒙赏头品顶戴，吾师爵位较崇，或更邀异数，似不待至冬间，即可援王子勤之例具呈请奏，彭芍庭中丞和平中正，通达事理，必能为吾师欣然入告也。如准拟即日举行，云与芍翁通书，再当切实托之，以期快速。所需扣带、印泥、书画各件，遵即寄呈，开于另纸，望查照哂纳。云不能画巨幅，已另托世好林海如写五色牡丹一轴，取富贵寿考，秋间寄上，即为吾师大庆之寿。戟门兄惠诗不及答和，特录近作二首，书成小横幅，聊以将意，乞转交。

致潘曾玮、郭嵩焘

潘曾玮(1818—1885),字宝臣、季玉,号玉泉、养闲居士,江苏吴县人。纳赀入仕,官至郎中。著《自镜斋文钞》《诗钞》《玉泉词》等。

郭嵩焘(1818—1891),字伯琛,号筠仙,晚年更号玉池老人,湖南湘阴人。道光二十年(1840)进士,咸丰二年(1852)十二月入曾国藩幕。七年论功授翰林院编修,入直上书房。同治元年(1862)授苏松太道,委办松沪厘捐总局。次年迁两淮盐运使,复署广东巡抚。同治九年正月掌湖南城南书院。光绪元年(1875)授福建按察使,寻以候补侍郎出使,为驻英公使。光绪四年兼驻法公使。著有《养知书屋诗文集》《玉池老人自叙》《礼记质疑》《郭嵩焘日记》等。

一

同治二年二月初一日,余罢职寓沪,杜门不预户外事。今侍郎粮储道郭公筠仙介潘季玉观察过访,知余谢客,排闼而入,不得已出见。叩两公来意,筠公云大兵正集,大帅以缺饷为忧,有候补某上说帖,谓沿江海洲田不下数百万顷,若准予缴价升科,按亩核计,可得银二百万两。大帅意不能无动,拟委两公设局会办,两公未能深信,谬以余为识途之马,特来见访,行止决余一言。余与季玉雅故,而与筠公从未谋面,感其下问之诚,不敢安于缄默,因力陈以为必不可办(语详与季玉书中)。筠公深韪余言,而问有无别法,余曰公负海内重望,现在正管粮储,欲与民更始,筹兴利除害之方,当务其大者远者,顾名思义,应从粮字上着想。江南第一秕政最为民患,莫如浮粮重赋,余于咸丰六年在江阴差次,为震泽闹漕上书制府,谓苏松漕务江湖日下,已成不可收拾之势,若不据实上陈,早筹变计,其隐祸有不忍言者。不顾时忌,反复数千言,制府颇采其说,而为议者所沮,格未能行。现在松江甫复，诚能及此时会，详请奏办，培元气而苏民困，洵千载一时之机，不可失也。筠公欣然顾季玉，曰余从安庆来与曾相论东南利弊，亦曾议及苏松赋重民累，贼平之后，思有以拯之，今若举办，必合曾相意，保无异词。越日季玉书来，述观察之意，详询沙洲升科之不可办，并索观减赋禀稿，因复书如左。

敬复者：顷奉手谕，以前日所论减赋，筠仙观察属拟节略，并索观从前禀制府一稿。查拙稿约二千余言，庚申之变与庋藏书籍同付浩劫。冗长不复记忆，略记当时立说，大致以苏松粮赋过重，绅衿大户除应加火耗外，必不能听官吏之浮勒。州县一经开仓，费如猬集，其衙署各项用度、漕务运脚诸费，种种开销皆藉冬漕为补苴，大户既不听浮勒，势不能不取给于小户，于是米价石粜二千钱，折价有八千、十千至十数千钱不等，胥吏又从而朘削，小民驯懦者始则卖妻鬻子，继而人逃户绝。其黠者则以本粮隐附大户名下，以避重就轻，于是大户日益增，小户之困日益甚。此外劣衿之包纳，顽民之聚抗，每至开仓，辄兴大狱，此其故皆由赋重所致也。因溯苏松嘉湖赋重所由致，其害实始于宋景定间贾似道行买公田，赋法杂乱，元初沿宋之旧，至延佑中复增定赋额。明祖定天下田税赋则本轻，而于苏松嘉湖各府则以张士诚久抗不下，怒民附寇，遂将籍没豪族田地取其私簿，饬有司依租额定赋，列入官田，故赋则独重。建文即位，特予减免，照各处起科，亩不得过一斗。未几而永乐尽革建文之政，苏松嘉湖之民重罹其厄。宣德、正统间民困重赋，逋逃日甚，巡抚周公忱、知府况公钟累疏请减，苏松两府得减秋粮百万石有奇。嘉靖间苏州知府王仪、嘉兴知府赵流请行均田法，以官田重赋摊絮于民，从此永为定制。国朝平定，江南田赋照万历间则例为准，时已无官田名目。康熙年间，韩公世琦、吴公正治、慕公天颜、汤公斌因苏松粮额过重，先后请减，反复披陈，卒格部议未行。雍正三年，特恩蠲免苏州额征银三十万两，松江额征银十五万两。乾隆二年，又诏减苏松额征银二十万两。终以旧额过重，相沿至今，酿成江湖日下之势，若不据实历陈，早筹变计，其隐患有不忍言者。此当时拙稿中大略也，顾今昔情形有不同，难易亦迥判。盖在当时内则格于部议，外则刁生劣监，巨室土豪藉漕渔利之徒造谣阻扰，官吏狃于目前，必以误漕为借口，大府心知秕政，莫挽既倒之狂澜，亦积重难返也。今则苏太嘉湖尚为贼据，独松江一府已报肃清，诚能于办理善后案内筹请减赋，约计行之便者有四，利者亦有四，请略言之。查松府各州县虽已收复，民间单契与挡案册籍必多散失，趁清粮给单之时，举办减赋，便一；户多流亡，田失耕种，疮痍未复，势难遽责催科，且苏太等处尚为贼陷，此时陈请部臣，不能以有损正供议驳，便二；无误漕之借口，无巨室土豪之沮挠，便三；沧桑之后，田地界址不清，科则混淆，豪强兼并，加之胥吏舞弄害专在于良民，一办减赋，每邑延请公正绅士出为襄理，官绅合力，可期弊绝风清，便四。筹办善后，首重劳来，小民散处四方者，闻有减赋之令，从此田无后累，且可取赢，势必争先归来，不招自集，利一；民为邦本，向以逋逃鞭扑迫生怨咨，今陷在贼中，正进退彷徨之际，忽闻此非常之旷典，从此力耕得食，莫不兴故土之思，尤收拾人心之助，利二；苏松粮额既重，小民完不足数，每每畏法潜逃，田无受主，以致荒芜不治，课额虚悬。减赋之后，田可得价，输征必能踊跃，官无挪新掩旧，漕可年清年款，利三；溯自道光初年以来，苏松各属无岁不歉，验之册籍，额征固多，稽之实收，民欠殆半。一经请减，国家去重赋之虚名，民间沾轻粮之实惠，一切灾歉隐射，永可革除，利四。凡此四便四利，不过粗举其概，言之实则有书之不胜书者。某待罪杜门，本不敢妄论时事，乃执事与筠公不弃其愚，勤勤下问。复自念家居湖州，同隶重赋之地，遂自忘狂瞽，谨疏其略如右。倘得大府主持于上，执事与筠公左提右挈，辅成其事，坚持定识，志在必行，起七百载之沉疴，拯亿万姓之陷溺，此实不朽之盛事，后世必有馨香尸祝者也。或谓此议宜俟江苏全省肃清再行举办，愚以为京仓待米正殷，东南财赋久为贼占，一旦全省肃清，计臣必先以整顿钱漕为急，斯时陈请，恐仍格于部议。当其可之谓时，窃谓减赋一议不办则已，办则必当以今日之松江为始，他时收复苏太嘉湖，其办法一如松例。此事林一兄留心已久，盍先与言之，伏惟加察，不宣。

此书达后，明日冯林一兄来，云筠仙观察携至幕府，互为传观。大帅适至，取阅至“当其可之谓时”讫“办法一如松例”数行，用手指密圈，连称聪明聪明，是极是极。因顾观察云可即上详，又顾林一云老前辈即拟奏稿，若刻不待缓者。观察恐方伯或涉迟疑，不复与藩司会印，单衔通详，亦创格也。余于是月中旬应常镇道许缘仲亲家之招，赴焦山逗留两月，五月初旋沪，季玉来晤，询减赋一折已否奉到批旨。季玉云好事多磨，自子行后，群议纷起，佥谓必俟苏城克复，全省肃清，归于善后案内奏办，方为文从字顺。言者甚众，方伯争之尤力，大帅因之迟疑，林一以口众吾寡亦复随俗浮沉。余性急，苦于不能挽回，遂亦不复置喙。余曰大帅见事明决，前此极赞鄙议先从松江办起为是，君所共闻也。鄙议此事之必不可从缓者，诚以目前奏办，则苏城尚为贼踞地非吾有，部中必不便议驳。若全省肃清，则司农职掌度支，综筹出入，亦不能不恪遵成宪，准驳实无把握，即使上邀恩准，亦必不能大减特减，如所请之数。君巨绅，素肯任事，且清辨滔滔，议论简括，与林一呐呐者不同，宜于大帅前透澈上陈，必于此时入奏，事方有济。季玉曰诚然是吾责也，立即肩舆进营，与大帅反复论之，议遂决，于五月十一日由驿具奏。

按，据札首所言，该信作于同治二年(1863)。

二 又论洲田缴价升科窒碍不可办书

奉手书，述筠公意，以昨论沙洲缴价升科所以必不可办之故，请毕其说，以便转告大府云云，具见筠公不弃葑菲，虚怀若谷，敬佩敬佩。查沿江沿海各属，新涨沙洲大抵以崇明、通海、江阴、常熟数属为最多，僻在海隅，民多强悍，数十年来争夺缠讼，甚至聚众械斗，无岁无之，地方官审办不得其平，往往激生事端，酿成大狱。咸丰六年，督抚两院会奏，委云督同印委各员分投履勘，设局江阴城中准予分等缴价，按亩给单。其时发逆困守金陵，势已穷蹙，江、常等处俱称完善，上有两院主持，呼应较灵，下则应委洲董皆得选择，而使宽猛相济，劝惩互用，尚且竭年半之力，仅得银二十万两。嗣因各局经费浩繁，恐滋民累，遂即禀请撤局，所有尾款及未结各案统归地方官，督同公正洲董清理。此当日鄙人承办之情形也，今者江、常沦没，其余各沙洲非陷在贼中，即与寇氛相接，洲民之温饱者早已挈眷避贼，散处四方；其留滞者类多至贫极苦之人，方体恤之不暇，安能责以缴价，即或有一二完善之区，亦多时虑贼至，一日数惊。凡此艰苦情状，虽非目击，实出确闻，倘惑不经之言，谓可骤得巨款，轻以试办，小者抗价阻勘，毁局殴差，大者激生事变，皆在意中，必致大损威重，得不偿失。伏念执事肝胆照人，筠公又负海内重望，两贤合力，正可于筹办善后之际，为地方树数世之利，立久大之谟，千钧之弩，何值为鼷鼠发机耶？狂直之言，幸维裁察。不宣。

沙地升科民田减赋事适相反。当时亟务筹饷，而先生独能以损上益下之说进，卒使吴民世世受惠，是何等力量，乃至今官场无一知者，此真所谓阴德矣。宝时于同治八年颇阻丰顺中丞之办沙洲而不可得，后亦未能取效，似于长者所议有窥见一斑处。至科则零繁滋弊，其时不附入正案具奏裁并，实为可惜，冯林一先生曾出代合肥相国拟疏见视，宝时权藩时，因《赋役全书》经八年之久，尚未告竣，欲申前说，闻者哗然，其故莫解，殆未深考全书耶？抑不知民间实在完纳情形耶？至以前各县清粮，大半草草塞责，以意为之，时阅十稔，尚有未经举行县分，灾歉隐匿甚多，所谓坍废亦率多不实。迂拙之见，以为荒熟宜极分明，科则却不妨多减，庶事得其平，利不归于中饱。然地大物博，非真有识力者提挈而经画之，未易塞先生之厚望也。书以志慨，光绪元年秋永康应宝时谨识。

按，信札第二段似是应宝时致吴云信札，疑为误装。

三

前辱惠顾，面述左相覆书，订期前往询商地方事宜。大抵以兵乱之后，阅时已久，尚是人烟寥落，满目榛芜，善后应行兴革之事，亟宜赶紧筹办，培养元气，庶几疮痍可复，富庶可期，洵不易逢之机会也。尊谕谓仍守三缄之诫，甘类寒蝉，不特无以副当道垂问之意，抑且无以对君父。此惟执事有此胸襟气局，亦非执事不配发此议也。属将应办事宜有关民生利益者开具所知，以备采择转陈云云。兄年来杜门不出，实少见闻，且地方平靖将及二十年，善后应办之事亦已次第举行，谨就管窥所及平易可施者略述数条，疏于另纸，一切高掌远跖之论，不敢轻发。吾弟姑存夹袋，酌为去取可也。

保甲本是古法，现在何尝不办，乃有名无实，一味敷衍成文，遂致宵小纵横，贼盗肆窃，甚至深夜放火，乘机劫夺，省垣重地，商民夜不贴席，尚属成何事体。推原其故，皆由官绅不能联为一气，使良法美意尽成具文。应请专派熟悉地方利弊大员公同商定划一章程，实力奉行，此察暴诘奸第一要着，府学之匾实在妖异之列，不仅咄咄称怪已也，思之寒心。严保甲以清伏莽，实为当务之急，万勿以老生常谈河汉视之，地方幸甚，万民幸甚。

各属仓厫尚有未建业户，止能完折，不能完米，应请饬查具报，一律兴建衙署为州县治民理事之所。亦有未建者，并应赶紧建造，不独为肃观瞻已也。

水利为农田之本，各州县所辖支河汊港即古之沟洫也，是否一律疏通，桥梁之倾圮者是否一律修建，应请饬属开报，并筹议逐年岁修之法。

城内外瓦砾废地，闻江宁现欲以罚款捐项收买，分别造屋召租，此为善后劳来起见。然江宁城大乱前尚多旷土，今欲肩摩毂击，克臻富庶，虽有盛心，未必做得到。苏州较胜于宁，惟商贾为上海所占，亦未必能如乱前繁盛，应请饬属查明，限定时日，如无的主承认，由官召变，或起造房屋，或栽种桑枝，或砌筑围墙，务将瓦砾一律清理，以复太平景象。倘有的主承认，照此办理，并严察顶冒。至于捐之一字，苏城必不能行，万不得已，只有将苏沪两厘局漏捐罚款提作此用，亦是一法，然总不如召变之直捷无弊也。

蚕桑利益甚溥，娄东夹单颇详，附呈一阅，仍望掷还。前云开垦拟用机器，鄙意不如由本地人自办，只须查照旧章，格外予以利益，民生在勤，此中可以养活多少无业穷民。惟承平已久，恐所余类多瘠土，然果实力奉行，合各属统计，亦必有裨正供也。

四　程安德三邑禀请减赋公呈

窃职等春间公呈湖郡善后刍言，仰奉钧批，深以劫后遗黎曲荷轸念，合郡传诵，感激涕零。只因穷寇负隅，久稽显戮，明公发踪指示，克复坚城，全省廓清，升平重睹，人各有良，宜如何馨香顶戴，仰报生成。伏念湖郡自咸丰十年二月发逆窜扰，元年五月沦陷，至今年七月收复后，阅时五载之久，多一日攻战即多一日焚杀，环城数百里，无一处不居民离散，庐屋成灰，白骨青磷，惨难言状。不料东南浩劫并注于湖，为日独久，而被祸之至于斯也。譬诸人身疽发，溃烂几无完肤，得卢扁治之，使之归结一处，收痂出毒，患虽平而筋络血脉伤残实多，调复元气，非大施峻补不为功。窃以为目前地方新复，首以招集流亡为要，顾欲集一方之流亡，必先重一方之恒产，欲重一方之恒产，必先除一方之积累。伏查湖州古号菰城，向称泽国，禹贡扬州之域，厥土涂泥，厥田下下，由汉唐以迄赵宋载籍可考者，赋额皆轻。迨至宋末贾似道枋国行公田法，重敛病民，民始大困。明太祖定天下，略地至湖州，安吉、长兴、武康先降，赋额仍旧，独乌程、归安、德清与苏松两府相距至久，明祖仇怨地方，遂将籍没各官田饬有司依租定赋，而民愈困。建文即位，特予减免，照各处起科，亩不得过一斗。未几而永乐尽革建文之政，苏、松、嘉、湖四府之民重罹其厄。宣德时念民逋欠逃亡，稍为苏减。嘉靖间复以官田额重摊入民田，并为一则，从此民田之粮亦遂并重矣。

国朝定鼎，田赋以万历时科则为准。今以乌程一县论，每亩征米一斗八升零，归安、德清略同，赋额之重已与苏松相埒。此指秋粮言也，若夫条银之重，则比苏松为尤甚，请略陈之。查截银一项，各省皆无，独杭、嘉、湖三府有之，三府中又惟乌程、归安、德清为最重。其害起于万历中年，以粮米浥烂，每正耗百石外，有免其晒干筛飏及平斛加尖各名目，共加米九石八斗，是谓私贴。崇祯十四年，因水灾米贵，郡守陆自岩平价每石酌定一两八钱以折九石八斗之色，名曰截贴，以其为运军私勒浮加之米截出另算，谓之截费，前此所未有，亦他省之所无，所以不载全书，不入奏销。本朝顺治八年，题定截米九石八斗改征银一十七两六钱四分，又加津盘运银一十八两，纲司银二两，给军兑运，每漕一百石征银三十七两六钱四分，从按院杜公所请也。康熙初，范忠贞公抚浙，与督院刘公会题截米九石八斗，每石减银三钱，共征银三十四两七钱。复经科道以截银为浙帮之陋规，非直省之通例，交章请减，卒格部议未行。乾隆四年，并入地丁统征，从此私贴与正课混而为一，每亩计征银一钱八分零，较之苏松二府每亩征银一钱二分左右者为尤重。两省志书具在，可复按也。

今者天为社稷，笃生伟人，运转东南，恭逢硕辅。自明公之督师莅浙也，正值全省胥陷，寇势方张，兵饷两穷，战守俱棘，虽以孙吴处此，亦恐无从措手。而明公从容决策，共甘苦于三军，置腹心于群帅，人思效命，士尽矢忠，两年之间肃清全浙。又念浩劫虽平，疮痍未复，毁枪船以清伏莽，禁科敛以恤民艰，如各处捐局、厘卡，古所谓间架陌钱，一切不得已救急之秕政均蒙次第蠲除，先后裁并。今兹减赋一事钦奉谕旨饬议，职等知明公痌瘝在抱，饥溺为心，必为之剀切上陈，力求恩减，原可无庸渎请。只缘湖郡各邑向以丝谷并重，此次被兵最久，受祸至深，在荒田得一二年开垦即可成熟，蚕桑非五六载培养不得有成，是湖郡赋既重于苏松，灾尤甚于他省矣。夫人身患沈疴，非不知父母之爱子必为之医药调治，而当疾痛颠连，未有不呼父母者，今三邑之民哀吁明公，亦犹是也。查同郡安吉、武康、孝丰粮额素轻，职等不敢请以为比，可否仰乞俯鉴舆情，援顺治十一年江西袁瑞二府照邻邑新喻县减赋成案，请将程、安、德三邑地丁漕粮一律照毗连之长兴县赋则起科。查长兴每亩额征银一钱四厘零、米八升六合零，准此量定，虽比诸三邑旧额已经大减，而比之他省外府尚多二三倍至十数倍不等，即比之邻省之常镇各属尚多一倍以外。此七百年无穷之积累，不得不环叩铃辕，号求拯救，倘蒙奏奉恩准，得苏重困，从此不烦敲扑，易于输将，再造之恩，合郡同戴，职等不胜悚惶，待命之至。

按，自咸丰十年起五载时间应为同治三年(1864)，则该札当作于同治三年。

致应宝时

应宝时(1821—1890),字敏斋,又字可帆,浙江永康人。道光二十四年(1844)举人,官至江苏按察使、布政使等职。同治四年(1865)署苏松太道,创建龙门书院。善画花卉,藏书颇丰。主持编纂《上海县志》,著有《射雕词》《射雕馆集》。

一

廿六日别后,登舟一帆风利,今日已抵丹阳,计程初一可到邗江。濒行蒙示补帆大公祖书,备悉浙省水利次第兴办,已有告蒇者,闻之欣庆无已。前闻补翁亲驻工次督役,远近共传时有神灯出现,默佑成功,诚能格物感应之理不爽也。惟以鄙人之无状,乃辱补翁不遗在远,屡及葑菲,无以仰答盛意,实切惭悚。开浚溇港一节,乌程所属三十余溇,西路如大钱等处皆尚宽深,再加疏导,泄水益畅。迤东自蒋溇至震泽交界之胡溇止,最为淤浅,甚有数处堙成平陆,港底可以行路者,必得大加挑浚。闻因经费不敷,实未动工,此一查即可明也。现在蚕事方兴,断难举办,前次补翁下问,兄疏陈管见,大要以得寸则寸,得尺则尺为言。盖江浙水利大半在苏境也,今苏省得丁雨翁主其事,倘合两省之力,预简贤员,会同地方官巡行阡陌,上自天目,下至海口,明其来历之源,导以归宿之路,疏通沟浍,培筑圩岸,何处有利可兴,何处为害当去,经营筹度。待至秋冬之交,两省一律举办,浙有补翁,苏有雨翁,左提右挈,协力同心,此千载一时之会也。东南财赋仰给于农田,农田所出必资乎水利,现当减赋之后,培养元气较易为力,语云:苏湖熟,天下足。此自然之利源,非可与手实陌钱同日语也。补翁处不另专函,乞以覆之。祷甚祷甚。

按，吴云同治四、五年间致杨荣绪函中亦提及开浚溇港一节，则该札亦应作于此期间。

二

杭州书局章程刻已寄到，特奉省览。杭局现在先刻《御纂七经》，金陵局接缦云书，云已刻成者四书、六经、小学、公羊、古今诗选共十余种，现刻《史》《汉》，刻工每百字计工钱一百六十文，序目加倍。如果梨版在内，则工价比杭局较为便宜，当再函询。鄙见乱后典籍散佚，方伯书局之设专为嘉惠后学起见，甚盛举也，似必得与杭、宁两局通力合作，各将必不可少之书先为刻起，不必重出为宜。执事如以为然，望转致之。

按，同治七年(1868)，江苏巡抚丁日昌奏准对江苏书局扩充，则该札当作于是年。

三

再，前日尊谕拟设书局，邀荫翁与兄共襄其事，曾与方伯谈过，极荷许可云云。当时并无一言辞谢，以书局之成否莫必，原可无庸置喙也，今已垂成，愚衷窃不敢不白。兄频年跧伏，衰病侵寻，疏懒已成习惯，且现治《吉金图释》一书，明年夏秋始能卒业，断不能旁及他事。平生硁硁之性，设既承乏其间而不尽心所事，义之所不敢出也。然使勉强承命，如昌黎之寅入辰退，申入酉退，亦力有所不逮。与其滥竽贻诮，不如据实直陈，万一方伯谬采虚名，或有诿诿，务恳代为婉达。此由中之言，万不敢稍有虚饰，同于世之矫伪一流，幸亮之。本俟走谈，因恐遽有成议，特先草此奉托，余俟面罄，不一。

按，应宝时曾推荐吴云、俞樾为苏州书局主事，则该札亦作于同治七年(1868)。

四

前者台从莅省，得叙谈三日为快。所论去年积水未消，一经霪霖，恐有垫溺之厄，颇以刘河议浚工已估而汔未举办为忧，意欲屏去傔从，仿海忠介之轻舠芒屝，周巡目验，霭然仁者之言，可胜钦佩。执事饥溺为心，抱负宏远，客冬辱损书咨访，思所以正人心而励风俗，勤勤之意，溢于楮墨，久欲稍竭区区，为左右万一之助，恐蹄涔之见，无裨高深，是以迟迟未报。今复以浚河一役采及刍荛，云虽�陋，自念生长吴兴，与苏松接境，地势最居洼下，平日于水利原委稍窥崖略，不敢自弃，谨先将刘河之不可不亟加疏治为执事陈之。按，三江之名肇于禹贡，自汉唐以来，诸儒考究辨论，互有异同。今姑就吴中所称为三江者言之，则娄江实居其一也。苏松嘉湖之水来源，皆发于天目诸山，而潴于太湖分流，东趋以入海。其自淀山泖湖，从华亭之南折而东北入海者为黄浦，即昔所称东江者是也。其自吴江长桥历长洲、昆山、青浦、嘉定界至上海合黄浦以入海者为吴淞江。其上承鲇鱼口，北入运河，经郡城娄门抵昆山至和塘，东合新洋江诸水，由太仓归刘家港入海者为娄江，即今之刘河是也。宋以前通塞不可考，自崇宁四年历元明，代有疏治之绩，载在志乘。国初以至嘉道年间，大浚之工亦志不绝书，周文英谓刘河为三吴东北泄水之尾闾，关系綦重，今日淤浅日甚，将成平陆，水无归宿，势必横溢泛滥，昔贤如单锷、郏亶父子论之甚详，可覆按也。执事诚能穷源竟委，循故道而浚治之。此外濒海各要口量择疏泄，譬之人身使之血脉流通，经络舒畅，自然无病。近年水患频仍，去岁霖雨稍多，农田已被淹不少，苏、松、常、镇、太、杭、嘉、湖七郡一州钱漕居天下之半，水政修而后农田利，农田利而后国赋充。方今司农仰屋，纷纷从事于间架，陌钱手实，诸秕攻转，舍此自然之利源而不讲，频年蠲缓，正供愈亏，可太息也。昔年郭筠仙中丞下顾菰庐，谘云时政，云上减赋之议，时中丞正任粮道，遂单衔详奏，得旨准行，使七百年之积困一旦苏豁。今执事观察苏松，三江尽在统辖之内，有志振兴，责无旁贷，所望不避嫌怨，速图成功大业，运以小心至计，无烦多虑。云亦部民，窃愿爇香顶祝，相从诸耆老为执事上东南福星之颂焉。临书不胜引领之至。

按，同治八年(1869)八月，应宝时赴苏州署理江苏布政使，吴云即建议江浙两省合力兴办水利工程，则该札当作于是年。

五

昨奉初六日手书，具悉种切。即审敷政攸宜，顺时谐畅。闻从者即欲来省，已诹吉有期否？殊深殷盼。莲村广文赴沪，道出吴门，晤谈两日，所谈善举皆属应办，而鄙意莫急于收养幼丐一事。其法拟将境内数岁至十数岁乱后无家可归，流而为丐者赁屋安置(或搭厂)。雇工匠教手艺如泥木作及贩屦织席之类，量其材质使学习之，迟则期年，快或数月，即可自食其力。此中容或有故家子弟，察其天资，稍优或送入义学，或延师教读。各幼孩群聚杂处，如何收束其身心，防闲其出入，稽察其勤惰，必须立定章程，或即责成莲翁专司其事。此第一实政，不比托之空言，经费尚不甚巨，万望吾弟亟为之创，省中当商之林一、季玉、清卿诸君，必即踵行。他日得陶成若干人，传宗接代，当必使父兄子弟馨香互告，有狄使君活汝之感，即执事之椒蕃世泽，亦于此举为之券也。礼庭兄当必相助为理，应定章程，望为速定。如何？

按，据札中所言，此通信函距上通时间不久，亦应作于同治八年(1869)。

六

昨奉手教，欣审摄卫攸宜，顺时谐畅。浚河之役，本不能克期，诚能预为部署，至秋冬水涸，当可举办。比得家乡亲族来书，云蒋芗泉方伯邀集官绅，筹议开浚湖属各溇港，亦以转晌蚕忙，为时迫促为虑。两省水利本同条共贯，将来通力合作，使来源去委一律疏治，甚盛事也。余莲村广文已到，定初六日起身奉谒。此君为学专祖新安，法脉甚正，而其劝人为善则又宗汉儒之实事求是，不徒托之空言，与之久处自悉也。方今盗贼未平，中原多故，功名之士大抵皆曳裾挟策，以取重当世，否则敝衣垢面，以辞让为终南之径。独执事孜孜焉兴书院，聘山长，使诸生务崇正学，以立根基，而有迹涉伪托者，必能洞烛其隐微。昔范文正授孙明复以春秋，张横渠荐胡安定为太学师，一时理学名臣，彪炳史册。执事障海回澜，旁搜远绍，持之以力，贞之以恒，行将与文正公后先辉映，属在契末，荣幸何如。

七

昨聆教言，索观与补翁方伯书稿，知执事有修举废坠、振兴颓俗之志，仰见蕴负宏远，度越时辈，佩甚幸甚。浙西与吴郡水利为农田命脉所关，失治者久矣，若不及早图维，一旦勃戾为患，补救莫及，是亦仁者之忧也。诚能合两省之力，循故道而修浚之，此数世之利，亦莫大之功，执事出而力任之，甚盛事也，盼祷盼祷。前致补帆方伯书稿，并章程十条，为家乡亲友索去，日内即可寄出。所论专为乌程溇港，不足以备采择，且蹄涔之见，亦无裨于左右也。兹先将《太湖备考》送上，乞鉴。

八

顷奉手书，谨悉。昨送去《太湖备考》，此书于水利本非专家，不过浏览掌故而已。浙吴水利为农田命脉所关，自吴越钱氏以来，讲求水学诸书卷帙过繁，且有今昔不同之处，恐公冗未能遍阅。有敝同乡凌君著有《东南水利略》六册，于浙西苏松水道颇能洞澈原委，特专人送上，以备采览。

九

顷奉手教，并太湖溇港工程卷宗，谨悉。卷案俟阅后另缴。承示三难，洵属扼要，鄙意经费少，只有分年兴办之一法。鱼簖茭芦，俟委员履勘后分别最要、次要，择其大有碍于水道者铲除永禁，缘此中倚以活命者不少，断不能概去之也。三难之外，尤以得人为难，此则古今所同慨也。方今杭湖苏松六府州之人，皆引领于执事，此由平日物望之归，有不期然而然者，迎与距皆无所施也。至震泽所属练聚桥港、黑桥港（昔为来水，今为去水）此二处，南受太湖之水，东行迤逦入运河，自薛埠至韭溪为上流入湖之口，练聚桥至吴港为下流出湖之口，谨以附陈。

十

前日草复数行，计登签室。一昨接湖州宗太守书，特奉省览。敝郡之人为水利事，仰望于执事者甚勤，所愿春风广被，宏此远谟，兄亦托在帡幪，同沾庇荫。此事本已报竣经办之人，正在具名请奖，忽奉寄谕缓办，而奖案遂辍，群归咎于丰干饶舌。鄙人于家乡公事从未过问，特因其关系农田者至重，若一奏结请奖，则将来必要自相回护，非三四十年断难望有重浚之日。家居溇上，事经目击，实有不能已于言者。湘翁书中所云初无嫌怨，盖为代剖也。当日覆王补翁条议数则，于敝处溇港事较前议稍加详尽，检奉采择。苏境水利扼要，昨潘令有呈覆节略，尚属明晰，惟必须亲往履勘，另绘细图，注明来原去委，宁琐无略。闻吴令恒建议先开泖淀，愚以为杭湖诸水似未直注泖淀，然其既立此论，亦必有所见，乞将草稿抄示一阅。

十一

昨奉手答，并示摘录国制各条，参酌礼经，考稽国典，其无明文可按，则又详查例案，仰见精审周密，巨细靡遗，循绎至再，实深钦服。惟内有尚未尽悉者，如直省官员不嫁娶不作乐如在京官员例一条，查会典宪庙丧仪，王公以下文武官员一年不作乐，百日不嫁娶；在京军民人等一月不嫁娶，百日不作乐。后据礼部奏准，在京王公百官二十七月不作乐、不宴会、一年内不嫁娶，外省官员及军民人等仍照从前定例行。盖从前定例，京外一体，至此始定区分也。揆度外省当日所以不改者，良由礼缘义起，亦顺人情，以天下十八省之遥，嫁娶作乐若均限以二十七月，阅时过久，格碍正多，中间必有条议会典不载，故无可考耳。今摘本所列，想跟前一条在京官员分别三品以上、四品以下而言，惟外省并无分别，明文此条应否节删，以归画一？又摘本列官员军民人等二十七月内均不准演戏打唱此条，未知有所本否？打唱想即吴俗所称清音是也，窃思外省期年以外既准作乐，则清音似不应在禁例。盖作乐二字所包甚广，睿庙时都中有以打十番串把戏者，执送刑部，后成奏案，奉旨释而不问，四海传播皇仁，至今茅檐蔀屋尚颂扬勿替。查清音一业，他省不必论，以江浙两省计，奚止万人，期年失业，糊口无资，困苦已难言状，即使例有禁案，尚欲恩施格外，思所以矜全拯救之方，否则三年之后，此辈皆在枯鱼之肆矣。天下事有载籍所未详者，或访诸更事较深之人，容有补裨。今年元旦，满城官绅中独有张青帅一人缀缨，云知之，因无明文可据，未敢率从。后读邸钞，始知元旦一日缀缨，实有所本也。数日前曾与青帅晤谈，询及期年后服制，据云远不必征，犹记同治元年某月初到河南，正在显庙大丧甫过期年之时，司道以下来见，均穿补褂，此外亦无不照常。今摘本二十七月内不准打唱，与官员二十七月内仍用青褂蓝袍两条，可否俟访查详确后再行？统望裁夺。本届国制，浙省两次哭临，哀诏到后仅十日即脱缟素，宁、苏两院红蓝印亦有参差。国有大事，礼制未一，不免为外邦所议，似不能不格外详慎。苏省公事，每遇疑难，征文考献莫不奉执事为□□□区愚忱亦以知爱有素，不敢不尽，幸赐加察，皇恐皇恐。

按，同治帝驾崩于同治十三年(1875)十二月初五，函中言“今年元旦”，则该札当作于光绪元年(1876)。

十二

两奉手书，并重刻北宋石鼓文十分，感幸无已。新秋气爽，风日晴和，遥想枕葄之余，动与吉会。孱体春夏以来尚勉能支持，现将庚申后小有撰著稍稍清理，留为后人覆瓿。松生[①]兄向来倾慕，所需拙刻谨先寄去《彝器图释》一部、近刻《汉建安弩机考》一册、《虢季子白盘考》一册、汉东海庙碑残字一册、化度寺碑一册，乞为转交就正。此外石刻及藏版书籍如有所需，示知再报，不敢吝也。蒙谕吴山福地为韩园旧址，如有碑记，务乞见寄一分。今建阮文达祠，属撰联句。文达为平生向往之人，旧有一事可作谈助。昔年蝯叟梦文达见访，谈次以文字相属，匆匆而起，问老师何往？云尚欲到平斋处。越日阮七兄过苏，以墓铭丐蝯叟撰书，亲来借取《研经室文集》，并述其事，云梦不足异，异在阮七兄之恰到也。又云梦中有少可谈之人等语，笑嘱小心，勿要有甚笔墨邀我们去襄助，相与鼓掌，附及博公一噱。其年月伯源世兄应尚记得，将来可寄梁敬叔兄入著录也。联句必有以报，已撰各联能钞示数分，尤感。

按，《汉建安弩机考》有光绪六年(1886)刻本，札中言“近刻”，则该札当作于是年后不久。

---

① 即丁丙(1832—1899)，字嘉鱼，别字松生，晚号松存，浙江钱塘(今杭州)人。其藏书室称“八千卷楼”。著有《庚辛泣杭录》，辑录有《武林掌故丛编》。

致宗源瀚

宗源瀚(1834—1897),字湘文,江苏上元人。官至浙江温处道。精地理。有《湖州府志》《国朝右文掌录》《颐情馆诗集》等。

一

月前奉手教,承示钟学士以鄙议溇港事入奏,奉旨饬办。现在中丞已委史太守来勘,即可举行,属将议中第二条内所称道光九年溇港土方刊本访取寄上,以备参考,仰见大君子轸念民瘼,修废举坠,而又虚怀若谷,实事求是。云亦部民,能无感幸。查吴兴本称泽国,敝乡尽是水田,兵燹以后,各水道湮塞愈甚,一遇淫潦,便成漫溢。昔年蒋芗泉中丞有志振兴,询商钟六英学士,六英转询于云,曾疏大略覆之。后来王补帆中丞由京南旋,道出吴门,特来见访,谆谆属开条议,复就见闻所及以答补公,约记在乙丑、丙寅间也。频年来中外皆以江浙水利为言,两省大府尤拳拳注意,一再委员勘办,奈为经费所限,未能大举。执事谓溇港与诸闸须大治,而碧浪湖尤宜并治,此于吴兴水利大要实已赅括,洵为不刊之论。惟碧浪湖距城较近,易于目验,溇港则近城者为小梅为大钱二处最宽阔深通,此外三十六溇在大钱西者九,东者二十七,大约自杨谢溇迤东至胡溇止,港益淤,离城亦愈远,此十数溇之南如诸墓漾胜堂桥、婚对桥、百廿亩桥、万寿桥、邵漾茅岸头、张官桥、卖盐港、蒋家坝、下往桥、油车渠等处或淤泥填塞,或茭草丛生,每交冬季,几至不通舟楫。古人治水,必先治下流,此等淤阻处皆在程境之极东北,与各溇相为联贯,水望东趋,若不挑浚疏通,水不能北入太湖,势必横溢为患,是又宜与碧浪湖并治者也。往年但就距城较东通舟楫处查勘,其迤东各要害恐经历未必周遍,人情每溺于便安。闻去冬有数溇曾加挑浚,限于经费,实未大办,而各溇董事已报一律疏通。云籍隶吴兴，家居溇上，目击河道淤塞，本不忍漠视，又辱补公不弃葑菲，枉顾下询，遂妄陈狂瞽，冀垂挽救，亦不过就各溇言之，而于通郡水利尚阙而未及，不图六英遽为上达也。六英讲求经济，其于水学一门素所究心，非鄙人所及。来谕谓奉发拙议六条，不知六英曾否窜改，尚求录示为恳。至丈尺土方，各溇异形，似宜测量水势，总以一律深通若干尺为准，其土方之多少，视溇港之浅深为盈缩。敝乡凌少茗《水利略》卷四于各溇皆有量准丈尺，颇为详备，可资查考。此外间有民间私记，不足援以为证也。程安两邑收割比他处较迟，交冬农事始毕，今年天气久晴，冬间又有闰月，正易兴工。适逢福曜贲临，数世之利，将惟执事是赖，此殆千载一时之机也，伏望俯加详察，速赐举行，曷胜盼祷。

再，承示拟修府志，此阖郡文献所系，实为当务之急。缦云侍御品学粹正，敝郡之乡祭酒也，倘执事延请总持志局，必能相与有成，士民亦必悦服。乱后各乡童蒙类多废读，执事拟设义学，甚善甚善，未知有成议否，尤为盼切又行。

二

前月廿二日肃复数行，附有蝯老所书长对一联交信局赍递，未知何日澈览，深为悬系。前求录示之件，因杨中丞已抄咨苏省大府，得以阅见，内所云云与原稿无甚歧异，惟辗转誊写，字多舛讹耳。溇港一役，为敝乡农田命脉所关，已已开浚，限于经费，时又局促，仅就数直港开深尺许，并尚有未开者。而横河干涸处概未勘办，茭芦丛塞处俱未铲除，闸板亦未修建。倘因经费未充，不能同时并举，原可逐年分办，为得寸则寸之计，乃承办之人不明利害，妄思褒奖，遽报一律疏通开竣，大府相距甚远，遂据情覆奏。愚以为若不报开竣，尚希冀有重开之日，今已报开竣矣覆奏矣，则非阅数十年不能遽议重开。事关桑梓，又经目击，实有不忍不言者，非好为议论也。不意钟学士据以入告，然使因此而得加重浚，实事求是，有益农田，则云虽抱多言之咎，亦所不辞。公十年旧雨，今辱降临敝郡，敝郡之人咸托宇下，倘能择淤浅各要道详加履勘，合碧浪湖及溇之横河直港大加浚治，其乱后各圩岸坍损甚多，即将挑河之泥，督令填筑修固，并筹岁修之法，立久远之规，俾农田水旱有资永免垫溺，公之造福于敝乡者无穷，敝乡之顶戴于公者又岂有尽哉。行见辉煌绰楔，民不能忘，云亦当躬执馨香，从乡耆老后为公上福星生佛之颂，惟公加之意焉。缦云侍御已由杭归来否，志局事何时可以开办？云精力年不如年，比于月之初四日到娄东小住，此间民风尚醇，秋收亦较往届丰稔，惟故家收藏都作云烟散去，并无解谈此道者。手肃布臆，不宣。

三

再，府志为阖郡文献所系，乱后阐微发隐，表扬忠节，尤为郑重。执事志在必办，闻之喜而不寐。谢城博极群书，复优于记诵，此敝乡第一朴学之士，执事延揽及之，足征真鉴，佩甚佩甚。弟有世好徐小豁孝廉有珂，于书亦无所不窥，人极敦品，为缦老书院肄业弟子，与谢城亦至交，倘处以襄校之席，必有裨益。以其平日留心时事，兵燹之后，颇有纪录可资采访，执事其置之夹袋中如何？墨妙亭湮没久矣，其墨拓之存于世者亦不多见，将来复刊数碑，略存前贤遗迹，亦艺林俊事，所望大君子久于其位，则我湖之福耳。沈菁士兄以彼此作宦在外，虽属同邑，约记仅识数面而已。钮壬林兄向有姻世谊，亦不过相见数面，并未熟习。然二君之品学端方，洁廉自矢，则知之甚审，大略居心行事与黼香公祖同一，老成持重，结实可靠，执事与之共事，当亦知其蕴也。溇港距城较远，二君未能身亲目击，不能不凭溇上人之言是听，犹之弟于碧浪湖情形，虽知为水道要害，并未目验，亦不过人云亦云而已。事关桑梓利病，既确有所见，亦何肯引嫌自匿，甘类寒蝉？况事已覆奏，若再于覆奏之后叙劳请奖，则非阅数十年，断难望重浚矣，此真间不容发也，当仁不让，窃自以为言之者无罪，不暇计嫌怨也。所需装褙匠，顾子山处旧人年已七十矣，现在苏开店，不能远出，此外竟无好手。义塾章程周密之至，乞再寄十分为荷。

正在封函间，适应敏斋廉访偕杜舫老同来，即将此书交阅，并出尊函同视。敏老云于执事相识，并极佩大作倚声。刻下苏省委徐蓉亭、吴仲英两司马往勘，督办尚未定人，舫老肯任其事，则大妙矣。此事能江浙合力大举，更难得执事与应、杜二君主持其间，洵千载一时之会也。

四

前月辱惠书，敬审道履安胜为慰。承寄米书近刻石墨领到，谢谢。宋四家遗墨当日人争宝重，南渡后几于尺幅兼金。米书流传较多，伪迹亦至伙，清芬阁帖集至数十百册，而伪者居大半。生平见米书真迹，以向太后挽词小楷为第一，系齐梅麓旧藏，今在长沙黄荷汀家。墨刻亮必见过，有新旧二刻，新则徐紫珊属胡衣谷刻也。尊藏西岳华山碑久已烜赫照世，何不精摹重刻，为墨林增一剧迹，即为分书树一元灯，俾学者藉以取法，有功艺苑匪浅也。

五

契阔经年，虽鱼笺互通，未足解其劳结。一昨奉到手书，展诵之余，伏审公余著述与日俱新，幸甚幸甚。弟体弱畏寒，近届隆冬，拥炉瑟缩，不复窥户外一步。所幸窗前花木，室内图书，座绕清香，壁多古迹，静观自乐，聊代卧游，此亦窃取公家少文先生意也。惟精力日衰，学益荒落，崦嵫景迫，成就毫无，每一念及，辄兴老大之伤耳。清卿昨日抵家，执事但见其奏议有体有要，不知其三载秦凉，轺车所至，于振拔单寒之外，搜罗金石既富且精，直欲过燕翁，尤为难得可喜也。拙著已梓印者三十余卷，因乏便尚未寄正。燕翁后人不能继家学，渐成衰替。尊藏秘碣渴欲一见，明春有专使之便，能密寄一观，决不转示一人，即交来友带转，如何？

按，吴大澂光绪二年(1876)陕甘学政任职期满，腊月旋里。则该札当作于是年腊月。

六

前奉，还示谨悉，蒙假华山碑留观五日，爱玩不忍暂离，正与古人三宿碑下同意。杜门息虑，临摹一过，惜腕弱，不能脱此凡骨为愧耳。谨藉芗艇返湖之便，托其带缴，承命作跋，已附书数语，未免有污名迹，皇恐皇恐。阮文达公援正翁氏摹本王文荪"文"字作"大"之讹，各家题识均未论及，特为拈出，备他日泐石取证，亦论世知人之一助也，统希是正。昔年曾据张芑堂双钩本锓版，得尊本详校，虽神韵未具，而间架结构尚不离谱，附奉鉴赏。不尽之言，疏于另纸。

卷六

致周学濬

周学濬(1810—?),字缦云、深甫、彦深,浙江乌程人。道光二十四年(1844)进士。同治元年(1862)五月入曾国藩幕,次年十一月底担任曾纪泽、罗兆升的老师,扶助曾氏文教事业。同治四年四月,出任江宁尊经书院山长,仍兼幕职。编有《苏州府志》等。

一

昨由文报局交到九月十二日手书,展诵之余,知九月初间托李筱石二尹带去寸笺,附有楹联集帖、两本拙书、条幅四帧均未达到,不识近日已彻览否,念念。弟到山逾月,因蕉林赴江北勾当公事,得仍寓三退楼中,江山风月,一任婆娑,诵杜少陵"眼前无俗物,多病也身轻"之句,未尝不悠然自得也。惟浩劫未消,家山沦陷,每一念及,又不免如王粲登楼有思乡陨涕之感。我二人虽暌千里,相印一心,身世飘蓬,当亦同此慨喟。犹忆兄当年按试粤西,途次有句云:"时清边塞无烽火,细雨重阳缓度关。"邮书属弟写《昆仑揽辔图》,当日盛平景象,曾几何时而沧海桑田一变至此。回首前尘,渺如隔世,陶公不云乎:"寓形宇内复几时,曷不委心任去留。"三复斯言,真可万虑皆空,一切放下,又何必昧去本来面目,自寻魔障哉!近作数首,录呈省览,诗虽不工,聊以见志,幸教之不宣。

二

新正两奉手书，欣审道履康胜。小云世讲于客腊廿三日安抵皖江，想见一堂团聚，伯母含饴之乐可知也，羡慰无量。揆帅密保时贤，老兄高预其选，闻之欢跃。此日荐举一途比比皆是，无足为兄喜，而所以喜不自已者，以出自揆帅之门耳。揆帅任天下之重，功益高而心益下，不特时帅中无可比论，即求之古大臣，亦罕其匹。郅君章有言："天生俊士以为民也。"如兄之早掇巍科，才兼体用，正当出其抱负，匡济时艰，此固揆帅之知人，亦由兄之蕴于中者，有以结揆帅之知也。颜渊虽笃学，得夫子而名益彰，能不为兄额庆耶？蒙示揆帅屡次齿及鄙人，昨见拙作，谓从前于郭雨三先生处即知贱名，三复来函，不胜惭悚。夫人稍读诗书，粗具知识，未有不好名者，名为大贤所知，古人且闻而自喜，况梼昧如弟，而又在废弃时哉。至承教以出处之际，不必固执，致蹈褊衷，此兄挚爱，意在扬不然之灰耳。而弟自知赋命至薄，平生谨守绳尺，乃谤毁之来，每出于匪夷所思。昔欧阳公至于白首而谳不已，卒无所污，弟何人斯，敢援以自解。间常平心自勘，总由性直忤时，遭谗获咎，皆归自取，唯有痛自忏悔，或可收之桑榆。比自庚申以后，患难风波，忧畏成疾，至今日正如田光先生所云，其精已销亡矣，只合一编在手，了此余年。前书所陈，盖不敢昧于己量也，并非矫饰。韩子曰："贤不肖存乎己，祸福贵贱存乎天，名声之善恶存乎人，存乎己者，吾将勉之。"弟今者亦唯以存乎己者刻励自勉，以副兄之望。至于披艰扫秽，平涤九区，佐中兴之盛业，立不朽之奇功，则弟之望于兄者，亦爇香虔祝者也。行藏虽殊，各宜自爱，伏维鉴察，不宣。

按，周学濬于同治元年(1862)五月曾国藩幕，即函中所言"出自揆帅之门"，则该札当作于此年后不久。

三

前奉手教，附来丁中丞、钱子密二信，已一一妥寄。曾有数行奉报，未知达览否。小云侄过苏，云兄有沪上之游，不识盘桓几日，洋味此之淮水如何，一笑。小云有投笔之志，盖急欲捧檄博堂上欢，不为无见。在此只留一日，云先到邗上见何廉舫，后即赴节署，其意欲廉舫与弟二人为之倡，并为纠合作集腋计。弟已许其力助，且待其见廉舫后信来如何，此等事亦不可使之视为容易也。敏斋信附去，渠颇有振兴水利之意，屡承过访，弟告以浙西与苏松同原共委，必得通力合作，尤在任用得人，勿存敷衍塞责心，方有实际。现委吴大令恒赴浙省询商办法，不知吾乡当道意见如何。刻下蚕事将兴，向停工役，昨闻钱溇等处方欲挑浚，以数里路河道经费闻不过给发一二十串，实做敷衍塞责四字，奈何奈何。兄晤杨太守及沈菁士兄，能劝俟至秋冬之交，通筹全局，宽备经费，然后动工，为一劳永逸之计。此吾乡农田命脉所关，尚望兄于各当道处剀论之，至祷至祷。金陵书局想常通信，张啸兄处《史》《汉》已印成否？其精印者固望之甚切，即寻常披读者亦须惠我一部，弟已备胡刻《通鉴》为报，兄闻之定亦欣然也。

四

去冬曾有复书由信局递呈，嗣得腊月十九日手教，未蒙齿及，未识前函达到否，深以为念。小云世讲于何日抵家，悼亡之感情不能禁，尚能仰体重闱之意，不致过于悲伤否？尤切惦系。书局《通鉴》已经告成，特为吾兄刷印一部，配以汉小铜鼓为兄祔寿。记得兄昔年按试粤西，书来云归装携有小铜鼓二，一自留，一备赠弟者，差旋泊舟汉口，盐艘失火，舟亦被殃，两鼓均为六丁取去，此二十年前事也。今弟购有重出者，不可不分赠兄也，俟有便舟寄上，或留待面交。至书局价目，弟不甚悉，须问辰田诸君也。局中经费艰难之说，由于当道不善处置之故，江苏局面果能擘画得宜，务持大体，区区书局之资，固太仓一粟也。弟去冬忽奉左季帅札子，委办甘肃捐务，局设金陵，会同江藩司办理等因。废弃之材见收匠氏，不无知己之感，惟弟伏处十年，疏懒已惯，不必誓告先墓而出处之计固已久决于心，当即缴札力辞，措词极为委婉。陶斋恐我掉头不顾，开罪巨公，此祢正平、刘孔和之所为，非所拟于鄙人，况左公贤者，亦非黄高辈比也。承示春间作林屋石洞之游，此诚胜地，大约三月间最为相宜。由洞庭至光福山登邓尉更有妙境，莫妙于司徒庙清奇古怪四柏树，真不可不看。去年弟与缘仲诸君冒雨往访，曾书一对，以应寺僧之请，句云："清奇古怪画难状，风火雷霆劫不磨。"中有一树，曾遭雷劈，而劈处枝干更葱茂，真是奇绝，兄闻之当亦神往。子密信当日即为递去，舫老于十八交卸十五有引疾之禀，两院均缴还原禀，慰留甚挚，现在尚未销假，当此名场极顺之时忽思急流勇退，洵有真智慧也。敏老今日赴宁，香岩兴会尚好，颇思出游，闻菱湖正月十三日起十八日止有胜会，甚热闹，确否？

五

闻台从赴杭，不知何日言旋，念念。前得宗湘文公祖书，知吾郡溇港现议重开，并云钟六英学士将弟所议六条入告，闻当道以廷寄有"草率了事"四字，颇怪弟多言。查己巳年所开，止择数直港中工程之至少而至易办者略加挑挖，深不过尺许，费不过万串，其淤塞处均未履勘。若因经费未充，不能同时并举，原不妨逐年分办，作得寸则寸之计，乃承办之人不顾大局，不明利害，妄思褒奖，遽报一律开竣，当道不察，遂亦以开竣覆奏。弟以为不报开竣尚有重开之望，今既奏明一律开竣，且请奖叙，则非阅数十年断不能遽议重开。弟因关桑梓休戚，目击情形，实有不忍漠视者，不图六英遽以弟言入告也。闻当道奉旨后，于此事极为郑重，湘翁书来，云与吾兄及同乡诸公会商，拟合碧浪湖横湖直港大治之。果尔，则弟虽受多言之咎，亦何所恤，惟望吾兄力赞成之。溇港淤浅大抵都在郡城东北，距城益远，淤浅益甚，恐履勘未必能遍，必得周知水道者相助为理，庶于事有济。而各溇董事见不出跬步，又恶劳喜逸，绝少结实可靠之人。城董可靠，又未必肯常驻乡间，此事恐实费当道踌躇。贵及门徐小豁孝廉乔梓颇精水学，家居溇上，熟谙情形，又好行善事，倘当道见访，吾兄可举荐之，惟小豁读书不预外事，恐亦只能备顾问，未必肯出任奔走之事也。闻沈协轩在家，其人年壮能耐劳苦，且新经磨折，倘节取其长，似亦在可用之列。昔年江浙减赋之举发端于鄙人，其时冯林一宫允在李相幕府，力赞成之，举七百年之积困一旦苏豁。水利为农田之本，今当道既有意大治，吾兄又为当道所敬服，惟望效林一之赞成减赋，为梓乡造无穷之利，祷甚祷甚。

六

一昨辱手答，知读礼之余，不以鄙言为河汉，强抑哀思，闻之稍释念忱。承询丧服各条，大抵先王制礼，必准情酌理而出之，不使太过，亦不使不及。后世礼节繁重，每遇丧礼大事，多致纷纷聚讼，虽名臣大儒文章盖世之才，亦各偏执一见，卒无一定之规，昭垂来世。吾辈居家，举动为乡里矜式，自不能不格外慎重。《仪礼》《礼记》诸经家家都读，而本朝礼制详载《会典》及《通礼》二书，《会典》卷繁不及寄，特检《通礼》一册寄上，以备翻查，择要摘出，遇便寄还。此外垂问家常服用各层，谨条对另纸，伏祈酌用。兹乘存斋世好旋湖之便，谨呈祭幛挽联各一，奠敬一函，敬代刍束，伏乞告存为幸。

七

弟近服自制丸方，大便尚无艰苦，终月杜门，惟以笔墨为消遣。现撰《周无专鼎释文》一篇，颇有发前人所未发。考无之为姓，有舜时无择见，《庄子・让王篇》张赤未以鲁无骇为证，似无骇卒后赐姓展氏，此无骇疑是双名；又“正”字通“无”字，注云无姓汉有无且明、无能此二人，弟未知之，《汉书》浩繁，无从检查，因记岷帆弟当日曾著有《汉书人名考》，不知此书存否？向兄言及，今已忘却，不识有此人否？

乞为查示。此外有无无姓之人见于经史者,并恳示及。

八

前奉手翰,谨悉所谕家乡士子寒素居多,孝廉计偕,每有告贷无门,遂至裹足秋试,亦有以无资废然者。现与同人筹议,在吾郡丝捐善后二成一款余存省局项内请拨二万元,发典生息,以一万息钱为会试公车费,人给五十洋;以一万息钱作为乡试宾兴,人给十洋云云。此真盛举,姑无论本有存款可拨,即无存项,亦当设法劝办,以期必成。往年娄东绅士以宾兴无资,寒素无力应试,每至废读,呈请筹款,三儿以娄东地方苦瘠,绝少殷富,无从集捐,不得已议定案漕提款,以十二年为度,悉由官捐,不派地方分文。今已行之五年,上两届孝廉计偕及秋试之费即在此中提取,合计息钱,春闱人给五十千文,秋试人给十千文,通禀立石定案,去年他属有禀请援案办理者。今吾乡以地方所捐之款,办地方义举,当道倘有异议,我数人惟有坚持定力,志在必成。存斋已经旋里,现在仲复回家省墓,想必晤谈定议也。承示脾泄之患服藕粉代点米仁代茶而愈,闻之大慰。近日医生甚庸,服其药每每受苦,弟咳嗽自去冬至今,尚未霍然,不敢轻易服药,恐为庸医所误也。

九

一昨奉到还章,发函额颂,不觉泪之盈睫也。昔王夷甫谓陶公曰:“贤子越骑,云没天下,尽为公痛,况在慈父。”可见古人遇此等事,悲思郁结,无论圣贤豪杰,亦有不能骤解者。为今计,必得于无可排遣之中,勉想排遣之法。无已,其惟俟咏华弟迎柩归来,经纪粗完,早日买棹出游乎。岁月易迈,混过数月,哀痛渐减,久之自会消释,否则家庭闷坐,终日咄咄,试问七十之年,尚有几多老泪为死者洒耶。魏舒所谓无益自损者,不可不引以为戒也。吴门旧雨咸盼兄来,幸早命驾,祷切祷切。承询商为小云世讲分讣领帖应否举行,考《礼经》有为长子稽颡之文,所以重正体也。今世讲服官有年,娶妻生子,领帖一日,断在必行,无可犹豫者。春寒尚甚,千万调护自爱,临书依切不尽。

按,周学濬生于咸丰十五年(1810),函中言及“七十之年”,则最早作于光绪五年(1879)。

与丝业同乡

吾湖每逢开科，合郡应试士子几有千人之多，内中以馆为生者殆居其半。省城兵乱以后，贡院左右房屋甚少，间有可赁者，租价极贵，寒士考费无出，有因之辍考者，情殊可悯。闻嘉兴府属现在集资万金，在省城贡院附近购地造屋，为嘉属士子考寓，其办法另有说帖，特附寄省览。吾湖宜亟仿行，惟两府情形有不同，嘉兴集资分七邑公摊，吾湖如安武孝各县万不能派，不如就南浔、菱湖、双林数乡镇丝业中酌提，较为简捷可靠，谨特专函奉商。此为接济同乡无力应试者起见，在丝业所出甚微，而寒士受惠匪浅。诸君向有好善之心，成此义举，将来子弟应试，定必绵绵科第，食报无穷。如果意见相同，望即示复，当亟达黼香郡尊及总办吾乡厘捐之宗湘文太守暨缦云诸君，妥议规条，以垂久远。倘诸位能亲至省城一行，则经营擘画得有提纲挈领之人，尤为大妙。至买地等事，或须省中巨绅招呼，届时弟当专函致托可耳。不宣。

再，此等善举倘出自当道劝办，则合郡为之减色矣。同乡诸亲友处不能遍及，均此致意，又行。

致陆心源

陆心源(1834—1894),字刚父,号存斋,晚号潜园老人,浙江吴兴(今湖州)人。咸丰九年(1859)举人,以知府发广东。同治四年(1865)简广东南韶兵备道,六年调高廉道,十一年署闽粮盐道,后乞养归湖州。藏书颇丰,著有《集韵校误》《群经音辨校误》《宋史翼》《仪顾堂集》《皕宋楼藏书志》等,合署为《潜园总集》。

一

往者辱赐书,录录稽于裁报,幸勿为过。家乡水利待治久矣,前月缦老过苏,亦曾论及,此我乡农田命脉所关,足下蕴负宏远,定亦注意于此。士大夫居乡,凡有地方善举,尽一分心则造一分福。前得敝族中来书,谓春间疏浚溇港,其深通处可从缓挑者,现在筑坝加挑,浅处必不可不挑者,转置不办。其所以专办较深处者,取经费省耳,草率至此,安望实惠及民。云僦寓吴门,衰病侵寻老矣,无能为也,足下年力正富,识略超卓,尚望于当道前剀陈利弊,倘能任用得人,实事求是,成久远之功,贻数世之利,岂不美哉！岂不美哉！缦老吾省之乡祭酒也,盍与商之。吾湖善后局中综其事者沈菁翁、钮壬翁之外,尚有何人,想无不以桑梓疾苦为虑。鄙人盲瞽之见,亮诸君亦早计及此也。姚少垣世兄人颇朴诚,兹挟名书画多种到城,法家鉴之,当亦心目为快。

二

别后久未通书,遥祝筹勋楙著,动与吉会,幸甚幸甚。弟衰病杜门,伏案之外,惟养花饲鹤为消遣之计。夏初得一曾孙,长成可喜,交秋后则不如意事常八九,又生烦恼。曾作娄东之游,读东坡《水调歌头》一阕，离合悲欢，固应勘破也。闽中山川雄壮，足下公务之余有无新著，便中望示悉为盼。拙著《彝器图释》虽已付梓，尚须修订，因老友陈寿卿索观校本，遂先刷印数部，曾记足下谭及现修郡志金石一门，应有采录，自文驾赴闽之后，此道少可与谈者。夏间曾以一部交小豁带去，闻志局中专校金石一门者为丁君，弟未识其人，丁氏向多朴学之士，是否小雅先生后人？吾郡本多墨妙遗迹，屡经兵火，几于荡焉泯焉，此时存于世者，亟宜勤加博访，期免遗珠之憾。拙著乃敝帚自享，本不敢与古人抗衡，然海内著名之品、其文字有裨经史之学者颇亦不乏，合扬州阮氏、嘉兴张氏、山东刘氏各家精华荟萃其中，似亦艺林中一伟观也。兹特奉寄一部，伏乞直笔削正，此书尚非定本也。闽中有文字之交否？有盐大使魏稼生，其人嗜古入骨髓，曾晤及否？

按，同治十一年(1872)，《两罍轩彝器图释》先行刷印校本数部，此时陆心源在闽，入闽浙总督李鹤年幕府。则该札当作于是年。

三

前月奉手翰具悉，就审道履清胜，侍庭纳福，国恩家庆，萃于一门，羡贺羡贺。弟键关养拙，垂暮光阴尽消磨于故纸堆中，所惜崦嵫已迫，无所成就，时切疚心耳。承示斗检封篆文作“古钱为职”四字，愚意窃以为未安。案，“钱”，《说文》铫也，古田器，从金戈声，《诗·周颂》庤乃钱镈，《毛传》亦训铫，《疏》引世本云垂作铫，宋仲子注云铫，刈也；然则铫为田中刈器，钱实同之借。钱为泉，虽古载籍及汉碑中间有之，而泉文则仍从古，如新莽之大泉、货泉各品及三国六朝至于唐宋载在志谱彰彰可考者，皆作泉不作钱也。元明以来，字多从俗，不足深论已，且“鼓铸”二字连文为义，今去铸字而曰“鼓钱为职”，于文理亦殊欠顺。敝处所收斗检封不止一器，其作“鼓钱为职”篆文，明显与《获古编》所录同出陕人讹造也。学问之道，惟推勘乃能发明，亦惟辨析始见真谛。足下淹通群籍，学识兼超，如有所见，尚望直笔见示，幸甚幸甚。稼孙蒙识拔得以署篆，闻之喜甚。

四

昨承惠借宋刊《夷坚志》，此梦想数十年，今始得见，大慰平生。晨起草草翻读，知荣旋在即，不敢久留，谨专人缴上，希即察收。此书虽涉语怪，然中间隐寓劝惩，足垂警诫，况出名贤手笔，为自来小说中第一烜赫有名之作。足下广搜秘籍，远绍旧闻，亟宜授之梓人，以公同好。坊间所传之本，舛讹错乱，得此书一出正之，岂非墨林大快事哉，鄙人老矣，亟愿观其成也。再，坊本流传似亦别有所据，即如甲志卷一《黑风大王》一篇。中有“绍兴间陷虏”，坊本改“陷虏”为“归北”，此讳忌之笔，必出后人窜改。然则此书在南渡时即有翻刻无疑矣，于此益见原刊之可贵也。物聚所好如是，他日刊成，务乞先寄。应书封面望示式样，谨缮以报。

五

前日奉十月廿八日手书，并近刻金仁山先生《尚书注》六册、海藏老人《阴证略例》一册，一一领悉，敬谢敬谢。承示拟刊《十万卷楼丛书》一百本，现在剞劂蒇工已有四十本，先行刷印，俟《十万楼丛书》全竣后，再刊《皕宋楼丛书》一百本，先将草目寄阅，属撰《十万卷楼丛书》弁言一篇。循诵至再，顿使垂暮之年，精神为之一壮。名山秘籍，决为必传，得挂贱名，附垂不朽，敢不力图振奋，克日摅豪，一俟撰就，即当寄请是正。我湖自康熙以来代有传人，远不具论，近数十年中论闻见之博，著述之富，自应首推严氏铁桥。此外诸老或经学词章，或训诂笺释，或算法舆地，亦能各务专精，潜心朴学。然寒儒伏处蓬门，空山偃蹇，身不出里弄，足不履朝市，既无名山巨川以发其胸中郁勃之气，又无奇才豪侠之士相与上下其议论，所见未广，而又囿于境地，虽同列文苑，视铁老瞠乎后矣。独执事蚤岁蜚声，公卿侧席，监司久任，遭际正隆，小有怫忤，翩然初服，键户著书，绝意不出。兵燹以后，凡故家遗集，宋元精刊，远绍旁搜，不遗余力，故大半归于邺架，而又不吝重资，广为刊布，遂使海内缀学之士莫不知有吴兴十万卷楼，方之范氏天一、毛氏汲古，真堪鼎峙。吾乡故多学者，而就目前言之，决其必传者，亦止执事与荫老为可信耳。所论现编《吴兴金石存》，属将敝处勒石各种墨本开送，并云吴兴向多古砖，亦应编入，惟金器流转无定，故不采录。尊意盖恐鱼目相混，赝鼎贻讥耳。愚见书名金石，又系专刻，似金器只须慎选，不必摈去，但必择其流传有绪，确可征信，如仲复处虢尗大林钟得于张氏清仪阁，缦老处周敦得于蔡友石家，尊处新得之卣为曹氏怀米山房故物，至敝藏各彝器内为阮文达所藏者已编入《皇清经解》，其为张尗未藏者亦屡入名人著录，今编某府县金石而遗漏不载，恐海内金石家见之未免生讶。惟增此一门，成书又须延时日，盖摹刻鼎钟文字不能草草。所望尚须裁定耳。

六

前奉七月十四日手书，并校定《三续疑年录》二部，早经领悉，敬谢敬谢。其时正为二竖所困，未及裁答。承示安邑志书将成，旧有董斯张《吴兴备志》储藏征一门，拟宗其意，将吾两家所藏金石、碑帖、书画、宋元刊本、古砖收入，列为二卷，彝器与古砖兼载其文，书画但列其目，甚善甚善。鄙意敝藏之吉金与尊藏之砖文，一则萃彝器之大观，一则备吴兴之掌故，宋元秘籍凡经重刻，亦必列入，以裨来学。至于书画碑帖，吾二家收藏甚伙，恐太烦冗，应将前贤法书分别已否勒石，已勒石者录，未勒石者不录，古碑帖亦如之。书版注明藏某处，碑石同如此，仍可归入金石、艺文两门。至古画或有关掌故者间录之，此外虽宋元精品，亦不便入，以合志书体裁。先以奉商，如尊意谓然，即祈示遵，以便将所藏各种缮单呈鉴也。

七

月前辱承损书，并惠示大著《千甓亭砖录》，亟取披读，心服倾倒，匪言可喻。古砖旧鲜著录，《诗·小雅·斯干》，《传》："瓦，纺砖也。"《说文》："瓦，土器已烧之总名。"段注："土器未烧为之坯，已烧为之瓦。"纺砖，瓦之一也，古未闻有文字，晋陈缉之《东阳记》载独公山临溪古冢，其砖有筮言吉十二字，见《御览冢墓门》。其书不传，赵宋以后间有见诸著录者，类皆拾残缀阙，不得谓专书。国朝昌明，正学名儒辈出，嘉道间，阮文达公以当代龙门为文章司命，扬历中外五十余年，巡抚我浙，建诂经精舍，当日知名之士，咸萃于幕下，经术之外，及于金石文字。天右斯文，地不爱宝，鼎钟、彝器、丰碑、古碣所产于郡国山川者日出不穷，学者据其遗文诠注考释，以发明经义，纠正史事，论者谓金石之学至是斯称大备。文达尝得汉五凤诸砖，谓以年纪器，石勒工名，其字可观隶分之变，其铭可补志乘之遗，因以八砖分题课士，于是嗜古之士益知贵重，竞起搜访，互相矜尚。然当日收藏家号称至富者，积数亦未闻有满百。去年就养娄东，太仓陆星农殿撰以所藏甋砖砚数巨册属为弁言，观其收藏之伙，抉择之精，叹为突过，前人得未曾有。其时闻吾郡绕郭诸山出古砖甚多，好事者争相购致，从者亲往物色，搜罗特伙。今读大著《千甓亭砖录》，不意所得于两年中者竟五倍于星翁，又于数月之间整齐排比，编辑成书，纪其缘起，详其出处，考释其文字，语无凿空，事必征实。此人竭数十年心力皓首而未成者，足下以旦夕间成之，良由学识素裕，精力又足以副之。未及服官政之年，而著述之梓行于世者已高可隐身，积以岁月，将与毛西河诸老并驾艺林，岂仅压倒严铁老已哉。屈指乡党传人，道咸以来，足下当推首出，属在世好，语出由中，决不敢以泛词贡谀也。抑有商者，塼甎二字段氏以许书未收，遂指为俗字。愚意土器已烧谓之瓦，纺砖，瓦之一也，从土从瓦，合于六书形声会意之旨。国初陈见桃作《毛诗稽古编》，惠定宇至为推重，阮文达谓其体正，以说文志在复古。蒙尝读之，其于塼壹之塼皆作塼，而于纺甎之甎则从瓦，可知从土从瓦合于古义。《玉篇》《广韵》诸书所以并收，不得与从石之砖同以俗字抹之，曩曾以此质诸星翁，不识尊意以为如何？承示现拟仿张月霄《藏书志》例成《藏书志》一百二十卷，来春即可授梓，闻之令人神往。年逾七十，老至耄及，万事胥忘，所未能恝然者，唯此翰墨结习耳。指日剞劂告蒇，务必先行赐读，至祷至祷。

按，吴云生于嘉庆十六年(1811)，函中言“年逾七十”，则该札最早作于光绪六年(1880)。又，《千甓亭砖录》有光绪七年刻本，则该札当作于是年后不久。《皕宋楼藏书志》刊刻于光绪八年，亦为该札作于光绪七年之证。

致钟佩贤

钟佩贤，字六英，浙江山阴人，寄籍北京宛平。道光三十年(1850)进士，官御史、太仆寺少卿。同治元年(1862)会试同考官。

一

昨谈蒋芗泉方伯有疏浚湖属各溇港之议，此于农田水利大有关系，诚善后事内第一急务也。按湖州百川丛错，要以苕、霅二溪为综贯，其源发于天目山，其支流分注各溇港，以入太湖。每遇北风，波涛汹涌，湖水挟沙倒灌，水退沙停，易于淤塞。旧制各溇港皆有斗门，门有牐板，视水势之大小以时启闭，旱潦俱有所宣蓄，法至善也。兵乱以后，全行毁废，兄去冬回家扫墓，由南浔经陆家漾、顾家荡以至钱溇，迤东至丘家堡，所过之处，凡有支河汊港无不淤浅。兼之茭苇弥望，虽港面有十数丈之宽，而中间仅可容舠，若不赶紧铲除，循故道而疏浚之，转瞬春水将生，一遇霖雨，山水灌注，水无宣泄之路，必致泛滥横溢，其为农田之害不可胜言。芗泉方伯德泽之在吾浙者甚大，今既欲兴此盛举，还望吾弟寓书赞成，早办一年，生民早受一年之福。想吾弟同关梓谊，定必切实转陈，临颖翘切不尽。

再，前书缮就未发，不尽之言，重为吾弟陈之。去年霖雨未及兼旬，农田已被淹不少。向交冬令，水势必涸，而刻下濒河圩岸水不没者仅尺许，甚则已有淹在水中者，底水不消，实由泄水不畅也。设遇勃戾肆虐，不但秋收失望，必致家室田庐，尽成泽国，此水利之不可不讲，至亟亟也。查湖郡诸水固以太湖为潴蓄，而太湖之水则以入海为尾闾，杭、嘉、湖、苏、松绣壤绮错，经联络贯，必得合江浙两省上下流一律疏治，而后水患可平。昨苏松太道应敏斋观察来晤，与之细谈，敏斋亦讲求经济，留心民瘼者，慨然任之，拟归去即行详办。倘得交相为功，则有裨于农田水利者，洵非浅鲜，并望吾弟采择而转告之。

二

叠奉六七两月内三次所发手书，知前肃数函均澈清听。比者秋气浙深，寒燠不时，未审眠食何似，伏维万福。兄跧伏如恒，鲜善可述，幸自老母以次均多平顺，堪慰廑注。九儿现赴秋闱，头场题目甚为结实，初出观场，工夫尚浅，场作虽无大疵，离中字恐尚远。今年副主考张香涛先生闳通渊雅，时望所归，二三场必讲究，将来闱墨必可观也。三儿考帘题为有教无类两章，中堂喜其熟于史事，大为激赏，不可谓非文字缘也。捻踪飘忽，剿办迄未得手，转受挫衄，虽曰劫运未终，恐人事亦有所未尽也。昔东汉羌寇益州，庞参等屡战不利，虞诩谓任尚曰："使君屯兵逾二十万，兵法弱不攻强，走不逐飞，自然之势也。今贼皆骑，日行数百里，来如风雨，去若绝弦，以步追之，势不相及，所以旷日无功。莫若汰其冗弱，广购马匹，舍甲胄，驰轻兵，尾追掩截，其道自穷。"尚用其计，克奏大捷。宋李纲谓金人以铁骑胜中国，非车战之法不足以胜之，其说有三：步兵不足以当其驰突，用车则驰突可御，一也；中国骑兵马不如敌，用车则骑兵在后，度便出战，二也；士卒多怯，见敌辄溃，虽有长伎，不得而施，用车则人有依可施其力，部伍有束不得而逃，三也。其时献车制者甚众，大抵昔尚弓弩，今仗炮火，造车之法不必泥古，宜虚心博访，令久列戎行而胸有韬略之人各抒所见，讲求尽善，务使转圜进退，应变无穷。行则鳞次以为阵，止则钩联以为营，不必开沟筑垒，到处有屹然之势，兵法先为不可胜，以待敌之可胜。捻逆起事多年，扰及数省，曾不能割据险要，分守城邑，狼奔豕突，徒事劫掠，其无能为已可概见。然其中岂无一二黠者，且多百战剧贼，东窜西扰，去来飘忽，安知不用吴人疲楚之计，使我应接不暇，似不可不急筹变计也。今贼饱掠三府，辎重累累，正犯兵家所忌，此次麕集登莱，贼数多寡，众所共知，动云数十万乃恫喝之词耳。我军数倍于贼，果能将士用命，尽力兜截，正可收扫荡之功，无如锢疾已深，仍恐见贼先奔耳。比因军务传闻令人愤懑，三杯耳热，忽发狂言，吾弟抱负宏远，蒿目时艰，当亦时深扼腕。都中得雨后，麦子闻可补种，枭匪已扑灭否？南中惟浙东歉收，此外秋成可望。中稔米价日贱，而元气难望骤复者，厘捐困之也。此事目前亦没法想，奈何。

三

前接五月廿三日手教，读悉种种。时有邗上之行，致稽裁报，幸弗为过。详绎来谕，知读书有得，不为坚白同异之辨，独参知白守黑之旨（来书有宦途分红黑二字）。此由识解本超，而又济之以学养，深之以阅历，故能浩浩落落，富贵浮云，吾儒有自得之一境，固非居常咄咄辈所能共喻也。然丰城之剑，其光芒终不能久掩，圣主贤臣之颂，遭际自有迟速耳，谨拭目俟之。西捻荡平，普天同庆，此后漕运旧制、其他善后各事想当局必次第筹办。吾弟奏议皆经世宏文，其密疏定必焚草，不敢请观，其发邸抄者间有读过，未能牢记，欲求汇录一分见寄。人生不必论出处之穷通，但得身灭而名不灭，斯为不负此生。方今中原甫靖，回逆未平，应言之事正多，吾弟何寂寂也？兹乘汪小樵封翁入都之便，草草布复，诸维珍爱不尽。

四

芍庭太仆来奉手书，并蒙以去夏先母大故厚赙远颁，谨领告登，感继以泣。每于邸报中得读吾弟奏议，经世宏谟，可大可久，敬服无已。往年与吾弟论苏松嘉湖水利，后王补帆方伯过苏，殷殷下问，曾疏大略覆之，补翁调粤，遂不得劲。江浙官绅于此事非不思办，所以因循未行者，一由于经费之难筹，一由于情形之未熟。七、八两年湖州开浚溇港，一味敷衍草率，实不成事，兹友人有重浚溇港条议，其中颇有可采，寄呈省察。此但指三十六溇而言，若欲上从天目溯源，下至海口竟委，循其故道，荡涤滞淤，必使血脉贯通，水无逆防，此数世之利，非合两省之力不为功。昔吴越钱氏设撩浅军专治田事，以都水使主之，至为郑重，故享国百年，水灾罕见。今纵不能复古，而岁修之法，实不可阙。我朝各府县设有水利同通、县丞、主簿等官，久已视为具文，试询以地方水利，转诧为怪异，积习相沿，无足深责，诚能于疏浚之后，严饬专管水利官员各就所辖境内将河道通塞情形按月禀报，再由大吏于春秋二季委员覆查，示以惩劝，此水利之善后只须申明旧制，实亦久远之图也。吾弟其留意及之，兹因折弁之便，草此鸣谢，藉布区区，统维心印不宣。

条议已钦奉颁发，载入《志乘》，不录。

五

久不通书，正切怀想，一昨接到本月十四日手翰，发函申纸，如获面谈，就审道履绥和，乡间小住尤多逸兴，二世讲天资驯谨，此第一可喜之事。盖世家子弟质地稍优，每每习于奢侈，流入浇薄，其长厚驯谨者纵不能显扬发达，体用兼赅，亦不失为保家之子，故闻二世讲质地驯良，实为吾弟喜庆。至读书之进益自有步骤，不必十分求速也，吾弟自知卞急，往往有忿怒过当云云，此即吾弟学养有得处，人谁无过，特患过而不自知耳。兄今年六十五岁矣，于奴仆辈常因拂意甚至出口痛詈，詈尚未毕心已大悔，转欲想法敷衍他。每又自怨有话何不缓言晓谕，必欲如此生气，痛自刻责，终不尽改。兄正苦变化气质之难，吾弟下问及此，适触隐疚，方切愧悚，其何以裨吾弟耶？惟有勉自策励，各蕲保此晚节而已。兄自七月中旬小患感冒，并不甚重，乃咳嗽多痰，胃纳减少，精神至今尚未复元，蒲柳早凋，一经风露便不能支。绂翁之谓兄精力健者，因郑盦月必有书札往还，无非为金石考证，间亦有索及书画者。邮筒裁报，必出亲书，从无假手于人，彼见兄字迹泽润，终不信病体至于此也。

按，吴云生于嘉庆十六年（1811），六十五岁即光绪元年（1875），则该札当作于是年。

六

前接客冬所发台谕，知绍京两处信件均已如期送到，一昨又奉续示，欣审崇勋茂绩，与日俱新。云素体恶寒，开春至今键关养拙，无以遣怀，窃不自揆，欲以尺寸之绠妄思□古而心仪往哲，欲从末田。岁月不居，忽忽已逾七十之年矣，方以老至耄及，学业荒芜，未能仰副吾弟期望，正滋悚惕，来谕欲将云先后奉致之书，择其中不谈时政者装潢成帙，传之子姓，使知吾二人交谊之深，闻之且幸且愧。古人于文章道义之交，声气应求之侣，或并世而未能觌面，或异代而雅有同心，每每绘成图画以当晤言，达之书辞，聊申缕缱。惟云谫陋，非可比伦，而吾弟深情，实与古合辙也。往年伯寅尚书来书，云将鄙人恶札装成两巨册，使琉璃厂多一有名遗迹，语甚涉趣，惜云不称耳。爱人者及其屋上之鸟，两君子之谓欤。今春幸旧疾不发，现将庚申至今二十年中覆瓿之作次第清理，中间金石考证书画题跋较多，尺牍有关政事文学者间亦留稿。与吾弟四十年异姓兄弟之交，往来简尺奚止数百千通，今检旧簏残稿，所存不及十之一二也。书中所论类多乱后政治，而于农田水利似尚详尽。开浚娄港一役，赖吾弟据实上陈，至今岁修不废，获益匪浅，他日排比成书，再寄鉴定。承示俄事已经就绪，此中殆有默佑之者，云谓虽由天意，实关人事。劼侯为曾文正之子，平日庭训所贻立身修德，不外文学、政事二端。劼侯纵能仰承先志，克绍箕裘，亦不过与范纯仁、韩忠彦后先济美，而乃于家学之外别擅专门，此所谓豪杰之士也。当其身入诈虞之国，奉命危难之间，事已铸成大错，变且在于须臾，而劼侯张弛从心，刚柔互用，徐化杆格，就我范围，惟洞明彼己之情，故卒收转圜之效，错节盘根，斯别利器，恐虞升卿处此亦拜下风，遑论余子。国家深仁厚泽，涵濡二百余年，当此时事艰难，必有英伟奇特之才起而为中流砥柱，黼黻皇猷。方今后起人材，云伏处山林，见闻狭隘，就所知者，首推劼侯，而家清卿实为一时瑜亮，二君年力正壮，其设施已如此，将来所造，当于古人中求之，并世恐少伦比也。吾弟博极群书，精于衡鉴，所识年少俊材或有可与二君颉颃者，幸示及之。

按，函中言吴云已逾七十之年，则最早当作于光绪六年(1880)。是年曾纪泽任驻俄大使，与俄谈判收回伊犁事宜，并于次年签订《中俄改订条约》，收回伊犁特克斯河流域土地及部分利权，被认为是晚清一次较为成功的外交行动，应即函中所言之"俄事已经就绪"。

致张富年

一

前奉手翰具悉，即审摄卫攸宜，顺时谐畅。承示都中巨公书来索取梁天监井阑石刻，询弟有无重出拓本。敝处藏有两本，一许赠魏稼孙，一自留。今将两本全行寄上，一由尊处寄郑盦，一乞转寄稼孙，惟令兄韵仲处无可分赠，殊为抱歉。幸井阑原石尚在句容城北灭守学署后，望属容令先为物色，再雇人备纸墨往拓，倘能刷洗干净，捶拓讲究，则字文比此二本当可清楚，此事甚易办也，幸即为之。

二

伻来奉手翰，并附食物多种，对使全登，感与抃会，即晨伏维允升吉座，棨戟增辉，旧部重临，新猷式焕，幸甚幸甚。江南大政，不外漕、盐、河三端，阁下扬历三十年，民之情伪与时之利病久已烛照数计，洞见症结，驾轻车而就熟路。此次转运北上，他人竭其才犹恐丛脞者，阁下精心所运，出其余伎，已恢恢乎游刃有余矣。昔贤称鲜于子骏为一路福星，窃愿于阁下见之。仆年逾七十，眼前有八孙二曾孙，推之人理，得此已为厚幸，惟崦嵫日迫，蒲柳凋零，病魔缠身，驱之不去。自七月初二在耦园倾跌之后，迄今已及半年，未曾出大门一步，颓唐之状，可想而知。幸诸亲友怜其老病，真率届会每每移尊敝斋，赖以不废。太素公在八月间就医来苏，下榻听枫山馆，初到面目枯悴，五日后渐能转腴，旬日后精神充溢，接见属僚，应酬朋友，自朝至于日昃，毫无倦容。太素本真率会旧侣，诸老挈榼提壶，络绎来会，幽赏清言，评详诗画，流连匝月，备极文燕之欢，濒行执别，颇依依不忍舍也。开缺一折，适得其时尊菜秋风同此先几之见，亦由宦情本淡，始能安之若素也。陶斋于侘傺槁项之时，忽遂欣欣向荣之愿，人生得一知己,可以无憾陶斋于阁下之谓矣,不得以琐琐姻娅论之也。已促其早日启程,据云一俟脚上冻瘃稍愈,得良于行,即可买棹,必不过迟也。

按,吴云于光绪七年(1881)在耦园真率会后倾跌,头面皆伤。则该札当作于光绪七年底。

致徐震燿

别来两月，驰念实甚。在沪时辱以先中丞公事迹节略命撰次为文，以备史臣采择。云学识浅劣，乌足以承诿诿，乃固辞不获。时止有焦山之行，谨藏行箧到山数日，又为儿子婚娶事赴泰州逗留半月，前月杪始得回山。山中江风凛冽，寒冱特甚，笔冻指僵，非就日光不能作字，爰殚数日，力成二千余言，其体例略仿传式，不敢遽以为传，故标题曰传略。伏念中丞公扬历中外三十余年，经济学术卓著于时，而大节昭垂，尤足争光日月。云旧忝属僚，备蒙知遇，大惧于中丞公生平事迹阐扬未尽，负疚实甚。至所示节略中如按察使任内令承审官反复究问，亲提研鞫；盐运使任内清厘积引，戒禁苛索糜费；巡抚任内买米海运以及赶造军械火器等类皆系分所应办之事，不必备书，故从删节。长沙守城厥功最伟，故篇中三见，曾、张二军门有功于吾浙，虽皆没于王事，将来国史未必有传，故叙其战绩稍详，仍归功于发踪指示之人，俾后之论世者有所考镜焉。史家每有不立专传，附见于他人传中者，详此略彼，似于谋篇之恉尚无悖也。方今老成凋谢，可以文字就正者颇少其人，冯林一宫允云所兄事，而与中丞公雅有交谊者也，恐篇中去取或有未当，执事盍持原来节略与云所撰者请宫允再加厘正，如何？

按，吴云于同治二年(1863)春至焦山，则该札当作于是年。

致冯芳缉、冯芳植

冯芳缉、冯芳植，皆为冯桂芬之子，主持刊行了冯氏文集《显志堂稿》。

一

前承惠顾，赍先公遗集属为弁言。自维谫劣，何敢序先公之文，顾窥足下之意，以鄙人托交三十余年，于先公生平学行经济有比他人知之较稔者，故诿及之，此其意不专在文字间也，仆虽瞢学，其何敢辞？谨当撰就报命。集稿粗已翻读，曾记数年前先公与仆书，云现在整理文稿，约七百篇，绝少惬心之作，今绎遗文所存，未及其半，《两罍轩彝器图释序》此必存之文，集中亦未见，未知现在所辑是否先公手定之本，所恐删削过多，不免遗珠之憾，望贤昆玉留意为祷。中间《明纪》一序，先公当日见示初稿，与录本合后改易数字，手书授梓，今照刻本代为改定。序拙著《古官印考》内有数字与录本异，亦照刻本改定。古印称纽见《汉书》，此刻本所未改者，今并改之。凡此皆与文义无甚关系出入者也，惟《江苏减赋记》有出一赫蹄云云必应删去，缘此举先公当日早与仆言之，此本题中应有之义，实非为赫蹄所迫始议及也。经世之文，贵在信今传后，一言不慎，即贻口实，不可不加之意也。

按，同治十三年(1874)冯桂芬去世后，其子冯芳缉、冯芳植编辑冯氏文集《显志堂稿》，邀请吴云作序。《显志堂稿》于光绪二年(1876)刊行，确有吴氏所作之序，署曰“光绪二年丙子仲冬归安吴云书于两罍轩”，则该札作于光绪二年。

二

属撰《显志堂文集序》，谨拟稿奉正。言虽不文，而于先公平生节概有他人所不能道，序中颇能达之者，以共事之久，相知之独深也。《抗议》四十篇脍炙人口，今集中删节不全录，恐滋人议，故为叙明。妙在先公将拙书留存，不加拉杂，当时必有深意。序中语语从实，无一饰词也。像赞遵即撰就，一并奉上，恰补序文所未及，均请厘定之后，再行付梓。

按，该札写作距上通信函不远，当作于光绪二年(1876)。

致薛时雨

薛时雨(1818—1885),字慰农、澍生,号桑根,安徽全椒人。咸丰三年(1853)进士,授浙江嘉兴知县,擢杭州知府。有《藤香馆集》等。

违侍以来,时殷驰仰,比维勋业宏敷,政通人协。寒家虽隶吴兴,距省垣不过百数十里,兵燹之后,民俱无以为生,赖执事劳来绥恤,起疮痍而衽席之,东南福星之颂,洵足与鲜于氏后先媲美。云亦部民,能无额手。惟闻劫后遗黎因流亡过多,荒田无人开垦,嘉湖以蚕桑为业,桑树尚存十之三四,而蚕具被贼所毁,小民无资购办,欲养蚕而束手无计,此二者为善后中至急之务。倘得各邑父母官督饬绅董各就地方情形,略用前人发本取息法,劝谕殷富者出资挹注,俟丝谷出售,还缴本息,似亦拯济之一策。此时十室九空,所谓富者亦不过彼善于此,且欲避殷富之名,措手匪易,是在任事者之设法经理而已。狂瞽之言,恃挚爱有素,用敢附陈,以备采择。杭、嘉、湖减赋之举已有成议否?三属地丁至重,湖州则比苏松为尤甚,其害在截贴一项,想已早邀擘画矣。云日内即拟前赴焦山,兹有寄许仁山舍亲一信,恳求饬送,琐事冒渎,皇恐皇恐,不宣。

按,札中言“日内即拟前赴焦山”,则该札当作于同治二年(1863)初。

卷七

致薛焕

薛焕(1815—1880),字觐唐,号鹤济,一作鹤侪,四川兴文(今宜宾市兴文县)人。道光二十四年(1844)举人,二十九年选授江苏金山知县,后入向荣幕襄赞江南大营军事。咸丰三年(1853)授松江知府及盐运使衔。咸丰十年(1860)任江苏巡抚兼署两江总督。同治元年(1862)李鸿章率领淮军抵沪,他仍以钦差大臣留办洋务居上海。不久进京署礼部左侍郎,继改调工部右侍郎、都察院左副都御史、总理各国事务衙门大臣、内阁侍读学士等。工书法,善诗词,精鉴赏,藏书甚丰。曾手校《读史方舆纪要》《郡国利病》等书。

违侍以来,裘葛屡更,只以山河遥隔,末由一通音敬,驰慕实深。昨者许兰伯过苏,敬询起居,伏审颐养之余,以著述自娱,足不履城市,当道罕识其面,而一时想望丰采者,皆视为文富诸贤之在林下也,闻之益殷向往。云跧伏菰庐,读书奉母,尚能自安其拙,甲子乙丑之间常寓焦山僧寺,所辑《焦山志》一书早经卒业,现在编辑《两罍轩吉金图释》,已陆续付梓,秋冬可以竣事,惜道远,未能就正。吴中兵燹以后,频年丰稔,斗米值二百钱,蚕丝亦好,穷黎困苦渐苏。惟贸易鲜利,阛阓萧条,总缘厘捐过重,元气难期骤复。至地方虽称安谧,而遣撤各勇沛落无归,散处城乡,终贻隐患。古人创行保甲,实足弭祸未萌,苏省现议举行,倘能实力兴办,诚正本清源之良法也。云结习未忘,比于商周彝器及前贤书画颇有新得。蜀中山川文物秀甲寰区,故家所遗定多玮宝,明公文章勋德,远媲欧阳《集古》所录,不知又添多少巨迹,窃愿一闻之也。奉上近刻四册墨拓四种,自知荒劣,不足以呈宗匠之前,惟明公眷爱素深,见之或许其腕力精神尚不至十分衰朽也。

按,《两罍轩彝器图释》有同治十一年(1872)和十二年刊本,札中言"已陆续付梓,秋冬可以竣事",则该札当作于是年。

致李宗羲

李宗羲(1818—1884),字雨亭,号酮轩,四川开县人。道光二十七年(1847)进士,历任英山、婺源、太平知县。咸丰八年(1858)入曾国藩幕,委办行营军械和营务处事务。同治元年(1862)二月,办理汉口转运局。八年六月,升任山西巡抚。十二年二月任两江总督,次年兼署江苏巡抚。光绪六年(1880)奉旨进京,因病未行,后病故。

一昨辱手教,浣薇庄诵,伏审德位并崇,身名俱泰,受天降祉,群类蒙休,幸甚幸甚。云频年偃蹇,虚掷光阴,读书未能专精,为学一无成就,窳惰自废,深惧为大贤所弃,辄增愧悚。乃明公不鄙其愚,损书奖饰,勤勤引古人相勖,此明公之过爱,迨如韩子所云诱之使至于是耶。云虽驽下,敢不勉守桑榆,蕲副箴训。昔荀慈明得御李君,夸耀于人,以为荣幸。倘明年天假之缘,孱躯得稍顽健,终当鼓棹白门,晋叩铃阁,一偿此愿也。

致左宗棠

左宗棠(1812—1885),字季高,一字朴存,号湘上农人。湖南湘阴人。晚清军事家、政治家,湘军将领,洋务派领袖。道光十二年(1832)举人。咸丰初,入张亮基、骆秉章幕。咸丰十年(1860),从曾国藩襄办军务,镇压太平天国起义。升浙江巡抚、闽浙总督。同治五年(1866),创办福州船政局。后改任陕甘总督,镇压西捻军及回民起义军。光绪元年(1875),以钦差大臣督办新疆军务,收复伊犁。七年,改两江总督。十年,入京任军机大臣,以钦差大臣督办福建军务,参与抗法。因病卒,追授太子太傅,谥文襄。

敬禀者:窃于仲冬之望,接奉宫太保爵宪钧札,饬办甘捐分局,即赴江宁,会同江宁梅藩司前巩秦阶金道认真办理,等因奉此。伏念云浙右粗材,江东旧吏,以奉职无状,名注废籍,乡土丧乱,致愆归期,幸值天相国家,笃生良弼,明公秉中兴节钺,云合电扫,鼓行而东,桑梓残黎,始能出水火而登衽席。即今湖山光复,耕凿晏然,两浙旄倪,孰不顶戴生成,馨香膜拜。矧云耳热名德,心仪龙门,高山兴仰止之思,沧海切归往之慕,徒以身遭屏黜,齿逼衰颓,并世大贤竟未获一见颜色。方恨缘悭福薄,愿与心违,不图明公采及虚声,肫肫延揽,骤邀逾分之知,俾襄一面之任,闻命惊疑,惶感交集。夫捐输济度,支之不足,为军实所攸关,况合各局以通筹,尤非等夷所能任,必其人有综核之才,具洁清之操,既深信于平日,斯委任而不疑。云自揣生平无寸长表见于左右,一旦以废弃之材辱收哲匠,此正柳子厚所云欲使膏肓沉没,复起为人,宜如何鼓舞欢欣,奋励思报。惟是云忧患余生,夙婴末疾,十年伏处,药不离身,重以衅结灾迍,上天降割,今岁六月复遭先母大故,痛深罔极,神益瞀迷。虽感激私忱,实愿厕执鞭之末,而支离病骨,势难任案牍之劳。捧檄彷徨,罔知所厝,不得已沥披丹愫,上渎清听，伏望明公俯垂鉴察，曲予矜全，另委干员襄办斯役。倘异时得托福荫，疾或有瘳定，当勉竭驽骀，躬效驱策，即或朽质难回，终身槁项，亦当永矢衔结，誓戴知恩。方今云龙际会，景运重新，明公抱牖民觉世之才，展曜日熙天之略，功无凭藉，任实艰难。推腹心以待人，惟坚忍而有济，一柱作砥，群帅受成。指日西陲氛清，威德驾范韩而上；云台纪绩，勋名迈耿邓之先。所愿明公于军书旁午之时，当发踪指示之会，为国节宣，用副众望。临禀，曷胜惶恐瞻依之至。

致钱应溥

钱应溥(1824—1902),字子密,又字葆慎,晚号闲静老人,谥恭勤。浙江嘉兴人。拔贡出身,咸丰十一年(1861)三月入曾国藩幕,光绪初入京任军机处章京,擢员外郎。光绪二十年(1894),中日甲午战争爆发,为主和派。二十一年六月,以礼部左侍郎在军机大臣上行走,参与国家大计决策。次年迁左都御史,转工部尚书。二十五年,因病罢职。与人合著有《文瑞公(钱陈群)年谱》。

一

六月间曾肃覆函,由驿递呈,不知能否达览。比者暑退秋凉,未审起居何似,伏维万福。昔苏子瞻论徐州形势,谓南北之襟要,河北京东安危之所寄。今揆侯驻节于此,揽全局于掌握,布诸军于要害,发踪指示,举群盗出没之地,尽入罗罩中,此所谓居高屋而建瓴也。所至捻逆已望风窜遁,贼之伎俩已可略见。此辈初起,原不过聚众剽掠,本无大志,积渐而酿成巨患,至于今日。揆侯老成持重,谋定后战,行见简五省精锐同时并举,荡涤凶氛,廓清贼穴,直如操左手券耳。惟此中迫饥寒而为盗者颇众,慈惠之师,知必有剿抚并用者,未知现在逆踪窜往何处,还望执事借著之余,示知其略。弟前月下旬到苏,键户读书,颇能自安其拙。儿子承潞自京来禀,云七月杪出都,覆试、朝考俱忝列一等,甲第亦尚在前,乃谓长安不易居,仍就原班。此亦为境所迫,未便深非之耳。到后当命晋谒揆侯,并领长者训诲。兰坨才华丰艳,因张振翁相招,遂赴徐州,附托带呈纨扇一握,要使良友千里外对之如见故人,不以书画工拙论也。闻从者有八、九月间暂回省墓之说,确否?

按，同治四年(1865)，曾国藩北上剿捻，驻守徐州。次年奉旨进驻周家口。又，吴承潞为同治四年进士，亦与札中所言“覆试、朝考俱忝列一等”相符合。则该札当作于同治四年。

二

前月杪奉到手书，欣喜展读，敬悉道履安胜，阖寓集庆，枢垣重到，两领班皆同乡至好，想见水乳交融，吉无不利。以执事识学之超，阅历之久，经纶所裕，谋断兼长，同人安得不奉为师法，真除指顾，不久超迁，均意中之事，不足为公颂也。唯望斧柯早假，宏此远谟，霖雨之施，草野同溉，是则林下旧雨所饮食必祝者也。弟今秋旧疾发而不甚，在家尚勉可支持，惟精力日衰，酬应礼节概从废弃，终岁杜门，伏案之外，日唯以金石书画怡情遣兴。香严、仲复月必数见，所往来者，惟此真率会中数友而已。来谕已与同读，一切心印。悟老闻日内可到，同人预约在敝斋作真率之会，重续坠欢，渠亦无多耽阁也。尊函当为面致无误。

致俞樾

俞樾(1821—1907),字荫甫,晚号曲园居士,浙江德清人。道光三十年(1850)进士,选庶吉士,散馆授编修。咸丰五年(1855)任国史馆协修,同年简放河南学政。同治三年(1864)历主苏州紫阳、上海求志、德清清溪、归安龙湖等书院,又主杭州诂经精舍,以实学课诸生。著有《春在堂诗编》《春在堂词录》《群经平议》《诸子平议》等,合称《春在堂全书》。

一

承惠大著《群经平议》,适小极,未及即时裁谢,罪甚。今日体中小佳,亟取翻读数叶。其释"夕惕若厉",谓当以"夕惕"二字自为句,言君子终日乾乾,终夕惕惕也,语有繁简耳。"若厉"二字为句,犹若濡若号也。此四字先儒论说颇多,未有如尊著之简括明畅,足破千古之惑。又"巛"即"川"字,非古"坤"字。顺从川声,巛乃顺之假,说卦传乾健也,坤顺也,天行健即天行乾也。乾卦谓之健,故坤卦谓之顺,尤为精塙不磨。虽尚未窥全豹,即此略见一斑,已决为不朽之盛业矣。所需志书,弟处善本有宋版《新定续志》四册,影宋钞《临安志》不全本数册,然止能作古法帖书画赏鉴而已。近时郡县志,嘉湖苏松均有成书,体例亦俱完备,如欲备阅,可饬纪纲来取。

二

《群经平议》前已读过,《诸子平议》尚未卒读,甫读《管子》数则,已不胜倾倒,此必传之书也,贱名得附卷端,何幸如之。执事清旷绝俗,抱负宏远,使得竟其所蕴,则本经术以饰吏治,其措施必有大过人者,岂仅以文章表见已哉,可胜慨喟。下中丞属钞补聚珍版阙叶,弟处间有数种，如《元和郡县志》第三十卷至十四叶便止，无二十七叶，《帝范》止四卷。此等书皆外省翻刻，与聚珍京版不符，因邀侯驼子来，属其访觅，渠云有数种，俟送到再呈。完白山人篆书《弟子职》八帧，附奉清赏。又另刻四帧，冯林一谓笔意散漫，不及《弟子职》结构谨严，而邓守之见之则垂涕泣而求，以墨本不得收藏为大憾，法眼观之，究如何也？

三

顷奉还书，承示字从目从人，似可合为“见”字，见字从目从儿，几即人也，又作二或是字。《说文》观从见雚声，而雚字从萑吅声，雚省作吅，释为观字，意义甚新。愚按，观，国名，又县名，见《地里志》。又《楚语》有观射父，今释为观尗，义亦与虢尗、邢尗同，惟形与观字稍远，似亦嫌牵合，然可备一说也。《字汇补》有瞐字，亦作覺，同唤，与篆文正合，惜此字《说文》所无，又不见经传，难以援引耳。工或即日官，与鄙意合，而援证更确。字横读之，释为“四”字，妙妙。中五父敦字，鄙人释为网，后见前人释“文”，谓竖读即字，此与横读即“四”字同义。执事博极群书，而又天分超卓，故一摇笔即妙绪纷来，倾倒之至。残体总不舒畅，昨承顾又不得迓谈，深以为歉。铜尉斗乃沈西雍丈斋名，盖藏有魏太和铜尉斗也。少蕖谓霁丈，所著殊误。

按，《春在堂尺牍》卷四收录俞樾致吴云一通信函，言及“横看则成字，颇与‘四’字相似。”吴氏此札，似为对俞札之回复，可以参看。

四

顷奉示并近刻袖中书一册，谨悉，容详读再报。前承惠大著《春在堂随笔》及杂文尺牍各一册，病起披读，仰见学业益进，根柢深厚，油然有经术之光。中间如《烟云过眼图记》布局遣词，则又别标新颖，令人愈读之而旨趣愈永，佩甚佩甚。去年蝯叟云亡，今又林一继逝，此皆海内灵光，先后倾圮，艺苑牛耳之盟，惟君主之矣。补帆中丞近体如何？前承询程公祠旧址来历，因同人请为撰记，故欲查其缘起云云。按，此园在咸丰元、二年间为桂舲尚书之子号小舲者，售与倪莲舫方伯，曾记韩履卿世丈(即桂舲尚书之弟)云此园本名洽隐园，国初韩贞文先生隐居其中，贞文诗文集所以名洽隐园也。弟之所知如此，惟查郡志及长洲县志皆不载，《元和县志》案头未备，如邺架有此书，望再一查，以告补翁，是恳。弟病已向愈，而精神总不复元，辱承惠顾，屡失倒屣，罪甚罪甚。数日内得稍振作，当图走晤。

按，何绍基逝于同治十二年(1873)，冯桂芬逝于同治十三年(1874)，则该札当作于同治十三年。

五

奉手书，承示戴子高兄所著《论语注见》在醵资刊刻，欲鄙人小助其力。子高学问渊雅，经术湛深，为吾乡第一朴学之士。弟倾心已久，自应量为佽助，乐观厥成。惟当今崇尚紫阳《论语》一书，尤为取士之则，苟于朱注稍戾，即不能入庠登科，元明以来攻者不乏其人，屹屹然不为所动。今于七百余年之后，忽有人焉欲将家弦户诵之书、自天子以至庶人莫不奉为金科玉律者一旦抹去，特以一家之言大书特书，曰《论语戴氏注》，得毋动人疑骇乎。弟学浅，性又善忘，前日子高兄出示已刊《为政》一篇，约略浏览，实未窥其妙蕴，而心中窃有所未安，欲面贡狂瞽，又知此书子高十年心血所成，不忍以直言逆其意，又阴念子高下榻尊斋，执事必有忠告之进，故遂默而不言。今奉来谕，谓此乃子高一家之言，然笔致古茂，有汉人注经光景。然则执事亦止赏其笔致古茂耳，而于阐发圣言之恉则未之许也。人情于专意欲为之事，旁观者虽进规谏之词，未必遽有转圜，每每徒取其憎，于事无益。鄙意不如劝其缓出，不必急急付梓。子高天分超妙，将来读书养气，加以阅历，或当自悔其少作之非，即欲付梓，亦应少变其例。弟因子高力学，心折其为人为同乡中所仅见，故不惮覼缕，质之高明，如以为然，还望婉言规之，此书慎毋遽出示人也。至于佽助之资，子高著述必多，将来有另刻者，弟必当竭力量助，不敢食言。此书既中心不以为然，而又助其剞劂，是欲息焰而添之薪也，乌乎可。

六

今年五月八日为家母朱太夫人八秩生辰，慈命以时事艰难，戒勿受贺。云不敢违，惟念云六岁遭先妣康太夫人之变，至十岁先府君弃养，蒙太夫人守节抚育，至于成立。太夫人无所出，待子女恩义周至，御婢仆务从宽厚，赒恤宗亲始终无倦色，六十岁以前纺织不离手，今虽年登大耋，衣服仍安布素，子孙以轻暖进，辄藏之箧笥，曰惜物力所以养福也。云薄植窳废，无以副太夫人教养之恩，每生愧惧，届期除率子弟循常例称觞外，恪遵慈命，不敢受贺，惟敬乞至好中有文行者序文数篇，冀附著述，垂示方来。伏念执事今之韩欧也，畜道德而能文章，且以云之无似，又常辱挚爱，引为交契之末，用敢沥书大概，九顿首门下，伏求撰赐寿序一篇，藉椽笔阐扬，以增光宠，世世感激。

按，《春在堂杂文》收录俞樾所作《吴母朱太夫人八十寿序》："帝同治之七年夏五月甲申，平斋观察吴云于吴门寓庐躬率子若弟为母太夫人寿，是岁太夫人行年八十矣。"[1]又据《吴愙斋先生年谱》，同治七年(1868)三月二十五日，作吴平斋太夫人寿序半

① 俞樾：《春在堂杂文》卷二，清光绪二十五年《春在堂全书》本。

篇;二十六日,作吴平斋太夫人寿序半篇[①]。则该札当作于同治七年。

七

刻奉手答谨悉。承惠《东郡怀古诗》石刻,得未曾有,谢谢。其年月署太和某年,与雁塔题名所署之大和四年同在一时。翁覃溪谓唐文宗年号大和乃大小之大,非太字,斥诸版书籍之误,当据石刻为断云云。今审此刻,则又明明作太和,可见考古之难也。《萧胜墓志》载世系而不书子姓,或当日实无子姓可书,志铭贵简,遂不之及。况李靖、段志元诸碑亦书世系不书子姓,则唐人于碑志无一定之例,可不必深论。胜为萧岩第十三子,列衔大尉、东平王、周柱国,按《周书》岩传附于萧察史,称其性仁厚,善于抚接,历侍中、荆州刺史、尚书令、太尉、太傅。入陈,授平东将军、东扬州刺史,未闻封安平王,此可补史传之阙。又按《唐书》永徽五年,褚遂良出为同州刺史,三年召还。志书于永徽二年八月,正遂良为同州刺史之时,墓在万年县宁安乡。考万年在今陕西西安府,当日或为同州所属,以本州刺文书衔,不复系以某州,止书刺史二字,亦未可定。碑志中有无此例,实未详考,亦同出臆说也,仍以质之大雅是正。他日当精拓一分奉赠,志石四边尚有细刻花纹,亦当并拓也。

八

顷奉手简,蒙惠大著《曲园记》并诗,读之神往。承谕近日吴下诸君欲踵洛阳故事,大治园林,皆以博大雄丽为胜,独吾二人分取精微二字,谬谓弟得精字,公得微字而已。人谓公谦词也,而弟则谓精字非鄙拙敢承。至尊园止此三、四亩之地,而泉石之雅洁,亭榭之幽静,

---

① 顾廷龙:《吴愙斋先生年谱》,台北文海出版社,第 26 页。

回环缭曲,令人玩赏无穷,苟非胸具丘壑结构经营,必不能如此之位置妥帖。此后春秋佳日,鸟鸣花放,太夫人版舆之乐,均于此园中得之矣。此微字乃精微奥妙之微,非式微式微之微也。一笑。

按,同治十三年(1874)秋,俞樾在苏州马医科巷营建春在堂新屋,并于屋旁隙地叠石凿山,辟为曲园。则该札当作于此后。又,《春在堂尺牍》卷四有俞樾"与吴平斋"函,言及"窃愿以'广大'二字归之诸君子,而吾两家分取'精微'二字",可与参看。

九

昨奉还答,谓鄙释"市"作"韨",较诸家为近,而尚有未尽。尊意当读为"黻",黻形作弜,弜象两弓相背,古即以为弗字,通拂,亦通弼,弼,所以辅正弓弩者也。此器云建安廿二年四月十三日所市,市读为黻,实即拂字之假,音其义为弼,弼之言弼正也,凡弓弩初成,必弼而正之,殆当时工匠之恒言,后世古语日亡,故不能通晓耳。具见博雅宏通,辨证精确,鄙说因之益有依据,佩甚佩甚。谨将尊札拟属手民摹刊于后,他山攻错,永志同心,亦藉光玄晏先生之意也。不尽。

按,吴云之《建安弩机考》有光绪六年(1880)刻本,札中提及此书,则最早作于本年。《春在堂尺牍》卷五中有俞樾致吴云信函,涉及"市"字释读,可与参看。

十

不肖不幸,生六岁先妣康太夫人见背,先府君荣禄公保抱提携,以严父而兼慈母者四年,至十岁,府君又弃养。不肖懵无知识,稍长补弟子员,又困于场屋。时家业中落,不得已援例入官,虽叠膺烦剧,屡典名郡，而行能无表见，不克有所树立，以遂显扬之愿。今岁庚辰，距府君弃养之年已甲子一周，马齿亦政七十矣。默念生平交游，尚不为当世仁人君子所摈弃，而中心膺服，师友兼资者，子贞、林一而外，惟执事鼎峙而三耳。今子贞、林一已归道山，独执事灵光岿然，世之推为蓄道德而能文章者，亦惟执事是归。不肖谫劣无状，辱执事纳诸交契之末，雅有昆弟之谊若不及。今九顿于大贤之门，哀吁于左右，使府君之厚德棫行得藉椽笔，以信今而传后，则不肖之罪益无可逭。谨呈先府君事述一篇，泣求俯赐省览，或传或铭，俾得挂名大集，附垂不朽，不肖世世子孙衔恩佩德，岂有涯涘。事述不足言文，若以为可施绳墨，并乞直笔郢削，尤为感幸。

按，函中言吴云“马齿亦政七十”，则该札当作于光绪六年(1880)。

十一

多日不晤，伏想动定纳福，著述如意。西湖之游，行期已諏定否？闻杭州书局刻《皇朝三通》，今年可蒇工，此说果确，奉求代购一部，以先得为快。此去俞楼小住，耑宜放开怀抱，寻山水之乐，沈香亲刻管夫人楼中或有此位，亦宜勘破四相，存没齐观，碧海黄尘，少解郁结。因读近著，哀思幽咽，无非变徵之声，中年以后，忧乐易伤，用特不惮烦言，一再奉劝。弟两年以来家庭亦多怫逆，初甚烦恼，回头作退一步想，便觉凝滞胥融，触处皆清凉世界。近于两罍轩后落建一小亭，题“适然”二字，后系小跋云：清河张梦得谪居齐安，筑一亭，苏子瞻名曰“快哉”。颍滨为之记曰，士生于世，使其中不自得，将何往而非病？使其中坦然，不以物伤性，将何适而非快？然则人欲求快，当先观所适如何耳。此亭适成，儿辈请名爰题“适然”二字，昔李愿居于盘谷，惟适之安，此高隐之适也；司马公读书勤礼，自以为适，此名贤之适也，吾皆慕之而未敢援以自况也。今之以适名吾亭，亦以适吾性而已，必执古人以求之，则所谓“适人之适，不自求其适”者，胶柱未融，方为漆叟，齿冷安在，其能无适，非快哉。录呈以博一笑，亦见鄙人七十之年，病不离体，而勉能支持，或于颍滨所云不以物伤性者略有所得也。伏愿留意采纳，为道葆躬，幸甚祷甚。附上联纸二小叶，望携置行箧，遇湖上风日晴明，山水清丽，心手双畅之时，乘兴一挥，为适然亭增色。跋中胜义，乞推勘足之，当日快哉亭得二苏诗文，至今勿替，弟之奉求，犹是此意也。兄得毋哂其名心至老未已乎。一笑。

按，札中言“鄙人七十之年”，则亦作于光绪六年(1880)。

十二

一昨接奉手谕，并赐联句，语妙天下固不待言，而分书之遒健古懿亦足凌跨一时，当世无两。因款跋尚有余纸，复系短章，尤为楹帖中创格。同乡姻家沈仲复方伯以重值购得覃溪阁学摘书张瘦同诗句楹对一联，下有余纸，瘦同先录自作，又邀覃老及蒋心馀、程鱼门、吴谷人诸公同作，均书于联纸下方。覃老摘瘦同句云：“有情今古残书在，无事乾坤小屋宽。”仲复爱护此对等于头目，与夫人少蓝君同成和作至四叠其韵，又属真率会中诸老同和，鄙人宽字韵，云：“舟虽欲退流偏急，人到无名境始宽。”仲复颇击节，盖正触其意也。吾兄此对写作均突过前人，韵语尤超妙，纸虽无余，而四边界丝之外尚堪容墨，拟邀同会诸老如瘦同例各成和章，如式书之，弟当先贡其丑，以为喤引。覃老一联，仲复为亲串某因贫求售，特丰其值，以八十番银得之。此对更胜于彼，传之后世，岂止一字一绢哉？武林之行，幸望早旋，湖上风景虽佳，而时近初冬，寒气日厉，诸望加意自爱，至祝至祝。吾兄谓望弟如神仙中人，大约因弟前书有现已一切放下，仍向翰墨中寻乐，故自叹为不如远甚耶，不知弟之作此语者，所谓强颜耳，岂一时骤臻此境哉。然虽不能骤臻此境，亦不欲为爱根所缚，郁结不解，自促其命，甚愿吾兄以弟自解之意引以自喻，此即前谕所谓一老一耆互相劝勉，各保余龄之义。书不尽言，诸希心印。

按，光绪六年(1880)四月，沈秉成新得翁方纲隶书对一副，即“有情今古残书在，无事乾坤小屋宽”，则该札当作于是年。

十三

昨奉手翰，并宫笺十番，得未曾有，欣谢欣谢。此笺古雅可爱，拟俟新春和暖，杂临古帖数种，或录大作数篇，裱成册子，留为敝帚之珍，兼志良朋雅惠。孙世兄嘉礼早成，此老翁向平之愿也，宜其有诗志喜。承示长律两首，第一首：嘉期好在嘉平月，十六良辰月正圆。久不见兄有此兴会之句，读之大慰，神为之旺。惟第二首又微有徵音，何也？言为心声，尚望将愁城力破，寻取自在之境，如何？拙联方抱珠玉在前之愧，乃兄赏其写作俱有仙骨，此夫子自道也，或亦爱忘其丑耶。联中徐、胡二老虽年高学邃，然视兄之宏通博雅，恐二老并世，亦当逊席，乃谓不敢拟其学，此谦词也，不必论。至谓不欲得其寿，此吉语也，敢为兄贺。从来富贵穷通、科名得失，每每欲之而不得，不欲而转得之，不必远论往古，即观今之世，如此者指不胜数，然则兄之所谓不欲得其寿者，正必得其寿之征也。谓余不信，请将此书交存孙世兄，俟兄七十、八十、九十以至百岁，每遇酌兕开筵，出此书张之座右，谓为嘏词，可谓为左券亦可。抑更有进者，兄不欲闻寿字，而弟偏剌剌不休，此又不欲而必得之又一征也。兄闻之，或当开颜大笑。

附录太史联句诗跋

合千古之寿寿公，永保用，永保享，左鼎右彝，坐两罍轩，居然三代上；

以十年之长长我，六十耆，七十老，望衡对宇，隔一条巷，有此二闲人。

愉庭老人笃好金石，所著有《两罍轩彝器图识》，余曾为序之。今年为其七十生日，而余亦行年六十矣。同寓吴中，其所居曰金太史场，余所居马医科巷，前后相望，苏人所谓隔一条巷者也，因书此联寿之。

书此未竟，适承寄惠百合一筐，因作小诗，即写于后，其诗云："一纸书来自七鸦，畽城风景最清嘉。遥知畏垒亭边路，百岁人看百合花。"诗虽不工，亦微寓寿意，时老人就养于郎君广庵观察署中，故在畽城，观者勿疑诗意与联意不符也。光绪六年，岁在庚辰秋九月。

又录寿太史联句并跋

俞楼风月，曲园图书，萧洒似魏晋闲人，往来越水吴山，愿春常在；

方虎高文，朏明硕学，渊源溯顺康之际，陶养群经诸子，以寿其身。

荫甫太史抱旷代清才，撰著逾二百卷，平议群经诸子二书，尤为学者所宗。我乡先哲文巨，学邃而又年享大耋，名炳史乘，在顺康朝当推徐、胡两家。君与同邑，足以后先济美，照耀艺林。今岁庚辰嘉平吉日，为君六旬揽揆之辰，谨援以为寿。春在堂、俞楼、曲园皆君居行著书之所，故并及之。

呵手晴窗学画鸦，寒香诗味剧清嘉。闲人也有闲中乐，万卷图书四季花。

今岁小春月，余七十生辰，辱君赠联，有"望衡对宇，隔一条巷，有此二闲人"之句，末系短跋，跋后有余纸，又附七绝一首，名联隽什，一时传诵。余此联既惭形秽，后亦适有余纸，复不自揆，谨用原均口占二十八字，书以补空，实做效颦二字。君能略其词而取其意，辗然为我晋一卮乎？嘉平朔大寒，抱罍闲人呵冻又识。

按，函中言此年为吴云七十生辰，又言“嘉平朔大寒”，则该札当作于光绪六年(1880)腊月。

十四

时已小暑，凉若深秋，不审道履如何，眠食能否增胜？贱体每交夏令，转得稍健，今届湿热熏蒸，颇以为苦，种种老态，有日增无日减也。比有姻家朱稼甫培仁以明经就职州判，来苏需次，其人沉静寡交游，辛酉、壬戌间曾在寒家教读，今处以宾榻，将庚申后二十余年来未梓拙稿代为清理，两月以来颇费周章。缘贱性钝滞，每有所作，辄涂抹窜改几于模糊，不能句读，幸稼甫学优心细，又能耐劳，始得排比整辑，渐有眉目。昨有查校数字，向邺架借取大刻《袖中书》一册，此书旧有藏本，为潞儿携去，今于稼甫案头见之，因取翻读，见曾文正书中有“一灯深坐孤秀自馨”八字，爱其隽峭，欲于时贤简尺中寻取八字作耦，集成楹帖。将《袖中书》二卷读遍未得，却为校出讹字数处：一卷第九页刘笏堂书前由郭中丞，由字误田；第十九叶冯听涛书旗帜，帜字误识；二卷第八叶曾文正书避暑，暑字误著；第十八叶宗湘文，文字误又；望改正(尚有雪琴宫保书中天来飞来，上来字似外字、际字之讹)。校书例有佣值，弟不敢望，但望为我撰八字，为文正公二语作耦，即书一楹帖见贻，以当国门之赏，如何？一笑。

按，《两罍轩尺牍》末有朱培仁跋，署“光绪八年壬午四月”，当即札中所言“今处以宾榻，将庚申后二十余年未梓拙稿代为清理”，则该札当作于光绪八年(1882)。

致顾文彬

顾文彬(1811—1889),字蔚如,号子山,又号艮庵,江苏元和人。道光二十一年(1841)进士,授刑部主事,升员外郎。出任湖北汉阳知府,补宁绍台道。工书,多藏法书名画。有《过云楼诗》《眉绿楼诗》等。

一

两奉手书,并蒙惠赐大著横幅,谨已领悉。伏读尊作,风格苍老,嗣响唐音,而一种清隽之气,求之古人,惟高青丘可与抗席,余子不足数也,佩服佩服。弟频年以来专事金石考订之学,此调不弹久矣,即或见猎心喜,偶一为之,亦无惬心可以存者,自揣必不能与时贤争胜,遑论古人,故决意辍笔,不复作也。承示学书进功之难,谬以弟为识途之马,询商笔法,此所谓以能问于不能也,虽然愚者千虑,或有一得。窃意晋唐以来,各书家凡得盛名者,未有不精熟行草书。盖篆分真楷,皆有间架依傍,在中人之资,力学有年,便可得其仿佛。独行草书寓规矩于变化之中,运神明于章法之内,分行布白,意在笔先,然后一气呵成,心手斯畅,此古人所以有匆匆不及作草书之说也。尊书于楷则专精久矣,愚意请将案头欧、褚诸楷帖暂束高阁,公余另取鲁公《论坐帖》、林藻《深慰帖》每日各临一通,兴到杂取二王草书、永师《千文》等帖随意浏览,再取两京碑碣随大小日临数十字,撷其古趣,助我腕力。尊书学力本深,再加博取之功,只须一二年岂但凌跨侪辈,定可独步江东矣。倘执唐贤诸楷帖株守不变,即使积久功深,诣臻极至,亦不过在院体中高膺冠军之号而已,非书台之能事也。猥辱垂问,谨献刍荛蹄涔之见,不知有裨万一否,皇恐皇恐。不宣。

按,《过云楼日记》同治十一年(1872)八月十五日记:"致退楼信,楷书近作横幅一张。"[①]似于函中所言"惠赐大著横幅"相符,暂系于此。

二

客岁底奉到手翰,备悉种切。比日履兹新春,伏维台候与时增福,余事及于翰墨,所得愈多,古欢益楙,欣慰无量,巨师《万壑图》卷昔年在许信臣姻丈舟次匆匆一见,未及细审,至今向往。此李寄云故物,后为信丈所得,实一玮宝。庚申兵乱失去,信丈常常念之,且亦知在某大令处。去年乐泉说起,弟曾属其于家书中详述,今为老亲家所得,闻之快极。他日有妥便,望寄来重读,弟当作一长跋,以定米书之聚讼。弟年来键关伏案,读书颇有所得,考据鉴赏之学似亦与年俱进。昨于元旦试笔,题秦长生无极全瓦拓本,又题宋拓张猛龙碑、唐人书律藏经册页各数百言,中间驳正江郑堂所释圀字,王惕甫谓唐人未有以千字文记数二条,颇非逞臆妄发,他日当录以就正。兵燹以后,东南巨迹我二人所得不少,尊处愈多,惟中间尚有致疑可商之件,将来似必归弟审确而后入录,务使此书一出,有识者击节称赏,叹为一代必传之书,驾《消夏录》《书画舫》而上之,方为墨林快事。抑鄙人更有进于左右者,前人金石书画之书,每多记其所见,未必尽出家藏,今我二人专记箧衍中珍弆之品,他家之物概不羼入,故选择尤不可不精且慎也。永师《千字文》,李竹朋著《书画鉴影》已经载录,弟将尊处新刻拓本寄去,竹朋与陈寿卿为儿女亲家,亦好古博闻之士也。弟自交春后身体稍健,自十月初至十一月杪,五十余日足不越户外一步,酬应久废,幸亲旧亦不以礼节相绳,故得自安其拙。家属俱各平安,

---

① (清)顾文彬著,苏州市档案局(馆)、苏州市过云楼文化研究会编:《过云楼日记》(点校本),文汇出版社,2015年,第196页。

曾孙松宝渐解语笑，此则晚年乐境，我二人皆有此欢，不可谓非苍苍者之福佑至深也。

按，《过云楼日记》同治十三年(1874)六月廿六日记："《书画舫》载巨然《海野图》，有米元章题'长歌'，与余近得巨然《巨壑图》后贾似道所题同，乃知秋壑抄录米诗，其字亦用米法。然卷中诸名人皆指为贾秋壑自题诗，不知出自元章。甚矣，博古之难也。"[①]与函中所言"今为老亲家所得，闻之快极。他日有妥便，望寄来重读，弟当作一长跋，以定米书之聚讼"相符，当作于是年。

三

属题褚临《兰亭》卷，谨已加墨，推重米老一题，谓装于真本之后，则赞美在于言外，此兵家避实击虚之法。缘此卷刻于《三希堂帖》，笔画小有未合，着笔颇不易易。米老题句与三希堂同，而宋人著录亦有异，不必深论。后此三跋其邓襄所题，亦从宋人著录中钞出，尚有九十余字未录，此必后人删节，仍署邓襄款，实非原迹也。《书画汇考大观录》所载同是后人钞本，后有两印，一尧封一自得，今卷中止有自得一印，想又是一本耳。余二跋亦系后人重录，惟郭雍一题字法剧佳。老亲家拟将三跋另装，足征真鉴。乐泉属题《洛神》十三行，亦题就，乞为转交。此有目共赏之品，令人爱玩不能释手。

按，《过云楼日记》光绪四年(1878)九月初一日记："余携米

① (清)顾文彬著，苏州市档案局(馆)、苏州市过云楼文化研究会编：《过云楼日记》(点校本)，文汇出版社，2015年，第304页。

题褚《兰亭》墨迹，托退楼跋。”[1]初十日又记：“褚《兰亭》墨迹卷、宋拓《十三行》小册，退楼皆题就送来，考据甚精，小草亦精绝。”[2]则该札当作于是年九月初。

四

昨奉示并仇实甫二卷，一《仿贯休罗汉》、一《洛神》皆系的真之迹，而《洛神》尤为书画双绝，可宝可宝。《瑶台清舞》在过云楼中亚于《蓬莱仙奕》而居于诸仇迹之上，特为加跋题字，用已退羊颖书，尚有六朝人遗意，法眼许之否？卷中先后题咏，尽是胜国名流，推雅宜山人书为第一。王弇州论有明书家，首推祝允明，次则谓文衡山与雅宜山人可以并驾齐驱，则当日山人之声价品次亦可知矣。此《观舞赋》尤为清逸古秀，令人拜倒。三卷均缴上，《洛神》一卷，明春尚欲借摹也。

按，据《过云楼日记》光绪六年(1880)十月廿二日记：“以二百元得仇十洲《瑶台清舞》卷，汪鉴斋之物，其子铜士让出，托潘季玉宛转得之，此物求之已十余年矣。”[3]则该札当作于此后。

---

① (清)顾文彬著，苏州市档案局(馆)、苏州市过云楼文化研究会编：《过云楼日记》(点校本)，文汇出版社，2015年，第475页。

② (清)顾文彬著，苏州市档案局(馆)、苏州市过云楼文化研究会编：《过云楼日记》(点校本)，文汇出版社，2015年，第476页。

③ (清)顾文彬著，苏州市档案局(馆)、苏州市过云楼文化研究会编：《过云楼日记》(点校本)，文汇出版社，2015年，第519页。

致潘曾绶

潘曾绶(1810—1883),字绂庭、若甫,江苏吴县人,潘世恩子,潘祖荫父。道光二十年(1840)举人,官至内阁侍读,早岁以诗文鸣都下,年未艾致仕。有《陔兰书屋诗抄》。

一

月朔从西圃处交到手诲,读之如挹言笑。承以养生妙论见勖,可谓对症发药,正中弟病,欣感欣感。弟交冬后身子尚无甚病,惟精力日衰,稍稍劳动,便觉夜寐不宁,畏风如虎。此其故由于素性好动,虽键户家居,除耳目玩好外,终日伏案,手挥心运,劳精疲神,坐是大耗心血。季玉常常规劝,谓人生于此等事过于粘滞,则成魔障。其言实有至理,自今以后拟痛戒之,否则一字未安,魂梦俱为之不适,真是何苦乃尔。寿卿精力奇健,每一信来,动至数百千言,无一字讹脱。忆乙巳年弟下榻沈文忠公寓斋,寿卿与老亲家同日过访,是为三人订交之始,今皆白发飘萧六十以外老翁矣。博身后之虚名,不如寻眼前之乐境为实惠也。星兄亲家近体亮必增胜,画兴如何?弟则交冬便辍笔不画也。所需信封书笺,兹托柳门带上,南中亲友近状,均由柳门详述,星兄处不另专函,即以此书奉览。凡此省笔,即善体来书所云"大笑亦要伤气"之意也。不宣。

按,函中言"今皆白发飘萧六十以外老翁",吴、潘、陈三人中陈介祺年纪最小,生于嘉庆十八年(1813),则该札当不早于同治十一年(1872)。

二

四月初十日手谕因柳门托便人带来，故甫经收到。所需藤杖，弟因此物老年人藉以扶持，为必不可少之品，自杖乡之年留心访觅，所得不少，往年为同谱缦云侍御索去二枝，现在尚有余存。大抵此物以天台山中产者为最良，俗称高过于顶者为杖，齐于胸者为拐，拐亦训老人杖也，二者不可偏废。回忆我二人订交之始，流光如驶，忽忽四十载矣。老亲家今年政七十大庆，弟亦六十有九，惜不得万回师缩地之术，亲诣华堂，晋爵称觞，藉作平原十日之叙。北望燕云，惟有祝老亲家益誉增荣，多福多寿，看膝前调和鼎鼐，整顿乾坤，伟业丰功，焜耀典策，他日宰相世系表中推为古今第一福人，是则一瓣心香，窃自谓善颂善祷者也。兹因儿子承潞入都引见，赍呈拙作书画等件，谨以将意，伏乞哂纳。

按，吴云生于嘉庆十六年(1811)，六十九岁即光绪五年(1879)，则该札当作于是年。又据《潘曾绶日记》载：(光绪五年)“三月二十六日，晴，……广庵来，得平斋信、书画、扇。”[①]与札中所言“承潞入都引见，赍呈拙作书画等件”亦相合。

---

① 《潘曾绶日记》，收入《苏州博物馆藏晚清名人日记稿本丛刊》卷壹，文物出版社，2016 年，第 239 页。

致许庚身

许庚身(1825—1893)，字星叔，又字吉珊，浙江仁和(今杭州)人。咸丰二年(1852)举人。考取内阁中书。参与撰修《宣宗成皇帝本纪》《臣工列传》。咸丰九年(1859)叙功以侍读待用。十年任军机章京。官至兵部尚书。

一

前由家清卿处递到手书，猥荷亲家关爱逾恒，铭感无既。云不肖，不能从俗浮沉，与时俯仰，即应挂冠匿影，跧伏蓬茅，乃见不出此踌躇踯躅于崄巇之场，妄欲以寸莛之力冀补时局，窃自笑同河滨之民捧土以塞孟津，多见其不知量也。犹幸防患未萌，每年扩充军饷数至百万，身虽近膩，却早避之若燎，概不丝毫涉手，卷案确凭，得免后累，否则身无完肤矣。比来杜门谢客，日惟与图书金石相为周旋，日用所需，半仰给于亲友，此外佣书得值，聊为琴酒之娱。淮南子曰：毁誉于己，犹蚊虻之一过，何足抑抑乎？所望天心悔祸，妖氛速靖，俾得歌咏升平，尽此余年，此饮食祷祝者也。

二

比日常与叔清亲家夜谈，每念轺车未得安报，辄深驰想。一昨纪纲到苏，备述使节已抵江西省垣，长途安顺，欣慰无量。黔省闱墨粗读一过，具见鉴衡精审，转眴春榜联登，有桃李盈门之乐，尤为艳羡。兄衰迈愈甚，药炉茶灶常与金石图画杂陈左右，人事放废，终月不一出门，亲友怜其老病，虽屡来不往，亦不以礼节相绳，尚得自安其拙。今夏得一曾孙，取名松宝，即子山之外曾孙也，颇长成可喜。娄署公事亦尚平顺，今夏南中亢旱，幸频年兴修水利，车戽有资，尚可补救。

娄东于前两年开浚属境七浦、杨林两河，皆赖应敏斋主持于上，始能获此利济。鄙人于江浙水利呼吁多年，无人能应，后经六英学士据以上闻，张子青制军奏发巨款，敏斋力任其事，遂得次第举行，至今尚未竣事，实为百年来水利兴废一大关键也。南中近事以及亲友情形，叔清有家报详达，不复重赘。

按，许庚身于同治十二年(1873)至光绪元年(1875)任江西学政，该札当作于此期间。

三

昨由相室处交到前月中旬手书，展诵之余，恍同晤对，欣审道履绥和，动与吉会。江西为人文荟萃之邦，自汪文端督学之后，中更兵燹，未免风流歇绝，今得老亲家振拔，而教育之士习文风可期蒸蒸日上，不特为文端嗣响已也。云偃息菇庐，日益衰迈，齿牙脱落，须发尽白，键户养疴，二三月难得出门一次，在家不过东涂西抹，终日摩挲书案而已。《焦山志》早经脱稿，近承仲复、筱舫、敏斋助以刻资，始付手民，期于明年五月间蒇事。比来手自雠校，又补撰《周鼎》释文一篇，此鼎为镇山重器，烜赫照世，前贤释文甚多，而于受册铸鼎之人讫无定论，鄙人所释，恐尚不免穿凿强合，特录呈直笔削正。去冬有拙著《彝器图释》一套计四本，由信局寄呈，不知曾否达到，念念。叔清亲家之变，闻之泫然者累日。今春金石居握别，切订秋间南旋，仍来下榻，并将卧室镉闭，有无寓人于室之意。云亦日盼早来，可以乐数晨夕，不意一别之后，竟成永诀。亲友之谊，悲感尚一时难释，吾弟手足摧伤，鸰原抱痛，其悲感更可知已。然逝者已矣，悲亦徒然，尚望格外达观，为国自爱，是所至祝。承谕归田之思，怦怦于中，询商进止，属为一决。云意老弟正在服官政之年，归计似嫌稍骤，且俟学差任满，入都再作计较，此时应从缓议。陶斋署丹徒差强人意，临行授以一字诀曰“勤”，闻其到任后，颇能持此以行，为官果能勤，则丛脞废弛皆免矣，然亦要始终不惑为佳。完白山人《弟子职》现无拓存者，有严铁桥补书《琅邪台刻石》，其篆体结构谨严，可与石如并驾，特奉去全分。又桂未谷隶书对、黄石斋对系仲复借刻，并奉清赏。褚书《萧公墓志》乃德清徐诚庵秘藏，今由荫甫和会，归于金石居，并寄一纸，统希鉴纳。

按，吴云《焦山志》有同治十三年(1874)刻本，前有沈秉成、杜文澜序，当即函中所言“《焦山志》早经脱稿，近承仲复、筱舫、敏斋助以刻资，始付手民，期于明年五月间蒇事”，则该札当作于同治十二年(1873)。

四

月初交伟人姻兄带呈一函，附有拙著《焦山志》一部，未知何日尘览。一昨奉到本月初四日手翰，欣喜展读，恍同晤对。去秋尊体违和，初甚系念，嗣晤令侄辈，知已霍然，稍释怀思。兹闻按试各郡，精神目力均胜于未病之前，从此葆啬得宜，定必日增强固。云交春以后孱躯尚无不适，至精力之不振已成习惯，杜门守拙，固已安之有素矣。采香朝夕叙晤，子山大治园亭，眉生已购定网师园，大加修筑，四月内迁居。仲复亦买宅苏州，疏池叠石，广栽花木。荫甫亦有曲园，著有《曲园记》一篇，附寄省览。荫甫之言曰：吴中林下诸公仿洛阳故事，大治园林，均以雄丽为胜，赅之以四字曰博大精微，我二人止分取精微二字，谬以精字属敝居听枫山馆，而以微字归诸曲园，合二字而言之，亦止形其小耳。执事秋间假旋还苏，当约诸老作平原十日之饮，特以此书先为喤引。季玉住居限于地，少园林之胜，而膝下有十六孙，此非众人所能及也。陶斋非得缺不能补救丹徒之累，渠切望老亲家提挈之也。

按，同治十三年(1874)秋，俞樾在苏州马医科巷营建春在堂新屋，并于屋旁隙地叠石凿山，辟为曲园。则该札当作于此后。时许庚身任江西学政。

五

月前奉到手翰，读悉种切。敬审道履清胜，并知容台政务尚不甚烦，惟兼综度支，不免稍费擘画，然较之枢垣筹笔，不遑昕夕，其劳逸固有霄渊之分矣。承赐潞儿书已转付，娄东任事十有二年，此次卸肩，托长者荫庇，得免陨越，旁观颇以事育无资，宦囊羞涩为虑。鄙意若使充足，不特明无以对百姓，亦幽无以质鬼神，与其丰而多疚，莫如啬而安心，天下事固有在彼不在此者。吾弟识穷今古，更事又多知，必有韪斯言也。端木氏一役，譬诸九转将成，必有魔扰。风波平后，相室书来，齿及所事，兄复书谓昔伊川先生讲学山中，从游者众，后婴党祸，遍告门弟子曰:诸君尊尔所闻，行尔所知，不必及吾门也。三教本来会通，学业初无异致，以伊川先生之贤，当日若无党议，未必遽能辍讲，可知先几之见，原难概责诸人也。继自今随居自乐，闭户专精，岭上白云，足供怡悦，何必持赠与人哉。相室天分本高，颇不以鄙言为谬也。蓉舫有此波折，作何进止，中世士大夫以官为家，罢则无所以归，论蓉舫景况，正恐欲罢不能，未知吾弟得其近信否？便中乞示一二，以纾悬系。

致彭慰高

彭慰高(1811—1887),字经伯,别字讷生,晚号钝舫老人。苏州府长洲县人。道光二十三年(1843)举人,署理绍兴知府。在浙凡二十年,归里后,优游林下,课孙自娱。

前蒙示读先尚书芝庭公入学试卷,真同景星庆云,携归敬诵数过,益叹国家当全盛之时,无一不有兴王气象。即如此卷,题既冠冕堂皇,文亦宏深肃括,持此以撷芹藻,自然秀出班行,声斐庠序,他日文章勋业,彪炳史策,美哉始基之矣。顾自二百年来,朝廷设科取士,专凭制艺,士生于世,舍此别无登进之阶,遂令毕生精力尽为帖括销磨。窃数历科乡、会、岁试墨裁考卷,中的入彀者奚止累万,而场题举不出《学》《庸》《论》《孟》之中,于是剿说雷同,竞相剽窃,以猎取科名,而文风遂因之日下。主试者欲矫其弊,于是有虚缩搭截诸题,割裂经文,词尚纤巧,虽钞袭之风少戢,而根本未植,体要不明,古法荡然,文风遂因之愈下。试举卷中次题乐正子从于子敖全章,授诸今日应试童生,扃门之后恐捏沙不能成团,半欲曳白而出,文运凌夷,至于今日,非一朝一夕之故矣。古者教胄入学,抡秀书升,取士之典,岂专在文艺哉,观世变者,能无深长思乎。兹因载读前文,既已书后志慕,复略陈狂瞽,以申跋中所未及而今昔盛衰之感,吾亲家必亦同此情也。谨先将试卷附便寄还,统俟月初旋苏,再容诣叩,并鸣谢忱。

致潘遵祁

潘遵祁(1808—1892),字觉夫,一字顺之,号西圃,别号简缘,江苏吴县(今江苏苏州)人。道光二十五年(1845)进士,改翰林院庶吉士,散馆授编修。道光二十八年(1848)以后,回乡主讲于紫阳书院二十余年。工画花卉。

一

启者:自十年分以来,三首县粥厂停止,程藻安兄力任此事,每至寒冬,施粥经费总形竭蹶。前年由云帮同募化,得七百千,去年得六百千。前年之七百千,除与骏叔各助一百五十千外,尽是当道所出。去年当道中不便与言,所募之六百千,颇费匠心,此诸公所悉知者。满望得一好善之人,慨捐五千金,发典生息,为一劳永逸计,以了此心愿,否则年年自己解囊事尚小,而向人募化,终觉取厌。适有金香圃之二夫人徐氏来商议家事,因力劝其行善,既可为死者忏悔,又可为生者积德,并许以捐款至万金以上,可以专奏。又属恺堂、友琴、苇塘辈与左泉养斋从旁怂恿,言定捐足钱二万串,缴呈藩库,发典生息,具呈请奏,并不邀叙。嗣嘉兴人闻之,谓捐苏州□□及本籍乡党不平,因与筱舫斟酌,以一万两捐苏,另备二三千串捐本籍,由舫老转达,倪载轩诸君已各允协。有此波折,金宅之捐欲由绅士具呈,已与商定。兹得覆书,并有奉致一函,连同奉览,敉闲处业已面商定议,如尊意以为然,其牒稿由云请舫老代拟,再送改定,至此中如何济用之处,悉候诸公裁定,可也。

二

奉手书谨悉。承惠大作,佳箑画仿衡山,所谓入其室而哜其胾者，诗有奇趣，必如此始与题称。三绝之誉，断推髯公，欢喜只领，感与忭会。敝藏有高铁岭指画钟馗册十二叶，中有脱帽露顶不摆进士架子者，亦有易纱帽而戴笠者，特送法鉴，请题数行，将大作录后。并乞选定一幅，当仿其大意，作小帧奉报藉传，掀髯一笑也。

三

前假娑罗花册子，中间佳句不胜搜采，谨已全行钞出，拟替花写照，另制一册，图列于前，诗录于后，每至花时，辄对花高吟一过以自怡悦，此山居之雅韵，亦暮年之乐事也。阛阓城中唯我二人共之，而艮老诸君都无此花此乐，不与焉。常熟女史归懋仪和章最多，警句亦不少，中有"尘世得来原觉少，灵山虽种亦无多"二语，与吾两家所有恰合。奉去素纸，请兄书成楹帖，如需拙书，亦望摘取一联见示，即当书以为报。各加跋语，互为标榜，以傲艮庵、香岩诸老，不亦趣乎？又册中题句之吴某与册面书签之吴某，是一是二，留此谜团，以俟五百年后考订家聚讼如何，一笑。册子缴上，不宣。

致徐郙

徐郙(1836—1907),字寿蘅,号颂阁,江苏嘉定(今上海嘉定)人。同治元年(1862)进士,先后授翰林院修撰、南书房行走、安徽学政、江西学政、左都御史、兵部尚书、礼部尚书等职,拜协办大学士,世称徐相国。精于书法,擅画山水,收藏金石拓片珍本与名画甚多。

一

闻江西风俗,民间好食牛、犬,而食犬者尤众。犬不易制,制必狂噬。制犬之法,以粗竹筒约长丈许,通其中贯,以长绠绠之末手持之,绠之端系小铁钩,蒙以猪肉等类以为饵,如钓鱼,然伺犬食饵,即将长绠从竹筒中尽力一抽,筒抵犬口,钩不能脱,虽欲狂噬,不能近身,任其牵之而走,付屠宰割,惨酷之状,有目不忍睹者,闻之极为恻然。夫犬能守户,牛能耕田,有功于人,与猪羊不同,谚云:牢字从牛,狱字从犬,不食牛犬,牢狱必免。此亦唤醒愚人之说也。执事持节江省,按临各属,与大吏及府县必时相接晤,凡地方利害皆所宜言,此虽细事,亦关阴德,务祈会商大吏,剀谕郡县,一律禁革,福德无量。便中乞惠复,不宣。

按,徐郙同治六年(1867)至八年(1869)出任江西学政,则该札当作于此期间。

二

音问久疏,怀想殊切。比者春融景淑,遥维勋位兼隆,声闻并楙。弟守拙养疴,驯成老废,终年跧伏,无非在故纸堆中消磨岁月,崦嵫已迫,学业全芜,老大自伤,无足为至爱述者。近刻《汉建安弩机考》一册，不足成书，因有先辈手迹，且欲执事知鄙人七十之年未忘结习，或可一笑存之。兹有江苏候补微员裕森，号书樵，年甫及冠，人既温文，画尤工妙，曾得子青先生指授。今随其尊人常月川都督入都验看，持其画册欲就正于当代巨公，效苏颍滨未冠之年愿见韩魏公故事。渠非颍滨比，而执事今之魏公也，因给寸笺为介，并无干求之事，幸赐一见剀教之。月川曾与共事，交契多年，素性耿介。书樵官虽微末，亦是可造之材，画册如谓可教，尽请存留，不尽。

按，《汉建安弩机考》有光绪六年（1880）刻本，札中提及此本，则最早作于本年。又，札中言"七十之年"，则应为光绪六年所作。时徐郙在京内任职。

三

裕书巢回南，奉到手书，深荷存注。书巢述在都猥承推爱，曲赐甄陶，俾微员末艺得见赏于诸巨公，欢欣鼓舞之情，若有不胜其荣幸者，亦足征大君子爱才若渴之盛意，即日身秉国钧，进退人材，已于此略见一斑矣。此君年才及冠，将来多读诗书，饱观名迹，积久功深，其所造正未可量也。所需羊颖，丁友梅自开修梅阁之后，景况艰难，生意枯寂，因之艺亦日退。苏城著名者向推杨春华，勒少仲中丞最为心赏，几等诸程奕、徐偃之列。其人已故，春华之子继其父业，虽不能如吴说克绍家法，而在阛阓城中总算庸中佼佼矣。特检自用羊毫大小二十枝，属潞儿先行寄上。中间绝细者与笔头较长者，乃潞儿之物，鄙人不用此一种也。如能应手，请随时示知，当为续寄，甚便也。近日有无新得佳迹，极愿闻之。吴中时有所见，价极昂贵，大抵香严、仲复所得为多。王黄鹤号叔明，乃所见有写叔铭者；倪云林号幻霞，乃所见有写幼霞者；无从深考，孰是孰非，不识方家有所取征否？风便示我数行，以当晤对。

致张之万

张之万(1811—1897),字子青,直隶南皮(今河北省南皮县)人,张之洞从兄。道光二十七年(1847)进士,同治九年(1870)调任江苏巡抚,同年九月补授闽浙总督。十年,奏请回籍养亲。光绪八年(1885)正月,复诏入,授兵部尚书。十一年十一月,任刑部尚书,协办大学士。十五年(1889),授体仁阁大学士。

一

自违尊范,依恋之忱,无时或释。云客秋抱病,缠绵两月有余,颇形沉重,后托福庇,至冬月中始得转危为安。辱蒙爱注,勤拳损书,垂问至再至三,私衷感激,匪言可尽。曾命儿子承潞肃具禀函,代躬申谢,计邀鉴察。云体气本弱,刻下眠食虽已照常,而精神终未复旧,又值去冬奇冷,正如右军帖中所云积雪凝寒,为五十年中所无。盖南方雪深至二尺有余,冰冻历两旬之久,实所仅见也,病后遇此,益形瑟缩。所幸胃纳颇健,往后春暖,或可比旧稍振。知荷存注,谨手肃布慰。筱舫回禾,频有信来,乡居尚为安适,去冬亦婴重症,当病势甚剧之日,正弹章北发之时,人皆谓有此蹉跌,病遂转机,此简当作延寿符视之。人生穷通得失,早有定数,亦惟自安义命而已。明公关爱筱舫,故附陈其概。此间诸亲友中惟子山、旭人最为老健,季玉、眉生亦均安好,独仲复抱鸰原之痛,意兴较减。云因医生至切叮咛,谓笔墨最耗心血,必得暂辍,庶精力可望康复。比于研削颇疏,即往来书问亦常倩人捉刀,或迟不作答。兹之琐琐渎陈,墨冻指僵,劣不成字,惟恃明公挚谊,见此恶札或转喜其大病之后,尚能搦管作书,爱忘其丑,不以草率见责也,皇恐皇恐。春寒伏惟起居珍重,不尽驰切。

二

前月杪奉到钧函，仰蒙垂注勤拳，爱勖交至，临风三复，感与抃俱。客冬积雪既深，本年春水又足，运河必可通畅，舟行定无濡滞。唯此后卿云愈远，侍教未期，倍增惘惘耳。云新止以来，出门仅止三次，朋侪招邀，间或践约，魏三野服，随意燕谈，无形迹之拘，故病躯勉可支撑，惟每遇聚会，辄以清晖暌隔，合席寡欢。范忠宣诗："座上多佳客，无公众不怡。"偶一讽诵，未尝不倦怀道范，意往神驰。伏承来谕，教以少辍笔墨，护养心神，此真挚爱骨肉之言，谨当永书诸绅，蕲副箴诲。潘季玉亲家有奉恳一事，详于另笺，诸惟鉴察。

三

月之十六日曾具寸笺，附有书籍等件，交常月川带呈。甫发，接奉孟二兄携到钧谕，并画两轴。庄诵之余，莫名感幸，敬审福躬安泰，眠食攸宜。谢太傅为苍生而起，从此卿云在霄，为霖为雨，薄海咸沾，正不独林下部民以手加额已也。平山画名本重，与小仙、三松同派。南方专尚恽、王，遂视北宗为异境，几不复寓目。古来儒、释两途，俱有门户，今之论书画者亦存此见，大约风会所趋，虽有一二领袖坛坫者欲起为砥柱，亦难挽既倒之狂澜。然风气俗尚会有转移，如今人作书喜学北碑，亦莫之为而为也，偶发狂瞽，藉博一笑。方郮鹤画全学麓台，其人出处容查明奉报。刻间孟兄专人来言明晨即欲归去，匆匆无以将意，案头有甫倩吴香圃所刻图章，笔力颇为健劲，内"思言敬事"四字，系仿敝藏汉铜印，印石鸡血昌化，尚是旧坑。又千石"公侯寿贵"一方，当年阮文达公八十生辰，门下士张叔未解元年亦七十四岁，特携此砖渡江祝嘏，文达大喜，属邗上精于篆刻者镌眉寿图。图中设有长案，案上置齐侯罍与此"公侯寿贵"砖，师弟相对，白发飘萧，诗文咏歌，连篇累牍，至今观其墨本，犹想见高年豪兴，令人艳羡。云倩香圃依砖文篆法仿刻二印，并以一方奉鉴。云忝附同庚，虽蒲柳之资，未敢与松柏并论，然七十称为古稀，私心自喜，故今年刻印颇多。此三印甫经刻就，适在案头，乘孟二兄之便托为携呈，统希哂纳。

按，札中言“七十称为古稀”，则该札当作于光绪六年(1880)。

四

前得陈季平书，云同苏世嫂有梦兰之征，分娩约在三月底边，明公俟抱孙之后始行入都，汔逾两月，而中外望东山之起，不知因何致迟，实深系念。云今夏已来孱体勉可支持，所藉以消遣者，禽鱼花木之外，间与诸老作真率会平赏书画，此外酬应，概不预也。所望节麾重莅，云虽老废，亦当鼓舞奋兴，作前驱负弩，以偿积愫，明公或亦欣然许之也。兹者晚荷未褪，蚤桂将芬，恭值明公七十揽揆之辰，南北睽违，未获登堂，晋祝奉觞称寿，遥跂德门，弥殷神往。谨率儿子承潞检呈卷册数种，敬代祝嘏。中间石溪西堂画迹，明公曾云少觏，故特寄呈。又世好张荐甫大令为戴文节得意门生，需次江苏，不善迎合，年未中寿，赍志而没。清秘阁中凡南中画家搜罗无遗，荐甫画留存绝少，亲友中亦无收藏，谨以为献。明公观其笔意如何？使天假之年，卓然可以成家，尤难得书法亦佳，且有学问。

按，张之万生于嘉庆十六年，七十生辰即光绪六年(1880)，则该札当作于是年。

五

客腊从娄东旋苏，奉到手谕，浣薇雒诵。猥以马齿贱辰，隆仪宠锡，当筵罗列，满室辉煌，玉质金章，尽是珍奇瑰丽，名联隽句，无非文字吉羊，九顿虔登，百朋志感，流光如驶，比已岁律更新，遥维福躬康泰，潭祉蕃膺，道德文章与时并懋，指日东山复起，零雨苍生，凡托帡幪，同深颂祝。云跧伏菰庐，尚能自安其拙，惟素体孱弱，每至冬令，恶冷畏风，益形瑟缩。去冬到家以后，仅于嘉平十九日为庆东坡生日，应星台廉访招出门一次，星翁因云不赴公庭宴会，移尊耦园，是日主宾十人，可谓极一时之盛。仲复夫人传示《长律》一篇，同人各有和章，属云绘坡公小象，录和诗于空方，一赠星台，一留耦园，以后遇公生日，取以悬挂。云另绘一幅，拟邀同人各书和作，寄呈鉴赏，知明公眷念旧雨，览之亦可藉得各人近状也。兹先将仲复伉俪原唱并拙作呈阅，聊以博笑。一俟轮局开行，再将画象续寄。云辱明公过爱，略去云泥萝茑之分，引为文艺交契之末，谊托忘形，不敢自外，凡修笺牍必出亲裁，音敬稍疏，实由于此，计明公亦必曲为原恕也。菊兄旧恙，闻可渐愈，同苏世兄金石书画定益精进。南中诸老，意兴均尚如昔。三儿于立春后二日到家，开篆在即，日内即欲回署。去冬曾有禀函，未知递达否，寒家眷属均托庇粗顺。知荷垂廑，用特琐琐布陈。

六

敬肃者：去年春间专肃谢笺，托季平观察转寄，稔知明公爱注殷拳，用将近状缕述，约六百余言，未识何日得尘钧览。流光如驶，不觉又届一年矣，遥维福德兼崇，身名俱泰，怡情翰墨，乐志林泉。处则为乡党仪型，出则为苍生霖雨，古大臣一身进退，实关世运翘跂，东山仰颂者，固不第云一人已也。云自去夏七月初在耦园作消暑之会，下阶倾跌，虽无内伤，而精神终不振作，半载有余未出大门一步，颓唐之状，可想而知。闻明公居家，遇乡社戏会尚能挈小世兄辈曳履往观，不独见精力之胜，亦征腰脚之健，艳羡之余，慰与抃会。此间同社诸老念云病体，每遇真率燕会，辄移尊敝斋，聊解枯寂。八月间悟九河帅就医到苏，下榻两罍轩，初到颇有病容，旬日以后不但面庞加腴，抑且精神焕发，林下诸老皆是知交，悟老又为真率旧侣同人，挈榼提壶，分番迭至，纵谈风月，上下古今，酒酣耳热，未尝不北望卿云，皆有座无车公之感。悟老宦情本淡，在苏流连匝月，颇有依依难舍之情。引疾一疏，原有深意，并非无病之呻，乃折差到京之次日，即有豫中京兆一章，中间不少微词，因业已言归，遂置高阁，虽美璞良金，无损磨炼，然总不如泯然无迹之为愈也。故京中亲友书来，谓其先几之见，不让莼菜秋风。惟到家后事多怫逆，尤不得意者，前年甫得一孙，忽又夭殇，胸怀郁郁，引动旧疾，数月已来未离床褥，殊可忧也。此外诸老景况，详于致菊兄书中，敬祈鉴阅，不复重赘。南中书画近益少见，稍可入目，价便不赀。去年得程松门山水小卷，观其笔意，雅有卷轴之气。松门为清湘高足，又为渔洋诗弟子，麓台极推重其画，竹垞老人谓松门工诗，为画所掩，则当日名重可知。乃流传甚少，未知清秘阁中有其画否，谨以寄呈。又食物三种，藉以侑函，统乞赐纳。常月川参将，明公之旧部也，其子裕森以微员需次江苏，年甫及冠，貌既英发，人尤老成，酷喜作画，得明公法派。前年进京验看，曾为寓书颂阁侍郎，并以画册为介，颂阁亦谓其得明公指授，故笔无俗韵。频年以来，益能勤学，写成山水十二帧，裱为小册，托代转呈。又禀一件，想明公知其苦窘，必为援手，无俟琐渎，专肃布臆，语意冗长。因恃明公挚谊，凡有笺牍，从不敢假手于人，音敬之疏，实由于此，亮明公曲为原恕也。

按，吴云于光绪七年(1881)七月真率会中失足跌落台阶，函中言此为去夏之事，则该札当作于光绪八年(1882)。

七

秋间朱道南归，带到手谕，备悉种切。并蒙惠赐佳茗四瓶，谨已领讫，敬谢敬谢。辰下伏维勋崇启沃，德协都俞，位业愈隆，身名俱泰，引詹卿裔，定惬颂忱。云蒲柳之质，望秋先零，本年自夏秋以来，病不脱体，竟无旬日之安，幸近日三儿常侍左右，一切勉可支持。昨日许星叔舍亲榜后请修墓之假，道出吴门，因邀同社诸老作杯酒之叙，阖座争问起居。星叔备述明公精神意兴，色色俱佳。公退之余，间及翰墨，丐求者屦常满户，日不暇给，得之者珍若球图，夸为异宝。渠曾以扇头乞画，恰值明公解衣盘礴之时，信笔一挥，当日即就。星叔谓人求之数月而不得者，彼则以旦夕间获之，兼且乘兴拈毫擩染，益增精采。同人闻之，莫不艳羡，亦见松柏之质，岁寒弥健，喜甚慰甚。同社诸老近状如恒，惟子山为七月间骏叔抱病不起，大为悲伤，幸能达观，一二月后仍常到园中游玩，尚不至过于凝滞，惟书画之兴大衰矣。仲复、季玉均健，讷生因孙子泰士秋榜高捷，老怀大开。眉生甫逾艾服之年，老态与云相等。来谕早遍示同人，皆托代为申谢，请安道恋。三儿需次省垣，卫中丞相待尚优，两司俱有渊原，尚可相处，惟人多事简，亦只有循分从公，守身俟命。知荷师门爱注，谨特附陈。近刻《印考漫存》一部，赵书石刻一本，敬奉鉴定。同苏世兄在都否？菊兄腿疾渐愈否？均念甚念甚。

按，吴云《两罍轩印考漫存》有光绪七年（1881）刻本，函中提及此书，则最早作于本年。

致张之京

张之京(生卒年不详),张之万胞弟。

去冬陈季平弟来晤,询悉旧恙渐愈,已能持杖而行,不必需人扶掖。并知眠食精神亦多增胜,浇花种竹,饶有家庭之乐,闻之喜慰。弟衰病侵寻,已成习惯。去年七月初二赴仲复处消暑之会,时正酷热,星翁携有西洋自来扇,置之席上,引动机括清风徐来,令人心旷神怡,如处清凉世界。迨至斜日西沉,酒阑人散,弟与季玉先行,将欲登舆,回头说笑,足履阶沿,蹈空横跌,左边头面磕在砂石版上,颧额、眉际、鼻梁均遭破伤。当时诸老惊骇无措,弟则神魂飞越,惟痛不可忍,而心尚清楚,旋即肩舆归家,各亲友遣医馈药,至三鼓仲复伉俪尚有人来探问,其慌急情状可想而知。所至奇者,头面伤有四处,左臂与右膝亦各有伤痕,独腰身竟一无所损,佥谓神明默佑,固当凛感,而裤带系有古玉数件,却是三代两汉原旧神品,为生平所至爱者,竟得赖以避祸,古人玉不去身,良有以也,岂但庇荫嘉谷已哉。吾兄夙有同嗜,谨特奉告。承惠春夏兰十盆,由季玉分来,谨已领到,感谢无已。此皆名种可贵,乃袁意江贸易欠顺,失于照顾,遂令十盆宿草竟无一花,现在加意培养,但望明春有花,当合季玉、仲复处各种作一名兰大会,绘图征诗,永志嘉贶。此间诸老,讷生、子山与弟同庚,而精神甚旺。顺老年齿最长,步履亦好。季玉素称健者,今仍如旧。仲复亦有兴会,耦园日涉成趣,颇有城市山林之致。香岩常有病痛,去岁亦大半年不能出门,今已霍然矣。唯筱舫七月间在禾患湿瘟症,其弟筱珊奉差在外,家人信庸医之言,误服人参,向来发病必经筱珊医治,此次闻信赶回,业已无及,痛兄情切,遂亦病倒,未及半月,相继云亡。嗣子年轻,身后遗资不足万金,半年已来,丧葬各费已用去十停之三,将来如何支撑,言之于邑。往年吾兄与其手书,筱舫谓独厚于彼,常形色喜，今成永诀，想兄闻之，定增怆感也。兹乘沈少笙姻兄津差之便，托其带呈重摹金阊佳丽画卷一件，又玉壶外史剪出春风第一枝屏幅一帧，又食物四种，中间花荷包豆二、三月下种，至秋间结实，各样豆子多在春夏之间，独此在于深秋。寒家栽植两年，无不开花结子，味又甘美异常，请广布珂乡，传此佳种如何。燕菜乃悟九闽中带来，借花献佛，并非出资所购。豆脯洋点，皆是异方风味，谨佐颐养。戋戋表意，藉以伴函，勿以鄙夷叱之，幸甚幸甚。手肃布臆，用当晤对，不敢以一字寒暄习套相混，词虽浅率，兄或鉴其语意之诚，亦不忍拉杂摧烧之耶。一笑。

按，吴云于光绪七年(1881)七月真率会中失足跌落台阶，函中言此为去年之事，则该札当作于光绪八年(1882)。

致张嘉荫

一

昨奉手书，并承示唐碑二种，谨已校读再过。其《怀仁圣教序》为墨林希有之珍，敝藏本在南中颇鲜伦比，与尊本较似尚逊一筹，恭寿老人定为北宋精拓，洵是真鉴。其《李括州麓山寺碑》纸墨虽致，而捶拓已在碑字磨刷之后，故石质平净，字口光洁，无泐蚀碎剥之痕。试取碑中裂文考之，如“法界图于剡中”之“于”字，“随品类而得根”之“根”字，“咸以形胜”之“以”字等处皆缺，此为明证，若明以前拓本，皆不缺也。此本若全，恐“黄仙鹤”等字已漫漶莫辨矣。

国朝考审碑帖以王篛林、翁覃溪为最精，近日张叔未继之，而专门者则沈韵初、程兰川，自二君去世，颇鲜解人。阁下笃嗜古碑，渊源家学，将继翁王而起，辱荷垂询麓山两碑同异之处，属为考定，具见审鉴心细，实深佩服，用敢献其狂瞽，尚望是正为幸。

二

昨奉还书，并承惠《延陵季子墓碑》一通，敬谢敬谢。此碑欧阳公云前世相传以为孔子所书，而考孔子生平，未尝至吴。按之《史记》历聘诸侯南不逾楚，不得亲铭季子之墓，又其字特大，非古简牍所容，特以其名传之久，不可遽废耳。今距欧阳公所题又阅八百余年，虽唐时已一再重摹，而江南古碣极少，此碑实旧刻可贵，是否为孔子所书，不必深论也。碑有张从申题记，至改修季子庙碑乃别是一石，非碑阴也。张孝思号则之，即培风阁主人，弟处亦有其题跋，笪江上极为推重，乃胜国人也。弟记忆不起，具见阁下阅古心细，实深心佩，迟日当令裱匠顾芸峰往拓张书，分贻同志。

再，张孝思题字恶劣，文理亦不甚通，且云唐拓并无翻刻。所谓唐拓者，岂另有唐拓旧本，此即从唐拓重摹耶？抑唐拓即唐石耶？颇为费解。近人孙渊如、钱竹汀皆有著录，并无考证，欲乞足下函致刘朴卿兄，取《县志》一查，并将九里镇距城路程开示（该镇曾否遭贼蹂躏，在县城何方）。此碑弟屡访各任丹阳旧令，均无知者，想必乡僻，离城不近耳。

又，弟所谓另是一碑，系据前人著录而言，并非目验。来谕碑阳碑阴之说是否拓碑人所说，并望转请朴卿兄确切一查，是为至恳。

按，吴云于光绪三年(1877)致潘祖荫、陈介祺、吴大澂函中皆提及此《延陵季子墓碑》及《九里庙志》，可与参看。则该札当作于是年。

三

《九里庙志》谨已读竟，扩所未闻，获益匪浅，敬谢敬谢。原书二册缴上，乞察纳转交。志中有古碑四，内殷仲堪一碑系晋永嘉五年立，至万历十四年重建左碑亭，专树此碑，似尚未毁，望详询该道长，倘有踪迹可寻，则此碑乃六朝遗迹，尤为可贵。顾云峰处甫雇工往拓，当飞信前去，属其并拓数十分，尽赶得及也。此外梁王僧恕等碑必已毁佚，无可追寻矣。萧定碑《志》中失录，“前试大理司直张从申书”一行后又失录“岁己未八月”以下数十字，碑书“南陵萧定字梅臣记”，志书“润州刺史萧定记”，当时或沿旧志，不取证于碑文，前人著书，每每粗舛类如此，不足深论也。

按，该札写作时间距上通信不远，亦应作于光绪三年(1877)。

卷八

致潘祖荫

潘祖荫(1830—1890),字东镛,号伯寅、郑庵,江苏吴县人。咸丰二年(1852)进士。历官大理寺少卿,工部、刑部、礼部尚书,军机大臣。平生嗜金石、图书,收藏颇丰。辑刻《滂喜斋丛书》《功顺堂丛书》等。著《癸酉消夏诗》《郑庵诗存》《潘文勤公杂著》。

一

秋间奉手翰谨悉,续又从恒轩处寄到大著《攀古楼彝器款识》《齐镈钟图释》各一册,伏读再过,仰见鉴别精严,考证详确。《自序》一篇阐前人未发之蕴,尤为推勘无遗,此必传之诣也,敬服敬服。承询张氏清仪阁用白芨拓铭之法,叔未丈在日,凡刻石拓墨之事,悉系吴衣谷裕、张受之辛二人,其拓古彝器亦不尽用白芨。间或浓搨,则取极薄白芨汁,用棕箒略刷器上,使之牢粘不脱,然后捶打匀足,由淡入浓。纸墨又极精究,自与寻常拓本不同。倘遇天气潮润,只要纸墨佳,工夫细,不用白芨亦工妙也。剔字之法,叔未丈云:“凡古器篆文为青绿淹淤,须渍酰旬日之久,或至兼旬,然后洗刷始显。用油断不如用酰,用针又不如用皂角刺,不损铜质。倘渍酰深透,青绿松活,则篆文以洗刷出之,尤为至妙。”此二事旧尝闻诸叔未丈者,请试验之。所需郘公钟铭拓谨奉上,外又一钟,乃五年前周缦云兄购自金陵蔡筱石家，甬已脱落，铭词与孙渊如所藏之楚良臣余义钟同，而形制特大，篆体亦异，想同时所造。古钟同铭而异器者甚多也，曾以拓本寄质簠斋，簠斋以为佳，并藏有旧拓本，似此钟在当日亦好事者所争重也。缦兄以其为不全之器，不甚爱惜，现归弟处，特拓寄鉴定。泉范拓四种附呈清赏，另备一分，乞转交鲍子年兄。前由恒轩寄示《观占阁丛稿泉说》二册，读之窃深响往，海内同志甚少，南中几于歇绝，得执事为之提倡，吾道不孤，亦斯文之幸也。

按，潘祖荫《攀古楼彝器款识》有同治十一年(1872)刻本，则该札当不早于是年。又，吴云于同治十一年写给吴大廷的信中提到“前由家清卿太史寄来《观古阁泉说丛著》各一册，读之益增向往”，可知该札当作于是年。

二

新正十三日奉祀灶日手翰，并承惠吉金墨拓二十四种，谨已领悉。承谕续得邵钟四枚，合之旧有四枚，得编钟十六枚之半，恰成一堵，此非常之喜，虽万户侯不易也，闻之不觉抃舞。便中乞将八钟各拓一分见寄，拓纸稍宽，各题数语于上，俾装小屏幅四帧，悬之斋壁，晨夕相对，胜古人卧宿碑下者多矣。都中如有会搨全形之友则更妙也，然鄙人以先睹为快，只求铭拓，其全形请俟异日可耳。楚钟拓本遵即寄上二分，乞鉴收。柳门未知何日到京，恒轩何以杳无音信，弟处亦未得其只字也。簠斋亦有一月不通书，此老收藏之富夐绝今古，而犹孜孜不倦，真可谓好古成癖矣。渠欲将自藏器之佳者，及同志中藏器之佳者据拓本汇刻，再合古今拓本摹文重刊，加以注释，本朝刻者汰其伪不恕，宋元刻者汰从宽云云。弟答以此举甚善，鄙人亦有志未逮久矣。乙丑年曾辑《款识》四册，因遗漏过多，欲待重访，遂致辍业，稿本尚在也。前朝彝器款识诸书大半舛伪失真，薛尚功石刻世鲜传本，此外惟王复斋尚有古致，余则皆系钞写描摹，于先秦文字全不相类，不如就所藏拓本七八百种之中择字多且精者刻之（积古斋、筠清馆所刻较胜前人，其真本簠斋处皆备），字少而有关经术考证者亦刻之，前铭后释，汇成一书。略仿薛、阮二书例而遴选必严，去取必慎，寻常习见之词概从删汰。此一代必传之作也，质诸左右，如以为然，尚乞于通书时怂恿，以坚其志。此事固非簠斋莫属，剞劂之事我二人亦可相助为理，共成盛举，如何？

按，据潘祖年《潘文勤公年谱》载："（同治十一年）兄夙有三代文字之好，是年得邵钟四及史颂、匽侯诸鼎。"[①]则该札所作当作同治十一年（1872）或此后不久。

三

前月二十日由轮船局带呈一函，附有邾公钟拓本二分，不识何日始达，念念。一昨奉新正十一日所发手翰，并新得金器拓本三纸，其双鱼富贵洗款识篆文甚精，盉铭为青绿掩淤，渍酰两旬，已有四字可辨，闻之喜甚。必再渍多时，以坚硬棕帚刷之，其字自显，古器铭由亲手洗刷出之者，必更得意宝贵也。恒轩于腊月廿八日学院署中递来一信，据称古器一无所得。陕中伪刻最多，近日吴中亦有仿造者，其人类多认识，然止能仿汉代刻款，若先秦铸款，一望而知其伪，故若辈不为也。鲍子年兄寄惠拓本二十纸领到，中多精品，乞为代谢。弟于古泉一门向未专力，箧中所蓄刀币及汉唐以来约六七百种，因无甚新奇可喜之品，故久不启视。今夏或清暇无事，当拓一分寄奉鉴赏。未中金砚云[②]酷嗜古泉，著有《古泉考》，上自刀布，下终吴耿，分正用

---

① 潘祖年：《潘文勤公年谱》，清光绪年间刻本。

② 即金忠淳，字古还，号砚云，仁和人。候选布政司经历。

品、伪品、不知年代品、外国品为四卷，大意在接续洪志，故宋金元明较备。其泉数年前由弟和会，售与许缘仲亲家。《泉考》金氏子孙以有先人手泽，谆恳代为收藏，勿交他人，是以照录一分与缘仲，而此书留在弟处。今属小婿朱平华镜清带呈，望转致子年兄一阅，未知其中或有《古泉汇》(正续)二书所未备否，阅后望交与柳门转交平华带南可耳。邵钟拓本所求全分，未识何日惠寄，窃以先睹为快也。

按，吴大澄于同治十二年(1873)十月起接印陕甘学政，信中言"恒轩于腊月廿八日学院署中递来一信"，则该札当作于吴氏到任学政后。

四

前接二月初五日手翰，并承惠赐邵钟拓纸八叶领悉，敬谢敬谢。是月初，有奉寄之函并附金砚云《古泉考》手稿四卷，交小婿朱平华孝廉带呈，未知何日澈览。弟衰态日增，已成老废，终日在故纸堆中研寻生活，而读书善忘，掩卷即懵不省记，崦嵫景迫，豪无成就，甚有愧于同志，如何如何。去年与簠斋论古印，渠云凡有剑士，印皆出伪造。弟答以昔人谓出于伪造者，以剑士两字从来未有考证耳，然生平见此印甚伙，详审制作篆文，其精者必非后人所能伪，且价值甚廉，伪亦无谓。惟向亦以剑士二字无考为疑，遍查历代官志及各印谱，亦从无证据，后阅《通鉴》，建宁元年宦者王甫使剑士收陈蕃执送北寺狱，然后知剑士为当日宫门宿卫之官。此《汉书》本纪列传所不载，偶于温读《通鉴》得之，曾以此覆寿老，而寿老来书谓有详说，在与子年观察及与执事书中，他日通书可以索阅云云，不知寿老如何置论，公暇挥翰，便望示及，不急急也。

按，查吴云与陈介祺函札，可知吴云于同治十二年(1873)致陈氏函中详言剑士印及《通鉴》中王甫使剑士收陈蕃执送北寺狱事。则该札当作于同治十三年(1874)。

五

前奉四月杪手书,谨悉种切。承寄拓本六叶,两匜篆文一隽秀、一奇古,可谓吉金精品,羡甚羡甚。盂鼎中变之疑,闻之怅然,嗣晤季玉亲家云得近报,此鼎已从关中起行,将可到京,不胜抃舞。盂鼎为海内著名之器,其大者初闻已畀置文庙,今始知出于讹传也。小字者亦知在宣城李氏,曾托人往索拓本,至今未得,闻李伯盂已作古人,不知其家能终守否。簠斋为当代传人,惟其天性好胜,所作务要出人头地,刻意求工,转致因噎废食。即如汇刻先秦文字一端,若照薛、阮二书之例,选择器之字多而精确者,得好手影摹刻之,再得我二人相助为理,此书一出,亦足继往开来,决为必传之作。乃必欲依许氏说文部目创例成书,条件既繁,诠证匪易,穷年累月,不知何日得成。来谕谓其刻古金文一事竟不能成,想亦指此也。尊体偶有违和,近日想已霍然。头晕一症,大抵国政劳心,肝阳上扰,只须静摄数日,合目调息,便可勿药而愈。弟终年抱病,稍知症结,谨以为献。惟为时珍护,不宣。

按,据潘祖年《潘文勤公年谱》载:"(同治十三年)十一月十五日,奉旨以侍郎候补。是月,左文襄公自关中輂致盂鼎"[①],则该札当作于同治十三年(1874)。

---

① 潘祖年:《潘文勤公年谱》,清光绪年间刻本。

六

奉前月十六日手翰，承寄新得吴方尊盖拓本，即积古斋所藏之吴彝。当日阮文达公据搨本摹入，故不知为何器，遂以吴彝名之。今得尊处新收之器证之，足为考古之助，洵墨林快事也，尚求以棉连纸多拓数分见寄为恳。兹寄上堇止臤㸚鼎拓本一、惠敦盖一、齐侯匜一，皆漏未拓奉者。适案头有此数种，先行寄呈，余容续奉。

七

两奉手书，并金文拓本五叶。发函申纸，古色古香溢于几案，欢忻无量。并知南苑贴落至七百余件之多，书撰属于一手，在他人必露窘相矣。而执事从容挥洒，游刃有余，苟非胸储五车，才周八面，曷克臻此。想当奋袖低昂，得意疾书之际，回顾堂廉，或亦有连呼奇绝者耶，真令人向往不已。弟病不离身，已成习惯，无足为左右告者。承示簠斋欲刻古金文，此甚盛事。至渠收藏千种，尊处八百种，合之敝藏六七百种，已共有二千四五百种，不可谓非吉金中之大成也。然以三家所有者一为校对，则重出者必居其半，再汰其字少而无关考证者，大约所存亦不过精本七八百种而已。此其数比薛、阮二书增十之五六，而又精选精刻，实足继往开来，为一代必传之作。倘簠斋将伯一呼，我二人必相助为理，不敢辞也，执事亮亦谓然。所需秦量拓本寄奉六分，又龟鱼符拓本四分，并奉鉴赏。不宣。

八

前月初奉手教，欣悉盂鼎指日可到，大喜大喜。昨日恒轩寄到盂鼎拓本二纸，云即左相所赠。此鼎久在袁筱坞阁学寓中，纳于文庙之说，或妒忌者故兴此谣也。金石洵有前缘，亦由执事嗜好之笃，遂使神物不胫而至，真令人健羡无已，将来用絮薄棉料纸精拓数分见惠。新得之方尊即积古斋所称吴彝，亦求用棉料纸拓寄数分，是所至感。

鲍子年兄来书并拓本均已领到，其论鉴别真赝，谓未见其器不能遽定，可谓卓识。簠斋辨论古印，一看打本便说某真某伪。弟以为观彝器拓本，详审篆法，其真伪可得十之七八。若先秦两汉以来古玺印以能手精摹，可期一丝不走，谓一见印可识其真伪，鄙人实未敢信也。昔朱筱沤之侄号伯兰者，倩人摹汉印一百余纽，以印本求售，翁叔均精于治印者也，曾以番饼两枚购得一部。后筱沤力索此印，伯兰不得已，遂以实告，并出所摹之石与阅，筱沤方信，至今吴中以为谈柄。因子年兄所见适与鄙人相同，偶忆前事，拉杂书之，以博轩渠。瓦文七叶附呈鉴赏，中间有簠斋所未备者。恒轩云关中有方元仲观察名鼎录持赠瓦当拓本百余种，未知较簠斋所藏如何。瓦文多秦汉字文，比砖文较有古致可喜，惜近日精致者亦不易得也。

按，同治十三年(1874)十一月，左宗棠托袁保恒寄赠盂鼎，当月二十八日潘祖荫即已邀翁同龢、徐桐等南书房诸友观盂鼎。则该札当作于是年十一、二月间。

九

客腊奉十一月廿八日手书，并古器拓本十纸、李竹朋兄书籍信件，均已一一领到。云交冬后常患咳嗽，入春愈甚，裁答久稽，实深歉恋。近日天气和暖，精神稍振，嗽亦渐已。每绎来翰，窃见搜罗日富，考订益精，惜道远，不得合并一堂，互为讨论。所谕鉴别彝器不能仅据拓本别其真伪，惟大出大入者则一见便知，旨哉言乎，非洞见此中症结必不能有此语，佩服佩服。至教家童拓郘钟而为损碎，爵有阳识者亦碎其一，闻之不胜惋惜。古器中有入土久，铜质松脆，大约必用极薄绵连纸以熟细绢裹棉成小槌，略带微湿，轻轻按之。待稍干以不晕墨为度，再用绢包蘸浓墨扑之，其精者非扑至四五层则墨气不足，故必以彝器四五件同时并拓，则纸之燥泾皆得趁手，不至停待，过费工夫。此昔年闻于叔未丈者，谨述之以备采择。盂鼎计期应可入都，此器质厚，虽有登登之声亦不损伤，云甚望以精拓见寄也。恒轩想常通音问，都中金石同志子年、竹朋二兄外想不乏人。执事主持坛坫，著作日增，令人羡慕无已。竹朋兄处昨有覆信，交与綮乂臣带致，不识何日始达，倘晤及，乞道拳拳。不宜。

按，吴云于光绪元年(1875)致陈介祺函中亦提及"弟冬春以来常患咳嗽，近日天气和暖，精神稍振，嗽亦渐已"，则该札可暂系是年。

十

月之十八日，奉到由柳门处寄来两次所发手翰并吉金拓本，谨已领悉，谢谢。一昨又从竹报中附到本月十二日续谕，相距未十日即达，可谓快极。欣审德位兼崇，身名俱泰。此日摩挱金石，即为异时铭勋勒绩之征，甚颂甚颂。盂鼎久镇关中，烜赫照世，忌之者谓已纳于文庙，鼎之轻重未可问也，必无入都之理，今而竟归清秘，喜可知已。此等玮宝，非有金石奇缘者不能遇也。承惠全形拓本，已命工装裱，悬诸壁间，观者莫不惊心魂魄，叹羡不已。所需拓本，今就案头现有者先行检奉，录于另纸，余俟续寄。

按，光绪元年(1875)初，潘祖荫将盂鼎拓本分赠诸好友，吴云亦应在此时获赠，则该札当作于此年。

十一

前月下旬两奉手翰，谨已领悉。承惠寄两甗拓本，文字均佳，其诸女一甗，想即来书所谓器极精者，惜道远不得一摩挲也。叔未丈藏有诸女方爵，篆文与此相同，惟多一司字，一子字耳。未丈著述仅梓诗集，此外《金石考证》必有稿本，十余年留心访觅，讫未得见。云处止藏清仪阁金石拓本十册，皆其自藏之器。内金器二册。自三代鼎彝以至泉刀古镜，半有题识，后附砖文瓦当及唐宋以来残碑断碣，甚至象牙竹木雕刻精工者亦皆摹拓，当日藉此为消遣自娱之计，非传世之本也。顾、蔡二君皆少年喜事，一时高兴，广收古玩。顾君所收金器为多，蔡则专收书画，近则情随事迁，意兴已替矣。簠斋谓好古而存传古之心，斯为真好，此非可与寻常人言之也。顾处金器却有数件佳者，然亦非炟赫著名之器，不能望尊藏项背也。吴壶虢壶拓本遵即检奉，外又附拓本三件，统乞鉴定。近刻《魏文靖手札》已蒇事，特先精拓一分奉寄，信局携带不便，未及装池，此与《朱子系辞注稿》可作延津之配也。簠斋昨有专信索取朱子注稿墨拓，渠自去年已来精神大旺，半年之内一索得女(在去夏)，再索得男(在今春)。书来谓自二十八岁以后所未有之事，却真可喜，续布不宣。

按，吴云于光绪元年(1875)四月致陈介祺信中恭贺其“去秋得女，今春得男”，则该札当作于是年。

十二

前者两奉手简，正抱采薪之忧，未及肃答。刻下疾病虽愈，精神未复，卧室中亦须扶杖而行。蒲柳早衰，一经风露，便不能支，良可自叹。属书槎客词句，力疾涂雅，聊副谆诿，其千载一时小额关合雅隽，令人生艳羡之心。南中好事者讲求阳羡砂器，不惜重值而所得，时少山陈鸣远款者类多燕石，近日并曼生壶亦享重价。其实为曼生制壶者即杨彭年，道光年间常至上海寓瞿子冶家，弟曾相识，其家儿女媳妇皆能制壶，诩为秘传。弟因子冶荐，曾定制五十具，乱后毁佚，无一存者矣。米帖近时所刻，惟徐紫珊英光堂二卷，出胡衣谷手，较为精美，特寄一分，以供清赏。

十三

前月初间两奉手翰，一昨又奉本月初五日续示，并鼎敦各器拓本共八纸，一一领悉，欣谢欣谢。弟自七月中旬小有感冒，并不甚重，乃二竖作祟，驱之不去，南中医生绝少，贱性又不喜服药，直至本月初间始获渐愈，今已眠食如常，惟精神不能振作耳。承寄各拓本，具见新得之富，令人艳羡，从来敦铭多在腹底，此敦虽止一㕧字形，而在鋬内实为仅见，难得之至。又一纸上作泉形，中有穿匀列七小〇，无字，有花纹，未注何器，幸详示之。长笏臣方伯藏器有绝奇者，他日借拓，乞惠一分，以扩眼界。前蒙属书匾额，病中搦管，方愧班门弄斧，贻笑大方，乃辱奖许溢分，非所敢承，皇恐皇恐。往年簠斋来书，谓海内金石之交止有我辈数人，不可不勉，盖指执事与竹朋、子年、清卿诸君也。伏念执事年力正富，位望正隆，将来铭钟勒鼎，自有振铄今古者在，非众人所敢冀望也。而乃爱及康瓠，凡鄙人前后奉致之书，悉蒙随时留积，已付潢池，闻之益增惭悚。弟窃有奉启者，频年来承赐手札，无论片纸只字，必谨收存，惟书尾每每不署年月，将来装裱易致舛错，此后务乞随署月日，俾作陈孟公尺牍珍藏，永为家宝。夫文字之交虽潦草数行，必自有真性情寓乎其中，不仅关旧学商量，奇闻互证始为重耳。附去东海庙碑残字墨拓，希鉴定。

按，吴云光绪元年(1875)致信陈介祺，言及“弟自七月中旬偶患采薪，并不甚重，乃二竖作祟，驱之不去。南中无好医生，平生又不信服药，迁延至本月初间始获渐愈，现已眠食如常，惟精力不能振作耳”，与此札所言相同。则该札当作于是年冬季。

十四

客岁杪，奉腊月朔日手翰，敬审侍庭曼福，德位兼崇，著作益增，身名俱泰。弟偃息菰庐，日惟钻研故纸，消遣怀抱。今年开春以后，天气奇冷，滴水成冰，瑟缩拥炉，不敢窥户外一步，直至元宵后始稍出酬应。固由老懒，亦因精力不济也。承示搜辑黄荛圃题宋椠书跋，已得四巨册。此老平生心血所聚，都在百宋一廛之中，此次劫运甚酷，故家收藏书籍尽入红羊。独经复翁秘藏者当日护如头目，不惜工本装潢，务极精致，锦绫什袭，人人知其为贵重之品，争相藏匿，即如弟处收得数种，无纤毫损阙。天壤间绝无仅有之秘册，得能保全在世，使后人有所征考，皆复翁爱护之功也。执事阐扬朴学，拟为授梓，凡在士林，莫不闻声感颂，不独复翁含笑于地下已也。所询胡心耘藏书，辛酉壬戌之间在沪时已多散佚，留剩七八十种尽为候补县孙令购去，后又售与许缘仲亲家，抵偿欠项千数百金。中有影宋钞本十数种，不尽出复翁所藏求，有复翁手跋者甚少。事隔十年，不复省记，然苟有希世秘本，足以惊心动魄者，弟与缘仲亲情友谊非比泛常，渠虽风雅于此道，亦非笃嗜，固不难力索得之也。今缘仲已归道山，嗣君专务举业，苏杭相距四百里，黄炉之感，亦不忍重问信矣。兹将敝藏复翁心赏数种皆有长跋者照录奉上，内如《中兴馆阁录》与《吴郡图经续记》《新定续志》，此三书关系东南文献，复翁倍加珍秘。《编年通载》虽仅四册，然此书自来收藏家未窥全豹，《内阁藏书目录》与《绛云楼书目》所载均止二册，此四册固可与凤毛麟角同观矣。惜南北暌隔，相离过远，不能各出心爱之物互为平赏，遥望南公鼎斋，能无驰仰。外附呈《焦山志》一部，伏求鉴定。

按，函中言“客岁”，则该札当作于光绪二年(1876)。

十五

两旬以来，叠奉手札四通，附来彝器各拓本。发函申纸，但觉绿字朱文，古香四溢，遥想八喜斋中定有虹彩祥云常常拥护，真令人艳羡无已。中间睘卣公姞卣及新得之鬲字文为至精，鬲铭字为作器者之名，无文义可绎。许书字艸雨衣，从衣，象形。段氏谓雨衣有不艸者，自俗从艸作蓑，而衰、蓑遂为古今，字义亦因之有异。按有上下从衣之形，中似是之省文，释为衰字，衰地名又人名，见《晋语》及《左氏传》。今以作器者之名，无可审订，欲求依据，姑定衰字(依阮氏释王子申盏之例，彼定为楚子西之器，此亦可定为晋赵衰之器)，仍乞是正。睘卣铭篆致佳，与阮氏所藏寰盘当是一人之器。铭有字，筠清馆引龚定庵说云或释作人字，重文又以从人从二，二人为从，定为从字。窃谓从人从二明是仁字，仁与人古籍每每通用，指不胜数。因文义未能贯穿，遂舍却毫无疑义之字另作一字，以实其说，从来说经家每有此病，似于阙文阙疑之训，终未安也。爵云似见过，筠清馆释为七月，尚有意义，张叔未曾有释文，从积古斋释作者字，为诸字省文。此器是否得自李墨缘，窃愿闻之。清卿久不得其音信，比得子年兄书，亦云清卿新得甚伙，不知其何故秘而不宣。关中玮宝久推盂鼎，今已归清秘，其余皆属自郐以下矣。簠斋有同乡韩伟功，服贾于苏，年年冬间归去，至三月中必来，簠斋信件每由韩兄代递，故二三月无信尚不在意。今奉来谕，谓都中诸同志不得其音书已有三月之久，闻之颇以为异。日来常差人至韩兄寓处探闻，不知何故至今未到。海内金石之交落落止此数人，闻竹朋抱病在家，不但手足不仁，近已舌本蹇涩，不能言语。簠斋精神强固，笔墨又勤，三月之久未得只字，此不能无疑虑者，无怪执事之悬悬也。尗未翁诗集知执事需阅甚亟，特交济之令弟带呈，兵乱版毁，遍觅不得，惟此一部为硕果之存，请留观至秋间再行寄还，当交杏荪摆印百部，分贻同好。

十六

月之初二日，托令弟济之中翰带呈寸笺，附有叔未丈诗集。轮船快速，计必即达。嗣于五月初九连奉前月下旬发来手札三通，次第展读，一一领悉。新得尹叔敦，洵是至宝，其妙处不在铭字之多，而在篆文之美。八喜斋中半年以来所得古器甚富，难得皆是精品，物必聚于所好，然亦惟有缘者能遇之耳。清卿昨有信到，并寄来先后所收彝器目录，分列已刻、未刻，有八十余种之多。此外古镜、造象、隋唐碑碣搜罗亦复不少，不意其用力如此之猛，而金石之缘又如此之深，人竭毕生心力所未能至者，渠于数年间得之。吴中弆藏金石之富，八喜斋外断推恒轩矣。昔年刘燕翁藏器多获于关中，今清卿搜括于兵燹之后，从此伯乐一顾，冀北群空。幸而八喜斋具大神通，能令盂鼎不胫而至，所谓独得其龙也，羡羡。惠书楹帖尚未奉到，柳门信都由蒋庄转寄，想不日亦可到也。秋水先生为弟之乡先辈，年少时常与往还，蒙摘冬青馆诗句见赠，实为感幸。砖拓及汤氏墓志寄上三分，望分赠贵及门廉生、石查二兄。清卿有《释汤志》一篇，特录上，统祈詧收。

按，吴云光绪元年(1875)致鲍康信中提到“清卿久无信到，昨寄来先后所得金器目录，分列已刻、未刻竟至八十余种之多”，与札中所言相同，则该札当作于是年。

十七

月之中下两旬三奉手书，敬悉种切。伏审勋德并崇，荣闻休畅。两部政务殷繁，整纲饬纪固已倍极忞劳，而南斋有大著作又非出公手不可，若以他人处此，必有兼顾不遑之势，独执事从容擘画，仍于公退余暇搜罗古器，考订奇文，每得铭心之品，虽谫劣如云，亦必在远不遗，邮书传示，俾得扩其闻见，共此欣赏，感幸佩服，何可言喻。中师父敦与守敦二器字多且精，至为难得。平安馆金石甚富，所集古印尤多，闻楚、粤两处均有散佚，其留在京寓者乃其中下之驷，虎坊桥郁攸之厄，大约为六丁收去者亦复不少。烟云过眼，无足为怪，惟东卿师当日竟无著录，并印谱亦无留遗，遂使一生心血、所铢积寸、累而得之者，一经散失，渺无稽考。荷屋中丞所藏不及平安馆之富，而《筠清金石录》一书颇为艺苑所珍，中间三代法物亦藉是而传，金石之寿不如竹简，于此益信。子年书来，谓簠斋收藏豪富，乃谆劝他人刻书，而自己转无著作，且编纂之书亦所未见。子年深以为异，实则簠斋心眼过高，不肯稍稍牵就。前年来信，欲荟萃先秦两汉以至六朝官私古印成《印举》一书，以己之所藏，再合他人所有，汇为一书，洵属大观。云虽心以为然，却知其未必能成。盖簠斋作事每每精益求精，务欲人人叹为空前绝后，无毫发之憾而后已，任此役者势必因难生畏，望而却走，今阅三年，鄙言果不幸而中。曩时又商集先秦古器款式汇刻成书，为积古斋之续，云允与执事相助为理，后即奉书左右，果蒙欣然相从，复又专函转告，一再怂恿，现又束之高阁，不复置议矣。世固有轻率授梓，灾梨祸枣，诚属可鄙，然过于求精，遂至心高手硬，因噎废食，亦所不取也，执事以为如何？先后所赠藏器拓本，现已装成两册，俟有便人赴都，带呈省览，有未备者即请增入可也。朱婿镜清幸获馆选，知又出大贤之门，一子一婿均辱埏埴，实为荣幸。镜婿现留都门，万望遇事恺教，是所至托。雨窗无俚，手此布臆，用当促膝之谈。闻都中亢旱，近日谅得甘霖，尚望调护起居，节宣善卫。

十八

吴硕卿太守携到手教，《桂馨堂集》、拙书二巨册，谨已领悉。云谫劣无似，托公文字交末方惭形秽，而公爱忘其丑，谓云前后所上之书，从无寒暄习套，欣赏奇文，辨析疑义，言虽不文，可抵晤对。抑或以金石之交，止此落落数人，而又散处四方，非文字无以达款曲，故虽遇此恶札，亦不忍拉杂摧烧，而又付之装池，俾得厕于邺架芸签之末，其为荣幸何可言喻。由文章而推及政事，指日得公调和鼎鼐，司用人之枋，天下尚有弃材耶。谨承命题志数语，藉便缴上。外又寄呈八喜斋藏器拓本二册，伏望检阅。或有未备，恳即补赠，并恳转属贵及门石查、廉生二兄各分一册，逐器释文，并注器之出处。此次张少渠大令解饷入都，俟其出京，必交带还，是所至祷。余言另述，以轮局递信较快也。

十九

日前寄解饷委员张少渠大令带去寸笺，并附八喜斋藏器拓本二册，又缴还拙书一册。张君由陆路入都，不识何日始达典签。一昨两奉手翰，谨悉种切。伏审勋德兼崇，誉闻休畅。清恙想早霍然，眠食何似，诸维珍重。南中今年夏凉如秋，单衣无一日脱体，日来秋暑稍盛，亦尚不过酷，雨旸极称应时，此后但得调顺无愆，收成可望大有。威酋到沪多时，并无动静，赫德、梅辉里先后至宁，与幼帅相见，不过纵横辨诘而已，结局总得在总署与津沽耳。火轮车路乘坐者以为安稳快速，极口称扬，此千古未有之奇境，天方启之人力，焉得而遏之。特时会有后先，远或在于数十百年之后，近在转眴之间，未易逆睹也。所需拙画略用李檀园、杨龙友笔意稍加设色渲染，寄奉法家鉴赏，即请指谬。此间讲书画之友颇不乏人，独至金石考证之学落落少可与言。执事读破万卷，勋位正隆，余事所及足以领袖群贤，主盟坛坫，而犹孜孜不倦，虚怀采纳，求之古今名臣中当与欧阳公、阮文达抗席争辉，鄙人老矣，得依末光附垂不朽，实为荣幸。

前函泐就，正欲缄寄，复奉六月十三、五两日所发手札三通，《孟公尺牍》得之为喜，当即黏连藏弆，将汇装成册，永为家珍。寄来拙书二册，对之生愧，不敢有违台谕，已加墨缴呈矣。八喜斋中藏器拓本二册，前欲求贵及门石查、廉生题释，今知廉生场前正欲用功，务望俟至场后再与言之，切勿因鄙人所求过事促迫，至恳至恳。承询夏氏所藏之大搜鼎，瞿氏所藏之周敦，乱后不知下落。顾姓收买吉金并非真好，现倩人往拓全分，而其人又因讼事赴天津，将来必欲搨取奉寄。所藏亦止有三四十种，精者不及半耳，比之八喜斋中犹滕薛之于齐楚不可同日语也。蔡则专买字画，近以二千余金得曾笙巢家藏宋元以来卷册立轴十余件，闻多俊品。丁松生专收旧版书籍，并不讲求金石。此三君都非熟习，然其嗜好如此，则知之甚稔。夏、瞿两家所藏二器，必不在此三人处，日内当为函询老友吴康甫二尹，或知踪迹，再当奉报。存斋辱执事，以文字知爱，遇事关垂，渠甚感戴。此次所遭曲直是非，想筠仙侍郎定必缕述，宦途崄巇，直可浩叹。袁氏藏匜拓本领到，铭中[illegible]字或释咏，或释昶，愚意⊙象日形，《说文》昶日长也，篆文从日从永，似以释昶为安，质之法家，以为如何。

按，据函中所言“威酋到沪”以及“赫德、梅辉里先后至宁”等事件，则该札当作于光绪二年(1876)。

二十

叠奉前月十八、廿一日两次惠书，知所寄拙画已尘法鉴，辱荷推许过当，殊增颜汗。南中数月以来为邪教惑人，妖异四起，传布甚远，想都中亦备闻其详。此等事见之正史及说部中甚多，亦不尽关休咎，惟小民无知，锣声彻夜，举国若狂，农费工作，市停交易，甚至借盘诘为名攘敚仇报，大为行旅之害。今年各处皆有偏灾，独江浙二省雨旸较顺，不可谓非如天之福也，而乃人心思动，自贻伊戚，真可浩叹。日来苏常渐已平息，嘉湖城乡各镇纷扰愈甚，至可怪者，哄传八月十二日为九龙山举事之期，各处皆有奸细埋伏，遂至人心荒乱，迁徙至沪者甚众，真乃咄咄怪事也，九龙山之谣所传已非一日，倘得彻底根查，有无伏莽不难立见，似亦消释群疑、以安民心之一道也。寄去古布拓本二分，按《古泉汇》小布止有一品，以有一商字，列之商代。今此二布，篆文明显可识，特拓奉法鉴。另寄二分，乞转交石查兄一考为恳。子年兄频有书来，爱孙时常生病，自己亦常有不适，含饴之乐，甘苦参半云云，并述竹朋兄作古，录示挽诗，读之不胜怆感。竹老著作已及身刊播，福寿俱已无憾，惟海内金石之交落落本无多人，今又弱一个，伤逝自念，能无于邑。簠斋有三月不得只字，幼子之殇心绪已大不佳，兼以东省大荒，潍县筹办赈饥，闻簠斋捐金甚巨，又为众望所属，不能不出而任事，身心兼悴，可想而知，此皆潍县韩伟功所述也。

按，李佐贤病逝于光绪二年(1876)闰五月，则该札当作于是年。

二十一

叠奉前月廿九日暨本月初三两次所发手书，得悉右臂微有不适，未识近已霍然否，尚望节宣善卫，为国葆躬，祷甚祷甚。承示张别驾到京，吉金册子已交贵及门胡、王二兄题识，欣幸无既。前蒙谕及凡八喜斋藏器皆有收藏图记，无则系他人之物。此书到时，册子已经裱就，致有羼错，今得王、胡二兄题注，弟当再将尊翰附装于后，并加一跋语叙明流传，后世考古者不难一望而知，转觉趣味之隽永也，一笑。簠斋八月中下旬俱有书来，云人皆以为不知如何享受，而不知身心焦劳有人所不能堪者，其情绪可想见矣。造物付人，绝少全美，人腹中有数卷书负世清名则处境恒多抑塞，丰于此者啬于彼，古今人遭际殆不甚远，善养生者即境自遣，再作退一步想，无往而非坦途矣。柔斋豪情逸兴，亦复损减，亮竹报中备详，不琐及也。平华留京，托师门之庇得以长承训诲，渠于经史亦颇涉猎，工夫虽浅而敏速却有微长，倘师门有笔墨诿委，尽可随时传唤。好在师生之谊，疵类处可直笔教削，藉此指导亦得增益所未至，尤为感幸。恒轩闻十月内可以动身，多年不见，此次到家有数月之留，可与纵观收藏，上下议论，亦一大快事也。

按，据《吴愙斋先生年谱》，吴大澂于光绪二年(1876)十月启程南下，腊月旋里。则该札当作于是年九、十月间。

二十二

昨肃寸笺，交牧间草堂转寄，知尚未发，刻从济之令弟送到台谕，并吉金款识册子多本。谨即翻读，廉生兄有鉴古之识，故笔墨雅驯，断制精确。石查兄册尾题跋文亦峭洁，所释空首币文为郑氏二字(子年兄所释亦同)尤有意义，欣佩之至。此非案头现存拓本二三种所能报，容择敝藏吉金器中较为精美者多拓数种奉寄，望先为道谢。外有致子年兄一书，恳即饬送为荷。

按，由信中“昨肃寸笺”可知该札与上通同作于光绪二年(1876)九、十月间。

二十三

比来正以轮船冻阻、邮书不便为虑，乃一朵郇云从空飞下，欢喜展读，知系前月廿二日所发，相距止有旬日，可谓至快。子年兄书已收到，渠云清秘阁中又新得古泉，类多精品，闻之向往。簠斋频有书至，现在赈务已经过去，古兴仍浓。弟处拓器皆属盛观者经理，其人仅十数岁时由汪岚坡教以捶搨之方，适吴门无解此道者，渠遂独擅其利。牧间主人见其勤谨，留为照料书房，乃三四年以来因贩鬻古董得利，遂不屑经营此事，屡唤不至，故胡、王二兄处金器拓本尚未报命，容另觅人拓寄，以践前诺，特不能如此君之速就耳。簠斋欲重拓浓墨秦诏版六十分，意谓即日可就。昨书来颇以未即应为讶，不知兵燹后讲书画者随声附影之辈甚多，收买铜器亦不惜重值，真伪并纳，而考证之学绝无人讲，故拓手亦不易逢也。阁下主持坛坫，及门多务朴学，洵足远继欧阳，近亦当与翁阮颉颃，企服曷已。后周布泉范背有篆文，颇饶古致，亦见当时制度，特奉鉴赏。

二十四

去冬十一月杪曾寄寸笺，附致贵及门王、胡二兄金器拓本各一分，未知于何日澈览。嗣于岁底奉到手书二通，并泉币拓本三十三纸。新正八日复奉续示，并古泉拓本十八纸，又新得李方赤先生藏器拓本，一一领悉，敬谢敬谢。伏审德门豫顺福，福禄蕃膺，勋业文章与时并楙。玉牒总裁，本朝非道高望重之贤罕充其任，想见两宫眷注之隆，亦由执事平时竭忠尽礼，有以结庙堂之知也。弟萝衮分悬，金石契密，逖听声闻，能无额手。南中新正以来天气晴明，风日清美，去冬雨雪应时，颇有丰亨之兆，差足附述。贱体畏寒，新正半月仅止出门一次，兹因伟如姻兄入觐之便，托带上《彝器图释》二部，乞分致贵及门石查、廉生二兄，以践夙诺。

按，信首言"去冬十一月"，则该札当作于光绪三年(1877)正月。

二十五

叠奉前月杪、本月初手札二通，附来古器拓本共二十六纸，仰蒙垂念老朽，不遗在远，吉金乐石，络绎见贻。每读来书，辄觉满纸古香，溢于几案，欢欣感谢，匪言可喻。承示右臂稍有未顺，或因风湿所致，抑或作擘窠过多，亦有此患。稍稍静摄，即占勿药，刻下亮已霍然，尚祈节劳善卫，加意珍重。恒轩时相过从，纵谈甚乐，秦凉三载，搜罗吉金既富且精。地不爱宝，关中时有新出古器，亦惟有缘者遇之耳。拓本想必随时寄鉴，故不复及。昨见兕觥一器，其制如爵，上有盖作兕，形极精，篆文数字亦佳。此器恒轩借到，现拟仿制，以公同好，可为兕觥之证，一俟竣工，必当首先驰寄也。兹先奉去古镜铭拓一百二十种，伏乞鉴纳。廉生宏通博雅，洵是隽才，海内朴学之士尽在公门，曷胜艳羡。有复书一通，敬求饬送。

按，据《吴愙斋先生年谱》，吴大澂于光绪二年(1876)腊月旋里，次年四月入都覆命。信中言“恒轩时相过从，纵谈甚乐”，则应作于吴大澂在苏期间。又据上札，则应系于光绪三年(1877)春间。

二十六

月初奉前月廿四日手书，昨廿一日又奉廿五日续示，并刀币拓本五十余纸，领悉敬谢。两书止隔一日，而达到迟至半月以后，局递每有如此，不足责也。恒轩到京，想已畅晤，南中近状定必备悉。比日正患蝗孽，幸自十七日得雨，至廿四日始止，农田各处沾足，飞蝗亦销归乌有，此大庆也，谨以报闻。近得张从申书延陵季子庙碑，特寄鉴赏。此碑弟访问历任丹阳令，竟无知者。兹因张同苏公子见赠一分，根询来历，始知庙在丹阳九里镇。该镇去延陵镇九里，故名，与句容交界，距县城尚有三十余里地，颇迂僻。此庙自汉至明屡圮屡建，庙貌崇宏，正殿象祀季子，相传墓在其下。古碑不少，今不知存否。现专人前往，将庙中所有碑碣全行拓至，再当续寄。此碑在献殿甬道右，有亭覆之，住持道士与地方绅士护爱甚力，寻常不准人捶拓，故字文完好，尚如新发于硎。从来著录家皆以十字碑与张从申季子庙碑分而为二，钱竹汀、孙渊如亦沿其说，实则重摹孔书，十字镌在碑之阳，张书改修庙记在碑之阴，事非目验，往往舛错如此。恒轩处因无副本，尚未寄与，如渠来晤，乞先示之，此寒宗祖典，不可不知也。簠斋来书，因灾鸿事焦灼万分，捐资劳力，功德却不浅也。

按，吴云于光绪三年(1877)致陈介祺和吴大澂函中皆提及季子庙碑事，可暂系于是年。另，吴大澂于光绪三年入都覆命，与札中所言“恒轩到京”亦相合，当作于是年。

二十七

昨奉六月初六日手书，知前函并张司直碑已尘台鉴。焦山《瘗鹤铭》自陈沧洲移置山寺之后，建亭覆护，石亦坚致，故字较百年前尚无甚损，遵谕拓寄。又有摩崖数行，并后人临本两种一并附赠，统乞鉴收。恒轩到京后，想极忙碌。篁斋为赈济灾黎，劳倦之极，然捐赀出力，实事求是，亦真难得可敬也。

按，据《吴愙斋先生年谱》，吴大澂于光绪三年(1877)四月至九月间在京，则该札当作于这段时间。

二十八

旬日来连接前月十七日暨廿九、三十两日所发手札，展诵之余，如亲謦欬。承惠示各拓本，中间阳识一卣最为精美，钤有珍藏小印，知为八喜斋新得。先秦彝器中阳识极少，此卣字虽不多，却甚难得，可宝也。钟搨似非真龙，法鉴何如？此间市肆亦有一编钟求售，铭与敝藏邾公牼钟同，拓本附阅，似亦非开门见山之品也。古玉册拓本二分，敬呈考赏。此册制琢精良，玉质粹美，册文与《史记》封爵之誓正合，其阴隶字二行，亦有两京笔意，文曰“定册帷幕，有安社稷之勋。”按，汉宣帝本始元年春，诏有司论定册安宗庙功，大将军光益封万七千户，车骑将军安世以下益封者十人，封侯者五人，建武十三年功臣增邑受封者三百六十五人，两汉当年勋臣，膺带厉之盟者，正不知凡几。此二册文义与史汉所载悉合，他日尚欲求哲匠题平也。篁斋三月间连得其来书，古兴甚浓，残砖碎甓搜掘至二千六百余种之多，登登之声，昕夕不辍。承其念四十年老友，以全分见寄，草草翻阅，已须竟日之长。现拟分为数类，以一字、二字、三字者各为一类，四字以上者为一类，阳识为一类，其模糊莫辩、似字非字、不忍汰去者统归一类，其中精者约有一半，洵古文字中一巨观也。渠因执事以泉拓属题，欲图报命，转致疏于书问。海内同志甚少，拳拳之意常溢于语言文字间也。恒轩闻到京一转，即赴津沽，此次晋省办赈，劳苦倍常，活人不少，造福实多，黄鲁直谓交游间得一国士，若恒轩者当之洵无愧色。

按，据卷九吴云致陈介祺信："（光绪三年）越七日又奉三月初六日续示，附来新获古匋三百余种，合之前拓通计二千六百余纸"，可知所言为同一事件。另，吴大澂于光绪三年九月奉上谕赴天津至山西办理赈务，亦与函中所言相合。则该札当作于光绪三年(1877)。

二十九

前月廿四日奉到手札二通，附有吉金拓本十四纸领悉，敬谢敬谢。顷又奉续示，展诵之余，欣悉都中甘霖迭霈，晋豫各省亦均普沾，插种无愆，人心大定，从此雨旸时若，中外腾欢，太平之乐不特林下苍生额手称庆已也。惠示各墨拓，中有古剑，其篆体似较世传吴季子之子剑为胜。吴季子之剑当年藏在严子通家，其剑匣有竹垞老人《长歌》一篇，镌刻颇精，子通故后，此剑不知仍在严氏否。前承寄来郘公华钟拓本，此间亦有一器求售，两钟铭同而字在两鼓者稍异，与积古斋所载纪氏器篆文悉合，惟"忌慦乐"三字阮本极明白无损，此已剥蚀，却又非因擦碰所致。钟甚旧，而铭文不无致疑，特将拓本寄上，乞法家审定示知。昨济之令弟出视尊札，所需《焦山志》《彝器图释》遵寄各二部，又张未未《桂馨堂诗集》一部，一并寄奉，统祈詧收。近京出土古币，尊处收罗甚多，必有重出，望择其青绿灿然者见寄数品。

数千年之物，自有一种古色古香，兼以生朱活翠置之案头，足以祓俗也。簠斋述执事藏古泉币甚富，未知已编录成书否。子年西逝，都中谈古者尚有几人？海内金石同志本如天上晨星，落落可数，今子年又弃世矣，言之慨然。恒轩经李相留办赈务各事，能常通信否？

按，鲍康卒于光绪七年(1881)三月，则该札当作于是年。

三十

前月托济之中翰代寄寸笺，附有《彝器图释》二部，《焦山志》二部，《桂馨堂诗集》一部，又向杜小舫转索《平定粤匪纪略》《古谣谚》等书，未识何日始达，深以为念。一昨郎亭来函，附到手翰，敬悉种切。当此帑藏支绌之际，赡军济赈无一不仰给于司农，执事重筦度支，综筹出纳，固已倍烦擘画，而朝廷遇有大著作又非公莫属，文章政事一时交集，其劳勋当可想见。尚望节宣善卫，为国葆躬，是所至祝。承询顾湘舟偕韩履卿丈撰《江南金石志》有无存稿，查此书当日草稿甫定，尚待续辑，实未成书。庚申之变，艺海楼书籍无只字获存，履丈之子又不能克家。当日曾与恒轩论及此书，竟无可踪迹。执事现为履丈刻题跋数十篇，虽非全豹，亦可藉见一斑，甚盛举也，工竣后务望从速惠寄，此间尚可从各亲友搜罗。弟处藏汉东海庙碑，残字有履丈长跋，此跋有关掌故，特录上。又题禊序一跋，又题铁砚数行，先录备采。《何义门集》版已遭劫，印本亦只存一部，他日拟为重刊，或专刻题跋。叔未丈《桂馨堂集》原版现已修补完好，前日寄去一部，尚可续寄也。颂鼎拓本一纸，李香严以重值得之者，附奉法鉴。

按，信中言“前月托济之中翰代寄寸笺，附有《彝器图释》二部，《焦山志》二部，《桂馨堂诗集》一部”，与上通信所述相同，则该札当作于光绪七年(1881)。

三十一

九月初间奉到惠书，知所寄各书籍并拙作楹帖均未达鉴。两月已来，因心绪郁闷又患齿疾，致疏音敬，亦未奉手毕。笺讯之稀，颇为近数年中所罕有，怀想之忱，无日不萦绕左右也，辰下伏维道德文章与时并茂。吉金乐石有无新得之品，窃愿闻之。南中浮慕风雅者多，前所云两钟，其一周公华已为吴江沈姓者以五百缗购去，一邾公牼编钟价廉，已以书画博易留存，倘法家鉴赏，尽可移赠，俟明春潞儿入都，带奉师门，散氏盘铭当一并呈上也。恒轩抱丧明之痛，又殇爱女，无怪其心灰，然年力甚壮，造物或别有权衡，只有委心任之而已。弟八月间丧一孙女，年十八岁，《紫阳纲目》已读完，诗笔为香严、柔斋所赏，赞为闺阁中仅见，字南屏之子，尚未出阁，二三日微疾去世，真令人痛心不能已也。贱体自八月初至今常常不适，意兴殊萧索，昨日高妪送来彝器拓本十数种，云系松江乡下金姓者倩拓，拓竟携之而去，中间赝鼎居多，特检四种奉上。内宂彝较精，与积古斋所藏相似，虢簋亦为可观，一敦似是陕刻，亚形卣亦平平。弟最服尊论古器铭有至精极坏大开大合者，不必看器可决其真伪，若此种铭文必得一见原器，方可定其是非也。簠斋有月余无信，恒轩常晤否。

三十二

前者儿子承潞南归，奉到赐书，并蒙惠颁《滂喜斋丛书》，三函谨已领悉，敬谢敬谢。伏审德勋昭著，如日方中，朝野具詹，声闻益楙。儿子备述在都时荷师门饮食教诲，眷爱殊恒，并述南斋领袖凡有大著作非公莫办，兼以部务殷繁，巨案迭出，盘根错节，措置綦难，稍一失当，百喙齐起。而公精心卓识，酌理准情，不参成见，一以大中至正为归，众论推服，中外翕然。此外两馆鸿裁，三库重任一身兼顾，他人处此，不知若何丛脞，而公从容擘画，犹得以政事余暇，不废著述。方诸古人，虽以五官并用之刘穆之尚当逊席，遑论时贤。大刻《丛书》业已卒读，凡有一材一艺之士，稿项蓬庐穷老而湮没无称者，悉得采录授梓，复以皇甫椽笔序其简端，使之附青云而传后世，不独发潜阐幽见，爱才之切，此中阴德亦匪浅鲜，无怪海内孤寒笃学无遇者奔走恐后，咸欲皈依龙门，以为荣幸也。弟终岁杜门，不离故纸，深愧崦嵫已迫，学业无成。惟有遥祝公家福德绵延，恩庆稠叠。至于执枢秉轴，绳武继声乃意中指顾间事，不足为公颂也。久欲肃函报谢，因知国政正冗，未敢以文字琐屑率溷清听，匪同嵇懒，想邀亮詧。

三十三

月朔奉前月廿三日手谕，并蒙惠寄金石墨拓卅五叶，谨已领悉，谢谢。方今海内金石家弆臧之富，潍县外惟八喜斋，洵称双峰并峙。恒轩真力弥满，考鉴俱精，足为继声。弟年老气衰，跧伏菰庐，古器物绝少遘遇，幸亲友中得有佳品，必持以见视，因此常得寓目，聊慰馋吻。徐钟初到吴门，香严、仲夏皆以为赝，顾骏叔就质鄙人，告以周末文字有此一派，似非伪造。骏叔以五百洋购之，恒轩甚以为佳，簠斋谓真而不精。现在骏叔闻恒轩赞美，益加宝护，几同头日。钟角已脱佚，铜锈指剔即落，有篆文处捶扑稍重文即受伤损缺，人因以赝鼎目之。所需拓本谨奉二分，尚是初到时所拓，近则秘不视人矣，不识正法眼藏以为如何。外古玺印五纽，系敝箧所藏，簠斋属王卤泉摹刻，中间“左誉桃枝”四字文可识而义无考。余四玺为上古奇文，未易辨释，特奉省阅，伏求考示。另附一分，如恒轩未行，乞赐转交。承惠各造象残石拓本，中有“定七己朔”四字，笔意劲挺，为唐初欧、褚二家所自出。“定”上半字似是“武”字，武定七年为东魏孝静十六年，其时去唐初不远，风会所趋，固应如是，此必当时名手所书，非出工匠也。尚乞再寄十纸，加一二收藏鉴赏等印，因欲分贻同好也。此残石未知是造象，抑是残碑，并乞示悉。

三十四

前月杪奉望日手翰，并蒙惠寄吉金拓墨十六叶，一一领悉，感谢无已。十布拓本重出者五，其中仅少壯布一种，次布已残缺。壯布是否原缺，抑系漏未汇入，念念。方尊知是俊品，惜相睽道远，不能各出所藏，互资平赏。海内收藏吉金既富且精者，簠斋外断推执事，恒轩继之，此后或有闻风兴起，而天地精华之秘发泄将尽，徒以鱼目相混而已。近日伪作者愈出愈奇，沪上已专有此一种人，广收无字旧器，合数人之力闭户覃精，伪造成文，比之宣和仿古实能远胜。盖器本原旧，文又工致，目前已不易识，数十百年后恐巨眼者亦不能辨矣。现在同好有沈仲复、李香严与子山乔梓皆好之而又有力者，见惬心之品便不惜重值购之，偶有遗珠或沉霾乡里未登市肆，鄙人亦间有拾得者，为数较巨即便缩手，不敢与角也。近得一师田父卣却甚快心，此器从嘉定而至娄东，为三儿购获之，铭文极精，器尤奇古，谨将拓本奉鉴。另缩一图绘于另纸，统乞考示。平华处拓本因系师门命寄，格外郑重，托的便带来，转致迟滞，故至今未到也。

三十五

月之初六日肃奉寸笺，附有钟卣各拓本，交轮局带呈，计必即达。嗣于十五、六两日奉到手谕二通，廿二日又从竹报中交来续示三函，一一领悉。委致簠斋一函，当即转交韩伟功兄确寄。韩兄为簠斋同乡友，冬去春来在苏贸易，来往信札皆渠经手，从无遗误也。承谕于无意中得阳羡砂器数种，又得时少山一壶，铭款绝佳，闻之向往。时壶在兵乱以前已极难遇，今日更同星凤矣。八喜斋中本有旧藏精品，益以新得，想见清簟疏帘，炉香茗碗，公退之余，藉为游息，可胜艳羡。垂询北岚赵氏与陈汉侯，未悉其人。杨彭年业此数世，后起凋落，恒产已成绝响。瞿子冶之后尚有一二在庠者，然亦衰薄之至。附奉《月壶题画诗》一册，子冶踪迹略见于此。执事爱才若渴，人有偏长薄技唯恐表扬之未尽，远媲韩、欧，近则与阮文达并驾，无怪海内之士皆愿委身国士，定价龙门也。

再，正在封函，又接本月十六日手书，知初六一缄已达签阁古。金拓五纸领到，錞于前人皆系诸周，鄙人非之，曾引货泉文为证，匪敢逞臆也。今执事题曰古錞于，具征鉴古卓识，佩甚佩甚。然谛审此錞，阳识弓矢形奇古，上作中三下绝似泉刀，背文上穿乃刀柄倒形，以此证之，恐非先秦以后物也，法眼以为如何？阳羡砂器，精此技者胜国以来落落可数，大约近人吴兔床《阳羡名陶录》、张文鱼《阳羡陶说》最为详备。文鱼《陶说》附见于《名陶录》中，未见专刻，此书计邺架早有，故不复寄。昨访诸阳羡旧令，知县志所载甚略，却得一异闻，可资捧腹。同治间有毗陵太守履任，勤求民隐，有宜荆某董事摭拾地方利弊十数条，呈请出示，兴革中有一条谓阳羡砂器每每雕刻书画铭词，大非敬惜字纸之道云云，某太守依样胡卢转行下县，县又胡卢示禁，从此阳羡茗壶不复有字，数年来遵奉不敢违，盖畏官法受累也。此人亦幸而不生于三代之上，使生于三代，则汤盘孔鼎皆在应毁之列矣。兵戈以后，每生怪物，此亦一种也，公何法以处之。所需古玺印本附奉四分，乞以一分赠廉生太史。

三十六

仲秋接奉手示，时家庭多故，意绪少宁，屡欲拈豪，辄复中辍，因之裁报有稽。方深歉悚，乃晤季玉亲家，述及执事关念甚勤，垂问至切，情肫语挚，竹报綦详，聆音兴感，匪言可宣，惟有永铭心版，不敢套词鸣谢。比日一阳初转，霜气渐深，伏愿启沃之余，顺时摄卫。弟于八月间就养娄东，眴将两月，差喜属境平安，公私尚顺，仍得以图书金石解闷消忧，孱体亦托庇粗适，足纾存注。前属搜访《阳羡陶器著录》，知已梓各种邺架俱备，兹钞清仪阁所藏《时少山方壶题咏汇集》一册，并拓壶底款字兼摹全形，寄尘清赏，伏祈鉴入。余俟旋苏后再行续报。

三十七

月之初旬，连奉十月廿三、廿七两次手谕，并各种彝器拓本，谨已领悉。遵即分致同好，属为道谢。弟杜门守拙，垂及廿年，岁月不居，学殖日落，修名未立，老大徒伤，方以不足副执事文字之知是惧，乃以犬马贱辰宠加奖饰，捧函循诵，感愧交萦。伏念执事以振今铄古之才，膺旋乾转坤之任，安危所系，中外具瞻。值此时局孔艰，盘错迭出，论议纷起，张弛綦难，惟执事洞明彼己，见彻始终，识蚤运于几先，虑必周乎事后，坚持一是，力破群疑，从古运会递嬗，屈申倚伏，犁庭扫穴，会有其时。正当尝胆卧薪，伺隙观变，横磨虽利，似不必急试其锋，狂瞽率陈，亦不出执事纡筹默运中也。伏惟加詧。不宣。

三十八

前奉正月廿二、廿八两次手书，并金器拓本三纸，太和造象石刻一纸，均谨领悉，谢谢。流光如驶，改岁以来，倏又暮春之初矣，遥维勋德兼崇，身名俱泰，调元赞化，中外蒙庥，幸甚幸甚。云杜门不出，日益衰慵，昔朱晦翁七十后始以野服见客，云则早效魏三，束带久置高阁。闲与林下诸老仿洛阳故事作真率之会，月举一二次，此外酬应概行谢绝。蒲柳易凋，竟成老废，言之只堪自愧。承询南中有无新出金石，近来绝少俊品，好事者多，偶出中驷，即不惜重值购去。然此中亦各有金石之缘，去年师田一器，簠斋与公均叹为希世之珍。此器初出已入市贾之手，流转于苏、沪二处无人顾问，幸为寒斋所得。当日若有力者见赏，鄙人安能与争。此犹小品也，盂鼎久镇关中，为宇宙大宝，非左相之力不能得，亦非公之力不可致，可见数千年法物合归何人，固有一定也。现在敝乡新出古砖颇多，类皆孙吴六朝遗物，年代尚有在太和之前者，如合鉴赏，当觅数件寄赠，聊备清秘阁中一种而已。砖多出于古冢，似亦不宜多积，云素来不甚措意者为此。簠斋今年未有信至，恒轩小试其锋，已遭侧目，安得不令人扼腕。俄事竟得转圜，真普天之庆。方今圣明在上，众正盈朝，鉴及前车，择能而使，遂令弥天荆棘悉化康庄。从古得人则治，如劼侯[1]者庶无愧专对之才，克副行人之选矣，真西山有言："幸安之谋不足持乘"，此励自强之志，恢立武之经，三城之筑，会有其时，草莽幸民，正当击壤而歌，式观景运也。祝年现赴沪局，近来阅历渐增，作事极为谨饬，宪眷既优，同寅亦协。此外近事想竹报备详，故不琐述。

按，吴云于光绪六年(1880)夏间得师畋卣，札中言"去年"，则该札当作于光绪七年(1881)。

三十九

前者连奉三、四两月所发手谕，附有金石各墨本，捧函展诵，仰蒙垂注勤拳，优加存问，感幸无量。承惠示古匋拓多种，中间埙器字最明显，而阳识一种尤为精绝，簠斋积至四十余种，欲求如此者，亦未易见，洵是古陶文字中至为精美可宝者。此埙已有考否？鄙见当是"命司乐作太室埙"七字，释文书于另纸，仍乞厘定。古砖出土每多残损，兹择其完善而字文较为精整者敬奉四种，先将拓本附呈，砖交令弟济之中翰暂存，遇便再寄。师田父器簠老定名传卣，恒轩亦有释文寄来。此器两耳高耸，形制甚奇，为从来彝器图中所未见，拟照摹全形专刻单本，簠斋、恒轩释文附录于后。执事前书叹为希世之珍，拟将尊札一并刻入，此即借重玄晏先生之意也。老至耄及，学益荒芜，所藉以自遣者，止此结习未忘耳。一昨又荷颁到《叶氏百三十家诗选》

---

① 即曾纪泽(1839—1890)，字劼刚，号梦瞻，曾国藩次子，清代著名外交家。光绪三年(1877)袭侯爵，四年出任驻英、法大臣，六年兼驻俄大使，与俄谈判收回伊犁事宜，七年签订《中俄改订条约》，被认为是晚清一次较为成功的外交活动。光绪十二年(1886)归国。

新刻二部，其一寄付潞儿衹领，谨拜师门之赐。其一粗已翻读，中间旧识甚多，类皆槁项菰芦，侘傺里巷，纵使潜修力学，仰屋著书，而遭际匪附青云，姓氏乌能传后。叶氏虽有此书，无力开雕，仍不过为蠹鱼所饱，今得执事为之剞劂，遂使孤寒之士一生心血所积赍志而没者得于张为《主客图》中略见文采。昔人谓收人遗稿，授之梓人，其福德比之哺养弃孩、掩埋骸骼尤为无量无边，他日韩范功名文富寿考一身兼集，敬预为执事操券颂之。自春徂夏，孱躯勉可支持，惟当此暑泾司令，每每筋骨酸痛，牵及手腕，故握管颇艰。家无元瑜、孔璋之徒亲知，笺讯必出手削，因之滞于裁报，惟执事挚爱，定能原之也。

按，《叶氏百三十家诗选》由叶廷琯选辑，潘祖荫于光绪六年(1880)腊月刊刻于滂喜斋，可知该札当作于光绪六年底或七年初。又据第四十通信札可推知，该札当作于光绪七年(1881)。

四十

六月间，接奉手谕并埙拓五种。展诵之余，深纫存注，久欲肃函报谢，因七月初二日在耦园沈氏作真率之会藉以消暑，评书读画，颇得清凉之趣，迨至斜日西沉，始各趁凉归去。鄙人与季玉先行，将欲升舆下阶，倾跌头面，磕伤至四处之多，幸托远庇，得免内损，然已危险之至。旬日后，创痕始平，又患腹疾，蒲柳之姿，连遭揉搓，遂至十分困顿。今虽小愈，而精神终不健旺，亦老境使然，委心任之而已。簠斋、恒轩均有书来，极羡尊藏土埙之精。簠斋谓王廉生得其一，执事获其三，称道不置。可见鄙人前书所云簠斋虽藏古匋至五千种之多，视此亦当逊席，似非虚谀。愚见埙本土器中不坚之物，难得遇此流传，亟应摹其形制，专刻一图，前人所称八孔五孔与雁卵鸡卵诸说，有此图说，足为经史考据之证，岂非墨林一大快事哉，尊意以为如何。

按，据吴云和陈介祺之通信，吴云于光绪七年(1881)参加友人真率会时跌落台阶，则该札应系于是年。

四十一

昨奉八月廿六日手谕，并医、币、陶三种拓本，谨已领悉，敬谢敬谢。伏审勋德并崇，古欢益楙。秋审甫竣，又奉恩旨办减等有数千起之多，想见仁心所运，倍极荩劳，而祥刑种德，慈惠泽民，感召天和，休征普庆，遥望卿霄，可胜额手。云自前月初勒悟九中丞就医来苏，下榻寒斋，数日之后病体渐愈。老友相逢，乐数晨夕，林下诸老时来谈燕，顺兄久不赴席，亦破格而来，可谓极一时之盛，尽盍簪之乐矣。悟老志在京职，宦情虽淡，精力甚充，买山无资，尚难家食。明春病痊得就京职，此为如愿以偿，凡事自有一定，非人力所能转移也。孱躯时有不适，旋亦向愈，久成习惯，不复措意。附呈敝拓八叶，此得自石门蔡氏者。敝藏古玺，前已摹刻数钮，近因簠斋敦促，将所藏十纽悉数摹刻竣事，并呈考定。赵惠甫喜搜罗金石拓本，因将尊藏太室埙转赠一分，告以埙质脆薄，不能多拓，此郑孔诸儒所欲见而不可得者，渠得之甚喜，著有长跋，其辞颇辨，录奉鉴正。余维为道为时节劳善护，临颖驰切不尽。

按，光绪七年(1881)八月勒方锜就医到苏，下榻两罍轩，则该札当作于是年九月。

四十二

十月二十日奉到手札，正抱采薪之忧，以致阅时五旬，报章缺然，歉悚无已。弟自七月初旬以后讫今半载，尚未出大门一步，衰茶之态可想而知。近因左足患湿疮溃痛，举动需人扶持，终日凭几枯坐，令人闷损。前蒙寄示古尊拓，属为考释其文，此器篆文奇古，中间二字尤妙至不可思议，谨就管见所及诠释另纸，仍求厘定。

按，信中言“左足患湿疮”，与致陈介祺函中所言一致，则该札当作于光绪七年(1881)。

四十三

前月杪，奉是月二十日手书，顷又奉到廿四日续示，一一领悉。敬审道履安胜，侍庭曼福，惟日内厘定减等，刑政过烦，荩劳弥甚。伏望节宣善卫，为国葆躬，是所至祷。汉光和铜斛拓本欣谢欣谢，来谕谓字多而未能精，云以为此器久霾于泥污之中，文字致遭剥蚀，然一种朴茂之气自不可掩，且字数多至二百，尤为汉器中所仅见。当日芝龄先生得此器，宝爱甚至，此云闻之许珊林丈者，著录于《筠清馆金石款识》。敝乡徐君青中丞与陈颂南侍御考证俱极博辨，可为一代斗斛制度之证。古器物莫征于世者，每得金石流传据为准则，此岂徒供耳目玩好已哉。此斛与太室埙可为八喜斋中金石双璧，惟器之形式是以微椭，抑为正圆，器质薄，君青中丞谓或因顽损，其圆致成微椭，可谓精识。云素性畏冷，近日南中已穿重裘，孱躯愈形瑟缩。附呈莽新十布拓本全分，伏乞鉴定。

卷九

致陈介祺

陈介祺(1813—1884),字寿卿,号簠斋,又号十钟主人、海滨病史、齐东陶父。山东潍县(今潍坊)人。道光二十五年(1845)进士,任翰林院编修,加侍读学士。咸丰四年(1854)辞官归里,绝意仕途。精墨拓,收藏宏富。著有《石文杂录》《传古别录》《簠斋吉金录》《簠斋藏古目》《十钟山房印举》等。

一

忆乙巳年都门聚别,忽忽二十又七年矣。道路间隔,世事迁变,不但良晤无由,即一纸之书亦无从寄达。前年有章君牧三从山左来苏购求古铜器,询访左右近状,云执事家居不常出门,收藏并未罹劫,偶到省城,遇惬心之品亦仍收贳,闻之稍慰。弟入官后虽一行作吏,而簿书之暇日仍与翰墨为缘。癸丑、庚申两遭兵燹,旧藏散失过半,而乱后搜罗新得,颇亦不少。积古斋中齐侯罍之外如师酉敦、禄康钟、叡尊、虎卣等器,载于款识者约二十种尽在寒斋。嘉兴张氏清仪阁中汉印四百钮,沈匏翁古镜百余面,亦均为弟所有。自念学殖浅薄,旧时师友尽已凋谢,虽朋侪中如冯林一、俞荫甫辈皆卓然负宏通渊雅之才,而为学同途、所好各异,欲求可与商订金石文字者同志绝少。默溯平生膺服心仪不置者,四海虽遥,独执事有同道之契耳。方以关河修阻，执讯难通，北望齐云，莫解劳结，忽于本月二十日奉到三月十三日手翰，亟取展读，勤拳之谊溢于言表，欢喜之情真出望外。敬审林泉多福，颐养攸宜，名山著述，日新富有，幸甚幸甚。弟跧伏菰庐，须发全白，去年以来精力益复颓茶，伏案稍久便觉心火上冲，头岑岑痛，指臂又时时作酸，作字逾五百便欲辍笔。行年六十二岁，老迈至此，真堪愧叹。承询拙著，庚申之变已梓者固片版无存，所有丛残稿本及藏书五万余卷亦全陷贼中。金石书画约存十之四五，合之新得尚足自娱。十年以来专注者惟《两罍轩吉金图释》一书，其中颇有所发明，或希冀可以传后，目录排比已定，尚欲改窜，迟日先寄教正，然后授梓。此外已刻者六七种皆不成片段，不足以尘大雅。毗陵被陷，虢盘汔不知下落，或传在刘省三军门处，曾经晤询，唯唯否否，或秘不肯宣也。旧有《虢盘考》一册曾录大著，特寄省览，两罍铭在腹内，极不易拓。曹氏一罍世间拓本尤少，弟因友人纷纷求索，曾刻有模本，为塞责计，今特为执事精拓一分先奉鉴赏，其余各器铭容后拓出续寄。罍文间有漫漶难识者，乃器之剥蚀也，图释中止录陈颂南侍御考释二篇，大著望即寄下，即当刻入。尊藏各器拓本，务即速惠。弟寓苏州省城金太史场，宅居不广却小有花木之胜，终日偃仰其中，绝不预户外事，亦聊以自守其拙也。海内知交零落，惟我二人健在，又复臭味无差，耆好如一，惜相距过远，奇文疑义不能面相质证，此后惟有凭管城君代宣款曲，以当晤对。儿子承潞现任太仓，长孙家桢今年已完姻，近况尚托庇平顺。执事庭阶兰玉想已森然，大著已梓未梓共有若干种？尊齿今年似甫及六十，来书亦有衰老云云，不识气体何如？并望一一详示，以慰驰念。又附去汉永始铜鼎拓本，此器尚未纂录，乞于著述之暇撰考释一通，俟寄到即当编入《虢盘考》。恐函封过厚，邮寄不便，是以抽出，容后再奉。

按，乙巳即道光二十五年(1845)，该年陈介祺中进士，而吴云恰因谒选入京，二人于是年订交。后音信杳绝，直至二十七年后才又复通书信。则该札当作于同治十一年(1872)四月十八日。此时吴云行年六十二岁,陈介祺六十岁。

二

五月十六日接初二日手答,相距二千里越十三日即到,可谓至快。欢喜展读,如挹笑言,即审道履康和,古欢益楙。承示《齐侯罍铭释》一篇,㞢字释坴连下读,定为通篇纲领,引《论语》《春秋》为证,笔法谨严,直使奸雄心事三千年后昭然若揭,甚快甚快,谨当附刻于册,听后之人参考。寄到汉永始鼎拓本,按铭文作于三年,为数第二百八十;敞器则作于二年数第一,当为创造之始。一年之间,流传可考者其数已如此之多,亦略见当时制度焉。铭首第一字似是乘字,或释为廉字,乘与廉皆地名也,十成数十湅者言其炼冶之精也。执事必有考释,望即录寄至。尊藏器有三细字两酉一鼎,谛审两酉字笔画软弱,似是后人以锥画之,与器无涉;一鼎字劲挺有力,或当时作器者用以为记,未可知也,法鉴以为如何?廿八将李忠后人墓门题字渴思一见,乞便中惠寄。索观书画目录,弟所藏卷册立轴,自北宋以逮国朝约三百种,其中惬心之品不过三四十种而已,目录无副本,迟日当缮一分奉寄。惟秦汉六朝以来碑碣造象收藏不下三千种,久欲汇编目录,因循汔未能就。尊藏前贤字画及古拓碑碣望将心赏者示知一二,以广见闻。贞兄处已将来翰送阅,渠欲得韩敕《礼器后碑》一观,未知尊藏碑目中有此一种否?翁覃溪云金陵郑汝器曾手拓其本以遗朱竹垞,见《曝书亭集》,何至数十年间便湮晦不见,其石属桂未谷遍访,亦竟不得云云。究不知东省有此石否?抑所谓郑汝器手拓之本或系数百年前旧拓而原石已佚,竹垞翁误纪之耶?不然何前碑屹然无恙而后碑竟无踪迹?如有所闻,并望示悉。弟所辑《吉金图释》皆一家之器,本欲仿啸堂录例将古印附刻于后,嗣因卷帙稍多,考例较详,意欲另编成集。正在迟疑未决,适得手教,遂决意另编矣,其中官印颇有志书所未见者，此书已成，秋间当先刷印寄上。外《吉金拓本》四种，有阮书所未录者。又一册器系敝亲家潘季玉所藏，皆怀米山房故物，统望詧收。季玉甚念左右，属先道意，迟日再通笺启。弟自前月二十间忽患采薪，眠食大减，至月之初二日精神得以渐复而胃纳尚滞，裁覆稽延，职此之故。承询各事，疏答另纸，伏维为道善卫。不宣。

按，吴云与陈介祺自同治十一年(1872)三月复得联系后，书信不断。此札亦当作于是年五月后。

三

十月十六日奉布数行，交韩伟功转寄，不识何日始达典签，邘上专足信件直于前月杪由毕纪差人送到。先将来函二通展读，并亟取箱笼检阅内附手翰十纸，反复䌷绎，恍在宝彝斋中促膝晤对，上下议论，欣慰无已。来书用竹纸写，恐出入披玩，墨渝纸敝，已命工褙托，可期经久。尊藏目录一册、印集十二本读之咋舌，收藏之精且富，固一时无两，即装钉纸墨之妙亦令人爱不释手。后附燕庭方伯所藏唐龟符及巡鱼、交鱼各符，窃幸皆在弟处，吾兄闻之必喜也。承惠竹垞冬心各楹对拓本，谢谢。本月初八日又接伟功兄交来续示，并与鲍子年观察书稿，又附与邘上张锡五兄书，均悉。邘信当即寄去，苏扬寄信甚便。弟常多疾病，精力万万不逮吾兄。拙著《彝器图释》虽已刻竣而铭篆正须修削，南中自兵燹以后，手民之劣以及纸张刷印无一可以入目，兼之各省书局、舆图局皆选良工，稍有本领者皆为罗致而去，迥非乱前可比。兄眼界过高，倘不肯降心相从，必欲如从前之精益求精，转恐有因噎废食之患。大约刻金器首重篆文，此外皆可从略也。承询各事，疏对别纸，天寒晷短，未及详尽，容随时续覆。惟望吾兄加意颐养，为道自珍，有可节劳之处亦不必过费心血，总以恬适为宜。我辈虽不敢以古人自期，然后之视今亦由今之视昔，正不容妄自菲薄也。海内知交零落，三十年中老友屈指正无多人，相见未期，临书但有惆怅。冬心对既兄见赏，谨以为赠。

按，据《簠斋尺牍》①载，陈介祺于同治十一年九月初二寄吴云信札数通，提及冬心楹对等事，可知该札为吴云之回复。

四

去冬交伟功带奉信件，数月来常欲续布数行以申契阔，因臂疾时作艰于握管，又以良友远睽，每遇通书，虽尽十数纸尚未能罄所欲言，坐是转稽音候，幸勿为过。本月廿五日伟功来苏，携到二月廿四日手书并《古泉汇》二套、《富贵吉羊图》、齐刀范、建武范、绥和雁足灯、太康奁、渔阳郡甗、汉李夫人墓门字、魏金沙泉三字各墨拓，内惟宝六化土范拓本未见，想必漏入，余俱收领，谢谢。竹朋兄《古泉汇》一书搜集之富实古今所未有，自顾氏以来此书洵为大观，兄谓其镌刻未善，诚是，然已成必传之作矣。剞劂一事固不可草率，然必精益求精转至因噎废食，前书劝兄降心相从，将应刻之书早早付梓，实有所为而言也。竹兄所著《续集》刻竣，务望代索见寄。《古泉汇》去冬已由家清卿太史寄到一部，今得重出，一到即为友人攫去矣。《书画鉴影》不必观其书，即此书名四字已足令人心动，弟不知如何立说。弟于此中致力三十余年，略知甘苦，收藏名迹自北宋以来颇多精品，亟欲一闻《鉴影》体例也，望兄先示其旨如何。《十钟山房印举》尤愿先睹为快，前人流传印谱收集既隘，考鉴未精，无一惬心者。弟藏汉魏六朝官私印千纽，中间官印颇有海内罕见之品，尝取官印及私印姓名之有考者著《两罍轩古印考藏》十卷，虽刊刻已成十之七八，因欲校改且有续增，

① 陈介祺：《簠斋尺牍》，台北：文海出版社有限公司，1973 年，第 984—1018 页。

故尚未蒇事，今先将草印稿三册奉寄备采，即乞指讹，并将官印另印一分附奉鉴赏，倘有可类入《印举》者，望兄指出注明，即将空白印格发下，由此间印就寄上，汇入装钉最妥，道远难借寄也。南中古物不独金器为有力者收括殆尽，即碑帖、书画、磁玉等类稍可入目者价便奇贵。未翁所藏虢尗钟后归蒋生沐，辛酉年曾留弟处三月，谐价未就，去冬已为敝姻家沈仲复以重值购去。兄欲于南中物色古器，其可得乎？吴侃叔《商周文字拾遗》久访未得，徐籀庄《从古堂款识学》闻毁于火，无从踪迹。筱沤兄殉节后，嗣君縠甫亦相继弃世，现遗一孙，今年已十七岁矣，尚能读书，赖其母贤，能主持家务，旧时田产俱已兴复。当乱离转徙之时，收藏散失过半，幸珠宝衣饰等类未失，此时之得能过活，亦正赖此也。子贞兄今年正月间大病甚危，弟新正谢绝詶应，直于元宵后三日出门，首先到彼，在卧榻相见，执手呜咽，涕泗满颐，谓呃逆不止，眠不安枕，食不得味，与其病而生，不如速之死，想兄闻之，定亦同唤奈何也。《李夫人灵门题字》已交去，承属转索书件，未知何日始能报命也。哲嗣二世讲暨文孙别号望示知，拟作书画扇头为赠。仲饴兄令侄与儿子承潞有乙丑同榜之谊，子苾先生之后得附世末，闻之甚喜。从前翁尗均示我毛公鼎拓本，云此鼎在尊处，今查寄示收藏目录无此器，究竟世间有此鼎否？窃愿悉其踪迹，祈示知。兹先遵寄庚罴卣拓本十分，秦度残字拓本二十分，又所需双钩化度寺残字有现存十六册，益以双钩《温虞恭公碑》四册共二十分，乞检收。拙著《彝器图释》尽月内必可刷印，再当驰求是正。笺纸羊颖当一并奉寄无误。

按，查《簠斋尺牍》可知，陈介祺于同治十二年(1873)二月致信吴云，谈及代购古官印等事项，则该札应为同年四月十一日吴云之回复。

五

八月中奉七月廿九日手翰，并周秦金石墨拓三十二纸、《传古小启》四本，一一领到。拙著《彝器图释》知已尘鉴，蒙许为久而愈传之作，惭悚惭悚。承示中有可以酌汰数种，益征老友直谅，绝不作周旋牵就语，必如此方为文字至交，感幸无已。内中庚鼎、商盘二器道光末年得于扬州某商家，铭文为铜锈所蚀，曾经刻入《二百兰亭斋金石记》，此次重刻即从《金石记》中影摹，本未惬意，执事致疑洵是真鉴，当即汰去。此书虽已刷印数部，版未铲净，原待参订增减，非定本也。册册父乙鼎当年与齐罍师敦同得，鼎腹底镌有"阮某宝用"四字，制作精妙，朱绿灿然，篆文亦极古楙，虽积古斋中亦容有未精之品，然此器实无疑义。大约古器中一二字者易于仿造，每每器真而字讹，收藏家以所见类多赝作，未免生厌，但观拓本未见真器，概以伪刻目之，良有以也。尊谕一二字者不妨少刻几件，所见诚是，惟一家所藏与集录诸家所有者稍有不同，溺于所爱，往往不忍割舍，拙著中实不免亦有此病也。然敝箧尚有商周觯爵戈矛泉范之属二十余种，以其字文相类，无甚意义，故未录入。铜鼓本可不录，因考据家多言铜鼓铸自诸葛，或言出自马伏波，其实伏波之前已先有之矣，录之亦聊以备一说也。岑妃敦前年章牧三到苏广收古器，欲得字文较多者，托敝同乡姚少垣再三来说，以重值购去。此器现今在李君处，以弟观之，实非陕刻，兄如进省可向李君索观，真赝立判，不必言其原委也。鉴别古器，但观拓本十可得其七八，然有一二必与原器参观并审，方无冤屈遗滥，此中窍奥应惟兄知之，固未可一二为世人言也。承惠秦金各拓已汇装小册，惟检敝箧旧藏元年残诏版拓本与此次所寄者校，残缺形制相同，而旧本第三行"袭"字、第六行"功盛"字、第七八末"左使"字多模糊莫辨，今则极为清楚，岂将铜绿剔净故文字明显如此，抑别有一器耶？旧本有"陈粟园"小印，必出尊藏也。秦量今得见全形，直欲喜心翻倒，惟所拓全形止有周围圈口与一柄耳，其广狭深浅及边底之存否均未及知，意当日侈张功德制诏之刻于器物者非一，易代之后必遭毁废，是以后世无传焉。诏中有“度量”二字，故从欧说，以度量名之，亦明知度是度、量是量耳。向于秦金残诏未见全器，久蓄疑团，亟欲一广见闻，尚求详示。南中旧时同志均已凋谢，近日好事者但能出重赀搜罗，而欲讲求古文奇字者实少其人。有世好沈均初中翰壮年力学，酷耆汉魏已来碑碣，鉴别精审，考据详核，今春已谢世矣，为之慨惜者累日。子贞兄之病竟至不起，想兄闻之定亦抱恸，贞兄书名盖世，诗文经学以及金石题跋莫不工妙，在国朝当推第一流人物。自去年以来多病，手颤艰于握管，弟屡出执事来书与阅，每阅不终篇即欲欠申而起。代索楹联，总答以待我腕力稍强再写，即弟尝索其作数行书亦如此说，且作运腕欲书之势，辄自叹其心手不能相应。盖为知音者落笔，不肯率尔操觚，尤不肯令群从子弟捉刀酬应也。自其没后，遗迹人争购藏，声价益重，韩子云：“用功深者，收名也远。”学者精神命脉所注发为文章，传不传身后必有定评也。曹氏器中䨓中字本有疑义，䨓字《书序》作仲虺，《史记·殷本纪》作中䨓，陈颂南侍御亦引及之，惟谓䨓为齐侯名，不应于其臣称桓子之谥而于其君称名，故不从虺从䨓；子贞兄则以从虺为是，䨓为非，然“春秋论语在此䨓”阮文达句也，贞兄为弟作小斋匾，后有短跋袭用其词，则云“论语春秋在此䨓”，吾师诹考集群才，则又未尝不从䨓字也；许珊林丈云：诗终风虺虺其雷，传震雷之声虺虺。然《易象传》：山下有雷，小过，《系辞》断木为杵，掘地为臼，取诸小过。《史记索隐》：“齐景公名杵臼，虺其字也。”器为景公受天之命，命陈桓子嗣文子为工正，桓子用作文子之庙器，得曹氏此器证之，景公名杵臼字中虺尤无疑义，其说亦本《书序》与《史记·殷本纪》也。总之铭在腹内，篆文极不易识，言人人殊，鄙人之宗陈说亦踌躇而未能满志者也。

按，沈均初即沈树镛，同治十二年(1873)春病逝，何子贞亦病逝于此年七月。则该札当作于是年九、十月间。

六

前书写就尚未缄寄，又得八月廿四日手翰，展诵之余，恍如晤对，慰幸无量。贞兄《东洲草堂集》伊家无现存者，俟韩伟功行时当以弟处所有一部先行寄上无误。印泥弟所用者均向苏城云蓝阁、松茂室购买，以自制总不得法，转不如此二家所制也，每两有二千四百文者、一千六百文者，有八百文者，印于另纸注明价目，欲购来书可耳。辨识古官印，但观钉本，比之彝器尤难遽定真讹。古有专掌治印之官，秦书篆体五曰"摹印"，然建武间篆法已舛讹滋甚。马伏波所称"伏"字"犬"外向，"成皋令"，"皋"字"白"下"羊"，丞印"四"下"羊"可证也。至一时出于仓卒，封拜者更无论矣。承示可疑各印，内有实实无可疑者，不特金涂灿然，而篆文亦的真原旧，不复置论。外其"兼平北司马印"、"平原徙丞印"，弟因叔未翁所藏，瞿木夫辑入《集古官印考证》，又盛称之，故亦入录。"颍川西湖之长"后人印，误羼官印中，兄一见即指出，具征目光如炬，无微不烛，尤为心服。"西乡侯印"篆文填金，故难辨识，此"乡"字非"都"字也。"桢翰宁部司马"尊释引《传》：平板榦，正义《释诂》：桢翰榦也，当是军中掌筑壁垒之官，殊为精确，已采入《印考》。弟按《一切经音义》及释文，榦通作幹，又作翰，前书地理志上郡有桢林，莽曰桢榦，榦通翰，是桢翰即桢榦也。顾氏《集古印谱》有"常山漆园司马印"，常山亦地名也，似即同义，此亦一说也。司马印流传甚多，汉假司马此为仅见，或疑不应假司马上加一"汉"字，然弟读《通鉴》，建武二十一年赐莎车王贤西域都护印绶及车骑黄金锦绣，敦煌太守裴遵上言戎狄不可假以大权，因诏收还都护印绶，更赐贤汉大将军印绶，此又与汉假司马同义，可援以为证也。"剑士印"藏积颇多，所见更难仆数，观其制作篆文，其精者必非后人所能伪，且价亦甚廉，伪亦无谓。向以"剑士"二字索解不得为疑，遍查历代官志及各印谱，亦从无考释。后读《通鉴》，建宁元年宦者王甫使剑士收蕃，执送北寺狱，此陈蕃本传及本纪所不载而于读《通鉴》得之，剑士当即宫门宿卫之官也。谨以质诸左右，尚望厘正为幸。

按，此札为吴云接到陈介祺同治十二年(1873)八月二十四日来函后的回复，作于收信后不久。

七

前月初三日，托韩伟功兄带上纨扇、书笺各件，未知何日始达。嗣奉十月十八、十一月初三先后所发手函并《书画鉴影》一部，祗领谢谢。南中自前月十二日以后奇冷，滴水成冰，河道冻阻，不通行旅至七日之久，为近十数年所未有，至今余寒尚厉。弟入冬后键关不出，偃息之所因玻璃不能避寒，悉用漂白洋布画着色花木为幔，或卷或垂，收放随意，甚为和暖且又亮爽，亲友见之，纷纷仿行，咸称尽善，闻兄亦甚畏寒，故详告以备采用。承示许印翁释[illegible]字谓[illegible]，即[illegible]，既字从[illegible]，象人举手，从手。既声乃概字省，皀定为抚字，所释甚确。“日工”，子苾学使释为日壬，引日乙、日庚、日辛为证，亦有依据，已悉如来翰录入拙著。惟末[illegible]字似班未解其义，虽已并录，尚望明示。朩未丈藏一器，定为商班尊，阮氏载入积古斋中，有三点阮氏失摹其释。班字为从玉，说文以为分瑞玉也，此从竝者谓古文作辨，辨为古竝字繁文，而从玨之字又其后起。此器辛酉冬闲有金兰生者得自沪上废铜铺中，后售与李眉生廉访鸿裔，弟博易得之。其时江苏故家收藏为贼匪兵勇所掳者，转辗售卖，皆以沪上为尾闾，是否即顾湘舟所藏，无可考也。尊藏堇山臤册鼎与阮氏器铭同而器异，将来能以全形拓本见寄否？甚盼甚盼。李竹朋兄所惠《书画鉴影》已读一过，书中间有评断，并叙述画中景状，莫不曲尽其妙，钦佩之至。第一卷所载永师《千文》墨迹在敝亲家顾子山处，前有阙字，实从“龙师火帝”起，应改正，又董跋亦有数讹字应改。子山嗣君骏朩茂才亦酷耆收藏，此卷已勒石，惟郭兰石跋尚未刻完，今先将已刻者拓寄，望转交竹兄，其李春湖侍郎一跋不刻正与竹翁之不录同意也。弟于书画一门究心三十年，家藏自北宋以至国初卷册立轴真且精者约四五十种，颇堪自信。平日未论及者，因书画与吉金不同，吉金有铭文可证，书画非亲见莫定真赝。子山收藏至富，尤喜“四王恽吴”类，皆以重值得之，惜道远，不得吾兄与竹翁同为平赏也。弟所藏画件子青制军大半过眼，他日相遇，可询其略。青翁念执事甚勤，并云与竹翁旧交至熟，谓书、画、棋、琴、金石、篆刻竹翁无不工妙，闻之令人向慕。所需梨刀范拓本兹先寄上十分，大泉五十范前已奉寄二十分，不复再寄。外日壬壶拓本二分、五铢货泉大泉五十、梨刀四范拓本各一分赠仲饴兄，又一分致竹翁，统祈詧收转交。

按，据《簠斋尺牍》载，同治十二年(1873)十二月二十五日，韩伟功带来吴云子月二日手书并纨扇等，可知该札作于同治十二年底。

八

正以久不得芳讯为念，适奉二月朔日手函，浣薇展诵，欣悉去冬托韩、谭二君转递各信件均已达览，抃慰无量。承惠寄琅邪台秦拓二纸，其一虽已漫漶不能辨识，尚有笔画隐隐可寻，已付装池，悬诸壁间，详细审绎，或有数字可识，亦未可定，所契当在臭味酸咸之外也。秦汉瓦拓二纸亦领到，弟于古砖瓦向不搜罗，所藏无多且乏精品，敝乡亲友中颇有专门于此者，不知乱后尚存否，容访之再报。鲍子年观察处曾以敝乡金砚云《古泉考》手稿六册寄郑盦转交，稿中泉文皆砚云手拓，其书意在接续洪志，故宋元明钱较备，不知有一二为《古泉汇》中所未有否。二世讲何病？刻下定已全愈，深为记念。竹朋翁小有风疾，正与鄙人相同，此由老年血分不足之故。弟二月初为风湿所苦，不良于行者半月，今虽小愈，精神总不能振作，崦嵫景迫，一无成就，无以副良朋期许，每一念之，辄形愧汗。敔𦉜鼎止存残铜一片，何以知为方鼎，乞示知，缘弟所藏阮氏积古斋之敔𦉜盖乃圆鼎，非方鼎，故亟欲一闻其详也。永师《千字文》与宋拓本不同者，当日所书前人皆言有八百本之多，世必不止一本，容有不同处耳。子山所得者即李寄云旧藏，竹翁载入《书画鉴影》，故将石刻寄阅，鄙人于此卷止断为宋元人所书，子贞兄所见亦同，而信臣中丞大不为然，谓卷中草书或尚有知其妙者，若楷书之妙当世必无人能识，倾倒心醉，几欲五体投地，所谓各有一是非也。子青制军处已将尊函交阅，函中论画数行以为六法三昧，属道拳拳。手此布复，统容续陈不一。

按，该札与上通书信内容衔接，当相距不远，应作于同治十三年(1874)初。

九

前月伟功兄来，奉到手翰并承惠寄金石文字各拓本，敬领，谢谢。秦汉瓦文一百九十四种当付装池褙成四册，洵为大观，欢欣宝爱，非言可喻。月之八日又奉三月廿八日续示，藉谂道履康胜，著纂如意为慰。弟自交三月以后病不离身，齿病有二十余年不发，前月下旬忽然大作，竟至吁地呼天、手足无厝，现已逾月，尚时作疼，咀嚼极为不便，饭食非极烂者不能下咽，为之闷损，终日静坐内室，看书亦择浅近者随便浏览，不能稍用心思。闻尊体亦小有不适，或亦操心过度所致。著作诚不朽之事，文人结习断不能除，然大耗心血，季玉常常规劝，弟感良友箴言，虽不能尽从，因而辍笔者有之。谨以转劝老兄，笔墨一门可已则已，可节则节，加意调护，勿过劳心，是所至属。平生文字知交颇不乏人，然得失寸心知，欲求实在心折者，四海虽遥，屈计不过三数人耳。自蝯兄去世，同谱老友吴中止有冯林一兄而已，今又于四月十二日召赴修文矣。此外惟老兄一人，而又远在千里以外，只凭书问往还，相见不知何日，言之殊惘惘也。前书拟刻先秦文字，鄙意总不如仿薛、阮二书之例，就现有拓本增补其未备而精刻之，此亦一代必传之作，若必刻意求工，转恐因噎废食。吾兄于金石之学，在今日实为海内灵光，收藏之富尤为夐绝，今古先秦文字之传断惟执事是望，翘盼翘盼。棉料纸特先将纸样寄上，如合式可以照购，价遵来谕与伟功算取可也。先后所惠手札均已粘裱成册，容属敝友录出再寄。承询各件，病中未能条对，统俟续陈。外黄忠端公楹帖墨拓一联，乃仲复舍亲借刻者，附寄鉴赏。鲽砚庐，仲复斋名也。

按，冯桂芬病逝于同治十三年(1874)四月，则该札当作于是年四、五月间。又，陈介祺是年三月二十八日致信吴云求代购棉纸，该札应为吴云之回复，作于四月二十日。

十

月之望日，曾肃寸笺寄轮船局递至惠丰典当谭藜堂兄转交，未知何日得达为念。一昨由伟兄处送到浴佛日手书，知前患已愈，眠食增胜。弟两月以来病不离身，痔疾虽小作却无大苦，而苦在大便燥结，非七八九日不解，解则非大半日不得了，遇此一日，百事俱废，而身子亦因之狼狈不堪，种种暮年衰象也。棉纸前曾寄去，纸样如合式当续购，此纸在吴中已推上驷，若再要细絜揉之无声者不可得也。承示新得秦百二十斤铁权，斯相书诏则刻于铜版，镕铸合一，此平生所未闻者。拓本字虽漫漶，其明白可识者则皆遒劲秀逸，自是斯相手迹无疑，吾兄古福洵为不浅也，能刻一全形加以注释，俾好古者获此创见，尤为艺林快事也。翁叔均并无《官印续考》，不过叔均在日见有古印便乞印本，所收亦止唐宋元明官印数十方而已，弟所知如此。胡氏泥封目录不知其详，尚乞明示，以便转索。所需秦金九字诏版，容拓就另寄。

按，查《簠斋尺牍》，可知陈介祺于同治十三年(1874)四月八日致函吴云，记述得秦百二十斤铁权之事，并拓寄同赏。此为吴云之回复。

十一

前接五月十三日所发手书，辱承垂念拳勤，临风三复，感不去怀。秦铁权拓本二纸领到，细审制作，实为创见，当日必以铁质之粗，细字难刻，特稍凹其地而以铜镕之，仍磨平镌刻，可见秦时制诏凡刻于器用者，其郑重多如此，迥非后世出于工匠手比也。物必聚于所好，吾兄爱相斯篆迹，搜罗秦金不遗余力，今又得此玮宝，金石信有奇缘，真令人健羡不已。瞿木夫《古官印考证》，昨得伯寅书，知其嗣君瞿经孳树镐已在西安授梓，去年经孳曾回里门，或觅得原稿，真快事也，因兄念之甚切，故特驰告。《考证》颇为详核，然半从顾谱影摹，所释亦本诸顾谱及《山左金石志》等书居多，以兄之眼力，他日见之，未必叹为杰作也。载籍极博，传世者大抵多醇疵互见，欲求毫无遗憾，岂易得哉。胡氏缇泥封目录容详访再复。当今刻印能者绝少，白文尚有汉文可仿，朱文则古篆不可识，宋元宗派专尚工秀，学之颇不易见长。敝乡丁黄奚蒋及曼生诸君尚不失古意，而近日治印者畏难取巧，其朱文全学邓石如一派，恶俗难耐。倘尊藏泥封与子苾先生处所收合刻行世，俾学者奉为楷模，则嘉惠艺苑洵非浅鲜。四月望日之书系托惠丰典转交，乃已及一月未达，或遭浮沉，现向信局根查。幸弟先后奉致之函，即随意拉杂不属草者，亦必于缄封时交子弟或家人辈录出，然后发行。盖我二人相距既远，年又均在六十以外，凡有书札往来，非勘析文字即琢磨道义，从无寒暄贡谀之语，纵使笔墨潦草，此中亦自有真性情在，故不忍弃而不录也。前书大约已失，特命家人照录奉寄。弟交五月后孱躯稍好，然稍一劳动即有不适，长夏无事，焚香执卷之外，聊以书画为消遣而已，亦不敢以著述之事耗心血也。手此布臆，千万为道保护。不宣。

按，据《簠斋尺牍》，陈介祺于同治十三年(1874)六月十三日致吴云函中言及“四月十四日惠书六月始至”以及“经孳将刊之关中”等事宜，似为该札之回复。则该札当作于是年五、六月间。

十二

前月初九日专肃数行，附有古瓦当文七种计十四叶，又《彝器图释》二部托伟兄转寄，未知何日达览。一昨奉前月十九日所发手翰，欣悉道履康胜，动与吉会。弟交秋后孱体又常有不适，已成习惯，委心任之而已。吾兄笃耆古学，精力又足以副之，此殆天欲成全吾兄为一代传人，必非寻常侪辈所能跂望也。所示叔未丈旧藏古玺文，此玺在弟处，其余之印因未得印文，无从检寄。特将弟之得于清仪阁者另印二分寄上，倘欲入《印举》，须借原印，望示知，当交伟兄带上，即由伟兄带还，统候进止。

按，据《簠斋尺牍》中陈介祺八月十七日之回复，可知该札作于同治十三年(1874)八月六日。

十三

前月十九日惠书伟功兄亲自携来，其时正赴家乡省墓顺便就医，故未把晤，昨归又奉廿二日续示两函，开缄雒诵，知先后所寄各件均邀鉴纳。承寄三代古玺文五十纽、又子振兄摹本二十六纽、瓦文题字七纸、盂爵拓本一纸，均已一一照领，谢谢。子振所摹各玺雅有古趣，“两罍轩”三字尤妙(轩字确)。南中自家让之故后绝少解人，从前翁叔均喜用钟鼎文字，章法颇合，惜太稚弱无古致，不逮子振远甚。弟有青田印石与此大小相似，当托伟兄带上，奉烦如样刻之，印文一纸，后信附还，不遗失也。博易古物，昔苏米诸公常为之，盖一转移间各惬所爱，亦翰墨快事。惟弟藏古印不及兄四之一，此数玺当日得自清仪阁，颇自珍惜，不轻示人。因兄编《印举》，弟处藏印以道远不能寄，止此数印携带较便，而又有伟兄之稳实可靠，故拟托其带上，明春伟兄南来即可携还。将来兄处多印出数十百分，与已藏无异也。硁硁之性，与友朋交，虽极不要紧之期会，亦从未敢失诺，况与我寿卿老友三十年文字至谊，安有渝约之理？伟兄到，古玺亦到，请毋悬虑也。瓦当为转索数分奉寄，何处出土亦当询之。所需秦量拓本尊奉二十分，又两齐罍精拓各一分，又唐龟鱼符四种并呈清玩，古私印印本一时未能报命，明春拟将古官私印印出二三十部，必当首先寄呈鉴定。贱名古印中常见，从前筱沤兄曾赠一纽，往年何伯瑜亦有一纽，均非精品，承示之朱文印亦未惬心。此等辟邪纽失子存母印弟有十数纽，其中刘胜姓名者屡见，按刘胜汉时已不止一人，此印又似非两京物，兄有考证否？弟自交秋后常常生病，不出户庭四旬余矣，近日咳嗽尚未已，而大便又极燥结，七八日一更衣，艰苦异常，承示苍术丸，不敢轻服。职此之故，每读兄来书，深佩好古之情老而弥笃，笔下亦洋洋洒洒，满纸精神，尤难得首尾无一率笔，与弟较真有松柏蒲柳之别，且羡且愧。盂鼎闻左相特制一车从关中送来，此可为伯寅庆也。尊藏古玺五十纽洵为奇丽之观，惟内有一二印如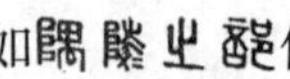似非三代文字，兄以为如何？前人论印辄曰秦汉，今兄以三代古玺另编成集固由卓识，然非收藏之富如兄者则亦不能成也。《宋史纪事本末》七十二卷建炎三年，金粘没喝欲杀洪皓，旁校曰此真忠臣也，目止剑士且为皓请得流递冷山，可见剑士一官在唐宋尚沿其制。

按，上海图书馆藏《盂鼎克鼎释文不分卷》后附左宗棠原信云："伯寅仁兄大人阁下：前奉惠书，敬承奖饰有加，益增愧赧。盂鼎托筱坞阁学拟以小车运致。"信作于同治十三年(1874)九月十八日，则该札当作于是年。

十四

前奉九月廿三日手翰，展诵之余，如承謦欬。所论玺印篆法刀法于古人精神命脉所寄，可谓洞见症结。曾出来笺与张子青尚书及潘季玉、李眉生、杜小舫诸君观之，无不击节称善，咸谓名下果无虚也，佩甚佩甚。弟月初赴娄署小住半月，中间又病四日，幸无大害，归来适天气骤寒，瑟缩窝居，孱弱之躯颇不能耐，欲以书画消遣，又苦手指僵涩，令人闷损。兹乘伟功兄吉旋之便，托渠带上桂未谷《说文解字义证》三十二册，此兄去年所要者，久无以报，兹将旧存一部先行寄上，祈查收。齐罍拓本四十纸虽用棉联纸而拓工未精，不足以备投赠，倘得如子振兄其人重模一通，必有可观。家让之兄手摹相斯二十九字，特检寄二纸，鉴其优劣如何。青田印石一方、篆文一纸敬乞子振兄镌刻。古印六纽，又蛇纽一印，共七纽，托伟兄面致。望兄属世讲辈多印出数百纸，明春仍交伟兄带下是荷。又蛇纽一印，似是汉魏六朝之物，篆文尚易辨，苦于无考。[illegible]字或释“梼”，或释“柛”，“礐”毒石，“梼”恶木，“柛”则训为木之自毙，皆非美名而制作奇古，绎其字义又似是官印，特寄求考示至感。古玺鉨印即“玺”无疑，[illegible]释“都”亦有意义，“都”之古文如是也。此外二篆皆作[illegible]，形甚奇，殊不易释，如有所见知必示我也。南中自兵乱后各项皆劣，所需笺纸样属将弟所用者各寄数叶，兹特检呈大小百叶，其交鱼符长寿钩纸因见兄来书所用，洁白可爱，特倩铺肆照印。初次尚好，第二次便不如前矣，非刻刻棒喝不能振其聋聩也，如是如是。竹朋兄所著《续泉汇》如已刷印，乞转索一部，兹先以拙著《彝器图释》四册奉寄，望致竹翁鉴正。所寄各件开于另纸，统希查照点收。

按，陈介祺于同治十三年(1874)八月十九日和廿二日分别致吴云信札，据札中所言“古玺”、“蛇纽”等事宜，则该札为吴云之回复，作于同年九、十月间。

十五

尊论辟邪纽子母朱文印以藏有张迁、李翕，为汉时著名之人，此印似非汉以后物云云。惟弟生平所见此一种印，形式既大，制作、篆文俱少古楙之气，两汉去周秦未远，流传各印间有朱文，具存古致，与此一种印迥不相类。古今人同姓名者甚多，即如刘胜一人，见于《汉书》者有三，不能不以汉实之。然考其形式制作朱文，不特未必是汉，恐出六朝以后亦未可定。故鄙人于此一种印另归一类，向不深取，未知尊藏张、李二印形制如何。弟藏有辟邪纽数印，或涂金或银质，纽制精妙，篆体白文古整，形式大小不及此一种朱文印之半，似一望而知为两京遗物也。惜道远，不能各出所藏互为印证，聊借管城，用当晤对。不一。

按，据《簠斋尺牍》，陈介祺于同治十三年(1874)九月致信吴云，言及“敝藏却有张迁、李翕，皆汉时知名人，未可概目六朝也”等事宜，则该札似为吴云之回复，当作于同年十月以后。

十六

去冬韩伟功兄旋里，托带上一函，附有古印书籍等件，不知何日达览，殊切记念。流光如驶，倏又节近清明，遥想道履安和，瀛潭集福。弟冬春以来常患咳嗽，近日天气和暖，精神稍振，嗽亦渐已，但得入夏后不增他疾，如天之福矣。闻兄每届隆冬严寒便深居内室，不出户庭，岂效东坡先生冬至前后蛰伏四十日为养生妙诀耶？窃愿闻之。伟兄何日来南？自其行后我二人尺书罕达，落月河梁，相思綦切，想彼此定有同情。兹姑以此书交应敏斋廉访用官封发递,托东省大吏衙门转致,如得速达,则辟一邮书之境,亦殊便当。大约封里稍厚者,须防为驿站乾没,不可附入也。竹朋兄去冬书来,以全集见惠,始知昔曾在苏州顾湘舟斋中燕集数次,事阅三十年,回首前尘竟似隔世,昨已有覆件径递都门矣。

按,据札中"去冬"、"节近清明"、"尺书罕达"等语,可推断该札作于光绪元年(1875)临近清明节前。又据下通书信所言"前月廿五日",则应系于是年二月廿五日。由于韩伟功不常南下,故此期间二人通信频次大大减少。

十七

前月廿五日寄奉数行,交轮局转递,未识能否速达。发信甫三日伟兄已到,晤谈别况,备悉兄去冬体履甚健,惟值国有大事,地方官造门就教,诸增劳勚。比届暮春,想眠食起居定益健适,承惠寄洋法照册、石印刻版、铜印及古玉各件,均已领到。古印七纽俟夏间妥便寄下,谨如来命。子振兄摹刻木版可谓精绝,石印三字饶有古致,代购石价容汇缴。王西泉兄治印全仿汉法,洵为近时能手,比诸翁叔均有过之无不及也,薄具润敬,后便汇寄古玉二件,容当留意报命。承示用洋法缩照彝器及书画各图,此事南中已数见不鲜,倘因古碑碣字大而欲缩小刻之,则此法甚妙,工省而又能一丝不走,比之贾师宪门客刻《玉枕兰亭》有难易之别矣。惟不能耐久,久则西洋药水之力渐化,将成没字之碑。兄如作游戏笔墨借为消遣则可,倘欲藉以垂远则不可。附去缩照《麻姑仙坛记》数叶,乃何子登太史所赠者,太史精于此道,初颇着魔,闻近亦意兴渐衰矣。此数纸阅时不过三四年,字文已大不如前,再阅四五年必更模糊也。盂鼎居然为伯寅所得,获此玮宝,洵称奇缘。弟近日身子尚无不适,惟精力不振,伏案稍久便思辍笔，故作答稍迟。知在垂念，特先泐数行达意，不尽之言，统容续布。承赐名印，未能满志，留之无用，竟如尊指缴上。老年至好肺腑相倾、博易投赠，凡可割爱者不妨推陈出新，各适其愿，其不忍舍者亦当直告，免得蟾蜍砚去、泪滴老颠也。

按，由上通信札内容可知该札作于光绪元年（1875）三月暮春时节。另，潘祖荫于同治十三年（1874）底获赠大盂鼎，吴云于次年初得知此消息，时间上亦相符合。

十八

前日从沪上归来，奉读手翰并蒙惠寄北南朝残石拓本十二种，又三种各系题识，不但残石妙迹得未曾有，尤难得吾老友手书亲题，当即命工装池，褙成横幅，悬诸斋壁，如见故人，欢欣宝爱，匪言可尽，敬谢敬谢。弟之赴沪，欲就西医修补动摇未落及虫蛀牙齿，因舍亲庞君治之有效，故特仿行。不意徒劳往返，全无益处，大约老年牙跟已松，不比少年修补，难期有效也。蒲柳之质，望秋先零，浑身是病，无从医起，幸此次到沪往返旬日勉可支持，已为大庆也。老兄去秋得女，今春得男，数月之内适符一索再索之占，非精神十分康健充足曷克臻此，洵福寿之征，不特天上麒麟降生公家为可喜贺已也。弟膝前现有五孙两重孙，终岁杜门，笔墨之外日与孙曾调笑取乐，此亦晚年愉快之境，不敢不知足也。朱文公《易系辞本义》残稿六十行拓奉法鉴。此后轮船局带信殊为快便，酒资例给之外，多写另加二三百文，则必首先投送，决无遗失。若函封过厚，则千文亦不为多也。前函有老友手题各拓本在内，虽再多数千文亦欣然不吝，幸勿为虑。

按，据《簠斋尺牍》载：“愉庭老兄左右，五月十四日得四月廿九日手书并廿八日复稿”，则该札当作于光绪元年（1875）四月廿九日。

十九

月之中旬接四月廿八日手书，并六朝石拓四种、碑阴残拓一种。石拓字法既精美，人物画工尤妙到极处，世传武梁祠画石及各造象从无见此秀丽之笔，比之前此所惠十二种更觉可宝。亟付装池，悬诸座右，觉一种古色古香盎溢几案，令人玩味无穷，欢欣感谢，何可言喻。承谕《朱文公系辞注稿》石刻住笔处似力稍弱，秀韵多而严正意略少，疑钩刻或未尽善，具见法眼。弟于初蒇工时亦曾与奏刀之钱君言之，渠云由于捶拓未精，另易绵联纸精拓，一经装裱，顿觉笔力增劲，与原本竟无差异。兹特另拓五分奉寄，望以二分转赠西泉、子振，务属付裱，精神自能焕发也。又金器拓本二纸，其篆文有未识者，乞为考示，一决真赝。另具白金八两，以二金偿子振石价，余六金分致西泉、子振，聊为尊酒之资，不足当润笔也。弟交夏以来总算健适，贱躯本来孱弱，廿余年浮沉宦海，遭遇多故，忧能伤人，此日傫然独存已属幸事。且人之秉赋厚薄各有不同，敝亲家顾子山新从宁绍归来，不特精力健举，须亦无一茎白者，渠长弟半岁，衰旺之不同如此。伟功述兄往年交冬畏寒，常在内室，独去岁体履康强，神明增胜，不复深居谢客，闻之实深抃慰。李竹朋兄四月间来书，云末疾未愈，右臂不能握管，信由令郎伟卿二世兄代笔。海内同志本无多人，三十年旧雨尤不可得，相见未期，只有凭管城君通意代面而已，余续布不宣。

按，据《簠斋尺牍》载："愉庭老兄左右，五月十四日得四月廿九日手书并廿八日复稿，书于六月八日始至，七月十二日得六月二十九日书"，信中亦言"交夏以来"，则该札当作于光绪元年(1875)六月二十九日。

二十

六月廿八日奉是月十三日手书并六朝石刻精拓十种，越四日又从伟功兄交到十七日续示，一一领悉。前后所惠石墨多种，随付装池，悬诸斋壁，挹其古趣，足为运笔之助。非良朋见爱之深，安能在远不遗，有加无已，欣感欣感。弟向不畏暑，今夏南中奇热，为数十年来所未有，数月以来不出户外一步，贱体尚无不适，精神之不振已成锢疾，调摄得宜，祈少病痛而已，欲求如兄之老健，非所敢望也。所需敝藏各金器拓本，秋凉必照来单拓以报命，决无迟误。尊藏魏正光《曹望憘造象》欲乞再惠二分。子贞兄所书联句，类摘前贤五七言长律中偶语，丙辰乙丑下榻敝斋，或取《涪翁诗集》，或取《复初斋集》，随翻随写，自云生平所书楹联从无重出之句，盖古人诗集中偶语取之不尽也。其集禊帖、坐位帖弟曾代为付梓，仅有一册，迟日可以寄上。顺之兄有《说文蠡笺》二册，系榕皋先生[①]所著，属呈左右，容一并另寄，轮船局包封过厚不能携带也。尊论治印之法确是名言。西泉兄拟为弟刻"䨻尊千金后世善宝毋以与人"十二字，闻之喜极（止须删节用此十二字，孝王句不必用也），已备大小二石连同前书三册交存伟兄处，遇有便人带上。兹奉去近刻魏文靖文向帖墨拓，又苏州上方山寺塔盘铭分书巨字拓本各一分，均乞鉴定。

按，第二十一通信札言前月五日肃覆寸笺，则该札当作于七月五日。

---

① 即潘奕隽（1740—1830），字守愚，号榕皋，晚号三松老人。江苏吴县（今苏州）人，乾隆三十四年（1769）进士，授内阁中书，官至户部主事。书法楷、篆、隶俱工，善画山水。

二十一

前月初五日肃覆寸笺，附有近刻魏文靖文向帖、上方山寺石盘铭墨拓二分，交福兴润轮船局径递，不知何日达到，深以为念。弟自前月中旬感受风寒，初患疟疾，继复咳嗽大作至痰中带红，虽即渐愈而嗽仍不止，胃纳减少，气体因之大困，在卧室中亦须持杖而行。日来虽觉稍健，精神终未复元，故此一月中未修尺素。兹奉去顺之兄属寄《说文蠡笺》二本，拙刻《楹联集帖》一本，外又附上印石六方，均交存伟功兄俟有便寄上，否则由渠冬间带呈也。印石乞转求西泉兄刻，或分一二石交子振兄刻亦可。大抵治印之法，仿汉则必求章法整密、饶有书味为佳，若仿先秦文字则又必古致历落，如鼎钟彝器款识。一经兄指定，未有不臻妥善，薄润另奉也。所需金器各种拓本，一俟病体爽健，即当监拓寄上，不迟误也。

按，第二十二通函札言"自七月中旬偶患采薪"，可推知此札作于光绪元年(1875)八月。

二十二

前奉九月廿七日手书，欣审道履康胜。弟自七月中旬偶患采薪，并不甚重，乃二竖作祟，驱之不去。南中无好医生，平生又不信服药，迁延至本月初间始获渐愈，现已眠食如常，惟精力不能振作耳。知蒙爱注，谨以奉闻。印石重寄大小二方，其罍尊千金一方请转致西泉兄刻，边款叙明此十二字兄所刻赠，以志友谊。金器共拓奉二百廿七分，计纸三百七十二叶，连同各书籍及写对笔详开另纸，望照帐点收。南中虽不乏好事之人，然浮慕风雅者居多，迥非乱前可比。寻常捶拓器物止有两人，一李锦鸿较为擅长，已作古，兹之齐罍六分煞费工夫始成，中间纸破字灭拉杂摧烧者居大半。至于捶拓方法，鄙人于此中亦颇讲求，叔未丈当日所有拓本皆出张受之、胡衣谷之手，此二君弟俱熟识，衣谷馆在弟处多年。大约拓铭欲求精致，非工夫到家不可，此外考究纸墨而已，无他道也。此次奉寄两罍墨拓，即令张受之辈动手，亦未必再能精于此矣。前所寄印石或有裂纹不易奏刀者，尽可将原石掷还，其“乙亥改号愉庭”(用此章法六字较易)一方务乞西泉兄刻之，附奉白金八两，恳酌赠西泉、子振二兄，聊为岁暮尊酒之资，不足云报也。楹联中“清在亦”，“亦”字与“掖”同，论字体本象人左右两掖形。若必依《说文》改为篆体作夾，则真篆相杂不类，故不遵改。《东洲草堂诗集》当日贞兄分赠各友无多，南中无觅处，特将弟所藏者奉寄。《何廉昉集》《苏诗联对》二册一并附赠，廉昉已故，此书无处可索矣。䣄鼎拓如有副本，望惠一分，无则亦可作罢。世间希有之珍，弆藏者不能不秘，即以敝藏两罍，亦可谓烜赫于时，为世大宝，且铭在腹内，拓极艰难，兼之器有微损，寻常亲友来求，每每以无应招怪。然二三同志如竹朋、郑盦、子年诸君见索，则固未尝拒也，至我簠兄所需，则一再应命亦欣然不靳也。执事常云：“天地间宝器，其铭识皆古人精神命脉所寄守之者，能精拓传世，则器传人亦与之俱传。”弟深服此言，盖吾人之传与不传虽不系此，而所论实为通达至确也。顺之、季玉均属笔道念，顺兄交到《说文蠡笺》两部、《西圃诗集》二册，统登另纸。承许制联见赠，欣感欣感。敝居东墅小有花木泉石之胜，倘蒙撰言书寄，悬诸亭馆，此间来往亲友观之，亦略见我二人卅余年金石文字之谊也。海内能擘窠书者颇少其人，亦欲藉此以觇吾老友腕力，奉为模楷也。附去宣纸，如不能应手，请易之可耳。兹乘伟功兄旋里之便，手此布臆，用代促膝之谈。

按，吴云于光绪元年(1875)改号“愉庭”，又据信中“岁暮”等词，则该札当作于是年十月以后。

二十三

前月二十日因伟功兄迟久不至，特肃数行，托勒少仲廉访用排单附驿递达。甫发而伟兄至矣，交到手札十八叶、古镜拓百七十三种、《藏古目录》一册、周距末拓瓦字拓、西泉刻印并掷还古印七纽，一一照数收领，感幸无既。敬审道履冲和，阖潭纳福，孙世兄高擷芹香，此鹏程初桄也，转晌秋闱联捷，大小阮同步木天，韦平世业，克继家声，允堪预贺。而弟尤有以手加额者，吾兄年逾六旬，两年之间连赋弄璋，不但添丁可喜，亦足见精神充满，福寿是臻，此子年、郑盦书来所以啧啧称道不置也。清卿年力富强，好古既专，用志又锐，此次视学秦凉正当兵燹之后，金石之散置于人间者未必有人过问，而清卿轺车所致、校试之余四出搜罗，三年之中所得如此之富，此固金石缘深，造物特以所处之境玉汝于成也。关中金石自燕庭先生搜括之后，阅三十年而清卿继之，从此冀北群空矣。至苏氏弟兄所作或不免有羼混(问近有张姓者亦善作伪)，弟仅见拓本，未睹原器，未敢遽下断语也。尊藏古镜至一百七十余种，阅之令人咋舌。弟藏古镜一百四十余种，自以为豪，故有《古镜录》之刻，今成辽东豕矣，现已辍业。昨日寓书清卿，因渠藏镜亦有七十余种，将来合三家所有，选其文字之至精者刻之，亦可以补金石书中专刻所未备。此事当属清卿成之，鄙人学浅见寡，精力又不济，不能卒业也。西泉铁笔精绝，而乙亥改号一印尤为尽善尽美，现属友人缩摹二小印，仅得其形似而已。此外各印并皆佳妙，望先为道谢。承示撰赠联句，欣感之至，务乞书就寄下。契阔过久，相见未期，手翰遥颁，俾悬座右，聊当晤对，慰此怀思，此昔人铸金绘象之意，不仅在笔划之工拙也。弟近状如恒，前月廿三日到娄东小住半月，署中均托庇平安，足纾垂注，苏寓花木不能久离主人，故初十左右即欲归去，先此布复，敬鸣谢忱。

按，吴大澂于同治十二年(1873)任陕甘学政，光绪二年

(1876)卸任,则该札当系于光绪二年。

二十四

月之廿四日奉到八月廿四日所发手翰,并楹帖爵拓款识册子,一一收明,赍书人促取回信甚急,当即肃复数行,交给带转,不审何日达览。一昨又奉八月十二日来函,附有范拓百六十纸,但觉古色古香溢于几案,谨即分装四册,并将手校目录装于每册之前,爵拓另装一册。先后惠寄瓦当文古竟拓均已装池,共成十册,连各款识拓共十六册,将来尚拟托韩兄带呈,求题数语,永为家宝。昨复郑盦书,论海内收藏之富如吾簠斋兄者,不特当世无匹,直欲空绝前后,至难得者心思缜密,精神又足以副之,即观所寄范拓百六十纸手定目录何等详细,洵福寿之征也,可喜可庆。竹朋兄故后,闻嗣君枚卿比部推秋审处能手,此郑盦书中所述,后起有人,可无遗憾。子年频有书至,云舌本木强而著书之兴尚好。清卿年内可以到家,渠虽在壮年得意之秋,而功名之心颇淡,大约在家有三四月之留,可以纵观新得,上下议论,亦一大快事也。所需印稿、镜拓等件容缓图报命,因兵乱以后吴中讲此道者甚属寥寥,稍有薄技便赴沪上,该处最号繁盛,觅利较易也。贵省今年亢旱,知兄捐赀济赈并筹办施粥抚恤各事,备极辛劳,幸后得甘霖,间有补种,收成刻下,想人心安定,兄亦可释此仔肩,仍事著述矣。尚望勤加颐养,为道自珍,是所至祷。

按,据《吴愙斋先生年谱》,吴大澂于光绪二年(1876)八月卸任陕甘学政,十月启程南下,则该札当作于是年九、十月间。

二十五

月之初八日接九月廿八日手翰,附来六朝石刻汉砖瓦玺拓纸七番。此书相距旬日即至，可谓快极。一昨又奉本月十七日续示，附有秦诏图刻十六纸、瓦玺一纸，展诵之余，足征关念旧雨，不遗在远，临风三复，感幸交至。秦金文字世不多见，阮文达藏器之富而积古斋中止有陈秋堂拓本，欲求一器而不可得。今尊藏至十数器，且多精品，洵可谓集斯文之大观矣，谨已另装一册，不以他文羼入，常置案头，晨夕披对，亦翰墨中一快事也，敬谢敬谢。所需敝藏秦诏十二字重墨拓本，因拓工赴嘉兴未回，久待不至，致未报命。清卿年内计程可以到家，晤时必以兄眷念雅意详告兼出尊书示之。渠企仰左右，屡有书至必殷殷述及，佩服甚挚，将来或绕道奉访，未可定也。后周布泉范背文篆书两行颇有古致，附奉一纸，以视尊藏，所谓泰山一尘也。二百范斋与二百竟斋印早已刻就，以未惬意，故不寄阅，今观西泉所作，果不逮远甚，姑奉省览。金器各拓古印稿本必有以报，不敢失诺。

按，据《吴窓斋先生年谱》，吴大澂于光绪二年(1876)十月启程南下，九月廿八日后旬日即十月初八，则该札当作于是年十月底。

二十六

客岁底奉嘉平五日手书，并匋篆各拓，谨悉一一。献岁以来，遥维庆集德门，楙膺多福，吉贞之契，金石同坚，幸甚幸甚。匋玺文字奇古，似是三代之物，“巨公侯”三字则与两京碑额相类，当是汉刻。地不爱宝，日出无尽，惟有缘者遇之。执事收藏雄富，敻绝古今，而犹博访广搜，孜孜不倦，遂使墨林玮宝不胫而至，固由古福，亦有前缘，所惜暌隔过远，不获一拭老眼，摩挲共赏也。清卿岁底到家，新得甚富且多精品，渠大约四五月间北上，执事拳拳之意已为转达，彼时或迂道奉访，饱观清秘，亦未可定。弟交春后咳嗽大作，至今未已，孱体素来畏寒，瑟缩拥炉不敢窥户外一步，修牍有稽，职是之故。所需秦诏残字奉去拓本五十叶，乞詧收。印稿三四月间必可以成，成则即日奉寄，稔知兄之盼望早至一如弟之望粟拓也。郑盦想常通书，子年舌本不良，亦属老态，前寄清卿书同日收到。渠现赴松江探望亲戚，所获各器其精美者知必寄鉴，故不琐及。

按，据《吴憙斋先生年谱》，吴大澂于光绪二年(1876)腊月旋里，则该札当作于光绪三年(1877)。

二十七

月之初四日奉到七月十六日手翰，展诵之余，稍纾劳结，敬审道履绥和，阖潭纳福。承惠齐刀砖范三纸，已付潢池，张诸壁间，挹其古香，如对良友。量拓四纸，当与古匋文字合装入册。先后所惠古匋止有三百余种，今示得有八百种，闻之神往，不敢请全分，望择其篆文明显者赐寄，俾得扩所未见为幸。弟于四月二十日奉寄一函托伟功兄转递，附有邮筒六百，此件似未彻览。嗣因伟兄来书云欲暂返东省，往还不过两月，故奉到五月八日书汔未作答，然于都中知好通书及南方亲友叙会，固未尝不拳拳于左右，辄道念吾簠兄不能置也。兹有舍亲沈仲复方伯欲求法书小额楹联，备有宣纸，托为转恳。附呈虢钟颂敦全形拓本二分，统希鉴入。传古盛事甚盼覆音，海内金石同志莫不推崇执事，如众山之有华岳不可尚已，牛耳之执吾簠斋亦无容让也，南中亲友欲得窥尊藏全豹同于饥渴。来书以加印注字为难，此本最费心力之事，能得将金器印注一分，其一分即可照录，此后并可依样传写，无须再烦手腕矣。印或见寄一二纽，或由此间从印本倩人仿刻，均尚易办也。清卿到京甚快，郑盦古兴尚浓，惟子年兄舌蹇不能说话，止能笔谈，今年接其三次来信，而晚景颇不适意，幸著书尚有兴会，或所患可以望愈，亦未定也。江南丹阳县属有张从申书改修延陵季子庙碑，访之数十年，近始得之碑在丹阳县境之九里镇，该镇距古延陵镇九里，故名。离县城三十余里地，极纡僻，历任丹阳令皆未知之。季子庙建自东汉，极其崇宏，有晋殷仲堪、梁王僧恕碑记，惜已佚，而唐人殷仲容重书孔子题墓十字碑则岿然独存。张氏此碑书于十字碑之阴，孙渊如、钱竹汀皆本省博雅通人，既不将碑之地名详注，又误将碑分列为二，而不知实止一碑也。该镇乡民以碑有神护，关系地方灾祥，从不许人捶拓，故得字文完好如新发于硎，此次倩人往拓固已大费周章也，附寄二分。又古玉册拓本两分，均乞詧纳。玉册尚求考示。

按，据札中所言收信时间以及二人之通信频率，可推测该札作于光绪三年(1877)八月前后。又，吴云光绪三年致吴大澂函中亦提及延陵季子庙碑，又可为一证。

二十八

久不通书，想念之忱彼此当有同情也。新春以来，遥想福躬安泰，著作日新，世讲辈文章举业益臻精进，如颂为慰。弟自去秋九月初抱恙，当病势危剧之际，诸医束手，几无生路，缠绵至两月有余，始得托庇渐愈，刻下眠食早经如常，唯精神总未复旧。客冬积雪凝寒，真为五十年中所无，贱体本弱，病后值此奇冷，拥炉偎热，寒缩如蜡，不能一亲砚削。韩兄回里，仅以印稿十本托其带呈，未附尺素，想韩兄定必面陈，亮邀原鉴。比来春寒尚甚，不出户庭已有半载矣，亲朋过我概未一答，驯成废物，真可自叹。尊体知必康健，清卿自晋省来书，云兄搜得古匋器先后有二千种之多，并有完器数种，此真发千古未有之奇。渠欲作《古陶释文》四卷，已属其早日缮清寄来，拟为授梓。此间李眉生廉访鸿裔欲得尊藏金石各拓本，前曾专函奉求，未知近日已拓齐否？中间或有参差，亦无妨碍，惟金器为正宗，不可少耳。弟因医生至切叮咛，谓笔墨最耗心血，必得暂辍，庶体气可望康复。

念平生别无耆好，舍笔墨无可消遣，但能不效前人苦思力索，呕心挖肝，则亦无损天和，奚事辍为。质诸左右，定以为然。

按，据函札中“去秋”、“客冬”、“新春以来”等语，则该札当作于光绪四年(1878)初。

二十九

月之初九日韩兄至苏，奉到手札三通，一为二月十七日书、一十八日书、一廿三日书，附来古陶拓本三总包计二千三百卅三种，又瓦量十字拓正副二纸，又古玺拓二、古印一、葆调拓一，浣手展诵，但觉古色古香迸溢几案，以千古未有之奇文，扩千古未开之眼界，喜心翻倒，感幸非常。正欲肃笺报谢，越七日又奉三月初六日续示，附来新获古陶三百余种，合之前拓，通计二千六百余纸，中有文字奇古妙至不可思议不可称量者阳识各种，尤有古趣，爱玩不能释手。现拟酌分四类，用清仪阁石鼓亭装款识拓本之法(如订书籍式，下用衬纸挖嵌取平，最便观阅，工费亦较省)。以篆文明显一二字者为一类，字文较多者为一类，阳识者为一类，其模糊莫识、笔划难分、似字非字、不忍汰去者合归一类，如此分别存留，使阅者便于浏览，亦易于考订。否则件数过多，披阅一过已非尽竟日之长不能终卷，转恐因多致厌，负此奇珍。清卿所谓以式分，不知如何分法，窃愿闻之。渠正月十七日自晋省来书，所办凤、阳二属赈务饿殍满路，尸骸横陈，伤心惨目，有耳不忍闻者。关外之行设竟不能免，则必先送家眷回南，四五月间云可把晤。家有老母，此行非其所愿，且俟归家再与商行止，自以不去为是，恪靖[1]相待甚优，婉言辞之必邀体贴，好在大功告成，此去亦不过为善后事宜耳。郑盦二月间频有信至，以都中亢旱，望泽甚殷，米薪翔贵，

① 即左宗棠。

饥寒倒毙者不少，心殊焦灼，古兴亦因之而减。南中自前月下旬至本月既望勃戾弥空，檐漏如泻，田稍低洼者尽已淹没，幸五六日来天气朗晴，底水渐退，就此开霁，年收尚有可望，以江南农事重在秋成也，如天之福，但祈雨师早税西北之驾，普天同庆矣。所需唐龟符，兹先寄去三分，曡拓容续寄，以无现存者。《印稿》谨当再赠，去冬所寄者因欲趁伟兄之便草草装订，病中并未一看，现在次序稍有移易。去冬仅先成二部，一寄兄，一自留。吴门本为风雅荟萃之所，乱后迥非昔比，不但好手难觅，即降格以求，亦不易得。每承兄见寄者捶拓之工致，印章之精整，纸张之洁净，莫不各臻其妙。更难得者，先后所惠书问洋洋数千言，从无夺字，亦无讹笔，此不独寿征，兼关福泽也。昔孙退谷八十余岁犹为《尚书》作集解，论者谓其隐然以伏生自喻，今吾簠兄年亦六十余矣，久以传古是任，所藏先秦彝器富甲海内，兹复于荒郊瓦砾之中，淘掘残砖碎甓，遂使数千年前古文奇字，为祖龙所未劫、许氏所未录、欧阳、赵、薛所未得见者，一时并大显于世。天之未丧斯文，特畀公以康强聪吉之年，以扩此继往开来之学，此又非退谷所能同日语也。弟年衰学落，读书掩卷辄忘，柳子厚云："每读古人一传，数纸以后，再三伸卷，复观姓氏，旋又废失。"弟学不逮古人毫末，而善忘则过之，如之何其有成也，言之徒增愧叹而已。

按，据《吴愙斋先生年谱》，吴大澂于光绪三年(1877)九月赴山西办理赈务，腊月抵达泽州凤台县。自凤台至阳城途中，饥民流离满道，奄奄一息。与函中所言相合。则该札当作于光绪四年(1878)三、四月间。

三十

前月廿一日手削专函托伟功兄转递，是日奉到尊谕，蒙询善治婴孩寒嗽惊风等方。舍间及亲戚家婴孩小有病痛，必先用搜惊法，其法以手推运，此间有专门倚此为活者，大抵稳婆、剃发匠一流人耳，此外治之法，一无流弊。又有《妇婴至宝》《保生汇编》二书，中间古方甚多，亦有屡试必效者，诸证皆载，无方不有，家置一编，获益匪少，特奉寄各一部，用备采择。近时医生庸者多，服药万不可不慎。弟去年秋冬大病，若信服若辈方药，早从蝯叟、景老诸公在奎宿宫中听使唤矣。顺之兄令孙鹤庭孝廉志棨由河南归来，到家仅半月，以伤寒误投药剂，于前月廿九日去世，顺之兄七十之年值此逆事。其嗣莘芝在河南以道员需次，止此一子，前科新贵，山谷老人序《谢师复遗稿》云"方行万里，出门而车轴折，可为贾涕"数语可移作鹤庭诔词，幸遗有二子，此则亲知中可引为解劝者也。清卿已到保定，回南之说尚未能定，因赈务未了，渠本与天津道同办转运，不必定赴晋省。去冬小有感冒，为庸医所误(柴胡每剂用至二三钱)，元气大伤，至今尚未康复，益见医药之不可不慎也。

三十一

叠奉六月十三、廿三两次手翰，欣悉种切。承惠陶拓八帧、砖拓二帧，谨已领讫。陶拓精绝，目所罕睹，得未曾有，令人爱不能释，立付装池，褙作条幅，张挂座右，感幸无已。辰下敬维道体绥和，全堂纳福。南中夏热为近数年所无，弟每至长夏以书课为消暑计，比来孱体尚属顽健，虽挥汗如雨而书课未尝辍也。此间金石同志歇绝几二十年矣，近有亲知沈仲复秉成、李眉生鸿裔均由廉访引退，现居林下，颇能闭户读书，酷耆金石字画，收藏不少，遇有著名之品，不惜重值购之。颂鼎眉生所得，虢钟则在仲复处，欧阳公云："好之而有力，则无不至者"，是也。弟自以数十年心力所积弆藏，虽不逮吾簠兄之富，却亦可据以自豪，故敛手已久，亦力不能争也，间遇巧宗小品偶得一二，亦颇欣欣自乐，聊以解嘲而已。眉生先缴传赀八十金，因兄书来云各拓未齐，为数至一千多种，恐非旦夕可蒇，故收到金拓二百余种，特先寄前数，并非不欲窥全豹也。现请将金器各拓先行补寄，其余各种尽可从容续至，一俟寄到，则传赀随时汇交韩兄可耳。前函示有拓图之友将古匋器完者廿余、不完者卅余补图作小幅共五十纸，工资每分若干金云云，此寒士生涯，应请先寄三分，以二分交沈、李二兄，其一分则弟所求也。五十幅中乞检取一幅，惠题数字，署一双款，得者尤喜。仲复行四，前四川臬司，眉生行五，前江苏臬司，仲复则为执事同馆后辈，二君皆立品有学，甚慕吾簠兄者也。弟之一分只须完好者廿幅，其不完者择铭字较精再得十幅，共减为卅幅而拓资照送。沈、李二兄处亦可减为四十幅，寒士多一分则费一分之工力也。弟之一分务求择十幅或八幅诠题数语，俾知器名及出处也，至恳至恳。属书所撰楹联句甚雅切，可作座右之箴，谨当书就另寄，不敢迟误，将来并欲求赐书一联见赠，勿讶其抛砖引玉也。秦权乃仲复所得，特拓一分奉上，此虞山赵家之物，法鉴以为如何？暑热正盛，伏惟著述之余顺时保卫。

三十二

月之初十日肃寄寸笺托韩兄转递，计必即达，顷又奉到本月初三日手书，欣悉近体增胜，考订金石之余，间及前人书画。属觅梅道人①竹石小轴，南中重元四家遗迹，收藏家不惜重值，多方购取，以不得为俗，其中真赝杂出，生平所见真迹颇亦不少，惬心者亦止十数件而已。执事主盟坛坫，风雅所宗，寻常之品不必置论，即鄙人以为致精，而彼一是非此一是非，总以目见为准。谨当力为搜罗，倘一时不得，亦必向亲友力索一二件，以副诿诿，俟韩兄北旋时托其带呈法鉴，合则付价，或易全拓，否则仍将原件携还，至妥办法也。寄园石拓乃张萃山所刻，即玉斧之尊甫也，乱后石已残缺不全，现惟玉斧有全本四十帧，画三十八、题跋二，尚系乱前萃山手拓，至精极妙。中间恽画

① 即元代画家吴镇（1280—1354），字仲圭，号梅花道人，晚号梅沙弥，魏塘人。擅画山水、墨竹，作品有《渔父图》《洞庭渔隐图》等。

十四帧、殿以华秋岳二帧，余则元明人遗迹，风枝露叶，宛然如生，可谓神伎。玉斧致为珍秘，执事欲得，请以移赠撰联，书就奉正，深佩语意简质，可作箴铭，凡真能读书好古者，皆可悬之座右。因用钟鼎文字重书一联，博笑前书有抛砖引玉之订，想亦不忍却我耶。《印稿》因玉斧又病归，尚须稍迟再寄。

三十三

前信肃就未发，适奉七月晦日及本月初四日手札二通、古印拓三纸、又法书楹帖一幅，一一领悉，欣谢欣谢。法书古趣横溢，卷轴之气盎然，得之甚喜。惟无厌之求，尚欲乞重惠行书一联，加以题款，以志四十年金石至谊，想不我靳也，至为盼切。所示古印，不知兄从何处得来，竟至层出不穷，此间绝不易见。清卿所得玉印篆文劲整，正开小篆先路，清卿审为六国文字，不为无见，字鄙人释为痤，人名，魏有公叔痤可证，说文从土从畱，省作坐，古文作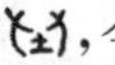，今篆从，正与坐省合，乞兄厘订教之。前次所云传古之助，因兄书来有年来拓费为日用一大事云云，故拟小小补苴，盖为此等事者多系寒士，意在稍予润色，或得欢颜，并非以阿堵相溷也。此间字画价值虽昂，尚可物色，近人小品箧中亦颇不乏，如有所需，望即指示，当图奉报，若由弟检寄，或不合尊意，徒增此投报形迹。昔子贞兄喜收字画，或以赵、董及恽、王诸迹见赠，一笑置之，若以黄石斋、倪鸿宝、傅青主诸迹相贻，如获异宝，盖人各有偏耆也。粟拓先睹为快，报琼不敢食言，至刓印之喻，非敢测贤者也。一笑。

三十四

叠奉四月杪五月初所发手翰，并龟鱼符精拓，又新获古陶拓一百二十七纸，一一领悉，感谢无既。惟续寄寸笺，附有白银八十两托韩兄转递，未蒙示及，不识何日始达，深以为念。韩兄云今年东省雨旸应时，大有康乐之象，我辈高卧林泉，全在年丰岁熟始得笔墨怡情，心无挂碍。南中眼下光景尚佳，惟江宁及淮扬等处蝗蝻萌动，挖掘收买已有二三十万斤，但得梅雨连番，始可歼此遗孽也。清卿督办河间赈务暨挖井事宜，约八月间可期竣事，事竣李相当有事奏留，塞外之行定可邀免，但恐因此改外转嫌过速。执事关爱清卿至深，不识以为如何？眉生方伯望补寄金拓，能以秦金先寄否？仲复亦望惠书匾额甚勤，皆托切致也。颂鼎拓本一纸，乃人以重值得者，特寄尊鉴，不识许可否？陶拓续获者中有奇妙之品字，笔划细挺，绝似三代古币，即照此传形仿刻一印，极有古趣，此惟君家独擅，他人不能有也。字亦佳，然似两汉人书，且不能作印，以末笔太长也。寄来龟鱼符已取一分粘于纨扇，即用尊书中语题数字，颇为别致。弟曾将旧龟鱼符秦诏残字粘于纨素，亲友一见，爱不释手，都为豪夺。冬间韩兄北旋，当以一柄奉寄，兄见之亦必欣喜也。

按，据《吴愙斋先生年谱》，吴大澂办理河间赈务始于光绪四年(1877)二月，八月事竣回津，则该札当作于是年。

三十五

韩兄言旋，曾肃寸笺，附有《古铜印存》十二册、元人画一轴，未知何日澈览为念。前月廿七日毕芬来，奉到手书，谨悉一一，金石各拓及陶拓均已领到，补交传古之资八十两已代收，另入买物细账计算。惟所开传古目录一千五百余种，检点止一千三百余种，特将原帐寄核，无须补赠。眉老好古甚笃，欲求尊藏小品拓本，如龟鱼虎符、玺印、泥封、善业泥象等等，惠寄若干种，以副所请为感。属购物件，无一不交内眷们遴选过目，无如兵燹以后，百物皆非昔比，有未能如式者，非办理不善，苦于无可拣选耳。五色带却可定制，然要半月之久。毕芬留住七八日，每日着本地家人同至市中，好在家家认识，多取到寓次，送上房挑用也。弟抱恙至三月有余，尚未出至外斋，终日闻经忏之声，营斋营奠，不得清净，令人闷极。姚君符兄三十金、又酬西泉四金、又另备六金，统入另帐，以省冗叙。西泉所需金器拓本必有以报。《印稿》恐须迟迟，因玉斧自六月患病归去，至今未到，贫病交困。石画，弟早助以医药之资，业经过割，前册幸勿寄还。所致玉斧信件容为转交，先代致谢。此次毕芬来，满谓粟拓必至，愈我头风，讵又失望，为之一叹。兄自云若再不往，迹同藏氏之以防。弟不敢以此测大贤，然四十年金石老友，忍令其望眼之穿，恐兄一为念及，当有不忍出此者耶。至弟投报之物，因金石、古印两门尊藏之富振古铄今，泰山一尘未免自愧，思欲以书画小品为献，又不知兄之所好，若如前年所需之冬心、楹帖等类，则敝藏颇不乏绝致之品，可以移赠也。天已严寒，病后力疾肃复，惟为道保重不尽。

三十六

不通音问三月有余，计韩兄日内当可来南，盼念芳讯，翘勤弥切。一昨韩兄友人某君专人送到台谕并陶器三件，画轴、石刻、印石、银两各等件，一一领悉。执事网罗散佚，仔肩斯文，海内学者奉为山斗，咸谓灵光岿然，为吾道之庆。瓦量二件，于先秦古器之外别有古致，欢欣宝爱，立即与瓦登一器命工制座，作案头陈设，香华供养，日挹清芬，不啻与我簠兄坐对也。弟年来每至秋冬之交辄婴痰嗽之症，去冬因心绪拂郁，遂为二竖所祟，缠绵反复，直至今年立春以后始得渐次向愈，现在眠食一切照常，足纾爱注。三儿承潞已于月之初九入都引见，乘轮往返不过两月有余，知荷关念，谨以附陈。此次所惠陶拓三百余种中，间有传形半两，为前番所无，又有椭形寿字可摹，一起首印者，能得西泉为我一刻，感荷无已。其印石无论长方俱可，每见方石刻圆印，皆用刀琢削而成，此可仿制也。前后寄赐陶拓计已三千二百种，一一编次成书，中间略为分类，已详前信。清卿观察河北一年，以后必可及于著述，盖卫署关防公事外别无他骛，转可专心为学，年力正壮，其所造未可量也。奉上古泉拓文十四种。承潞喜收古泉，所藏七八百种，此数种得自海昌亲友家，闻系孙古愚旧物，中有数品为《古今泉志》中所未见，罗氏路史谓为上古之币，竹朋兄《古泉汇》则列入周代，应求考定。又三家彝拓本即积古斋所载之器，旧在吴中某家，乱后流转至沪，为粤贾购去，客冬复出，适承潞至沪访得之，无人捶拓，此纸乃稚孙辈散学后所为，他日当另拓奉鉴也。

按，吴大澂于光绪四年(1878)十二月授河北道，信中言“清卿观察河北一年”，则该札当作于光绪五年(1879)立春以后。

三十七

前由韩兄处交到手书，并古陶量器三种，又近得陶拓等件，当即专函肃谢，托节署加封驿递，不知何日始达典签，甚以为念。贱体交夏后精神虽未能振作，而眠食已一切照常，足纾爱念。前寄古泉拓本手工至拙，大非真面，兹特另拓一分奉上，伏求鉴定。敦拓亦奉寄一分，[illegible]字释“啇”，《广韵》《集韵》皆音“亿”，《玉篇》“快”也，为“意”之古文，并乞考示。此器为方大令濬益所藏，罢官出售，为儿子承潞购得之。制作极精，满身水银裹，其黑如漆，光可鉴人，字虽无多，亦敝帚之一也。承惠古瓦量已配座，置之几案，满插榴葵诸花，感念嘉贶，如对良朋。恐前书迟达，再肃寸笺鸣谢。

三十八

不奉手书几及半载，屡次专人至韩伟兄处询问近状，据称接到家信，述知兄赴山中经营葬事，指挥料理，必出躬亲，约须九、十月间始得告蒇。并知体履康强，起居健适，闻之稍释驰系。兹于月之初三日接到九月十五日来谕，亟取展读，附有古陶拓三百廿四种，又十布六泉二十六纸，得未曾有，欢喜无量，敬谢敬谢。属代致郑盦各件即交伊家书中附寄，必可即达。承示春秋间家庭小有怫逆，中年以后之人，每有此种伤感，六如四相一作如是观，便觉胸次洒然，稍一凝滞便损天和，此弟频年亲历之境，想兄亦早见及也。十布见于前人著录者赝品居多，即近日翁氏《金石记》摹载中布六百丁匕介疑亦是伪。当日清仪阁合自藏及各处搜访，始得拓成十布全分，其难如此。未丈云："自小布以上，各相长一分，相重一铢，文各为其布名，直各加一百，至大布，长一寸四分，重一两，而直千钱矣。此布货十品也。"每欲得十布一证其说，亲知中迄未遇有收藏十全者，敬求取尊藏十布，考示其详，祷切祷切。本日韩兄专人来云一二日内即欲归去，状殊匆促，兹托带呈《古官印考录》两册，尚是甲子年旧稿，写样之人已早物故，不及将续得者编入。因纽数无多，去年趁汇录官私各印之便，姑印十部，谨以一部求正。古泉一门向不留意，近因竹朋、子年两兄笃嗜，郑盦、清卿复又同好，遂亦稍稍讨论。欲求如尊藏之十布六泉，在南中虽出重值，亦无从购觅也。呈上拓本五册，儿子承潞得自同郡德清徐氏者，泉既不多，拓又未致，兄试取一阅，中有可以存录者否？圜币多种，颇为罕见，审其青绿篆文，似非伪造，他日当以数枚寄，请目验定之。《剑侠传刊》本系故人任渭长所绘，笔力古纫，其人已归道山，附赠一部，用供雅玩。

三十九

自去冬韩兄言旋，久不得芳讯，怀想之忱，萦于梦寐。月之十八日，欣值韩兄南来，获奉手翰，络诵回环，恍同晤对。承惠各种拓本一一领到，敬谢敬谢。中间古泥封五百余纸，得未曾有，尤为感幸，立即用纸挖嵌，编次成籍，便于翻阅。蒙谕粘贴之法，虽可耐久，而贴处高起，不能平帖，故仍用挖嵌也。汉魏六朝传世之印类多白文，治印者每刻朱文，辄学宋元，并非不欲师古，实以古印中朱文罕觏也。泥封为古印之范，可与汉魏白文相辅而行，然非吾簠斋兄积四十年心力冥访旁搜，断不能萃此大观。倘得广为传布，实足为印学津梁，不第供一时玩赏而已。《泥封考略》尊处如有副本，乞借钞录。卞均弃世，两嗣君相继云亡，残篇断简尽化烟云，言之可慨。张玉斧相从十余年，于金石篆刻颇肯究心，人亦甚有气骨，近年来病不离身，至今春二月中遽赴修文，家贫如洗，上遗七旬老母，续弦未满三年，一子方在襁褓，有孤寡之累，无期功之亲，经纪附身，皆赖戚友，萧条苦况，闻者酸心。现拟集千狐之腋，希绵一线之延，幸同人解囊已略有成数，抚育有资，或不至流入饿殍，然亦要看张氏家运也。执事诱掖后进，寄渠书件已不及领，其子尚无知识，谨将拓本售得十二金，代封素纸签书，生刍一束，连同手札寄去，俾志高谊。且使孤雏长大，知乃父在日曾受当代大贤所知，生通音书，没寄赙赠，死者有知，必当衔感，亮兄不以为谬也。谢信寄到，再当附达。古陶积至四千余种，闻高屋三间业已储满，抱残守缺，洵为斯文之宗，不得以物聚所好论也。古玺承为摹刻拓墨见寄，欣幸无已，因检取原印印于上方，反正相生，朱墨互映，分贻同好，莫不叫绝。昨已寄清卿数纸，渠于前月十九在大名舟次来书，谓吉林根本重地，从无以汉人参赞，今者遭逢异数，膺此重肩，不敢不殚竭血诚，以身许国。并谓中国虚实，彼族纤屑皆知，当此防饷短绌，自强之道在实际不在虚声。即此数语，已操知彼知己之算，知在惦念，故附陈之。西泉兄惠寄节墨刀一、仿古匋文寿字小印一领到，恳代道谢。青田石旧坑本少，近益难觅，弟爱蓄田黄、青田两种，箧中尚剩十余方未刻，以闲章佳句甚少也。至名号、斋阁、收藏各印已刻者百有余方，石质精粗互见。读来函有印石难求之语，因检旧藏六面方各种青田石四枚奉赠，中间白色青田一对颇自矜爱，石有晕纹，为青田之证。另有老青田一方，本来成对，曾以一寄西泉镌刻，兄以为佳，故一并奉上，伏希哂纳。南中兵乱以后，百物翔贵，骨董尤甚。即如印石一门，所出者尽是新坑，石质粗糙，不堪寓目，无论田黄、青田，近并寿山石之佳者亦渐少矣。寄上《汉建安弩机考》一册，鄙说“市”字亦未敢自信，敬乞厘定，示改为恳。外李申耆先生《养一斋文集》甫经刷印，又冯林一《显志堂文集》《说文解字均谱》，俞荫甫《群经平议》(荫甫著作甚富先寄此种)，陆存斋《三续疑年录》，此南中亲知旧友近刻，特奉鉴阅。此外经、史、子、集重刻颇多，如有所需，望示悉。卷帙若多，当俟韩兄吉旋托带可也。又《金石屑》四本，为世好鲍少筠刻，少筠为淮北盐官，住居海州，隘于闻见，往年持此书就正，业已刊刻竣事，所费不赀，不复置喙。兹特寄呈，聊佐长夏玩赏，论其弃臧，厕诸高斋，直等辽东豕耳。

按，吴大澂于光绪六年(1880)三月卸篆北上，四月入都陛见，奉上谕赴吉林帮办一切事宜，即刻出都。则该札应系于是年春季。

四十

前奉七月二十日手书，笺逾廿叶，情足千秋，雒诵回环，恍同晤对。并承惠寄各种金石拓本，一一领到。古陶文字愈出愈奇，本年七月间所收“与王念庭字”一器，尤为古文中希世之珍。此外泉、玺、泥封各拓类多绿字朱文，精采炫目，摩挲赏玩，足以移情。久欲专函申意，只为家庭多故，不欲以佛〇之事上尘清听，亦恐累吾良友，远道怀思，代为眉皱，因之报章久缺，亮荷原鉴。辰下一阳初转，秋去冬来，遥念著述之余起居安吉。弟于八月间就养娄东，小住署斋，眴将两月，差幸秋收丰熟，属境敉平，公私无恙，对膝下孙曾，抚案头金石，藉此自悦，聊以解忧，知兄垂念必深，谨布区区，用纾存注。师田卣得蒙鉴赏，益增宝重，释“传”，作器者之名甚确，遵即改为“传卣”。“”是“甲子”二字，子与召伯虎敦笔画虽小异，而字形极相似，古篆籀笔画每有增损，无足疑也。，阮释“商”，象星形。按《说文》行贾也，从贝商省声，《玉篇》作。参以籀文，字释商似合，惟词意难通，或释作二字，上从籀作商，下为贝，如何？抑从尊意作赏？其义亦顺。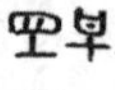二字所释尚有未安，还求考定。承示新得汉镜拓本，弟于前年亦获一面，较尊藏镜多四字，制作之工，两镜可称双绝。谨奉拓本

二纸，捶拓非易，幸此隽品，此二纸其一同是玉斧手摹也。《重刻天一阁北宋石鼓文》再呈一分，以践前诺。署中无可检寄，有苏元妙观乱后新访得石画数种，颇有古意，观基创始在晋咸宁中，此画不知作于何年，志书失载，特寄二纸，列诸高斋，直同辽东之豕，阅后一笑置之可也。兹闻韩伟功兄即欲北旋，草草布臆，未罄之言，切托韩兄面述。

按，吴云八月间就养娄东署斋，写信之时已居住将近两月，则该札当作于光绪六年(1880)九、十月间。

四十一

客冬交韩兄带呈寸笺，流光如驶，倏又残春，怀想之忱，无时或释。一昨纪纲毕芬来，赍到手谕，亟取展读，语重情长，溢于纸墨。承惠寄金石各拓一百一十四纸，一一领到。匋文九十四种，中间如师周京数种，其文法又为四千余种中所创见。地不爱宝，古匋固层出不穷，而老兄亦笃嗜靡已，遂使物聚所好，愈积愈多，亟宜类辑成书，以诏来学，辟千古未有之奇，亦不朽盛业也。所示圜泉文曰“共屯赤金”，敝藏亦有二种，铜亦近赤，文极细劲，篆法小异。“共”，古文，此省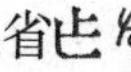，尤见古义。特将旧藏圜泉十八种全行拓呈，中间有未识之字，乞为考示。传卣拓现存止有二纸，昨倩友人拓数纸，因天气潮湿阴雨，墨晕失神，断不能登大雅之堂，姑附数纸，容再补寄。此卣形制奇古，弟拟如拙刻虢盘之例，摹绘全形，专刻一册，后系考证，谨将尊释首列，请重录一通见寄，以便授梓。又附奉各金石拓十种，登于另纸，统望鉴收。所来样笔一支，当属杨春华之子如式赶制五支，交来纪带上。杨子虽不得为善工，尚能如吴说之不失家法，在南方已推庸中佼佼，惟事成于促迫，恐未必能得心应手。特检箧中自用者，得大小羊颖八支、羊紫颖二支，共十支。李君实云：“书家得一好笔，如壮士获一宝刀；得一良墨，如统军者受千钟之饷。”此笔虽非宝刀，或差胜于铅，请姑试之。又十万杵墨二挺，系与勒少仲选烟合制模范，参用李廷珪、金涂龙法，颇费匠心，阅年余始成墨数斤，坡公云："茶欲其新，墨欲其陈"，此墨待至三百年后，得遇好事，或不惜以黄金十笏相易，未可知也，一笑。墨不能骤使之陈，茶则时值谷雨刚正出山。苏浙品茶以杭之龙井山为第一，乱后茶树遭践，所产无多，尽为土富某君隔年付值，购送官礼，茶户既得善价，又可岁底济贫，故皆乐为之用。大抵市肆所售，皆近龙井山数十里所产，买王得羊而已，然价已极贵矣。弟处有旧仆，家在龙井山麓，每年必分得数觔，特寄赠二瓶，试以在山泉水烹之，其色、香、味当有异于寻常者。弟素性嗜茶，常笑蔡君谟暮年多病，爱而不能饮，则烹而玩之。乃自六十岁后，饮已渐减，近五六年来日仅饮三四小杯，尚欲用武夷山茶间之。南中山水清嘉，每饮龙井山茶必先观其色，次挹其香，玩赏移时，再辨其味，虽所欲无多，亦闲居之韵事也。仰苏楼花露亦南中著名之品，以一滴入茶，香满齿颊，玫瑰平肝，蔷薇清肺，不独适口，亦于高年颐养为宜，并可遇便续寄也。田子正兄镂错金银可称绝伎，必当广为揄扬，来件收存，即作到处说项之用。附去足纹银十两，乞转交田兄，除去偿值外，望寄文房中如笔筒、笔架、墨床、书镇、书尺、印规各一件，不敷之价，示知补缴。古玺近有吴苍石可任此役，当属摹刻再寄，不敢忘也。清卿到防以后，因感受殊遇，颇有国而忘家之志，去冬只身行冰天雪地之中数百里，直入金匪头目韩边外老巢，与同卧起，感化来归。此多年劳师费饷所未获者，一旦挈之而出，民间欢声雷动，朝廷亦知其忠勇可倚。乃名重招忌，动受龂龁，曾经陈情乞退，未蒙俞允，舟中敌国，日履危机，颇亦时深惴惴也。知在廑念，用特附陈。

按，据《吴愙斋先生年谱》，吴大澂于光绪六年(1880)十月二十一日入山招抚韩效忠，即韩边外，与信中所言"去冬只身行冰天雪地之中数百里，直入金匪头目韩边外老巢"相合，则该札当作于光绪七年(1881)三、四月间。

四十二

前月韩兄到苏，奉六月十九日手翰，并汉器屏拓八幅，各种金石匋瓦拓本，又青田印石、嵌银木合等件，一一遵示领收，感谢无已。弟杜门守拙，除与二三亲友“真率会”之外，不复窥户外一步。前七月初二日，姻家沈仲复循旧作会，时正天气酷热，藉以遣暑，炉香茗碗，读画平书，幽赏清谈，颇饶佳趣。昔人所谓纵有红尘赤日，不到松下林边，仿佛有此妙境。迨至斜日西沉，始各趁凉归去，鄙人先行升舆时但顾回头说笑，忘却下有台阶，遂至失足倾跌，头面磕在砂石版上，左颧、左额、眉际、鼻梁均遭磕破，众皆大骇。鄙人虽极疼痛，而神志尚清，归家后合目静憩，知无内伤。少顷医来，所说亦同，旬日后创痕渐平，逾月始得脱痂。七十以外之年遭此蹉跌，若非远托荫庇，兼得天神默佑，恐将与吾四十年金石老友遽成永诀矣，思之心悸。刻下眠食一切均已照常，精力之不振乃老境使然耳。清卿恋慕左右甚至，前将尊翰摘出数语寄去，今接其六、七两月来信，一并录呈。文字道义之交，形骸虽隔，心性自孚，固有如是其挚者。郑盦所获太室埙早有拓本寄来，其阳识者尤为精妙，土质脆薄，竟得流传于二三千年之后，为汉唐已来郑孔诸儒所未得见者，一旦大显于世，亟宜肖绘图式，授诸梓人，以公艺苑，业已移书谆劝之矣。古玺摹本奏刀者以木刻为难，适有亲戚送来福建印石数十方，始得刻就，即托韩兄寄上，急索解人，不得以视。兄处先后所寄之件，捶拓之工致，纸印之雅絜，无一不精妙绝伦，海内龙门惟兄是皈，继之者吾家清卿，其庶几乎。泉币拓本十纸，内有数品罕见，附呈鉴定。田子正兄扣器之精，真欲空前绝后，承寄笔筒，置之案头，无人不击节叹赏。所来珠翎二合，谨当留存，惜老丑不配用耳。弟自六十岁即以野服见客，去年七十岁，除元旦四五日外，冠带束诸高阁，久之已成习惯，人亦怜其老病，往而不来，亦不以礼节相绳，自惭亦自笑也。

按，札中吴云自言去年七十，为光绪六年(1880)，则该札当作于光绪七年(1881)。

四十三

数月不通书问，怀想形于梦觳。比届冬令，气候严寒，遥维福履绥和，全堂集庆，珠兰玉树，益誉增荣，如颂为慰。弟自七月初二日在沈舍亲园中倾跌之后，汔今已及半载，尚未出大门一步，体中虽无内损，而蒲柳之资，难禁风露，稍有感触，病即随兴。交冬后左足又患湿疮，举步须人扶持，近日痛楚少已，而浓水未尽，汔未收功，终日瑟缩拥炉，凭几静坐，除却观书竟无一事可为。每念兄康强纯固，缜密无间，常取先后惠书细绎，洋洋数百千言，始终无一字夺讹，固由寿征，亦关福泽。昔苏子瞻称文潞公“综理庶事，虽精练少年有不如；贯穿古今，有专门名家所不逮。”敬以此言移赠于兄，洵可谓千秋济美，奕世同符矣。兹因韩兄专人知照廿三日即欲北旋，无物伴函，案头有亲友近刻数种，藉以呈上，惟兄不读三代两汉以后之书，恐不足以供浏览也。外竹垞老人分书屏幅一帧，词义吉祥，奉为老兄期颐之券，统希哂纳。

按，该札作于据七月初二后半年左右，则为光绪七年(1881)十一、二月间。

四十四

四月十八日接三月廿三日手书，并金石名拓三十六纸，一一领悉，敬谢敬谢。伏审道躬清豫，瀛潭纳福，欣慰无量。弟衰态日增，终岁杜门，亦惟在故纸堆中消磨时日，乃崦嵫已迫，汔无所成，言之愧汗。现将庚申以后拙稿稍稍清理，字迹潦草，丛残散漫，校阅殊费周章。适旧友朱稼甫别驾来苏需次，因留处宾榻，属为编辑。数月以来，稼甫为之分类排比，稍有眉目。中间尺牍一门，乱后各当道类多旧雨，知弟足迹不履公庭，每遇地方利弊，谬谓识途之马，访及刍荛，凡有所陈，颇承采纳，见之施行，似可垂远。此外与同志知交或考论金石遗文，或评隲前贤名迹，亦颇有不拾牙慧、独抒己见。检阅亲友来书，不少佳札，吾兄与清卿尤为洋洋洒洒，不特情谊肫然，而诠释古文、辨正字义、引经据史，足以裨益来学。拟各另列一卷，并刻于后，俾后人知先世切磋问学，其渊源有如此者。此书与《金石书画跋尾》今冬可以缮稿，再当请正。弟年来精力益惫，虽终日不离书案，而用心稍过，便觉泛泛欲呕，故每有所作，辄复中辍，不能卒业。曩承尊谕，属将《两罍考释》汇刻专书，弟久蓄此意，因多病未果。其实此事尚不甚难，当日文达公获此器，已在《积古斋》成书之后，门下多有释文，然其时世间止知有阮氏一器也。后文达见苏州曹器铭文，谓奇物有耦，大加欣赏，属陈颂南侍御并释其文，何秋涛取以授梓，名《齐侯罍通释》，分上下二卷，上释阮器，下即释曹器也，此书出于是嗜古之士，知齐侯罍有二器矣。弟就所见诸家释文论之，陈释至为浩博，已刻于《金石记》，再刻于《彝器图释》，由是两罍之名遂并显于世。顾各家所释止有阮器，都不及曹氏，今刻专书，则所有释文皆应录入勿漏。弟处藏稿，大著外只有朱椒堂仓侍与叔未翁二篇，子贞兄曾云子苾阁学与许印林、龚定庵皆有释文，弟未之见，兄与吴、许至戚至交，应有稿本，务望录示，至恳至恳。清卿远在吉林，弟熟闻其练军设防，措施精当，事事以古人是期。弟因未悉北地情形，未有补助，吾兄答其书词，于屯垦事宜有所指陈，正可匡其不逮，清卿倾倒左右，不第在金石考订之学，得书必异常欣感。方今烽烟虽靖，边塞未宁，亟望英才继起，干济时艰。就鄙人所知，当今清卿外，有曾袭侯劼刚副宪文章经济与清卿洵称一时瑜亮，求之古人，当是富郑公、虞雍公一流人物。天佑斯民，笃生贤隽，为国家斟元调运，砥柱横流。我辈老居林下，大乱之后获享太平从容，以著述自娱，已属厚幸。他日擎天巨掌出自同志之士、文字之交，尤足为吾党吐气，亮兄亦同此额庆也。近日南中古器所见尽是赝鼎，欲求如兄新得之大泉铅范、新莽连帅虎符，胡可遇哉。比以久不奉书，知兄念我必至，因详述近状，以当促膝之谈，遂不觉言之冗长也。郑盦云清卿得一器，有二百余字，弟未之见，确否？

按，据《两罍轩尺牍》卷末朱培仁跋语，可知朱培仁于光绪八年(1882)寓吴云家，协助整理著作草稿，则该札当作于光绪八年。

四十五

前奉六月初十日手翰，亟取展读，话重情长，无殊骨肉。敬审道履绥和，瀛眷纳福，慰如臆颂。承惠金石各拓通计十九叶，楮墨精工，印章整洁，自是当今独步。更难得蝇头细字，逐叶诠注，尤令人爱玩不忍去手。清卿所得之器，谛审器与盖墨本铭文既多寡不同，笔划又舛讹叠出，器为师[illegible]匕铭中屡见，乃第一行忽增“师龢”十余字，第三行[illegible]字作[illegible]，亦太不成字。此外经兄一一抉出，谓盖字真器字可疑处甚多，或出讹刻，洵是正法眼藏，心服心服。至洋照之法，无论放大缩小，原可一丝不走，然用以刻版则可，若留藏则西洋照法皆用药水，数年之后渐淡渐灭，久之便成没字碑矣。两罍拟刻专书，久蓄此愿，实因精力不济。现将庚申至今丛残草稿清理排次，中间散佚者甚多，南方交游中，金石书画著名者类经鄙人题评，汇钞成帙，一时未易集事，故两罍专刻未暇顾及。吾兄目光如电，敏速绝伦，倘幕中有解人能任此事，经兄指点，即可成书，只要心细耐烦，似克期可就。寄南剞劂，其缮写修资必当从丰致馈，属在挚爱，敬布愿忱，匪敢固请耳。清卿所得龙节，兄叹为独出冠时，拟集吾三家所藏虎符、钩符、龟鱼符合装成册，互为珍赏，闻之神王。现出敝藏钩符各种约二十件，拓就奉寄，并以一分寄清卿也。近得古铜印二纽，其篆文制度实出一时，一蛇纽，一鱼纽。前年曾寄一蛇纽印乞为鉴定，兹复将三印印本一并奉寄，如有证佐，恳即详示。拙辑《古印考》一书未经卒业，张玉斧遽赴修文，继其事者无人，遂将已锓之版束之高阁。去冬从敝友林海如之议，就已成之九卷先行刷印，此本敝帚自享，无取其全，亟欲就正，特先草钉一部呈上，版未收拾干净，印工愈形其劣，他日再当续寄一部，请先就此部直笔指谬。外又寄上同乡陆存斋观察所著《千甓亭砖录》二本，藉以见近日古砖出土之多。陆君已未孝廉，年壮学赡，在敝乡后起中罕有伦比，且好古而有力，故收藏宋元书籍颇富也。师田卣拓本奉去五分，此器已有损处，虽已修补完好，究不敢多捶。又三家彝膂敦方爵拓本各一分，统希鉴定。近日南中作讹者钩心斗角，愈出愈奇，秦诏尤可乱真。故流传有绪、确可征信之器，好事者不惜千金重值，以必得为快。此真好古而有识者，与其价廉而获赝鼎，不如价重而得真龙也。手肃布臆，不尽之衷，匪言能罄，惟祝著述之余加意调护。秋闱伊迩揭晓，倘得两家子弟添一重谱谊，则千里外白头老友当必一齐拍手，同笑呵呵也。内印文三、鱼纽一、虺纽二，考经传维虺维蛇，每每无甚区别，且蛇为地名，又为姓为人名，又上应玄武之宿、虚危之星，虺亦为姓为名。古时取以为纽，必有意义，究应名为虺纽，抑为蛇纽，望考定示知。簠兄再鉴，近日讹刻秦诏甚多，因检尊藏铁权全形拓本，褙作横幅，寄请题明出处与购获岁月，悬诸斋壁，以视同好俾知庐山真面如此，仍乞早日付还为盼。前询许少珊兄，现在就养蜀中，久不通音问矣。附复不具。

按，据函中所言铜印等事宜，可判断写信时间距上通函札不远，亦当作于光绪八年(1882)。

四十六

九月中旬由韩兄交到八月杪手书，发函申纸，语重情长，附来金石各种墨拓，莫不精妙绝伦。边题皆蝇头细字，无一懈笔，具征目力之佳，腕力之健，良由神明完足，气志充盈，故得整暇如此，欢欣领谢，慰幸无已。秦权已褙成横幅，造象八叶原宜装册，因有尊书题注，又以屏幅，可悬座右，时挹清芬，足抵晤对，此即古人铸金图象之意也。他日能再惠一分，当与旧藏善业各牆象汇装入册，永作珍秘，尤为感祷。方今老成凋谢，讲求朴学、考证古义者未易其人，独老兄旁搜远绍，翼教扶轮，卓然为海内灵光，多士宗仰回思。都门订交之时年俱壮盛，流光如驶，忽忽已皆七十成翁矣。弟本蒲柳，早衰又多疾病，驯成老废。兄则松柏之姿，凌冬愈健，此秉赋厚薄之不同，未能幸致也。承示前后所寄书札，多有未存稿者，弟则与君家孟公尺牍同珍，并无一通遗失。现在儿侄辈将庚申后与亲友往来书问缮清授梓，俾后人重世讲之谊者，藉此知渊源所自而已，覆瓿饱蠹不计也。原拟将亲友来书择其有关问答者酌附数通于后，因检阅尊翰，竟美不胜收无一不可传后。他如冯、勒、俞、吴诸君或论时政，或讲古学，文章经济多能实事求是，有裨来学，遂思改刻同人尺牍，异时必将惠书先行钞寄，决无遗误。古铜印𩵦纽取义引秦本纪，始皇推终始五行之传，以为周得火德，方今水德之始，更名河曰德水，𩵦则释鱼，自是鱼龙之族。秦帝玺以龙为纽，官印以𩵦为纽，自是水德之义。定为秦制，援证精确，足补史乘，拜倒拜倒，中司马印之鱼纽尤可为水德之证助。此数印若不自兄发之，断无有知其为秦制者，缘今人不知有先秦之玺，但以古文难释者皆属诸嬴氏，其实秦书有摹印之体，汉承秦制，不应遽分径庭。然非兄笃耆古玺，考证由来，谓三代之印尚有流传人间者，人亦莫之信也。当今主盟坛坫，洵非兄莫属，无可让也。兹因韩兄吉旋，附呈钩符拓二十纸、《赵书石刻》一册，又补寄《印考漫存》一部，统乞鉴正。前寄之《印考》甫经刷样，遽行驰呈，中间讹夺甚多，目录舛误尤为可笑可憎，望兄代为改正，留作赠人可耳。

按，函中言及编纂庚申后与亲友往来书信及𩵦纽考订，与上通信札所谈事宜相近，概作于光绪八年(1882)九月中旬后。

卷十

致吴大澂

吴大澂(1835—1902),字止敬、清卿,初名大淳,后避清穆宗讳改今名。号恒轩,晚号窸斋。江苏吴县人。同治七年(1868)进士。历官陕甘学政、河南河北道、太仆寺卿、太常寺卿、广东巡抚、湖南巡抚等职。酷嗜金石文字之学。著有《窸斋诗文集》《字说》《窸斋集古录》《古玉图考》等。

一

八月上旬接手书并秦鼎拓本,嗣沈问梅来,又接续示,并定磁画碟、套红烟壶、青田印石各件,一一照字收明。套红烟壶精绝,南中照此者竟无觅处,青田石亦有俊品,旧磁画碟尤不易得,建窑杯子亦佳。此皆老阮台割爱见寄,感谢胡可胜言。前日朱笙甫太史过此,曾属其带上济红小印盒一件,均窑小杯一只,拙画纨扇一柄。旧磁印盒近日极少,若康熙济红色泽鲜明者,南中视同球璧,此件系案头之物,移赠雅玩。均窑小杯向种金钱菖蒲,置之案头,配以小灵璧石,饶有清趣,惜道远,菖蒲不能并寄也。拙画比昔日有进否?法家鉴之。贱体今夏尚健,杜门伏案,手稿约积四寸有余,此十年来所未有。《两罍轩吉金图释》已经卒业,其款识篆文间有未合者,现属玉斧细心收拾,冬间必可刷印。兹将序文寄阅,俟剞劂全竣,当先将印本就正,非阅全书不能悉其底蕴也。所需拓本先寄去十六种,一样两分,其一分赠郑盦少农,望为转致。戣、瞿二器自来经学家皆无确证,我辈幼读经书即知其名,今竟于古器见之,更为难得。二器均藏箧衍,此非真有金石奇缘者恐难猝遇也。另附一分送王廉生农部,承许作小印见赠,喜甚,拟请作"论语春秋在此罍"七字。秦鼎拓本,其篆文极细者,不必看器而知其为真龙也。釿从金从斤,释"釿"为安,《说文》:釿,剂断也,从斤金,宜引切,全为金之省文,方宝甗金作全可证。齐侯罍铭中有"釿"字,陈颂南谓"釿"为飤器,又谓鬳为烹煮,因而取以名烹煮之器。犹"釿"为剂断,因而取以名剂断之器,其言甚为辨博。从陈说则此鼎亦当定为飤器,釿释为"釿",自无疑义。敝藏有簋盖铭曰"則叔作旅簋,子子孙孙永宝用",鼑字未详,或释为"则"字,则古文作則,亦作鼎,作副篆形近似,疑是"则"字。愚按篆从二口从贝,似是"员"字,"员"与圆同通郧,郧地名,又姓也,郧尗与虢尗、邢尗同义。古篆文惟变所适,其笔划每有移易,不足异也。然不免涉于牵合,尚望厘定示知,即当附录入考。不宣。

按,据第二通信札,可推知该札亦作于同治十一年(1872)。

二

月之望日,接前月廿一日交彭寿臣带来手书,并惠寄《长安获古编》一册,又郑盦司农藏器拓本一册,均已领悉。《获古编》去年均初赠我一册,为友人攫去,今承见寄,甚妙。郑盦藏器,观其拓本类多精品,他人极毕生心力,亦未必遽能得此,此中固自有金石缘也,晤时望为道谢。戴文节《古泉丛话》刷印后,望寄我三分,因欲以一分转赠张子青制军,青翁生平服膺文节也。拙著《彝器图释》剞劂已竣,因铭篆尚欲照拓本逐笔修整,偏偏张玉斧又患吐血,近虽全愈,而搁笔又一月有余,大约须得冬底始能刷印。則字尊释为"卲以",上⊖为合,下吕为邑,极有意义。鄙人所释为郧,自觉牵合太甚,已削去。俟此书印就后,先行驰正老阮台试阅一过,其中必有豕亥之讹,即为指出。海内同志零落,寿卿始以我为海外东坡矣,今春方知健在,频有书来,商订金石文字,此近日鲁灵光也。渠收藏金器拓本有八百余种,古兴甚豪,年纪小仆二岁,观其议论古今,精力正好,令人羡慕之至。郑盦书中谓翁赤均有手辑吉金拓本一千余种,并无其事。赤均所藏不过三百余种,不及寿卿之半,乱后散失殆尽,今次孺已归道山,即有败鳞残中,亦无从问津矣。承寄辟雍明堂竟拓本,不必看器而知其的是庐山真面,色如黑漆,光彩熊熊,此尤汉竟中至精之品,不知都中如此竟者尚易得否,价目若干,倘遇有年号者,望留意物色,极愿得之。敝藏古竟一百三十余面,有年号者绝少也。中有百面为沈匏庐丈旧藏,精品居半,乃匏翁一生心血所积。兹择其精者汇刻三卷,惟古竟花纹字迹极为细劲,现虽摹刻,非精心修整不可,此必俟《彝器图释》与《古印考》次第完竣后始及此书,恐刷印须在明年夏间也。套料烟壶近有张菊槎见赠一枚,共有两枚,可以不必再购。廉生农部所需拓本,特寄上十四种,望转交。

按,陈介祺与吴云于道光二十五年(1845)订交,后音信杳绝,直至二十七年后才又复通书信。则该札当作于同治十一年(1872)。

三

昨奉六月二日手书,欣悉起居纳福,著述如意,指日荣膺简命,持节衡文,尤愿在东南数省,可藉图良晤,实所翘盼。五月下旬,托王永义转寄《彝器图释》四册,《古镜拓本》二册,未知何日达到。郑盦处并寄一部,谅必同到。渠得齐镈一器,文至百七十有余之多,拓本并未寄来,急欲一观也。郑盦曾寄来河南侯获双钩本,读香涛太史题跋,定为侯获刻石，一正翟氏、吴氏称名之误，甚善甚善。惟中有辨明“次元”二字，谓次非姓氏，东汉禁双名，此二条未敢附和。荆有次非者，得宝剑于遂，见《吕氏春秋·荀子劝学篇》，杨注所引同，其人不得谓非姓氏。至东汉禁双名，王弇州早辨之，且引邓广德等九人为证，就仆所闻，奚止九人，香翁博雅，或偶未深考耳。来函有吉羊小印甚精，乞为仆照刻一方，“吉羊”二字宜横列，羊形应略缩小五之一。敝藏有玉羊二枚，一红一白，将来当分赠一枚为报，如何。

四

本月十二日奉寄一函，适得简放陕甘学政之信，匆匆附致数行申贺，计此书月底可以澈览。旋于二十日接七月廿三、八月初十日先后所发两函，展诵之余，一一领悉。秦凉山川雄厚，自古帝王所都，兵燹之后，正宜振兴文教。风俗之醇漓，视乎士习。学政有三年久任，与主考不同，老阮台素有澄清大志，正可及时展布德行道艺，政事文章参观并访，举一人而众人劝，黜一人而众人儆，维持风化，培养人材，此中关系治术甚大。词章之学，止能润身而已，尚非探本之务也。幕友闻已延定四人，观人观友，知必学行兼优之士。小豁现在湖州郡志局，馆况尚好，篆香归去乡试，昨已飞信前往，力为劝驾。篆香近日未能静坐用功，观其仪表，似是功名中人物，与乃翁大不相同，此行似甚合宜，惟重闱在堂，不知能否远行，且待覆到再达。关中金石固多赝品，然沉霾于荒邱废堡者亦时有呈露。金器无文字者，仅与废铜同价，鄙意倘得式样奇古、朱绿灿然者，亦大可收罗，作为案头陈设，饶有古致。瓦当关中最多，若得全瓦皆具者尤妙。敝藏有秦长生无极全瓦，颇为罕见，拓奉鉴赏，古竟及邾公钟、齐侯匜各拓均容续寄。海内同志甚少，寿卿收藏之富夐绝今古，郑盦作事精专力猛，所得邵钟、齐镈均属古今玮宝，将来授梓之后必可传远。寿卿转因收藏过多，不知何日始能成书。昔人谓钟鼎之寿不如竹简，此言颇有至理，闻老阮台荣发之期诹吉出月中下旬，眷属偕行途次，望格外珍重。谊卿、柳门廿七日前往娄东，三儿专舟来迓也。培卿今年身子较健，可喜。此后通书较难，必得有一捷径为妙。

按，据《吴愙斋先生年谱》，吴大澂于同治十二年(1873)八月初一日奉旨简放陕甘学政，九月请训出京，十月到陕接印。则该札当作于是年八月间。

五

春间曾奉手书，久欲作数行奉报，始因腿疾，继又牙疼。牙疼本系旧恙，有二十余年不发，三月底忽然大作，痛至呼吁无厝，越两旬始得渐已，至今尚有余患，饭食非极烂者不得下咽，令人闷损，幸交五月以后，精神稍稍振作。晤谊卿询悉持节衡文，教养兼裓，慰如所颂。仆衰病侵寻，已成老废，惟平生笔墨之外，别无嗜好，长夏无事，焚香执卷，以读书为乐。间取商周彝器置之几席，摩挲赏玩，与古为欢。子青尚书好画，香严、筱舫、仲复、骏叔喜收藏，凡有名迹，莫不折衷于鄙人。大约一月之内，必见宋元以来名书画一二种，寻常之品则所见尤多。千金市骏骨，此中固有不胫而至者也。惟年来朋旧凋零，平生师友兼资者，一蝯叟，一校邠，未及一年，先后殂谢。蝯兄宏通博雅，世无俦比，其最擅胜者诗与书耳。诗已授梓，字亦必传，此外未刻者古文百数十篇，题跋亦有可传之作，而随时散弃，存稿无多，不知伯源世讲回籍后能料理及之否。校邠去年来书，谓古文七百余篇绝少惬心之作，则其稿本固已及身整辑，此外小学、算学均有述著，家道又好，非伯源比想。申之、培之在家守制，正可料理此事也。四海之遥，学者甚众，求如何、冯两兄之根柢朴茂、无书不览，一时实乏其人。韩子云："用功深者收名也远"，身后论定，二公已为一代传人矣。当今金石之学定推寿卿，收藏之富敻绝今古，尚犹孜孜不倦，广为搜罗。仆月必接其一二书，商及模刻三代文字。仆谆属其就收藏之彝器拓本八九百种，选择其字多而精确者，仿薛、阮二书之例，倩好手精刻，即为阮书之续，其字少无关考证者汰之，亦足继往开来，决为必传之作。乃其必欲依许氏《说文》部首创例成书，穷年累月，正不知何时始得告蒇。郑盦谓其刻意求工，转致因噎废食，有以哉。然仆平生心折之友，何、冯二兄去世，如寿卿者亦真是直谅畏友，不可多得也。郑盦自去年以迄于今，无月不通书，昨日又寄到新得拓本十纸，渠用力猛锐，自香涛与吾恒轩先后出京，赏奇析疑顿少同心，想不免有索居之感。关中有盂鼎二器，乃海内烜赫著名之品，寿卿先有信到，谓左相移赠郑盦，正欲函问，而郑盦信亦到，遂知确有其事。后闻沈仲恬说此鼎已置诸孔庙，恐不能动，尚有小者一器，为徽人李伯盂弆藏。伯盂已故，其家宝守甚秘，已属其求拓本，不知可得否。关中之鼎如真在孔庙，务望老阮台倩人精拓二三分见寄，择其一纸题数行于上，好装池张挂也。仆藏有拓本，纸墨粗劣，字之大小与散盘相似，止此一纸，不知其为大字本否也。闻小字者更精，尊藏有否？关中古器作伪者甚多，由来久矣，不从近日始也。然地不爱宝，新出土者亦常常有之，特价已不赀，甚不易得也。有瞿经籽者，乃木夫先生之子，闻为木翁刻集《古官印考证》，甚善甚善。前郑盦书来述及，并属略助刻资，仆因现在镌刻拙著，又加刷印，各费正多用之际，故不能丰助，拟助白金二十两，望老阮台代为垫给，其银俟信到当即汇付家用可耳？至托至托。潞儿今年三月间又得一子，署中公私平顺，馥绶孙去今两年连举二子，仆笔墨之外，颇有家庭之乐，此可远慰吾恒轩垂念者。南中近事亲友景况有谊卿家书缕详，不复琐赘。

按，吴云于同治十三年(1874)致陈介祺函中提到："齿病有二十余年不发，前月下旬忽然大作，竟至吁地呼天、手足无厝，现已逾月，尚时作疼，咀嚼极为不便，饭食非极烂者不能下咽，为之闷损"，所述病况一致，应为同期所作。则该札当作于是年。

六

久不通书，每晤谊卿，详询近状。备悉按试各郡、衡文校士之外，见地方利弊莫不周咨博访，发滞振幽，事事以古名臣自期，文章润身，政事及物，可谓兼之矣，幸甚幸甚。孱体去秋常病，交冬以后稍健，春来亦勉可支持，终岁杜门，人事久废，日惟于故纸堆中消遣怀抱，颇有近刻，惜道远不能寄正。《焦山志》早已蒇事，《周鼎考释》一篇特属鹤笙弟用极薄东洋纸录出，寄请斧削。《山志》现已刷印，将来拟将焦山金石另刻专书，尊意如何？前月二十二日，吴县所属之横山浜忽陷露古墓，乡人纷纷往掘，得太元五年、九年各砖，哄动一时。顺老、骏叔辈俱乘轿往观，于是随声附和之徒出资争购，甚有以番银数饼得一残缺者。后经官府封闭，闻墓道深邃，棺和未见也，惜不得埋幽之文，不知为何人之墓。按太元有三，一孙吴，一前凉，一东晋。孙吴太元止一年，前凉在西北，此太元定为东晋孝武无疑。两晋古砖，道光间吴兴山中出土至多，苏则罕闻，同时又有乡人掘得砖墓志一块。凡古砖初出土，质地极松脆，久之自坚。乡愚无知，因洗刷淤泥用力过重，致将字文刷坏，细审为汤府君之墓，又有咸通六年吴县等字，可辨者尚有十之七八。咸通乃唐懿宗年号（志中唐字甚明白），距太元甚远，虽同在一地却又是一古墓也。寄去拓本四纸，乞考定。古砖字文多在侧边，此有书于正面者，颇为创见。此等残碑断碣，秦凉至多。周汉吉金有无新得？窃愿闻之。郑盦古兴甚浓，春来已连接其三信，子年、竹朋亦时通书。寿卿老而弥健，去年得一子一女，来书云相隔廿八年之久，忽叶一索再索之占，甚以为喜。谊卿北行吴中，近事想培卿时有家报，不复冗及。

按，据卷三吴云与鲍康通信，可知光绪元年（1875）正月吴县横山新出土墓志，其中有唐咸通汤府君墓志。则该札当作于是年二月。

七

月之初六日，由臬署交到手谕，发函申纸，如获面谈。承惠金石各拓，一一领到。欣知试事将竣，可以专心著述，幸甚幸甚。详读尊藏古器目录，分别已刻、未刻，通计八十种之多，而又汰伪存真、选择精审，想见金石缘深，古福匪浅。将来大刻一出，必能争传艺苑，纸贵长安，可以预决，窃愿先睹为快也。周朙形制篆文与敝藏之器正合，[illegible]彝，[illegible]字鄙见似重字，说文专作[illegible]，古文作[illegible]，又作[illegible]。今此字笔划虽有移变，而篆文相似，仍乞法家订定。六月间有便人南归，务将新得各器拓本寄我全分。善业泥造象如有觅处，尤欲得之。乱前沈文忠公赠我一象，虽小有残损而字尚完好，兵乱佚去，至今惜之。当日文忠督学秦凉，关中金石频有出土，尚易搜罗，虢盘之归徐传兼仅以废铜偿之。自燕庭方伯莅陕之后，不惜重资，四出搜访，人争宝重，价亦腾贵。东卿先生所得之遂启谌鼎，原旧款识本止两行，其余篆文闻为苏氏弟兄伪刻。此说翁叔均常言之，盖闻诸燕翁、寿卿诸君也。此鼎东卿师送置金山，山寺为贼所毁，鼎为寺僧埋藏，得免于劫。仆守镇江，廉得踪迹，时因山寺未建，僧众四散，无可弃藏，暂置焦山。方丈后以金山初修竣工，僧亦归来，鼎遂还于原处。现在金山大加修葺，殿阁巍峨，焕然一新，此鼎居然与无专鼎并峙，深惜伧父渔利，以字多可得价添此蛇足，使三千年重器鱼目相混，言之真堪痛恨。仆以师门故物，不便深言，故此鼎虽在焦山多年，志中不著一字，良有以也。来谕存而不论之说，恰与鄙意相合，佩服佩服。尊处新得古竟，汉魏六朝以来共有七十余种，令人艳羡不已。寿老寄来藏竟拓本一百六十余种，合三家所有，已在三百以外（前云沈仲复廉访有古竟百面，谓琉璃厂某肆言之确凿，非也。实是沈西雍观察，非仲复也），倘能选择其字文之至精者刻之，亦可以补金石专书所未备。《西清古鉴》多内府奇珍，不敢比拟。此外如《宣和博古图》及世传各种金石书，附刻古竟皆不过数十种。仆自以所藏一百三十余种颇足自豪，于是有《古竟录》之刻，工将及半，后知寿老藏竟之富，因遂辍业。今吾恒轩又有七十余种之多，其中如“元兴”竟有年号者，尤为希有之珍。地不爱宝，日出无穷，此盖作者精神命脉所寄，造物亦不忍终闷，历久必泄，亦理数之常也。仆老矣，体又多病，伏案稍久，便觉心火上升，时有不适。今夏将《古印考》一书补录续得各印，务欲克期蒇事，中间颇有出瞿氏《集古官印考证》之外者。至古竟之刻，惟望吾恒轩成之，剞劂之费，仆当力任。吴中谈书画者，如子山、香严、筱舫、仲复及张子青先生，颇不乏人，独金石考证之学落落寡俦，大抵三四同志，多在数千里外。寿老月必通书，亦常提及恒轩。郑盦近三、四两月连得其手札五六通，去冬得金器不少，内有精品数种，想拓本定已寄阅。竹朋系三十年前旧雨，得其来信，始忆及之，现在卧病在家。子年今春共接其三信。海内金石之交止此数人，而吾恒轩年力最富，学识至优，文章政事远可追欧阳文忠，近则直继阮文达，蕲为一代大儒，非老朽所能望肩背也。仆于月之廿五日到娄东小住，旬日即欲归去。署中公私平顺，眷属俱安，鹤笙下榻账房之西间，人颇倜傥，亦尚静穆。手此布复，用当晤对。

按，卷九吴云于光绪元年(1875)致信陈介祺时提及“李竹朋兄四月间来书，云末疾未愈”，则该札可暂系是年。

八

四月廿八日在娄东署中寄去复函，仍由臬署排单转递，未知何日澈览。辰下遥维寝兴协吉，著撰攸宜。三载以来，教养兼施，甄拔必多佳士，窃愿闻之。仆在署耽阁半月，因家中不能久离，旋即回苏署中。公私尚属平顺，承潞前年蒙大府会保，以道员在任候补，今春又蒙沈幼帅明保，上司知遇不可谓不深，思所以仰副□，惟有尽此心力，不惊虚名，实事求是。大约官尽一分心，民即有一分益，此中消息，固有潜移默运于不自知者。今岁年成就目前观之，可谓雨旸应时，大有丰稔之象。惟北地亢旱，亟盼甘霖，而闽省水厄，真是非常奇灾，淹毙人民不计其数，想该处大吏必有文报，亮已悉其底细也。谊卿回家后常晤，功名迟速自有一定，不可强也。朱平华婿镜清上两届均堂备未售，今科出朱，研生房头场未荐，因二场击赏经文，遂补荐获隽，得与馆选研生乙丑同年，又系亲戚。与谊卿论及此事，极鸣得意，盖重阅头场文字，实是遗珠，若二场略过，则屈抑到底矣。可见风檐寸晷中，衡文者不能不慎之又慎，然此中得失，亦大半系之于天也。新得周鼎，第一字为作器者之名，无文义可绎，尊释“启”字，谓启合二字意相对。合字从口从，象三合之形，启字从口从，象合之半，如器之有盖。合则口在下，启则口在上，所释殊有意义，非专悰博辨者比应即定为启字，于通篇文义斯合。薛氏款识南宫鼎中有字，篆形颇相似，薛氏释为括字，并无依据，徒以古人有此名遂以括字实之，不足取证也（师即帅字，启乃帅众。见者当时抱器归周，必有随从三人，启乃帅众见王，王为锡贝云云）。，鄙意似是“见”字，钟鼎文字中多释“见”，如阮氏戊寅父丁鼎可证。此字有形，特文有繁省，稍不同耳。释“愙”甚是，承潞谓或竟释“客”字，亦是一说。帝考罕见，商时尚质，帝王以十干为名，莫不加一帝字，如帝乙、帝辛之类，此器以帝考二字定为微子之器，词义甚合，惜道远，不及瞻观摩挲耳。先后惠寄拓本无多，思欲得一全分，装潢成册，寿卿、郑盦所寄者已付装池矣。附去玉册拓本，此吉祥文字与尊藏玉造象均为不可多得之品也。又新出汤墓志二分，玻璃东洋纸十叶，统望检收。玉册拓本所用印章其十二字者，寿老属伊友王西泉刻赠也。

按，据《吴愙斋先生年谱》载，吴大澂于光绪二年(1976)三月得愙鼎于长安，“铭文有，先生释为愙字，因考为微子之鼎，颇自矜喜。朋俦知之，无不叹服。遂以愙字名其斋，为别字焉”。则该札当作于是年。

九

昨所商辑三代款识，愚意就现在各家所有彝器并收藏款识拓本，择其篆文精美者，仿《积古斋》例钩摹锓版，即为积古之续。计算新出各器与旧时著名之品及器逸而拓本存者，大约至少可得八百种。其一二字而无关考证者汰之，比《积古》所录，已加倍之多(积古斋止四百余器)，亦可谓集一时古文之大观也。鄙人蓄愿未偿，今得老阮台同有此意，实为至幸，特将昔年与让之诸君商辑残稿奉阅。此稿无甚考释，不能有所裨助，姑作喤引而已。请即从速属草，先将拓本选择，标明目录，次第钩抚，释文有考者录之，疑者阙之，不必穿凿，总以传古文为主，将来剞劂之资，鄙人独任。此书成后，署曰某某同辑，敝乡严铁桥著述目录与渊如观察同辑者不止一二种，此其例也。书之成否自有一定，往年寿卿欲作此书，鄙人再三敦促，许以相助为理，而狃于体例未果。今仆精力日衰，心思益拙，伏案过久，体便不适，此愿终难望偿。故前日一闻老阮台竟有同志，喜幸真难言喻。至云橅取钟鼎文字，编韵成书，俾学者易于翻查取证，此虽盛举，似可从缓。缘明锡山朱氏有《金石韵府》，国初林朱臣又有《广金石韵府》，即此体例。惟彝器之书，至乾嘉以后始大盛，林氏所辑不免转辗传摹，有失庐山真面。然当时经周栎园诸老商订，镌刻既工，篆文亦致，特将原书附览。窃谓前人既已先有成书，似不必急急踵行，且恐分心，不能专力于一书也，尊意以为然否。

按，吴大澂于光绪二年(1876)腊月请假回苏，曾与吴云就编辑彝器图录事宜详加面谈。两人商议之后一日，吴云即作此长函，则该札当作于是年腊月。

十

新莽虎符缴上，又东洋纸一束，比旧时所用者不逮，而比油纸则胜，现在沪上如此纸者已卖罄，将来只有托驻东洋人购买，当易易耳。续《积古斋款识》鄙意深盼速成，务必将目录编定，酌分若干种，归鄙人相助为理，钩模脱稿，即可付刻，约二年可期蒇事。传三代文字以裨来学，此不朽之盛业也，幸勿视为缓图，至祷至祷。赵粹翁邀修府志，闻甚谆切，足下重违其意，不得已应之。然镇江遭乱以后，兵制、忠义两门采访记载已极烦重，又兼设关通商华洋交涉，事系创例，头绪尤为纷冗，南北相距三千里，恐有鞭长莫及之虑。前日知无斋来书，欲足下襄办《续畿辅通志》，尊论谓修志必得本地人为之，见闻较确，毅然以必辞为断。仆述诸同人，莫不钦服。今镇江虽属本省，而路隔太远，共事之人不能面承指授，窒碍殊多。愚意粹翁之意不可却，或为酌议体例，俟成书之日，将全稿寄至都中，重加校订，亦足以酬其意。潞儿现修《太仓州志》，本专待足下来综其成，后知即欲进京，因与分纂诸君商议，书成之日寄京，请为厘定，撰序弁首，同局诸君咸以为然，似镇江事亦相同也，幸详酌之。常镇道沈彦征兄求题话山草堂帖，望于舟次一挥。潍县韩伟功求书楹联，一并送去，想启程之前必欲清理笔墨，趁便书之如何。曶鼎铭随意书数字可耳。

按，据《吴愙斋先生年谱》，光绪三年(1877)三月，"吴云出所藏彝器各拓见示，因为曶鼎跋"，与札末"曶鼎铭随意书数字"相符，则该札当作于是年三月之前。

十一

晤五叔及培卿，悉贤昆季在京近状，稍慰驰念。运斋高隽本在意中，而昆玉联骧，同蜚翰苑，此吴中佳话，近数十年所仅见也，属在宗末，交托忘年，欢喜之忱，能无额庆。南方蝗孽情形，想家报自详，不复琐述。云交夏以后，杜门习静，不窥户外一步。比来书课较密，杂临古帖积有尺余，儿辈取付装池，谓可贻后，他日相逢，尚当出以就正也。张司直延陵季子庙碑访之数十年，未得踪迹，顾亭林《金石文字记》止载重出孔子题墓十字碑，而不及张氏庙记，潜研堂、平津馆但云碑在丹阳，而不详注其地名，故询之历任丹阳令，皆属茫然。前月张同苏公子忽以拓本见赠，亟叩所从来，始知碑在离丹阳城三十里之九里镇季子庙中，当即雇工往拓，归述该镇与句容交界，地颇幽僻，距古延陵镇九里，故名九里镇。庙创建在东汉，晋殷仲堪、梁王僧恕皆有碑记，自唐以来，屡废屡兴，有《九里庙志》可考。庙貌崇宏，几有元妙观气象，发逆虽至，尚不十分蹂躏，碑在献殿前甬道之右，有亭覆护，碑之阳面刻殷仲容重摹孔书十字，碑之阴刻张司直改修季子庙记，孙渊如、钱竹汀分为二碑，误也。顾亭林止载十字碑而不及张氏庙记，漏也。相传季子墓在正殿之下，庙有百井，内沸井四至今尚在，所谓沸井者，因泉有涌沸声故名。该镇之人爱护此碑，不许人捶拓，此次丹阳令先差家丁前去，未能应手，后派干役前往，始能如愿。大约此碑字文完好，如新发于硎，由于该镇人爱护之力也。千年古刻，历劫不磨，实为难得，此吾家祖典，获之尤幸。谨以全碑两帧奉寄，另有一帧望转交潜泉手收。郑盦书来，谓老阮台迁居甚忙，不知乔迁何处，便中示知。

按，据《吴愙斋先生年谱》，吴大澂之弟吴大衡于光绪三年(1877)四月会试中式十四名，应即函中所言“运斋高隽”。又知吴大澂抵京后先寓汪鸣銮家，五月二十左右移居，亦与函中所言“迁居甚忙”相合，则该札当作于是年夏季。

十二

前月接到正月廿四日泽州所发手书，发函雒诵，备悉凤阳所属荒灾，道殣相望，饿殍满野，疾苦颠连之状比之郑监门《流民图》十倍惨目，真有不忍卒读者。吾恒轩筹赈筹款，煞费苦心，去岁底体履小有违和，仍复力疾从事。起死人而肉白骨，存活不可以计数，天道好还，报施不爽，不特他日勋位可与富郑公比烈，而行道有福，尤必使身名俱泰，到处逢麻。昔湘东王制三等笔，凡记忠孝两全者用金笔，德行清操者用银笔，文藻华丽者则以湘管书之。谕恒轩平日文章金石合用湘管，而今日在数千里外，厕身饿丐之中，艰苦倍尝，不遗余力，直当以金银二笔并书之而不胜书也。香严慷慨解囊，力任巨款，交托得人，功归实用，尤均可敬。韩子云："殃庆各以其类至。"将来得子增寿，可操左券矣。去年九月初间，贱体抱恙，几至不起，缠绵两月有余，始得转机。交春以后，眠食早经如常，惟精神尚未复旧，杜门习静，终日在故纸堆中消磨岁月，遇劳精敝神之件辄暂阁不办，恐构思耗心血也。香严得古吉金多种，颇有佳品。仲复以去冬乃弟之变，鸰原抱痛，意兴稍灭。子山、季玉、旭人精力弥满，豪兴如常。少仲护抚，名途可称顺利，承示夏初回南，可以图晤，闻之老怀顿开，眉宇喜溢。自念年衰学落，曩时金石之交零落已尽，得与我恒轩考论旧学，商酌新知，虽一席之谈，直抵十年之读，岂特如苏子瞻所云一日如两日哉。谊卿为健帅十分倚重，现在署理三江，必欲相邀同去，此固义不容辞者。谊卿以本籍而居宾师之位，地方情形自较他人熟悉，幕府借筹，利弊兴革，得以见之行事，此中裨益良多，造福亦非浅也。南中雨水过多，旬日以来，勃戾弥空，阴霾殊甚，若不即日开霁，恐成水厄。南方望晴，北边待泽，苍苍者盍一转移，以拯民困乎。簠斋连来三信，千数百言，无一懈笔，大著《古陶说文》四卷亦已述及，极深佩服。郎亭天分既优，学识俱臻绝顶，近复精究六书，笃嗜金石，幸同心之有侣，喜吾道之不孤。仆老矣，尚思执鞭弭，以随诸君之后，惜力茶气馁，不能振奋，为可愧耳。手削代面，不觉言之冗长，诸惟为时为道节劳善卫，临书驰切不尽。

按，吴大澂于光绪三年(1877)九月奉命办理赈务，腊月抵达泽州，年底患伤寒卧病十余日，次年正月由泽州进省。则该札当作于光绪四年(1878)。

十三

春间曾具报章，托郎亭转递，不识何日达览，深以为念。闻督办河间各属工赈事宜，错节盘根，倍极劳勚。幸畿辅各省普渥甘霖，十分霑足，插种可望，孑黎得有生机。惟死亡已多，流离未集，农具籽种诸多未备，即使天心悔祸，雨旸无愆，措手已大不易。恒轩负海内重望，为巨公交推，当此无米为炊之际，力筹起死回生之策，定必劳心擘画，大费周章，尚望节宣善卫，勿过焦急，为国为时加意调护，是所至祷。贱体交夏后尚称顺适，馥绶孙与堂侄承濂今年从篆香读书，幸已同入邑庠。承濂幼失怙恃，教养十余年，至今相依，得撷芹香，较为可喜。六英学士述龚阁学之言近日世家子弟官多秀才少虽戏言，亦见世风之所趋而斯文之不振也。南中目前雨水调匀，惟上、江两县及丹徒所属蝗蝻萌动，江以北尤盛，挖掘收买已有三十万斤。此事先尽人力，再看天意，所关系者甚大也。簠斋频有书来，念吾恒轩甚切，近日颇传合肥相国欲荐恒轩以监司之任，未知确否。论眼前人才，欲求学识兼全、体用俱备又肯实心任事、不辞劳瘁，四海虽广，如吾恒轩者实未易觏。倘由监司而早膺疆寄，兴利除弊，为地方生民造福，比之文学侍从更有实济。欧阳公云："文章止能润身，政事足以及物。"即此谓也。至于学士头衔之晋，不足为恒轩贺也。河间工赈事宜何日可以竣事？昨偶阅周草窗《癸辛杂志》，载北方开井一条，言北方凿井，动辄十余丈之深尚未及泉，为之者至难，或泉不佳，则所费不资矣。

后有一术者云，凡开井必用数大盆贮水置数处，俟水气明朗于盆内，观所照者星光何处最大而明，则地中必有甘泉，试之屡验，录寄备采。娄东诸事安谧，仆终日杜门，书课尚不间断，一月之中作真率会一二次，每集总以恒轩远隔为憾也。暑气正盛，万望格外保重。临书依切不尽。

按，据《吴愙斋先生年谱》，吴大澂于光绪四年(1878)三月由天津转赴河间查办赈务，则该札当作于是年交夏后。

十四

七月廿四日接六月三十日宁津赈局发来手书，展诵之余，得悉近体安胜为慰。吾恒轩以文学侍从之臣任此艰巨，良由慈羊恺恻蕴蓄于中，见人饥溺但思拯救之方，一切成败利钝概不暇顾，遑论劳逸，此种胸襟，求之古人是范文正、富郑公一流人物。郑盦目空一世，平骘人才，绝少当意，日前书来云恒轩作事缜密无间，所造未可限量，此国家之福，不第吾党之光，其倾倒可谓至矣。簠斋亦频有书至，辄拳拳于左右，并有念念在心，而不能一日释然者，惟愉老与清卿而已。仆崦嵫已迫，红不多时，何足与恒轩并论。然古人同术同方，气求声应，虽隔世犹爱慕不能已，况生在并时而又交契之深也。来谕若仲秋事竣入都，乞假南旋，可以图晤，闻之喜跃，特恐际此时艰处处，愿借寇公一时未必能抽身耳，思之辄增向往。承示新得古玉印，的是俊品，篆法劲整，已开小篆之门，审为六国时物，甚是甚是。[illegible]字鄙见从疒，中[illegible]乃坐字省文，为痤，人名，魏有公叔痤，正六国时人也。[illegible]似是[illegible]字，若据阮氏释王子申盠为楚子西之例，则此印直可定为公叔痤之印矣。盖痤之名于史罕见，且古人每有一人而单名双名互见者，如吴人专诸，《国策》作专诸，《左传》作专设，诸如此类者甚多。然则公叔痤安知非即公叔[illegible]痤乎(《说文》垩从土从畱，省作垩，古文[illegible]，考其篆形是[illegible]

字，为[illegible]省文，释为痤字似可无疑）。惟考《史记・秦本纪》，献公二十三年与魏晋战于少梁，虏其相公孙痤（《魏本纪》亦作公孙痤），二十四年献公卒，子孝公立。又考《商君传》，鞅好刑名之学，事魏相公叔痤，闻孝公修穆公之业，下令求贤，遂西入秦，说孝公变法修刑，事在孝公三年，去献公之世甚近，又同是魏臣，似公孙痤与公叔痤疑是一人，此读史者所当知也，应请考示。秋风多厉，伏望为国为时加意自爱，临书依切不尽。

按，据札中所言，吴大澂此时仍在河间办理赈务，则该札当作于光绪四年（1878）秋季。

十五

屡晤运斋，并得郎亭书，获悉行旌出都之期，惟履新以后未得续音，殊增劳结。闻豫省春来雨水无愆，丰年有兆，然凶荒后民困究未全苏，专赖抚绥休养。今得福星照临，起沟壑而登衽席，禁害兴利，次第施行，新猷甫发，定已颂声洋溢，口碑载道矣，幸甚祷甚。贱体已托庇安健，三儿蒙中丞保奏，以道员引见，已于初九日自家起程，乘轮北上，到京后自有信专达，闻既下榻郎亭斋中也。运斋为健帅倚重，接署督篆，又坚邀同行，此亦谊无可辞也。三儿购得古泉六七百种，近又从亲友家访觅多种，特寄拓本十四纸，中间有数种为古今泉志所未见，竹朋《古泉汇》列入周代，罗氏《路史》谓为上古之币，乞为考定。又三家彝本在禾中故家，乱前笙鱼知其踪迹，曾许重值未谐。辛酉年流转至苏，岚坡已为鄙人作合，乃为龚孝拱替粤贾陈朗亭加价买去，后陈某作古，器遂归与孝拱。去冬孝拱弃世，三儿至沪访得之，篆文秀逸，青绿亦佳，自是隽品。又一敦乃方芷汀故物，并各拓一纸奉鉴。[illegible]或释为龙，按篆形当是啻字，《广韵》依力切，《玉篇》快也，为意字古文，统望订正。节署关防向严，除公事外别无旁骛，计数月以后一切应办事宜部署渐清，即可以暇晷从事著述，闻之欣慰无量。往后惠书只须用马封递由抚藩署转交，既快且稳。向寄江蓉舫信皆托少翁加封，从无浮沉也。

按，据《吴愙斋先生年谱》，吴大澂于光绪四年(1878)九月奉旨以道员发往山西差遣委用，次年(1879)二月出都。信中言"获悉行旌出都之期，惟履新以后未得续音"，则该札当作于光绪五年。

十六

月之十三日接六月廿九祥河行馆手书，展诵之余，如获晤对。敬审驻节工次河势顺平，惟闻南岸里缸险工叠出，幸北岸物料预储，藉得挹注，转险为夷，厥功甚伟。此皆吾恒轩实事求是之明效，无怪河帅之倾倒也。行馆轩爽，几案清絜，早晚赴工督办厢埽之外，得以暇晷从事翰墨，钩摹彝器文字，一半月间可得一二百种。秋冬事简，明春可期成书，寄南付刻。此蓄志三十年未得遂愿之事，今可睹厥成功，闻之老怀顿开，直欲距跃三百，谨当预觅良工购版以俟。鄙意此书卷帙不少，非旦夕可蒇，将来钩出若干种，应即寄下，以次授梓，不必待成书之后始锓版也。鄙人年老多病，簠斋牵于家务，斗米尺帛，俱欲亲自理料，嗜古虽笃，不能专心著述。海内一代作家，断推恒轩，实至名归，欲退让而不可得者。然此乃欧阳公所谓文章止能润身也，若论政事则又心精力果，缜密无间，入粗入细，才周八面，方诸往哲，足以媲美韩公，近絜时贤，亦可齐驱阮相。仆阅人颇多，默观十年以来吾恒轩经术吏事，寸心佩悦，遂不觉若自口出，万不至以两世至交、谊同骨肉贡谀献媚、语不由中，此亦恒轩所深知而决其必不至是者。所愿遇事节劳，为国善卫，扬历展布，益扩远谟，是则鄙人所饮食必祷者也。南中初虑亢旱，后得甘霖，尚可补救，往后得能雨旸应时，收成可望中稔。潞儿于前月廿五日赴宁谒见制府，大约月底初可以回任。渠自去冬以来，精神颇能振作，体貌亦渐丰腴，在京与郎亭盘桓两月，酬应忙碌，古器物一无所得，惟清仪阁所藏之建安弩机，求之二十年，今竟得之。铭中有市字，吴侃叔释为币，谓币就也。周官典瑞注就币也，又遍也，造弩机有郭工，有牙师，无弗备具，然后弩成，故曰币。古者兵器不鬻，释市为非云云。《山左金石志》释为吏，引颜师古注前汉百官公卿表训为理阵，师同见《成阳灵台碑》，谓建安廿二年当涂之势已成，所统千五百师应属丞相府，未必天子之六师也。积古斋云市字或以为第字，或以为制之半文。《两汉金石记》于市字阙疑，未论前辈所释，似俱未协。侃叔作币亦殊穿凿，义亦欠顺，愚撰有《建安弩机考》，现拟授梓，录奉考定。《印谱》已就十二册，如有便人到苏，即可交托带上。顺颂政祺，万万珍重。

按，据《吴愙斋先生年谱》，吴大澂于光绪五年(1879)六月至祥河工次，“此间公馆即在堤上，房屋宽展，又极高爽，避暑甚属相宜”，则该札当作于是年七、八月间。

十七

前月奉到手翰，并承寄到篆书“晚香草堂”斋额，谨已领悉。小篆笔力遒上，洵为当今独步，濠叟[①]以侧笔取势，逊此古劲。已择其两分中篆体较小者钩刻，后附小跋，叙明题此四字之由，另录奉鉴。南中雨旸应时，现正收获，天气朗晴，尤为难得。娄东棉七稻三，今年木棉究为夏旱所伤，收成致歉，冬漕不能不力求减免。三儿前月杪到

---

① 濠叟，即杨沂孙(1813—1881)，字咏春，自号濠叟，江苏常熟人。道光二十三年(1843)举人，官安徽凤阳知府。少学于李兆洛，治周、秦诸子。擅书法，著有《文字解说问讹》。

省，本可在家多住三四日，因代理嘉定县刘泖生忽于初二日自戕于署，报称是日清晨众家人因本官未起，排闼而入，骇见倒在床前，满颈是血，业已气绝，身畔遗有剪刀一具。现由本州委员覆视详查，并经纪其身后各事。泖生人极至诚老实，笔下亦好，不意有此变事，可为浩叹。恒轩亦与交好，闻之定亦骇诧。运斋初二日赴伟如中丞之招，约住一月，归途再到柳门处，惟小樵翁之病有日增无日减。今日培卿来晤，云柳门眷属只好留住在家，但得樵翁之恙转机，明春再行赴任，已有信致柳门云云，可称卓见。孱体今秋托福，咳痰旧症发而不甚，在家尚可支持，惟往来酬应礼节概行废弃，驯成天地间一赘物，亦无可如何耳。吾恒轩励精图治，以监司大员清理州县词讼，下车数月，审结至二千余案之多，解去纠结，断绝葛藤，使无辜拖累之人魂梦得安，身家克保，此中阴德非浅，闻之直欲喜心翻倒，不独佩服才识、精力之过人已也。簠斋为经营迁葬，有五月不得其音书，直至本月初二始接来札，附来续得匋拓，共已积成四千余种矣。书中云与左右亦久不通问，谓尊藏秦权全铜非铁，有铜版二，后有大字者乃为异品云云，可见天下奇物层出不穷，惟有缘者遇之耳。去年得古镜一面，制作精绝，拓寄雅赏。皕镜室中汉镜颇多，求如此镜之范铸工细，通艳色泽，所谓水银裹，其光可鉴，实未多觏，质之法家以为如何？序值冬令，万望为政保重。

按，据函中所言，此信与上通信相隔不久，则该札当作于光绪五年(1879)。

十八

客岁仲冬曾接手翰，始因天寒指僵，继因右臂作痛，遂稽裁答。流光如驶，忽又岁律更新，遥维道随日楙，福与时增，著述攸宜，身名俱泰，祷甚幸甚。仆韶华虚度，不觉届古稀之年，薄柳早衰，病不离体，终岁杜门，无非在故纸堆中消磨时日，而崦嵫已迫，学术无成，老大之悲，乌能自已！伏念吾恒轩年力方强，功名正盛，文章经济寰宇交推，从此益扩远谟，霖雨天下，此七十老人所饮食必祝者也。《建安弩机考》一册寄正，市字似较前说稍长，然未敢自信，还乞考定示我，至盼至盼。钟拓附呈，此器簠斋谓周末文字，非古篆之精者，所见固不能齐也。三儿重寻旧垒，公私尚属平顺，人生功名迟早、境遇穷通，求之不来，推之不去，循理而行，委心任运可已。吾恒轩道德渊深，事理通达，与鄙言或有印合否？郋亭遭此大故，譬如江海之中风帆正利，忽遭波折，此亦人世常有之事，旁观者觑得分明，而当之者总痛莫能释耳。一切想运斋必有专达，不复琐赘。

按，函中言“客岁”，又言“届古稀之年”、“七十老人”，则该札当作于光绪六年(1880)。《建安弩机考》有光绪六年刻本，亦为一证。

十九

月之初九日，接大名府舟次手书，欣悉种切。当即专人询问，知瀛眷平安抵家，诸臻顺适，闻新姬已兆兰征，天上石麟不日诞降，洵堪预贺。辰下计必由津晋都入觐天颜，昼日三接，千载一时，想吾恒轩当日身在胶庠，每每顾念时艰，已早负揽辔澄清之志，今者遭逢盛世，膺兹重任，正宜宏展素抱，为边防建万里长城之业，即为国家立千秋不拔之基。吉林为根本重地，金匪新附不下数万，趋向甫定，易于转移，抚驭得法，不特安其反侧，且可收为劲旅。来书云非恩信相孚，不足以固结其心而作其气，可谓片言扼要，独得骊珠。至谓防饷短绌，不宜过于张大，中国之虚实，彼族纤悉皆知，自强之道不在虚张声势，而贵实力操防，旨哉，言乎可谓洞见症结，曲中事机，即此数语已操知彼知己之胜。昔韩魏公患西夏之强，议刺义勇，谓谅祚方桀骜，骤闻益兵二十万，必然震慑敛戢凶锋，盖欲以虚声恫喝耳，司马公力疏其非，魏公弗听。厥后王安石枋国，变易初制，卒贻陕西之患。可见事当创始之际，全在虚心延访，慎始图终，以魏公之贤尚有千虑之失，今观吾恒轩所论贵实际不贵虚声数语，不特为一时自强之要，亦实为千古不刊之论，他日丰功伟业书于竹帛者，直将迈越前贤，谁谓古今人不相及哉。仆老矣，犹当拭目观化，饮食祝之也。惟海内金石文字之交止此数人，此后相距既远，隐显殊途，王事正烦，想亦无暇置论，尚望不遗在远，随时惠我数行，以纾饥渴。邮信无便，可由钟六英弟转交，必无遗失。都中亲知虽多，而四十年老友终始如一日者，惟六英一、二人耳。承寄晋刘韬碑阴，因有椽笔题识，亟付装池。近于听枫山馆添筑数楹，悬挂新斋，真率会中诸老见恒轩手书，莫不叹赏，谓不啻晤对也。往年张子青先生临别留赠山水一幅，属于燕会时张挂，以当促坐，此王宣征欲预洛社之意，盖先生亦真率会中旧侣也。吾恒轩军政之暇，能写笔见寄，消此座无车公之憾，其喜幸岂止仆一人已哉。仲复以外症未愈，呈请展假，谭序翁已为转奏。运斋留馆之后未必即能假旋，渠握别时曾云，此去恰与恒轩相会，真是意外之庆，想见轼辙联床，倍常欢喜。南中近事，定已缕述无遗矣，诸惟节宣善卫，临书依切不尽。

按，吴大澂于光绪六年(1880)三月卸篆北上，四月入都陛见，奉上谕赴吉林帮办一切事宜，即刻出都。则该札应系于是年春季。

二十

夏秋间，从六英太仆处先后寄到手札二通，备审安抵吉林，动定如意。久欲作数行申臆，只为家庭多故，怀抱不开，每至握管，辄复中辍，因之裁答有稽，幸勿为过。比者一阳初转，秋去冬来，遥想威德并施，身名俱泰，选材练士，经画攸宜，所愿同舟有腹心之助，遇事无龉龁之形，俾得出胸中无数甲兵，为边塞树屹然不拔之基，伟业丰功远驾韩范，此七十老人于五千里外所饮食必祝者也。惟时交冬令，北地苦寒，虽贵体精力弥满，素称健者，尚望稍节劳勚，加意自护，尤深切祷。云于八月间偕老妻同至娄东署斋小住，已将两月，差幸秋获尚丰，民情安谧，公私无恙，仍得以翰墨自娱，藉抒郁抱，知在爱注，用以附陈。前示新得龙节拓本，恰与汉虎符作配，古时符节本为征调左验，此特为吾恒轩秉钺之兆，不仅以获古为可庆也。云于夏间得师田父卣，两耳高耸，形制奇古，铭文精极。积古斋据旧藏拓本编录归入敦类，曾缩摹其形并以拓本寄，郑盦叹为希世之珍，惟谓此器是尊非卣。又寄质簠斋，谓两耳似有提梁，式是卣，与鄙意合，并谓近年所见彝器文字求其确可征信者，此为第一。首行十[illegible]（古“子”字，象形）释为甲子，引召伯虎敦[illegible]字为证，甚确。第三行[illegible]释为传，谓作器者之名。[illegible]阮释析，簠斋谓非，析木形疑为[illegible]字。第四行[illegible]释里未定。第五行[illegible]阮释商，簠斋释为赏。第六行[illegible]簠斋释甲，未安。谨将拓本奉寄，乞于军政之暇，考示及之。苏城元妙观新出古石画，大有武梁祠笔意，特拓两纸附阅。尚有吴道子画象，已倩人往拓，迟日再寄。观基初建于六朝，应有此等古迹，右军帖中所称汉时讲堂画三皇五帝，备极精妙，古今同致也。

按，吴大澂于光绪六年（1880）五月抵达吉林，之后致函吴云。则该札当作于是年九、十月间。

二十一

前月下旬接三月十九日手书，展诵之余，深慰驰念。敬审朝眷崇隆，倚任优重，不特练军筹饷多烦擘画，举地方一切利弊，斟酌损益，必使措置悉洽，因革攸宜，始能仰副殊遇。吾恒轩素志恢奇，抱负宏远，及时展布，断无因循怠缓之虞。惟事会艰难，动多棘手，求治毋急，徐图转机。以恒轩之经济文章，而年力又正强壮，他日勋侔韩范，世之所谓出将入相者。仆虽老，或尚及见之。惟边塞风土异宜，诸望节宣善卫，护此柱石之躬，此则老朽所望风切祝者也。承示入春以来杜门五十日，考订籀文，多有创解，所撰《说文古籀补》一书，约千余字，重文数百字。旧释不可信者，概从阙略，附于卷末，则别为一篇。此书若出，不独篆籀之学藉为依考，而于许君之书亦实有匡益，洵不朽之盛业也。剞劂之事，仆当任之。昔年与恒轩及让之兄商辑先秦古器款识，拟为阮氏《积古》之续，所约已逾十年，迄未能践。总之，此事过欲求精，必致因噎废食。鄙意一经脱稿请即寄来，附去东洋纸三十页，以备缮写，即以原字上版，籀篆非尽人能写也。簠斋兄念及恒轩甚挚，兹将其春间来书摘录另纸，亦见文字之交形骸虽隔，心性自孚，有如此者。师田卣簠斋释文与恒轩所释大致相同，惟第三行□字簠斋释为□字，谓□□合也，鄙见似是北字。筠清馆周望敦宰朋父右望入门立中廷□乡，□释北与此□字合，彼云入门立中庭北乡，此云小臣传北，古文简质，北即北乡也，绎其文义亦合，质之恒轩，以为然否？□字簠斋疑为里字，亦自知未确。尊释于此字阙疑，是极佩甚。□释赏字无疑。此器铭文精美，两耳高耸，形制尤奇，拟摹其全形，专刻一册，尊释与簠斋所释均刻于后，亦古器图中仅见之品也。郑盦见猎心喜，搜罗古陶残字亦有数百种，昨日寄到有埙器七字精绝，恐簠斋四千余种之中亦未易多觏。仆为考释其文，乃命司乐作太室埙七字，如尊处尚未寄至，可即函索，其阳识者尤妙也。簠斋寄来圆化拓本，摹于另纸，此则不及鄙藏之精且多矣。此老收藏夐绝今古，行将以此傲之。孱躯交春以来勉强支持，终年杜门，不离伏案，听枫山馆日涉成趣，真率之会常集于此，伟如、柳门间亦把臂入林，煮茗清谈，评书读画，尚是山居韵事。惟恒轩远隔，未免座无车公，令人不乐。娄东公私均尚平顺，苏寓亦叨安吉，此外近事运斋自有竹报详述，故不琐琐。附去圆化拓本十三纸，中有共字或作□作□作□，又有省作作作，按《说文》共作，古文作，今以各字互证，则之定为共字似可无疑，伏求考示为恳。

二十二

久不得手书，屡次晤询培卿，备闻近状，并于邸报中见所上奏议，凡练军筹饷，设官置防以及垦荒屯田，训农立学，发奸摘伏，化莠安良，种种善政莫不慎终于始，次第弛张尤难，事虽著效，功不自居，推肝胆以待人，俾猜虞之悉化，用能民情悦服，僚属倾心，求之古大臣中，唯韩魏公有此局度气魄。他日吾恒轩出入将相，卓然为社稷名臣，必能与魏公后先辉映，非仅以盘根错节与虞升卿辈度絜短长也。所以不常寓书于左右者，因寿老来书谓恒轩身膺重寄，吾辈林下闲人不必以笔墨之事相溷，致分其为政之心，仆韪其言。今春寿老复有书至，谓恒轩有专弁到潍，询得民间爱戴，刻石颂功，屏弃傔从，往来于冰天雪地之中，劳苦有人所不能堪者，不意江南书生乃能如此。屯垦之事，曾有所陈，不知略有补助否。倾倒之忱，不啻口出，寿老不轻许人，亦由吾恒轩实至名归，有以致之也。仆春间得郑盦书，云恒轩得一古器，铭文有二百字，尚未见拓本，后因寿老书偶及之。寿老寄到拓本二纸，云即尊处所贻，器盖任无盖字真，器字刀痕太生，文首加一龢字，此外尚有可疑数字，恐出讹造。仆谛审拓工未致，纸墨亦劣。一有卖经义斋金石印，一有谢郇所藏印，此二纸必友人投赠，还望精拓数分见寄。寿老处并无副本，尚欲寄还也。云老矣，终岁杜门，聊借金石书画为自遣之计，间作真率小会。承诸亲友垂怜衰病，每每移尊听枫山馆，颇极文燕之欢，辫园、郎亭奉讳居家，亦常把臂入林，共谈风月，想郎亭到京后必有书述也。潞儿交卸娄东到省，曾赴白门一行，两院颇另眼相待，至遭际穷通、功名迟速自有一定，循分守身，委心任运，一听造物之位置可已，想恒轩定亦为然。《古印考》尚未卒业，今从林海如之意，姑就已成者先为刷印，因急欲就正，先钉一部奉寄，仍托六英弟转递，免致留阁，至祈鉴纳，即付还音。南中近事想培卿竹报常通，无庸琐述。闻运斋考差卷甚佳，学差喜音当在指顾间矣，引领望之。

按，据《吴窓斋先生年谱》，吴大澂于光绪八年(1882)六月"手拓金文各种寄簠斋丈"，故该札可暂系于是年。

致李鸿裔

李鸿裔(1831—1885),字眉生,号香严,四川中江人。咸丰元年(1851)举人,官至兵部主事。工诗古文,著有《苏邻遗诗》《益州书画录》《昭代尺牍小传续集》等。

一

今岁新正,普天率土遏音,乐绝酬应,一切繁文缛节屏除殆尽。我二人别无嗜好,杜门谢客,与古为徒,觉一种冷淡况趣别有在臭味酸咸之外者,非道中人未易领会也。今年元旦试笔,口占二十八字,用孙雪居元韵题自画秋色小帧,又题宋拓黄庭经,深慰帖颖,并双璧连。录前贤旧题约千言,既竣,自审年来书学,略有所得。忆幼在家塾,即喜临池,初从赵董入手,弱冠楷书学《灵飞经》,行草学颠米,至壮觉所学都无是处,遂弃旧业,专学《兰亭》。往来苏沪,遇有善本,固不惜典衣质卖,即近世复刻本亦搜罗不遗,积至二百余种。先后所临,或展为擘窠,或缩如累黍,虽不能如赵魏公之日临一本,而所临实亦不少。然虑书格为古人所束,思欲由平正而追险劲,于是学鲁公《论坐帖》,旁及《书谱》《自叙》《圣母》各帖。自是以后阅十年,与南中所谓书家者结纳往还,每每尚论钟、张,高谈羲、献,自矜翰札,不甘让人,人亦谬相推许,书名浸盛,索书者又常屦满户外,遂乃予智自雄,初不知已成为井底蛙也。庚戌年奉檄赴淮,僦寓扬州,晤同宗让之兄,一见如旧识,其年子贞兄由南入都,亦便道来访。三人同处,上下议论,讲求执使转用之方,博究篆分真行之秘,渐窥奥颐,始悔乖违。其时鞅掌奔驰,未能专学,悠悠忽忽,又逾十年,迨至罢职家居,始能一心翰墨。取家藏钟鼎碑版,上自先秦两汉,下逮魏晋六朝,挹其菁华,助吾藻采,专工博涉,无间晨昏,自壬戌迄今,又历十三寒暑矣。

虽往牧垂緌，粗识指归，而变化神明，未臻绝诣。嗟乎！岁月不居，崦嵫已迫，大惧垂老光阴，无能成就，恶札留在人间，徒饱蠹蚀，或供摧烧，空负此数十年之心力，抑可悲矣。执事年力正盛，闻道又早，劬学工书，久为艺苑推重，近益专精笃嗜，将来必成一代书家，可操左券。间尝论本朝书家，前推汪姜，后推张刘，退谷从河南入手，故风神独绝而魄力未具。湛园小楷学晋帖，功候颇足，饶有古致，行草书似非所长。张文敏书格宏整，有大家风范，惜为绳墨拘束，又限于年寿，未入化境。刘文清如紫袍玉带之士，雍容揖让于庙堂之上，而风度自胜，洵足领袖群英，然生平见文清书毋虑数十百种，而合作十无一二，或中有赝迹羼杂耶。此四贤为本朝书家正宗，傅青主、邓石如或精行草，或善篆隶，皆能业久功深，自张一帜。此外王箬林、翁覃溪、山舟、梦楼、未谷、冬心辈或恪守古法，或自立机杼，亦各风流自赏，辉映书台。包慎伯、何子贞起，则又雄视楚淮，各踞一席。子贞气骨足媲四贤，遑论余子其他。道咸间精于书律者，代不乏人，未能悉数。孙虔礼云："偏工易就，众善难求"，欲其志定神闲，心手双妙，言忘意得，矜躁胥平，所谓不激不厉而风规自远者，晋唐以后，绝诣空悬。下走虽老，窃不自揆，思与执事共勉，诗云虽不能至然心向往之，执事其亦同此意乎。新正杜门，拉杂代面，狂瞽之言，亦非赏音之前不发也。余惟为道葆重，不宣。

按，壬戌为同治元年(1862)，历十三年后即为光绪元年(1875)，则该札当作于是年。

二

昨奉还答，见尊书已有得心应手之妙，想五指齐力必已申屈如意矣，慰甚慰甚。比连得寿卿三信，洋洋数千言，无一懈笔，中有一函为答阁下所需全分拓本，特送阅以慰悬望。此老重信，必可如期而至也。许靖甫赴戍需费，以家藏第一宝器董武钟求价，正月间屺堂曾说及询价欲二千金，告以物虽著名，值恐过贵，大江远隔，舁运不易，须得减价，或可作合，否则徒费说话周折而已，其意托介于怀新阁、过云楼也。屺堂云靖甫若非万不得已，必不肯抱此器以求售无已，以一千金立脚，多一金则受一金之惠，千金之内勿议也。兹将信及拓本奉览。当日珊林先生得此器，奉为异宝，在苏时曾邀韩履丈、杨芸老、翁叔均与鄙人酌酒评赏，审其篆文尚在西周之前，而铭在两栾之中，亦与他钟有异，如合鉴赏，望即示知，惟价恐不能减少也。旬余日阴霾郁寒，令人闷损。涪老云蹙眉终日，为百草忧春雨耳。我辈所忧，尚有在彼不在此者，奈何奈何。

按，吴云于光绪四年(1878)致吴大澂函中亦提及"簠斋连来三信，千数百言，无一懈笔"，语颇相近。故暂系于此年。

三

暑气正盛，伏想顺时保养，动止攸宜为颂。前承以曶鼎拓本属题，谨题就奉正。近日考订家诠释古文，每每逞臆穿凿，引文就义，不论笔划之相去近远，生吞活剥，硬作某字，以实其说，其弊昉于汉儒之说经，而末流遂至于此。阁下释第二行[illegible]字上一字谓左半犹有阙笔在隐约间，或释下，或释敬，皆当存疑，洵称具识，佩服佩服。鄙人细审未剔本，此字不特左半尚有阙笔，即右半一直作[illegible]亦连而不关，惟已剔本则作[illegible]，右笔已断，故诸家皆释为"卜"字。当时秋帆尚书开府关中，主持风雅，海内名流咸归幕下。此鼎获于西安，铭字为土花所掩，亟欲考释其文，镘剔铜绿，不免能事受迫，工未尽善，观于篆文字口，凿痕显露，则与庐山真面不无有损。云搜藏彝器拓本垂四十余年，虽遭乱散佚，而箧中所存尚复不少，惟曶鼎未剔本今日始见，亦翰墨中一大快事，特作长跋，以副諈诿，藉资商榷。曩者偲老为敂闲草堂题竟宁雁足灯，曾为凿易笔划以就其义，敉闲为损伤爱物，至今犹以为恨。兹之“卜”字笔划之连断，得无类是。拙作本应书于原幅，因见有渍迹可憎，故录于另纸，只须以此纸付装池家挖嵌重裱，其幅式之广狭短长皆可授意为之也。豹在阱中，日饲以肉，惟掷之于地者则不食，盖自护其文彩，恐或受污致秽也。阁下得勿哂其矜惜太甚，不免有同于豹耶。附及之，以博一噱。

四

昨奉还答，所论两家铭心之品必须互为传观方为有味，正与鄙意相合。昔米襄阳好古成癖，尝谓骤得一名迹，喜心翻倒，寝馈与俱，久之渐亦淡漠，恒数月不复取观。故宝晋斋珍惜之品，每每与人博易，推陈易新，以快心目，此正与人互为传观一鼻孔出气也。惟定章不得逾三日之限即缴，为期太促，缘我辈非专事赏鉴，遇有佳迹，必须辨析豪芒，推勘尽致，甚或临仿大意(必严禁印摹，此禁必应从严)，宜展至半月为限。定章之后，务各遵守毋违。兹将开皇十八年本禊帖呈鉴，生平未见过第二本，颇自珍秘，当年沈文忠极赏重之。文忠笃嗜金石，收藏禊帖亦几及百种，于此门雅称当家，兹于二十年后重遇苏邻，窃喜吾道之不孤也。

五

前者草草复谢数行，因天寒指僵，未尽欲白，越日拜《说文校议》之赠，感何无已。此书严氏子姓欲重刊，屡议未果，今姚氏刻于蜀中，两家之盛衰判然矣。敝乡颇多朴学之士，道咸以来首推铁老。鄙人幼时曾与相见，此老名士气极重，其子名六孤，性亦近癖，雅有父风，天不永其年，家藏碑版古籍尽散失无存，此最可惜也。吴秋伊治印实为名手，难得其错落配搭，极合古钟鼎款识。尊名“裔”字《说文》所有，若仿汉印，应从《说文》。今仿古篆，应用古文。此𠕋乃古裔字也，于此见其落笔之有根柢。此外柱下史诸字亦俱有意义，非率尔操觚者比以视，近日吴下诸君皆瞠乎后矣。阁下昔不经意，今极嘉赏，盖由金石之学深也。贱体虽免于病，而怀抱抑塞，勉藉伏案为排遣，此强制之法，俟过年后必得想解闷之方，计阁下亦大致相似也。今日稍暖，手此代面，严寒诸惟加意调护，不宣。

致沈秉成

沈秉成(1823—1895),原名秉辉,字仲复,号听蕉,自号耦园主人。归安(今浙江湖州)人。咸丰六年(1856)进士。历任苏淞太道道台、安徽巡抚、署两江总督和各地按察使等职。退隐吴中后购涉园废址扩建营筑而成耦园。工诗文书法,精于鉴赏,酷嗜金石字画和古籍碑帖。著有《蚕桑辑要》《鲽砚庐金石款识》《鲽砚斋书目》《所见书画录》《榕湖经舍藏书目录》《夏小正传笺》《鲽砚庐联吟集》等。

一

委书各件,先将横额及长联书就奉正,尚有堂匾并仲恬弟索书各件,稍迟数日再缴。前者以巨纸六幅属书罗氏《鹤林玉露》所载《山居篇》,久未报命,兹特书于便面,并与林海如合作一图,奉赠清赏。此篇写山林恬适之趣,读之悠然意远。出入怀袖,随时观玩,足以袪尘虑而怡心性,或亦有当尊意也,希哂纳。筱舫昨日归家,南浦一阕附正。前日张玉斧回江阴,属其询问吴冠英,不识能否离家,如得到苏数月,为尊园绘图,可称韵事。怡园图册较拙政园图大分优劣也,枫桥晚眺亦不可无图,鄙人当先以写意为之,如何?

二

顷奉手翰,具悉一一。承示新得旧拓《曹娥碑》,为槜李徐玉卿女史藏本,叔未丈跋云玉卿为徐贞木处士之妹。属查徐氏出处,按贞木字士白,号白榆,嘉兴人,工书及篆刻,著有《怀古堂集》,想见一门风雅,令人向往。迟日乞连尊藏瘗鹤铭见视一读,以资眼福。秦权必有精拓,亦乞惠二分,拟以一分寄寿老也。盛暑凉暖不时,诸望加意调护。

按，吴云与陈介祺于同治十一年(1872)复通书信，则该札当作于同治十一年之后。

三

盛暑不识起居何似，伏维万福。贱躯尚无不适，科头跣足，解衣盘薄，以书课为遣暑之计，虽挥汗如雨，而笔墨固未尝少辍。想执事北窗高卧，当亦同此趣也，稍凉再作真率之会。郁冈斋帖系初拓精本，应重装以两卷为一册，共成五册，配一外匣，以类帖最易遗失，故以藏椟为宜。属题数语，书于另纸，中间极论王右军书千文之谬，语虽过激却有所见，非敢妄发也。执事博通群籍，近益究心金石之学，请加详审，或有所教，幸即示我，俾获琢磨之益，是所感祷。

四

秋暑之酷，为近年所未有，不审眠食如何。前患热痱想已全好，诸望珍重。承属题晋唐小楷六册，其第一册十三种皆是铭心绝品，中有数种敝藏及亲友中所见俱不能及，深佩鉴别之精。又喜各帖之妙，遂为逐种题记，后缀总跋，伏乞是正。鄙意此十三种汇成一册，另装楠木外匣。其五本虽多旧拓，然不过出于二三百年间类帖之中，并非至精之品，将来另觅数种，照十三种式装成一本，以补成六本，仍装一匣如何。南海吴荷屋中丞有《帖镜》一书，稿成尚未授梓，中丞已归道山，此书翁叔均见过，弟欲一见，不可得。后闻为故友程兰川别驾购得，兰川为北捕通判，殉江宁之乱，收藏全失，此书果在伊处，必已付之劫火矣，一叹。

五

大火逢金，秋暑奇酷，幸得甘霖渥沛，人既受泽，物亦迴生，真可喜庆也。尊体所患外症，定必以次霍然，祷甚念甚。弟往年凡遇长夏，转觉体气较健，小有著述，大抵成于春夏者居多，今年畏热殊甚，竟至百事俱废。前为尊藏晋唐小楷逐本作跋，实以此册所集无一非宋拓，致佳物，聚所好，收藏家偶得一二种已庆难遇，此册计十三种，可谓富矣。另五册中如裴耀卿书及《丙舍帖》亦俱精本，尚有秘阁数种，皆钤有两罍轩小印，均不易得。此外虽属习见，然皆二三百年纸墨，未可轻弃也。弟现拟将五十岁后所作金石书画跋尾缮成清本(庚申前所作诗古文词，无只字获存)，缘手稿涂抹过多，非静心细阅，虽自己亦看不清楚，他日倩人钞写，必致模糊一片，匊邻订科间来苏，此事即可托其相助为理。亲朋中名迹凡有题跋，即可以次入录，约计成书十二卷。匊邻年力正壮，切磋之功似亦彼此交益也。平生于友道颇不敢侪于薄俗，汪岚坡共事三十年，现在林海如即岚坡之婿也。惟居家之道与衙署异，衙署等于传舍，官既不作久远计，幕亦迁徙，无常宾主，皆以一暂字横亘于中。若居家则必互为体谅，事事关怀，方能持久。吾兄内行肫挚，乡党中弟所心服者，故以此家常琐碎之言为促膝谈心之助。新雨之后，几案清凉，拉杂布臆，千万加意保重。不具。

六

护院代奏之折，不知何日北发。闻月折尚未发，何以尚欲补禀，深以为念。弟新筑因树亭，书一联云："树静风停便是清凉世界；花香鸟语居然城市山林。"人当树静风停，方能外物不挠，翛然自适，此境固未易言也。前承赞赏拙作和均，诗人到无名境始宽，所谓会心不远也。昔人有言：嗽名不如逃名，逃名不如无名。语虽见道，谈何容易。司马公高卧独乐园中，屡征不赴，尝赋《述怀诗》云："早避喧烦真得策，未逢危辱即收功。"论者谓温公当熙宁间眷礼正隆，尚欲避烦畏辱，揣其诗意，必不复出。乃晚节迫于朝命，应召入相，卒之相业未终，以身殉国，不能如范蜀公之以长啸名堂，赏花饮酒，长乐余龄。温蜀为异姓兄弟，进退犹未能一致，可知人生出处，苍苍者早为安排，非人力所能主也。随遇而安，委心任运，春秋佳日，不废游燕之欢，笔墨精良，且寻图书之乐，一听造物位置，不必预设成心，质诸左右，或以为然。三春已过，花事将阑，惟阶前芍药架上荼蘼尚能争妍斗馥，初八、九日间拟续真率之会，未知何日可以出门，乞预示知，以便订期，约同社诸老也。

按，吴云于光绪六年(1880)在听枫山馆中建“因树亭”，札中言及“新筑因树亭”，则该札作于光绪六年。

七

深秋天气，风日晴和，想林泉清养，枕葄攸宜，篱菊绽金，霜螯融玉，高吟对酒，逸兴遄飞，羡慕羡慕。弟就养娄东已逾匝月，静参四相，不设三心，聊以翰墨自娱，不为尘缘所缚，眠食无恙，堪以附陈。前承属题散盘、曶鼎、虢盘、盂鼎全形拓本四幅，知为阁下珍爱之品，特先题就奉正。曶鼎一幅，两边稍留空纸，备阁下自记数行也。尚有画卷三件，容缓图报命。再，前辱垂问彝器铭中有癸子二字，时因束装匆匆，未及即答。按，古文款识如癸子、丁子、乙子等字屡见于上古文字，先辈谓合两日言之，癸子者癸亥甲子也，丁乙可以类推。偶忆前事，谨特附复，统乞厘定。不具。

八

前奉手书并彝器拓本，属为考释其文。按此敦铭十七字，第二字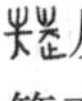从廴，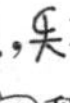有聿形，释为“犍”字。犍，郡名，古者因国为氏，或为名。第五字释“盗”，《说文》：“安也，从宀，在皿上，人之饮食器，所以安人也。”依篆从宀，从心，从皿，省女字作盗。两字皆人名，无义可绎。铭若曰“白犍父作盗宝敦，其万年子子孙孙永宝用”。谨就篆文诠释，用副諈诿，仍乞大雅厘订。祷甚祷甚。

卷十一

致李朝斌

李朝斌(？—1894)，字质堂，湖南善化人。由行伍隶长沙协标。咸丰四年(1854)，曾国藩调充水师中营哨官，累功擢至参将、总兵、江南提督。光绪十二年(1894)卒于家。

别来又届暮春矣，遥维位业兼崇，军民并协，戎政之余，勤加啬卫，敬颂敬颂。弟交春以后，孱躯尚无不适，惟蒲柳早衰，精神总不能振作，终日杜门，人事久废，日惟于故纸堆中消遣怀抱。香严、季玉及青帅诸公常来叙晤，小舫新从白门归来，每有燕集，未尝不神往于九峰三泖之间，辄兴座无车公之感。闻制军四月中旬可到，不识届时驺从来省否，念念。兹有切恳者，弟家住湖州乌程县所属太湖滨钱溇，先君坟墓即在钱溇迤东约半里路之邱家堡。发逆之乱，乡镇住宅尽遭焚毁，独坟墓松楸幸得保守无恙。前年失去坟上柏树数枝，遍查未获，去年复又失去柏树三枝，当请分防巡检密访，暗中派人侦缉，据称系炮船水手所为，盗取作桨柄及木棍家伙等用，是否确实，未敢遽信。然不设法严查以儆，将来则势必盗斫不已，五十年栽成之古木，出兵劫复入盗劫，言之能无沉痛。因思统带炮船太湖营游击梁静帆兄，人极正派，声名甚好，或则远隔太湖，一时耳目所未及，事所恒有。敢恳执事函致静帆兄，转饬炮船总哨陈增林、哨官孔星塘、哨官梁高发严束各水勇，毋向先茔作践，并求静帆兄给一简明告示(告示只须说此系吴宦坟墓，无论军民及水勇人等毋许作践，如敢不遵，定当拿究）交给舍侄承泠号朴堂，实贴墓道。已往之事，无须查究，只求此后得能保全无恙，实已感且不朽。执事骨肉之爱，休戚相关，用敢专布区区，九顿沥恳，尚望即赐函托。前事并无确证，万万不必深究，以后务求转饬各炮船代为就近照拂，尤为心感。

按，据《清史稿》列传二百二载："光绪四年，两江总督沈葆桢疏请以外洋兵轮统归朝斌节制，允之。"[1]因此吴云请求他致函统带炮船太湖营游击梁静帆，帮忙保护其先君坟墓。故该札可暂系于光绪四年(1878)。

① 国史馆校注：《清史稿校注》列传二百二，台北：台湾商务印书馆发行，1999年，第13册，第10185页。

致方德骥

一

辱手书所以慰诲之者至深且厚，感感。仆廿载风尘，一官匏系，迭膺顼剧，兼事戎旃。窃不自揆，颇愿有所建白，一吐白面书生之家。乃昌黎之生日，正躔于南斗；乐羊之谤书，遂屡及中山。卒之影中含沙，纲遭文致，自喜塞翁失马，且作天外冥鸿，赖鲍叔之相知，免袁安之僵卧。室人虽非易安，却能拔钗佐酒，儿子虽非迈过，亦颇识字知文，金石图史足吾所好，名山覆瓿一听后人。此鄙人末路之结局，敢以附告知己。秋风多厉，珍重不宣。

二

韵石来奉手书，伏蒙以太夫人行状见示，属为厘定。敬诵一过，不禁感触于心，涕泪交下。老弟纯孝，此文字字从性分中流出，愈质朴，愈沉痛，读之铁石人亦当肠断，况如云者忧患余生，同抱鲜民之戚耶。文已毫发无憾，无可参酌，间有一二字句可商处，谨遵谕一一诠注，仍望是正。惟查《会典事例》载："命妇受子孙封者加太字，若已故或曾祖祖父父在不加。"世俗行状墓志多有太字，古人文集中亦屡见，欧阳公《泷冈阡表》三代皆称封某国太夫人。往年许太夫人丧，蕉林昆季镌刻行状，亦曾以此见询，当援前说为答。去夏先母大故，墓碑铭旌皆书封太夫人，校邠诸老以为然。今伯母行状，似亦以加"太"字为安。再，篇首既引朱太宜人节孝为发端，则中间宜将节孝事实略醒一笔，更为周匝，于章法亦合，统望裁定，不宣。

三

辱赐书谨悉，蒙询世俗撰状类称行述，而前贤文集则称状，今撰次太夫人行状应否从俗？属为厘订。查昔人纂金石体例援据，但有行状，罕见行述。梁氏玉绳曰："行状亦碑版文字之一，而高僧尤多以行述刻碑，或直谓之墓状。"黄氏梨洲谓行状行述名异实同，前贤文集大都皆称行状，间亦有称行述者。全氏《鲒埼亭集》标目有《先太孺人行述》，其言曰"古妇人之有行状，始于六朝江淹、任昉，宋儒讥之以为非，其非之良是也，然诚有圣善，如吾太孺人，而又出不肖之自叙，则固不同于一切假谀墓之文以欺人者"云云。全氏宏通博雅，一代宗工，其集亦炳若日星，今吾弟为太夫人撰状，正与全氏之自叙同例，似亦以称行述为安。至钦旌节孝上加"皇清"二字必不可少。辱承垂问，谨就所见为报，仍望是正。不宣。

致彭翰孙

客冬奉手书，久稽裁答为歉。嗣又接三月十三日续示，欣审荣莅循州，动与吉会，新猷丕焕，政协人和，慰甚幸甚。弟交春以来，孱躯尚无不适，惟精神不能振作，性又疏懒，终月杜门，日维与孙曾辈调笑取乐。王逸少所谓"一味之甘，剖而分之以娱"，目前亦晚年自得之趣也。娄东去岁木棉大歉，催科竭蹶，办公经费亦坐是支绌，幸地方民情均属安谧。二月间幼帅举劾折，内潞儿幸厕明保之列，有"不敢指保升阶，惟就各该员才品政事略举大概，俾姓名得达天听"云云。姑无论将来升阶有无实际，而知己之感不能不慎益加慎，勉益加勉，以期无负知遇。阁下谊关休戚，用特附陈，通书时幸有以策励之也。循州在唐宋则以蛮荒视之，胜国以来风俗渐改，至本朝日益繁盛。惟民气犷悍，抚驭匪易，然盘根错节所以别利器，大府之借重吾南屏亲家正在此也。附去拙作午瑞小景一帧，聊赠疥壁，将来有便人旋苏，如娇凤、墨兰凡关花鸟为江浙所罕有者，乞代觅数种。此等物事价目不贵，却最能怡情悦性，墨兰奇香，或产闽中，记忆不清矣。

致赵佑宸

赵佑宸(1827—?),字粹甫,号蕊史,浙江江鄞县人。咸丰六年(1856)进士,改庶吉士,授编修。出任江宁知府、江南盐巡道等职,官至大理寺卿,是清代著名画家赵之谦的父亲。著有《平安如意室诗抄》等。

一昨奉到还章,读之惶恐,无地伏念。云识荆在三十年以前,遭时多故,执讯久绝,回首软红旧事,如尘如梦,恍同隔世。嗣幸节麾南来,方冀良觌有期,可纾积愫,偏值孱躯多病,杜门谢客,遂致高车惠顾,屡失倒屣,私衷眷慕,耿结至今。前乘张别驾之便,谨通尺素,附呈拙著,藉布区区,不复加以庄备,亦恃托交有素也。不意执事赐答,竟忘卅余年旧雨,弃谱谊而加以谦称,抑何不为受之者地也,使弟前书草率冒昧之罪何以自解耶。恭将全函拜璧,倘承不我遐弃,许列交契之末,今后惠书只须草书数行,删去形迹,黜华存实,方不见外,切恳切恳。弟十载杜门,须发全白,瘦同病鹤,状似枯松,他日贲临,已预戒阍人必当扫径以迓。惟衣冠久束高阁,魏三野服,愧对尊严,此则尚求原恕也。所需重摹李北海岳麓寺碑、张司直元靖先生碑各奉上拓本一分,此少仲、筱舫借刻,拓存尚多,续有所需,再当寄上。

致杨岘

杨岘(1819—1896),字庸斋、见山,号季仇,晚号藐翁。浙江归安(今湖州)人。咸丰五年(1855)举人,应会试不中,曾入曾国藩、李鸿章幕中,参佐军务,官至盐运使。后因得罪上僚被劾罢官,即寓居苏州,以卖字为生。著有《庸斋文集》《迟鸿轩诗存》等。

养疴杜门,久以未见丰采为念。一昨奉到手翰,并示哲兄性甫司马遗集及大著《迟鸿轩存稿》,两窗披览,谨已读竟。哲兄诗文皆隽雅可诵,《今文说》一篇议论尤为警癖,古人传世文字正不在多也。尊作《拟古》各篇,词旨渊懿,寄托遥深,有汉魏人遗韵。《庸说》一篇如苏长公初读庄子,发为文章,便有弹丸脱手之妙,读之叫绝。不意乡党中有此俊才,平日并居咫尺,窃叹知之未尽,得毋等于井底蛙耶,惭愧惭愧。弟精力日衰,每念老至耄及,学益荒芜,景迫崦嵫,毫无成就,殊滋内疚耳。拙著《彝器图释》一部,又《焦山志》一部,附奉鉴定,《志》中《周鼎考》一篇,间有发前人未及者。乞正是。

致吴唐林

吴唐林，字晋壬，清代阳湖人。咸丰十一年(1861)举人，曾官浙江候补知府。诗人，书法家。著有《横山草堂诗集》。

前者奉手翰，并近刻《陈所安先生遗集》一册，早经领悉。两月已来，屡欲作数行鸣谢，只因孱体多病，时交暑泾司令，肩背常作酸楚，牵及指腕，握管颇艰。家无元瑜、孔璋之徒，凡有笺启，必出手裁，且以至好通问，亦不欲倩人捉刀，寒暄塞责。因之契阔多年，音讯阙然，猬辱损书，又未即报，怀歉负疚，非言可喻。云菰庐跧伏，衰病侵寻，终岁杜门，驯成老废，方以学殖荒芜，愧对良友，乃荷奖饰过情，推崇逾分，在执事抑然自下不择细流，其何以为受之者地耶，皇恐皇恐。乱后各省书局刊刻典籍，实大有造于士林，而吾浙一局尤推首屈，此固大府嘉惠来学之盛意，亦由诸君子襄助之力。闻皇朝三通一书不日可以蒇事，定当首先备价，购置全部，颇思早睹为快也。惠定宇所著《后汉书补注》十九卷，钱大昭《三国志辨疑》三卷，此三书曾否锓版，乞示知。承询近著并新得，无以报命，姑附《汉建安弩机考》一册，古圜化及币布各拓共十页，又古玺印拓五页，似为海内收藏家所希有者，幸鉴收考定。管敬伯曾否通书？知其踪迹否？甚系念，不能置也。

按，吴云《汉建安弩机考》刊刻于光绪六年(1880)，则该札所作不早于是年。

致赵烈文

赵烈文(1832—1893)，字惠甫，号能静居士，江苏阳湖人。讲求经世之学，曾被曾国藩保举，遂居曾氏兄弟幕府，参与军事。后历任磁州知州、易州知州。晚年以金石碑帖自娱。著有《能静居日记》《天放楼集》等。

一

奉手书，欣审枕葄攸宜，顺时谐畅。蒙示官印各条，内越青邑君本是蛮夷君长之印，释载敝著《官印考》。"立义行事"(北魏《官氏志》立义将军居第三品)实系官印，此印见沈氏《欣赏编》，而拙著考释较详。"剑士"流传甚多，从未见之著录，即拙著《官印考》中援引，亦无确证。后读《通鉴纲目》，建宁元年分注宦者王甫使剑士收蕃，蕃拔剑叱甫，而《汉书·陈蕃传》中转不载，是剑士当与宫门宿卫之士同类，如骑士、卫士、剑戟士，见之史者可数也。《纲鉴》一书读数过矣，而剑士两字甫于去年得之，可见平日读书之不能经意也。台从卜居究定否？念念。属书条幅，涂就奉正。

按，吴云于同治十二年(1873)致陈介祺信中亦提及读《通鉴纲目》考证"剑士"一事，札中云"去年得之"，则该札当作于同治十三年(1874)。

二

前辱枉临，藉得畅谈，稍解劳结。别去奉手教谨悉，因来使不能待，未及即时裁答，至今耿仄。所需拙著各种，谨奉去《焦山志》一部、

《彝器图释》一部，双钩汉唐各碑另开清单，望查照纳入，即乞鉴定。承示金石之学羽翼经史，谓鄙人从事于此久，宜将王氏《萃编》一书校正其舛讹，有裨于来学者匪浅云云。弟瞢学不足当此，然平生喜蓄古碑，昔年得晚唐吴承泌墓志，系宋元精拓，爱其书法秀韵，因未悉书人阎湘事迹，欲作长跋竢考。翻查《萃编》，不特碑文颠倒脱讹至数百字之多，即后系考证亦复舛错，如中和乃僖宗年号，误为昭宗；所引《昭宗本纪》是年十一月蔡贼秦宗权围许州，十二月诏河东李克用赴援亦系僖宗时事，不知当日何以失检如此。兰泉司寇博闻精鉴，大约此书卷帙繁富，多出幕下士手，不复细审，故舛讹甚多，不胜枚举。弟思作《萃编纠误》，以鞅掌靡宁，卒卒未果。亡九儿承溥自幼喜读金石考订之书，年未及冠，所作篆隶殆有夙慧，曾取家藏碑拓择字文清晰者与《萃编》对勘，又约仁和魏稼生为助（稼生现在闽省候补，搜罗碑文作《萃编补录》，未成），数月之间摘其误处数十百条，旋以秋试暂辍，不意出场后一病不起。弟悲痛致疾，不亲砚削者逾年，儿辈检其诗文遗稿，无论片纸只字，庋藏不令寓目，盖恐见之增痛也。兹因尊谕所及，枨触前事，遂缕缕上陈，亦以执事有同心之契也。

按，据《清赵惠甫先生烈文年谱》载：光绪二年（1876）“十月二十八日，至吴平斋处久坐，主人抱金石数十种出观，秦量残铜，嘉兴张叔未家旧物，宋拓张猛龙碑，李仲陇修孔庙礼器碑，潘氏祖石本兰亭，皆精绝。”[①] 则该札当作于会面后不久，暂系于是年。

三

昨奉手翰，并荷以家园新笋相饷，嘉蔬远赐，助我加餐，祇领之

---

① 朱尚文：《清赵惠甫先生烈文年谱》，台湾商务印书馆，1980年，第94页。

余，感抃交会。当此风和气淑，草木自馨，虞山风景之佳，足供雅人游眺，惜弟衰病侵寻，跧伏内室，不能离家，未获曳杖奉访，相与徜徉于山明水秀间，纵谈风月，讨论古今，每怀及此，辄殷神往。附去彝敦二拓本，近日赝鼎杂出，稍稍有名者值便不资，千金犹非上驷价也。此二器儿子承潞去年所得，尚是巧遇，拓奉鉴赏。拙作纨扇一握，聊供拂暑，不足当一笑也，统希詧纳。殷君闻年力正壮，得与濠叟及阁下周旋，苟能虚衷受益，其诣何患不精。孔北海云："今之后生喜谤前辈，一艺未成，已经自满。"大抵今人坐此病者多，殷君或能自拔于佼佼中乎。草此复谢不尽。

四

昨奉前月二十八日手书，并大著《齐罍长歌》一篇，伏诵至再，具见考证奇文，辨析疑义，字字的当，掷之洵有金石之声，佩甚佩甚。此器篆文奇古，阮文达得之最晚，不及编入《积古斋款识》，而著录于《揅经续集》。文达一再题咏，及门知名之士多有诠释，而以陈颂南之篇为最著，何秋涛专刻行世。字，文达释为"罍"，颂南从之，于是器之为罍其名益著。而何子贞兄与许珊林丈皆释为"靁"，与鄙意恰合。按书序仲靁《史记》殷本记作中䨻，中即仲省，䨻即古今字。《诗·终风》：靁靁其雷，传震雷之声靁靁，然《易象》山下有雷小过，系词断木为杵，掘地为臼，取诸小过。《史记索隐》齐景公名杵臼，古人字由名生，仲䨻即景公字也。曹氏器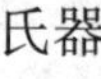上有中字，尤足为证。珊丈谓此器盖齐景公受天子命，命陈桓子嗣为工正，用作文子之庙器也。因铭中有钘字，两公皆释为钘，老友陈寿卿太史亦释作钘，均与尊见相同，鄙人亦久从此说，特以两罍之名昭著寰区。文达又为一代大儒，故刻本仍沿其名，即如贞兄虽辨其为钘，而作诗有"论语春秋在此罍，吾师诹考集群才"之句，亦仍其名也。雨窗肃复，谨达佩忱。管敬伯现在何处，有消息便中示知。才叔近通书问否？

五

昨奉手翰，附到濠叟书件，一一领悉。濠叟笔力古劲，篆分真行，莫不精妙，所谓博涉多优也。乃复谬推鄙人，抑然自下，昔昌黎之重皇甫，欧公之让子瞻，古人学益至而心益虚，在濠叟洵无惭往哲，惜不佞匪其伦比耳，愧甚愧甚。晤时乞致臆并谢。所需古镜拓，就箧中拓存者先行检奉，中间两京之物居多，其练形神冶一镜制作精良，文辞华艳，张君房《丽情集》载："前蜀秦州节度使王承休妻严氏有殊色，后主王衍幸之，造镜以赐。"证以铭词，即此是也。其双鱼一镜活泼泼地，虽有写生妙手，亦恐未易臻此绝诣。此外篆分相间，各有古趣，计赠十六叶，合装成册，明窗展玩，亦足怡情。属在同好，窃附素心，知必得之则喜，同此爱护也。

六

一昨奉手书，并大著《太室埙考》，援证精确，仰见鉴古有识，读书得间，心佩之至。此器出土有四，王廉生庶常得其一，郑盦尚书得其三，形如雁卵鸡卵，有孔六，土质薄脆，乃得流传于二、三千年之后，为汉唐以来郑、孔诸儒所未得见者，一旦遇之，岂非墨林一大快事哉。已寓书郑盦，劝其肖绘图形，亟授梓人，以裨来学。便中拟将尊作录副寄去，同为欣赏。前承寄还古玺印本，字多难识，间有明显可辨者，而文义又难贯串，与其穿附，不如阙疑。潍县老友陈寿卿太史，今之刘原父也，其藏古印之富，敻绝今古，但决为三代所遗，而文字亦置阙疑之列。弟旧藏共有十纽，今将印本一并检呈，或与濠叟共考释之，如何？

按，吴云于光绪七年(1881)致潘祖荫信中提及"埙本土器中不坚之物，难得遇此流传，亟应摹其形制，专刻一图"，与此札"已寓书郑盦，劝其肖绘图形"所言相合，则该札当作于是年。

致汪鸣銮

汪鸣銮(1839—1907),字柳门,号郎亭,原籍安徽休宁,后隶籍浙江钱塘(今杭州)。同治四年(1865)进士,选庶吉士,授编修。历督陕西、江西、山东、广东学政,主持数省乡试。历官内阁学士、工部侍郎、总理衙门行走。后主讲杭州诂经精舍、敷文书院。著《万宜楼善本书目》等。

一

前奉手翰,并承惠寄石鼓文精拓,敬谢敬谢。从前李芝龄尚书编校《太学金石遗文》,许珊林丈亦预其事,有印文曰"奉敕编校"。国子监金石所成之书,外间不易得见,未识尊处有无印本。石鼓文为天下古今第一瓌宝,弟藏有南宋精拓,弟八鼓散字尚存,为陆谨庭旧物。秋间星轺南来,或得把臂,当出以共赏也。钦颁十器,外间拓本罕有,如其可拓,幸以数分见寄为恳。恒轩新得古金至富,关中自刘燕翁后恒轩继之,所谓伯乐一顾,冀北群空矣。

二

前月奉手书,以至好笺启往来必欲亲裁,雅不喜倩人捉刀,以寒暄相溷,每每报章久缺,职此之由。一昨又从何性泉世兄处交到续示,承属砚孙世讲馆事一节,日内潞儿即欲晋省谒送健帅,必当力为推毂,再拟托少仲一言,以期必谐,云间太守大约不日亦可到省也。弟养疴杜门,新正以来,出门止有三次,朋侪招邀,稍远则专舟来迓。魏三野服,尚无形迹之拘,然已勉强支撑矣。去冬南中雨雪过多,底水甚大,开春常常阴雨,半月以来勃戾弥空,檐溜如檲,恐成水厄,辄唤奈何。刻下南中盼晴,北边望雨,苍苍者苟一转移,则普天蒙福矣。

所需散氏盘拓本，弟在邗上觅得三种，一孙渊如藏者自留，一为秋谷要去，一赠恒轩。去年郑盦书来，谓在恒轩处见有赠本，属向笙鱼购求。笙鱼初索五十金，后闻都中来访，则不但高其价目，且效石呆子之宝折叠扇，虽重值亦不售矣。郑盦处尚未有报，惟吾郎亭既究心于十五篇九千数百字，今复精研籀史，详考奇文，博取先秦款识餍而饫之，将卓然为一代传人。昔贤所谓交游中得一国士者，舍郎亭其谁当之，敢不仰副。所需必图报命，兹先寄上师酉敦二器共拓本四叶，庚羆卣拓本二叶，封敦拓本二叶，瞂尊一，鲁伯俞簠一，王子申盞一，此就案头所有篆文精而较多者先奉鉴赏。外颂敦二，一为季玉藏，一为仲复藏。季玉所藏者其盖向在两罍轩，后赠季玉，索作延津之合。两器字多，特一并寄奉，统希检入。两罍铭在腹内，极不易拓，未有现成，稍迟当连同散盘铭由潞儿面致，不爽约也。

三

前奉七月廿七日德安行馆所发手翰，展诵之余，欣审福满星轺，动与吉会。江右人文荟萃，冠绝东南，非得如执事之绩学济以藻，鉴之精，终恐有遗珠之憾。今者秋闱榜发，众口腾欢，彼都桃李，已庆尽入公门矣。乃复宠命继颁，荣膺督学，欧阳公云："文章止能润身，政事可以及物。"主考与学院虽同操斯文之枋，然主考专于内帘取士，纵使烛照无遗，真才迭出，总不如学院任有三年之久，观风问俗，使节所至，不独拔幽振滞，为朝廷储有用之材，抑且革薄从忠，为地方造无疆之福，文章政事宏此远谟，将与往哲后先济美，非时贤所能度絜短长也。属在世好，实有荣幸。弟景迫崦嵫，学惭荒落，今秋旧疾尚不大发，惟年迈气衰，终岁杜门，伏案之外，一切往来礼节，概从谢绝。间作真率之会，同集者亦止林下五六人而已，驯成老废，无足为知己述也。恒轩频有书来，励精图治，以监司大员为州县清理词讼，半年来审结已有二千余案，解纠释纷，阴德非浅。仍能于公事之暇，不废翰墨，其精神才力尤为夐绝过人，与吾郎亭洵称一时瑜亮。间尝与真率会中诸老论及当代人才，欲求有猷有守体用具备者，亦惟以郎亭与恒轩是推，此众论所归，非一己阿好也。拙著《古官印考》二册尚是甲子年旧稿，谨以一部附奉鉴定。敝居听枫山馆花木渐已成林，篁斋、恒轩、郑盦皆撰句为赠，独少郎亭佳迹，殊为缺典。敬乞惠书楹对一联，条幅四帧，江右产纸定多宜笔之品，故不复购寄。且有无厌之求，恳物色陈年宣纸十数番见赐，即作为齐纨佳谶之报何如？一笑。

按，吴云于光绪五年(1879)致吴大澂函中亦提到“吾恒轩励精图治，以监司大员清理州县词讼，下车数月，审结至二千余案之多”，与此札所言相同，则该札当作于是年。时汪鸣銮任江西学政，与信中所言亦合。

致吴念椿

昨接月之初一日寄到手书，附有猴头菌、葫芦干，领谢。《逊志斋文集》诗稿虽所作无多，然中间如《论分家》一篇文言道俗情，最足感发人心，家书数则亦略见读书修身，生平节概，皆可传之作。诗中《和晚香别墅九月红梅》三绝句读之恍如隔世，当日与二兄倡和篇什及往来书札，庚申之变尽付浩劫，平生著述稿本及已梓各书版亦全陷苏城，现已刊刻各种，皆庚申后所著。罢官以来，杜门伏案，已历十三寒暑矣，读书养静于心，稍有所得，尽在此十三年中，未始非天之玉汝于成也。迟日拟为逊志斋撰序一篇，手书寄上，附于卷端，倘楚北刊工少好手，或当托书局一刻，如其为难，则由苏刻亦可，以行书不比宋字之易刻也。《年谱》第十六页有"浙省得而复失"句，似有讹字，抑或词意未醒。按，是年杭城旋复，或改为"时浙省屡为贼扰，湖城戒严"，上句虚写，亦无不可，照此改易，只须挖补，不必重刻也。四弟精于铁笔，难得难得。家藏汉魏六朝古印约千纽，曾有《印谱》，俱为友人索取殆尽，适案头有唐辛生摹古印三册，特寄上。又《彝器图释》一部、《朱文公易系辞稿》、魏文靖文向帖、重刻东海庙碑，又重刻岳麓寺碑(此勒少仲廉访所刻)、张从申书元静先生碑(此杜筱舫弟刻)。共五分，又上方山寺塔盘铭一分，统望检收。另以裱好者共四分分赠(椒坡、秋谷)，祈即转交，其未裱者即付装池，以免散佚。平华以明年四月间即欲散馆，现已留京，俟留馆后请假南旋，较为从容次第也。

按，吴云于同治元年(1862)罢官回乡，函中言"已历十三寒暑"，则该札当作于光绪元年(1875)。

致吴俊

吴俊，字子重，号南桥、冠英，江苏江阴人。以三绝擅长，写真尤得古法，亦工篆刻。尝客京华，为何绍基、张穆诸先生所器重。

春来想道履安胜，刻接李春生兄来书，上海道冯竹儒兄欲请吾兄到沪月余，未知能否前去？特将原信奉览。弟思月余之留不为过久，二百之馈不无小补，属在至爱，用敢为介，幸即赐覆，以便转告。再有恳者，弟最喜《鹤林玉露》中所载《山静似太古》一篇，写山林恬适之趣，令人神往，特摘录其中语意分为六段，乞兄暇时依句绘图，上留空地，弟拟逐幅书之赐款，署于末幅，欲令百年后好事者珍为二吴书画合璧也，一笑。素笺六叶附呈，鹄候还玉，诸维心印，不具。

致彭祖贤

彭祖贤(1819—1885),字兰者,号芍庭。咸丰五年(1855)举人,光绪四年(1878)授江西布政使,擢湖北巡抚,权湖广督篆而卒。

一

奉花朝日所发手书,敬审道体绥和,顺时谐畅。步履小有不良,按摩之法,行久必效,其次用桑寄生研末,陈酒冲服。王道无近功,久之亦必有验,特不可轻投疏风祛湿之品,致损本元。近日良医甚少,每每极平淡单方,转有奇效。老友周缦云侍御自去秋患脾泄之症,历四五月未愈,正气渐伤,百药无效。昨接来信,云有人教以藕粉代点心,米仁代茶水,服半月,霍然而止,现已精神如常矣。弟深佩伟如中丞,每劝人不轻投药,良由精通医理,洞悉此中甘苦艰难,故有此论断,非目下时医所能道也。恒轩大约四五月之交进京,谊卿得隽,则行期或稍羁迟,亦未可定。讷兄亲家昨曾晤叙,风采甚好,颔下留髯,尤有飘飘欲仙之致。现赴山中扫墓,即欲回来,无多耽阁也。三儿奉中丞委,赴海塘验工,因值学台按临,匆匆即旋,从前明保人员超擢极速,近以存记人多,简放不易,蒙谕云云,具见关爱。去年保奏以江苏道员在任候补,部中来文调取引见,明年拟进京一行,开缺与否,届时再定,未知长者以为如何。伟翁赴鄂,想必取道吴门,刻下当已出京,渠三令郎高撷芹香,此执事之快婿也,尤堪额手。纂修《续畿辅通志》不知何日开局,兹事体大,倍劳宏才擘画也。

二

每晤钝舫亲家,敬问起居,备稔勋德并崇,身名俱泰,稍纾驰仰。久欲作数行道臆,因闻节署政烦茕劳弥甚,不欲以林下闲文上溷清听。曩承远惠素心兰蕙，敬领之后亦未专函报谢，皆由眷爱素深，知不责其疏慢。两载已来，音敬久阙而惓念丰采，正切遐思，一昨又辱不遗在远，手书存问，发函讽诵，语重情长，并审近履安和，眠食皆胜。按摩之功，定无间断，用能精力日增，康强逢吉，欣闻淑况，喜慰交萦。弟交春后体气虽勉可支持，而精神终不能振作，键关养拙，恒数月不出一门。伏案之外，间与钝翁及三四亲友作真率小集，评诗读画，尚不失林泉清趣。惟以裔辉远隔，坐无车公，每一念及，辄深神往，亮钝翁竹报中当亦详及之也。附呈潍县老友陈寿卿寄来古陶器全形拓本四帧，似比钟鼎彝器别有古致，又六朝石画造象横幅一帧，敬奉疥壁，藉以伴函，统希鉴纳。族侄念椿渥荷栽植，铭感无既，娄东署中公私均托庇平顺，堪以附告。

致潘祖同

潘祖同(1829—1902),字桐生,号谱琴,晚号岁可老人,江苏吴县大阜人。潘世恩第二子潘曾莹之长子,潘祖荫从兄。咸丰六年(1856)进士,选翰林院庶吉士,充国史馆协修。咸丰八年因受顺天考试舞弊案牵连,被免去官职,充军新疆,归田后以书画、收藏古籍为事。著有《竹山草堂诗稿》《竹山堂随笔》《竹山堂诗文集》《竹山堂诗补》等。

昨奉手书,并示大著诗文,谨已诵悉。《四韵》词意高古,非雕绘月露风云者所可比拟,洵推绝构。《介君小传》尤妙到不可思议,文格从韩苏二家以上溯司马氏,惟浸淫于古者深,故虽游戏文章,而雅絜劲峭,自有古音古节,循读数过,实不胜其倾倒心服,此由衷之言,非敢贡谀也。乃辱不鄙老朽,损书勤问,商质醇类,此所谓以能问于不能也,能无惭悚。大稿想有副本,谨已留存,时出讽咏,比之读《毛中山传》更觉新颖可喜,佩甚快甚。

致王懿荣

王懿荣(1845—1900),字正儒,一字廉生,原籍云南,山东福山(今烟台市福山区)人。光绪六年(1880)进士,选庶吉士。次年,任翰林院编修。光绪十九年(1894)大考一等,升迁侍读。次年,入值南书房,任国子监祭酒。光绪二十六年(1900),八国联军入侵北京,王懿荣偕夫人服毒投井以殉,年五十五。性嗜古,金石碑版、古泉印章、书画陶瓷均有收藏,尤精研于泉学。光绪二十五年,王懿荣最先发现甲骨片上刻辞,并将其断为商代,成为甲骨文研究的奠基人。著有《汉石存目》《南北朝存石目》《天壤阁杂记》《古泉选》等。

前月杪奉到手书,敬审道履冲和,著述如意。尊卷详绎至再,三艺有先正典型,不可与揣摩时墨者并论,经文注疏体裁而新义层出,具征根柢,五策崇论宏议,不特学术之邃,亦足见经济之宏,训诂考证之精,犹其余事也,钦佩实至。恒轩归家后时相过从,纵谈甚乐,关中新得古器既多且精,此中真有金石奇缘,非能浪获也。近见兕觥一器,其制如爵,盖作兕形,目所未见,可为古器之证,已拟如式仿制,工蒇可公同好也。

按,吴大澂于光绪二年(1876)十月自陕西启程南下,腊月旋里,次年(1877)四月入都覆命。札中言"归家后时相过从",则该札当作于光绪二年腊月至次年四月间。

致江人镜

江人镜(1823—1900),字云彦,号蓉舫。婺源上晓川(今江西婺源上晓起村)人。道光二十九年(1849)应顺天乡试中举,历任蒲州知府、太原知府、山西按察使、河东盐法道、湖北盐法道、两淮盐运使等职。著有《知白斋诗钞》《双桥小筑词存》等。

清和十九日接三月望日发来手翰,展诵之余,如挹言笑。蒙赐潞儿一函,谨已转付。伏审道履安胜,并知正月间有弄璋之庆,天上石麟,人间英物,三多之祝,原与福寿同征,遥望德门,弥殷额手。弟体本孱弱,去冬大病之后,幸托樾庇,精神眠食已一切如常,惟衰迈日增,疏懒愈甚,杜门却扫,衣冠久束高阁,昔朱子晚岁常野服见客,弟于朱子德业文章未能望见一二,独野服见客一节颇自诩善学朱子,附及之,聊博捧腹。去年旱魃为虐,晋省罹此奇灾,每阅邸报,不禁心恻。后接清卿书,备陈饥饿倒毙,积尸横陈,种种苦状,尤令人不忍卒读。赖沅浦中丞主持于上,吾亲家左右辅成,于无可措手之中筹肉骨廻生之策,上能推广皇仁,下则激励僚属,赈恤兼施,存活靡数。此中造福良匪浅鲜,将来位业,当与富郑公比隆,盘错别利器,不足为亲家言也。南中二三月之交,大雨兼旬,檐溜如泻,弥空勃戾,大有水灾之象,人心慌乱,报灾请勘,纷纷而起。幸望日以后,连得晴霁,比来雨旸应时,春收除低田被淹外,尚有六七分收成,民情已定,米价亦平。雨田为英茂文所误,始谓海运津差操券可得,转将巡查差预辞不就,讵揭晓,失望至今,尚在赋闲。少翁相待甚优,数次晋见,俱不以佐杂视之,现在护院亦竟无以位置,宦途之升沉迟速,非人力所能主。娄东所属四县,去冬至春数月之间,嘉、宝、崇明俱以事故出缺,均委留太佐杂代理。去年雨田从晋省归来,倘竟赴娄东听差,则此数缺中必可得一,纵或处膏不润,而暂握正印,亦足解嘲。此权操自己者,尚不能必得，遑论求人。每与儿辈并雨田论及，未尝不叹饮啄自有定也，守身自励，循分从公，以俟机缘遇合而已。弟现有六孙、两曾孙，长孙翊周今年幸入邑庠，次孙（小名官保）十一岁读书，天资尚好。三、四两孙暨曾孙松宝甫经入塾，此外眷属皆托赖平安，足抒爱注。琐琐上陈，聊当亲戚情话，伏望节劳善卫，加意自珍，是所全祝。

按，吴云于光绪四年（1879）致吴大澂函中提及晋省旱灾之惨况。时吴大澂奉上谕办理山西赈务，到津后，筹购高粱七千石，亲自督运。此札言“去年旱魃为虐，晋省罹此奇灾”，故当作于光绪五年（1880）。

致陈晫

别来二十余年矣，世运变迁，人事厄鼿，恍梦入罗刹国中，虽已醒觉，至今犹心悸也。昨奉手翰，展诵之余，敬维道履绥和，动与吉会。前者得三兄噩耗，为之泣然者累日，只以一江遥隔，不获尽寝门之哭，谨备挽章，聊当刍束。正深歉悚，乃辱教言下逮，情肫语挚，而一种友爱之忱尤流溢于字里行间。至三兄生前政绩以及立身行世得以备载志乘，列入祀典，虽云诚无不格、实至名归，然非棣台苦心经纪，则古今负屈淹没者胡可胜数，安见有功必报，一无遗憾哉。三兄一生爱好，九原有知，当亦含笑无已也。云今年亦六十有九岁矣，崦嵫景迫，衰病日增，两年以来，每交初冬，嗽痰大作。去岁又值家庭多故，心绪怫郁，二竖遂乘隙作祟，缠绵翻覆，直至今年交春后始得渐次向愈。现眠食虽已如常，而精神总不振作，衣冠酬应谢绝多年，来往礼节久经废弃，幸亲旧怜其老病，不以形迹相绳，尚得杜门守拙，摩挲金石，读书自怡。膝前有七孙，两重孙，长孙已游庠，眷属亦尚平顺。潞儿于闰月下旬乘轮入都，月朔以道员验放，因有明保在先，此次进京又蒙中丞附保，例由军机进单，惟因京察人众，虽进单而简放者绝少也，月内即可到家。知承爱念，谨缕晰以陈，用当晤对。

按，信中吴云言“今年亦六十有九岁”，则该札当作于光绪四年(1879)。

致沈敦兰

沈敦兰，道光二十六年(1846)举人，咸丰进士，历官户部郎中、陕道御史、江苏常镇通海兵备道、两淮盐运使等。光绪八年(1882)居淮安。

递中辱惠书，欣审安抵节署，动止清胜，慰甚慰甚。连日谨将先光禄公《话山草堂遗集》反复详读，窃见先生于学无所不窥，而才与识又足以副之，故发为文章，用能陈言务去，独抒真诠。诗中《咏史纪事》诸篇警句，如“坚持白棓防民口，广散黄金买士心”，确有所指而又包罗群有，涵盖古今，使持此以赠张魏公亦可谓诗史矣，不独揭夫已氏之隐已也。《论书绝句》五十首，由汉魏至今二千余年中丰碑巨碣、书学源流推究授受，阐发无遗，与渔洋山人论诗诸作可以并驾艺苑。文中如《论熊孝》《感学统》二篇谓此是讲学家之统，非洙泗之统，可谓一语破的，至驳诘虽败犹荣，与立雪、近禅二端持论中正透辟，坚确不磨，皆必传之作也。《八法筌蹄》一卷，学者能与《论书绝句》细加参读，自有领悟。盖先生于书学至深，一篇之中所以反复致意者，实欲以金针度人，宝筏导路，此诱掖后进之苦心，非漫然发之也。《六书糠粃》三卷，凡于形声训诂之学，莫不剖析入微，推勘尽至，而于审音切韵，俗体讹书，尤能援据古籍，精心辨正，不独为《玉篇》《广韵》之诤友，亦可为许君之功臣矣。云尤服膺《论语比》一书，谓讲学家推崇程朱过当，致肇门户之祸，洵是至理名言，与世之尊汉学而薄宋儒者迥不相侔。至论张浚为人，附黄潜善、逐李忠定、斥岳忠武、杀曲壮愍，富川符离之败，遂使南宋天下从此一蹶而不能复振，此真名教罪人，乃讲学家变乱黑白，颠倒是非，把持清议，至于如此，可称千古快论。云尝谓从古负虚名而酿实祸，无渝张浚其人，今读先生之文，辞无虚发，语必透宗，如云谫劣，窃附同心，敬服之忱，不自知其首之至地矣。此外《操缦易知》一卷、《词钞》二卷，愧未专学，不敢妄及。谨疏蠡测，用答谉诿，仍乞加察，厘订不宣。

致曾纪泽

曾纪泽(1839—1890),字劼刚,湖南湘乡人,晚清重臣曾国藩之子。同治九年(1870)由二品荫生补户部员外郎。光绪三年(1877)袭封一等毅勇侯爵,以四五品京堂候补。四年出任驻英、法大臣,补太常寺少卿,次年转大理寺少卿。十年(1884)年升兵部右侍郎,与英国议定洋药税厘并征条约。十二年(1886)归国后,帮办海军事务,旋迁兵部左侍郎,在总理衙门行走。后调补户部右侍郎,兼管钱法堂事务、户部三库事务,管理同文馆事务,其间一度兼署刑部右侍郎、吏部左侍郎。曾撰《中国先睡后醒论》,主张"强兵"优先于"富国"。有《曾惠敏公遗集》《曾惠敏公手写日记》等。

每于怀新阁敬问起居,备闻伟略。窃谓圣朝积累至深,于今二百余年,值此时艰孔亟,中外汹汹,天为社稷,必有命世英才起而为国家斟调元运,砥柱横流。元侯以中朝一人,适膺重寄,远历诈虞之国,奉命危难之间,力排群疑,独衷一是,大错业已铸成,而转圜终收实效。凡此回澜障海之宏猷,实为振古铄今所罕见,他日宰相世系表中史臣秉笔,必于范纯仁、韩忠彦之外,别志奇勋。古之所谓豪杰之士,非常之人,今于元侯遇之矣。山居岁月,实托帡幪,远听声闻,能无额祝。云崦嵫已迫,学业无成,守拙杜门,驯成老废,惟此丛残编简,结习未除,每与远近同志考论古文奇字,偶有新得,或遇异闻,欣悦之情,辄不自已。曩阅某君《乘槎笔记》载,泰西埃及国有古王陵三座,北陵最大,洞中有古石棺,洞口横石刻字十行,如古钟鼎文可辨者十之二三云云。查埃距英法甚远,摹拓必不易易,唯念频年使节往来,似此地已成要道,谨将原记一则钞呈,乞元侯俯赐留意,倘遇人便得将海外上古遗文携传中国,使好古之士扩此眼界,亦墨林一大快事也。

按，曾纪泽光绪四年(1878)至十二年(1886)出任英、法、俄三国公使，而吴云病逝于光绪九年正月，则该札当作于光绪四年至八年期间。

致彭玉麟

彭玉麟(1816—1890),字雪琴,号退省庵主人、吟香外史,祖籍湖南衡阳,生于安徽安庆府。咸丰三年(1853)从曾国藩创办湘军水师,次年在湘潭之战击败太平军,出任知县。咸丰七年,同杨载福等攻湖口,继夺九江、安庆,升安徽巡抚,力辞。咸丰十一年,为水师提督,复授兵部右侍郎。同治七年(1868),会同曾国藩奏定长江水师营制。次年春回原籍。光绪七年,署两江总督。九年,晋兵部尚书,受命赴广东办理防务。后以老病开缺回籍。著有《彭刚直公奏稿》《彭刚直公诗集》等。

前者棨戟东临,猥承赐顾,只以末疾缠身,艰于动履,不获为明公执鞭负弩,一尽积年恋慕之忱,乃辱垂念衰朽,损书存问,私衷感幸,匪言可喻。比日节逾霜降,六桥三竺之间红树青山,别有残秋景色。明公襜帏暂驻抚此,十里明湖,差比剡溪一曲,遥想军政之余,感今怀古,都入名篇,范水模山,悉成画本。从古名胜之地得大贤眷顾,即一亭一树,亦必因人而重,遂成不朽之名,粤考志乘,历历可指。溯自狂寇肆虐,东南陆沉,苏浙繁华尽化焦土,明公应运崛起,投袂从戎,虎踔龙骧,身经百战,掣鲸障海,力砥颓波,合羊杜之谋,建浑浚之业,楼船东下,以次肃清。此日风景,不殊河山无恙,民安耕凿,士复弦歌。再造之恩,揆所由致何,莫非明公相辅而成,而乃推功让能,持盈戒满,薄海争传奏议,域外亦慕清忠。昔李卫公功高百辟,名震四彝,削平吴越,率兵南巡,所过之处,延见父老,存恤穷黎,宣布德威,远近欢服,迹其勋业,先后同符。晚年以足疾陈情,太宗谓:“自古身居富贵知足者鲜,今允所请非直成公雅志,亦欲藉公为一代楷模。”后儒读史至此,窃叹君臣遇合之隆,斯为极则。然考卫公当日功绩虽高,猜忌实甚,谗构交作,数陷祸机,安得如明公之不矜不伐,一德一心,倚畀日益崇隆，举措愈形谨慎，虚怀接物，力疾任公，口不言劳，事无不集，此求之古大臣中所罕觏，遑论当世哉。云崦嵫已迫，学殖全芜，辱盼睐之优加，欲趋承而未遂，附骥心切，登龙愿违。谨手肃寸函，虔抒恋悃，伏望明公退食之暇，为国荷躬，节宣善卫。附呈赵书石刻一册，敬呈鉴定，临颖驰溯不尽。

致潘霨

潘霨(1826—1894),初字燕山,后改伟如,号铧园,晚号心岸,江苏吴县人。历任昌平州知州、天津知府、山东盐运使、湖北布政使、湖北巡抚、江西巡抚、贵州巡抚等职。光绪十七年(1891)离职归里,二十年在苏州病故。精于医,辑刻《园医学六种》传世。

一

前以陶凫芗[①]先生所著《红豆树馆书画记》属为弁言,谨已撰就奉正。读是书,始知公之词藻工雅,书法秀隽,其来有自。昔董思翁尝云:"余家曾祖母为高房山尚书孙女,故余得烟霞之气,实从血脉中来。"今复于公见之矣,可胜羡慕。惟拙笔恐贻佛头着粪之讥,是否可用,尚乞厘定。

按,《红豆树馆书画记》为江苏苏州陶梁编辑,收唐至清代名人书画三百余幅,每物皆详细记载质地、尺寸、画意、印鉴、题跋等,极具参考价值。是书有光绪八年(1882)刊本,卷首有吴云序言,序文末云"辛巳冬日归安吴云谨书于两罍轩",可知序言作于光绪七年(1881)。札中言"撰就奉正",则该札当作于是年冬。

二

前者辱以手书《禊序》见赠,又倩令侄孙斗如姻兄绘《兰亭图》褙成长卷,允称书画合璧,感幸无已。惟此卷本为自怡之品,今因节麾

---

① 即陶梁,字凫乡,嘉庆年间进士,官至内阁学士,富收藏,精鉴赏。

荣发，遂作留别之赠。昔贤有互易书画，以慰相念之忱者，于公复见之矣。云虽老朽无似，敢不自呈其丑，谨取折叠便面，书《禊序》一通，并绘修禊大意为报。尊书得河南妙腕，奄有神龙颖上之长，拙作略宗率更，窃取定武遗意，未免有珠玉在前之愧。外楹帖一联，因公爱此对句，故特书赠，并乞赐纳。

三

奉别以来，曾接手翰二通，一由沪发，一系八月间由都门递到，展诵之余，一一领悉。恭审九重心简，三接恩酴，外领兼圻，内襄密勿，明良际遇，如日方中，引睇卿晖，弥殷祷颂。云老至耄及，日益衰慵，交秋咳痰旧疾时愈时发，又加大便艰苦，真是诸病百出，终岁不出户庭。幸三儿常侍左右，藉可支持一切，同社诸老皆健饭如常。仲复有长媳之丧，此贞孝节妇过门已十七年矣，随园老人诗云："未亡人去转心安。"故仲复尚不至于悲伤，现已为之请旌矣。讷生曾抱病旬日，秋榜揭晓，其孙颉林获隽，老怀大开，恙亦霍然。香严甫逾艾服之年，而老态与贱子相似。子山因骏叔之变，不无哀感，幸能达观，仍在怡园游赏，尚无凝滞。星台潇洒自乐，前有长律六首奉寄，想早尘览，此同社中第一福人也。西圃、柔斋亮时有竹报详达。来谕已遍示同人，均属笔道念，知关绮注，谨缕晰附陈。潞河之行，何日吉旋？时交冬令，北地多寒，诸望加意调护，为国葆躬，是所至祝。附呈近刻《赵书》一册，敬乞鉴定。

按，信中提及"香严甫逾艾服之年"，李鸿裔生于道光十一年(1831)，则该札当作于光绪六年(1880)后不久。

致周作镕

周作镕，字陶斋，又字弢宰，号井南、井公，乌程（今浙江湖州）人。能诗，工书画，性尤潇洒。书法董其昌，得其神韵。尝与友作《消寒诗》，叠韵累百首，且至漏尽未已。

昨日海如述荣行已诹吉初十日，不再迟改，所需与季平书特缮就，又与屺堂一书，均附有零物，开明另单。菊甫处不另作书，有新刻《三续疑年录》望为带交，川资四十金聊佐行装，幸哂纳。《弩考》一册，纨扇一柄，并奉鉴赏。又十万杵墨共四挺，中有玉册一挺最为珍秘，模范之精，可称独绝。鄙人细字两行，虽精于小楷之勒悟九中丞亦叹为不及。此墨因制范费力，杵又加工历两年始成，从未赠人，要留至数十百年，有苏子瞻、王晋卿其人悬黄金访求，然后行世。今因荛榭风雅，善书工画，故以一挺为赠。荛榭其与黄鲁直古锦囊中所藏之半挺承宴同珍，慎勿轻出示人，为好事豪夺之也，一笑。到淮后如何景状，即来一书，以慰记系。淮扬旧雨询老人近况，示以此书，即知其概，惜乎子湘墓木已拱矣。

按，《建安弩机考》有光绪六年（1880）刻本，札中提及此书，则最早作于是年。

致许应鑅

许应鑅(1820—1891),字昌言,号星台,广州高第街(旧属番禺县)人。道光二十三年(1843)中举,咸丰三年(1853)以会试第十二名赐进士出身,不久即被提拔为郎中,出任江西临江府知府,后又调任南昌府知府。继又任河南按察使、江苏按察使、署江苏布政使、浙江布政使、护理浙江巡抚等职。著有《晋博吟馆文集》。

一

昨者辱承惠顾,仓卒治具,深以见慢为罪。而明公清言霏屑,吹气如兰,饮公瑾醇醪已足令人心醉,文字相交,切磋道义,固不在酒食间也。蒙携存各种珍品,既适于用,复适于口,欢欣拜受,愧乏琼报,而亦不敢拘于形迹,以套仪相,将转致自外。案头有菖蒲寿石二种,似邀明公盼睐,敬以移赠。盆为哥窑旧磁,以养菖蒲,或不至以养非其器,见诮于东坡也。灵璧小峰旧有座子,只因迁徙失去,此石横看成形,侧可架笔,虽不逮宝晋斋中有天划神镂之奇,而敝帚之享,颇自珍秘,谨洁诚奉赠,葵向甚虔,实出至意,非比杨次公豪夺纳袖径去也,一笑。菖蒲寿石语取吉羊,不敢滕以他物,敬为明公傒祉延庥之券,非所云报也,统布哂纳。

正在效米颠顿首奉书,适奉手毕,明公果有杨次公之疑,前书所云正符蠡测,可谓贵相知心矣,万勿麾却,致涉见外为幸。所需拙著各种,容检齐奉正。

二

顷间正在午餐,适奉手毕,未及吐哺作答。承示敝斋陈设虎錞一器,与贵宗祠中所藏二器相类,欲弟见让,以成鼎足。此义不容辞者。

昔东坡见乡人垦地得一铜器，审其形制，正是周錞，诧为异遇，事载《苏氏志林》，当日之难觏，宝重如此。自赵宋以来，地不爱宝，古器之沉埋于土中者日出不穷，即錞于一器，生平所见奚止二三十种，特未有如此之重，至今秤六十斤、逾合抱而大者。现在甫经出蜡，留玩旬日，一准奉赠，决不食言，即以此书为息壤可也。抑有陈者，古人如苏、米诸公，每每于书画玩物互为博易，各适所好，然必彼此合意。米家之砚山易海岳庵地基，一雅一俗，曾无所嫌，此即其例。将来弟有所需，自必直说求取，万勿遽思琼报，方是心腹至交，预恳预恳。

致高长绅

别久思深，末由图晤，正殷翘跂，忽奉朵云，展诵之余，欣知台从已抵沪江，旧地重游，坠欢再续，金迷纸醉，意兴正浓，三复来书，以手加额。兄自别后，杜门守拙，日惟与翰墨为缘，魏三野服，久成习惯，人亦不之讶也。今年七月初二日，在亲戚沈仲复园中作真率会消暑，席散下阶，失足倾跌，磕破头面。当时危险万分，诸老亦惊慌失措，幸无内伤，数日后旋即平复。体素孱弱，小有感触，病即随兴，故自七月至今，已阅半载，尚未出大门一步，衰苶之状，可想而知。近日左足又患泾疮，溃脓作痛，举步需人扶持，终日凭几枯坐，除却观书，百事俱废。赖眠食无恙，大约交春后可以望愈。吾棣今年政七十耶，知体气常佳，此大庆也。承属为侑觞之文，兄虽谫劣多病，念四十年同谱七子今惟吾二人，在古人有以言为寿之义，敢不搜索枯肠，勉图报命，约计初十左右必有以呈教也。窦大哥究于何年作古，其世讲有登拔萃科者是否在京？敬村麓溪后起如何（麓溪之子闻有登科甲者）？便中望一一详示。人生不能有顺无逆，吾弟现有五孙，二已食饩，二亦游庠，子舍虽凋，孙枝正茂，燕山五桂之荣可为预祝。兄膝前有八孙、两曾孙，长孙游庠，次亦可以出考，余皆在塾。惟别后丧去七、九两子，此最痛心之事。九儿未及冠已青其衿，金石刻画，篆隶分行，宿学耆硕如何子贞先生与家让之茂才皆引为小友，以可畏目之。场后被黜，一病而亡，兄悲感过度，气体遂因之不振，言之不忍尽也。三儿久任娄东，晌已十有二载，公事尚无陨越，惟连遭俭岁，出入之间勉可敷衍而已，知念附述。

按，吴云于光绪七年(1881)七月跌落台阶，磕破头面。则该札当作于是年十一、二月间。

致徐琪

徐琪(1849—1918),字玉可、花农,号俞楼,浙江仁和(今杭州)人。光绪六年(1880)进士,授编修,历任山西乡试副考官、广东学政,官至兵部侍郎。俞樾弟子。工诗词、书画,著有《玉可盦词》《九芝仙馆行卷》《留云集》《南斋日记》《日边酬唱集》《苏海余波》《名山福寿编》等。

昨承惠顾,得聆尘教,清言霏屑,吹气如兰,令人钦挹靡已。吾老友曲园先生胸罗万卷,学究天人,平日盛道左右,不啻口出,有以也,暮年获交英才,快幸何似。刻间奉到手翰,并竹瓶墨拓,又纨扇遵当涂就报命。《千甓亭砖录》上、下卷,分年纪器,体例未能一致,尊见甚是,此所谓一家之言也。中间应加校正者尚多,仆书辨明"砖"字,亦因其所录皆作从石之砖也。方今崇尚朴学,文坛牛耳之执,断推吾曲园老友,而苏门高弟,首屈秦黄,他日相继而起者,其惟吾花农太史乎。承惠《名山福寿编》已有者早寄娄东,适副所需,谢谢。外奉上《三贤帖》三册,双钩本四册,希詧收鉴正,余俟订期畅晤。

致魏彦

魏彦(1834—1893),字盘仲,湖南邵阳人。官江苏直隶州知州,入江南提督李朝斌幕府,治汉学,书法北魏,擅行隶书。著有《重刊宋绍熙公羊传注音本校记》。

前者辱赐书,并承惠古微堂内外集全部,谨已读悉。伏审筹勋楙集,馔著攸宜,欣慰无量。令伯默深先生文章经济冠绝一时,忆咸丰元二年间,弟总办淮南盐务,先生正任淮北分转,为北盐南运一事,谢默卿狃于成见,颇有龃龁,弟与徐海年兄力为排解,当日往来书札,留积成帙,惜皆公牍文字,并无及于问学者。回首前尘,恍如隔世,而先生已成不朽之人矣。弟虽傫然独存,而老大自伤,学无所就,言之徒增颜汗。《古微堂集》粗已卒读,知其浸淫于两京者深,用能渊懿朴茂,气息深醇,叙事论断一以贾、董、班、马为宗,不徒以驰骤纵横见长。亭林以后经世之文此为嗣响,洵一代必传之诣也,敬服敬服。中间外集卷四书辽太祖事引元好问《夷坚志》一条,按,《夷坚志》系洪容斋所著,见《四库全书提要》子部小说类,他日续印,或厘正之。此涉笔偶误,无关体要,或仍而不改,亦无不可。昨托稼甫别驾携奉《印考漫存》九卷,伏乞鉴定。前日军门兄见顾,正抱采薪,匆匆数语,未尽积怀,乞代道歉恋之忱,不宣。

致徐有珂

前示《湖阴诗钞》三册，属为弁文，谨已卒读。三卷中类皆亲知故旧、师友渊源，外此亦有瓜葛者居多，诵其诗，想见其人。赖此《湖阴诗钞》所录，使兵火之后寒士一生心血所寄，得以略存其梗概，昔人比之掩埋胔骼，谓其功更大，非罔言也。卷中录自乾嘉，乾嘉以前不复置论，大为有见。惟第一卷首列吴振缨、沈荣二家，均系胜国时人，诗止二首，鄙意必应删去。缘不录二人之诗，则乾隆以前可置不论，一录此诗，则顺康三朝百年之久，岂竟无可录之诗，未免适形其陋，桑梓大为减色矣，望酌之。《钞本》三册先缴上，弁言容报命。

按，《湖阳诗钞》又名《湖阴诗徵》，徐有珂辑录，光绪六年(1880)开雕，次年刊竣。卷前有吴云序言，文末署"光绪七年岁在辛巳春三月中浣愉庭吴云时年七十有一"，可知该札当作于光绪七年(1881)。

卷十二　庚辛拾遗

按，庚辛即咸丰庚申（咸丰十年，1860）与辛酉（咸丰十一年，1861），则该卷信札皆应作于此两年间。

致薛焕[1]

一

顷接曾允堂军门专弁来函，前此奉参之总哨三员，欲乞宪台先行开复。其意实以本系暂行革职，故欲求请先为开复，惟不善措词，致有参错字样。殊不知既名总哨，则所辖之人犯事，无论知与不知，失察之咎总不能免，“何错之有”此皆不善措词之故，谅宪台汪洋之量，必能包涵，不与计较也。至此总哨三员可否先行开复，抑俟结案时声请，均出自宪台恩施，云不敢代求。再，曾军门添造炮船五十号，其枪炮、篷缆、篙锚俱由自备，惟口粮无着，欲恳宪台筹给。云深知此中为难情形，且船数益多，约束益难，宪台覆军门书中数语，可谓言婉多讽，而军门未之知也，特将原函呈请钧核。倘因其船已造就，稍示通融，略予津帖，以后不准再擅添一船，此宪台格外之恩，尤非云所敢代吁也。巴将军未悉此间民团实在情形，恐以迟误事机为虑，昨藩司属云另加一信，谨将信稿附呈督览。

---

① 人物介绍见本书卷七。

二

顷奉钧答，命即转饬俞守，添雇炮船十只，以备小沙嘴之用，并蒙洞悉贼匪窥伺狡谋，示以姜营目前不可出队远攻，并已由宪台札饬姜参将挑选得力奋勇，由吴淞口坐海船护军火粮米至金山，接济滕营。仰见宪台智烛机先，帷筹缜密。云遵即飞函切嘱姜参将赶紧遵办。再，伏查金山海塘西至乍浦不过五六十里，乍浦海口较深，轮船可以近岸，廿二年夷兵炮子直进城中，刻下乍城民房尽毁，无复遮蔽。此时既不能驶近金山海塘，或以轮船轰击乍城，贼必回顾巢穴，势可解松，兵法所谓“攻其所必救也”。且金山、乍浦相距甚近，轮船往来晌息可至，顷已会商藩司。是否可行，伏祈钧裁示遵。

三

顷奉钧答，恭悉壹是。适接周庄来禀，谨呈宪阅。又冯佐乾一信，内为济送火药粮食一层，已蒙宪台筹划，由轮船航海运送，今日可抵该处。业经致覆，并将原函附呈，统祈鉴督。姜参将处已尊谕切嘱严备。至吴在田所云一节，昨渠来见，亦曾说及，云细察该把总与陇西近来不甚融洽，此中传说或尚有未尽然之处，而此间总应防其叵测，必得加意备豫，故未敢遽允所请，钧意以为如何？

四

刻接宝山姜参将来函，据探宝山军情尚为安静，惟探勇禀报，刘河地方近日外来之人甚多，装扮在兵勇百姓之间，深属可疑。密行探访，究系何项，人民抑是贼匪混冒，俟侦探确实，再行禀达。宪辕除函覆嘱其认真侦探，加意严防外，特将原函并另单呈上，敬祈鉴核。

致王雨山

接奉钧答，谨稔前肃芜函，早登签阁。云鱼鹿从公，惭无报称，此间军饷筹措綦难，青浦、嘉定之贼东窜西扰，出没无定，调防兵勇，疲于奔命。日前，苏城大股逆匪纠合昆太四州县之贼，分扑松江等处，幸为我军扼住，贼又从间道扰至泗泾、真如、大场一带，距沪仅二十余里。虽经击退，而蹂躏已不堪言状，且抚辕武巡捕方连三带勇轻进，致为贼挫败，兵带伤而归，适又马自明麾下兵勇骚扰店铺，为彝兵所辱。同日有此两惊，城外居民一时荒乱，纷纷迁移。旋知贼退，该酋亦出为安辑，人心始定，照常安堵。法酋颇肯助防，惟英酋尚在观望，沪上华洋错杂，而市肆繁盛则十倍于前，洋泾浜女闾三百，彻宵皆丝竹之声，良可慨叹。洞庭东山闻于本月初一日失守，太湖形势又为贼占，江浙失此险要，以后筹议进攻更难措手。云以驽骀下劣，猥蒙大府见信，委办厘捐总局及营务各事宜，蒿目时艰，徒增于邑。闻淮徐一带倚恃硕画，得以扫荡妖氛，大江以北，尚是乐土。僧邸南下之说，有无确耗，便祈赐示为祷。屺堂本系亲戚世好，遇事无不心印，请毋荩虑。

致巴秀田

一

月之中旬，交鞠列三协戎来弁带奉手缄，未知何日达览。昨日两奉钧函，并悉一切。弟自去冬到沪，历碌居诸，毫无善策，现奉宪札，委办厘捐总局事务。当此饷需吃紧之时，情形拮据，筹措弥艰，兼之青嘉之贼依旧负嵎省垣，恢复之期毫无把握。昨马自明来沪，晤谈良久，亦以时事为忧。此间兵勇现有三万，分布松江、宝山各处，仅能堵御。薛帅欲俟长龙水师齐备，会合进攻，实出慎重之意，并非稍任迁延也。彝兵助顺之说尚无就绪，不知何时得有转机，言之但增于邑。蒙嘱一节，当即切致方伯，方伯于尊事无不竭力关切，据云苟可如命，断不任书吏从中播弄。弟详思此事，当时镇江收复之际，少一附奏，遂使有司衙门拘定从前原奏“凯撤”二字不能给发，为今之计，若俟奏明，亦属缓不济急。再四与方伯熟商，所有报捐二千金，业由中丞入奏，将来竟支京口副都统廉俸抵缴此款。现在各处廉俸本不照发，此系通融办理之法，如再不敷，则作为预支。至于新红马乾一节，当时既少此附奏，此时碍难办理，尚非书吏之弊也。

按，咸丰十年(1860)，太平军围攻苏州，形势十分危急，吴云奉上官之命，赴上海与两国领事会议。札中言“去冬到沪”，则该札当作于咸丰十一年(1861)。

二

前托金眉生廉访由泰州转寄一函，计已尘鉴。前日平、乍大股贼匪窜踞张堰，围困金山滕副将营盘，逆氛猖獗，其嘉善、青浦等处亦出贼，窥伺泖泾，牵制我师，图逞其进犯浦东之计，曾军门、李参将已亲督水陆各军，随机堵剿，中丞飞调冯副将一军往解滕营之围，并饬轮船装载兵勇，军火由海接济，但望滕围即解，则张堰之贼亦易于剿退矣。闻皖省于朔日克复，此真非常之庆，联珠合璧之征从兹发轫，则大心来复，贼不足平矣。西北两路近日信息何如，伏祈随时赐示。承询密办之事，嘱勿再事迁延，坐失机会，比来苏城时通消息，联络渐多，伺有间隙，即可订期举事。闻陈逆有率党援皖之说，能得该逆远离，便可乘机而动，成败利钝，全在天心悔祸也。尊处已为预备协助，当将来谕转达中丞方伯，同深欣感。

致乔松年[1]

顷奉手谕，蒙垂询军情。浦东自川沙、奉南同为贼陷，完善之区蹂躏殆遍，松江、宝山虽尚固守，而贼氛大炽，势甚岌岌，沪城风鹤之警，几无虚夕。薛帅忧愤，至废寝食，奈各军锢习太深，挽回无术。云力请乞师皖南，犹恐缓不济急，幸西人有助顺之意，云偕子山、玉泠诸君与巴酋晤商定议，在洋泾浜设立会防局，中外合力拒守，当可保此弹丸，以待涤帅援军之至耳。熊、李反正已成画饼，当忠逆窜浙时，能选得力兵将，纠合内应，攻其不备，无论苏事果否得手，杭围必可立解，而乃迟回却顾，坐失事机，可胜太息。

① 人物介绍见本书卷一。

致吴煦

一

余莲村来信，并长毛图四纸附览，颇可与《解散歌》相辅而行。镇海卫千总黄凤喈从乌镇来，携有浙江伪文将帅何姓禀帖一件。何姓与该千总向来熟识，本年正月间，遣人赍书致该千总，面称嘉兴陈炳文与忠逆有隙，渠与陈姓至好，可以说合反正。该千总在苏州时，云曾给过差使，人本旧识，彼时又偕杨徽猷同来，是以代请尊处给发湖州侦探军情札子，今于本月十七日从乌镇动身回沪，贼中情形言之颇悉，特令晋见，听候面询一切。所有禀帖，系钤伪印，应否转呈中丞阅看，留为后日张本，或先与刘松翁一谈，统乞钧裁。该千总在贼中，知湖州十四日得一胜仗，杀贼不少云。

二

密启者：刻接金令函禀，有绸客从盛泽来，云渠目睹本镇及芦墟、黎里各处贼匪，均做夷人衣履，意欲假扮夷兵四窜，似与昨日所传相同云云。云昨以传闻之词，面请察办，究未知施行与否。今据金令所禀，更为确凿，逆谋如此狡谲，不但各营须防，即夷场亦属可虑。除请中丞分饬水陆各营严防外，各国夷官处似亦须照会，俾一体严防，较为周密。

三

十五竟日未得手谕，正切焦盼，刻由松府交到钧函，谨悉一切。苏事得永昌信，已于昨日戌刻专函驰布，限本日辰刻到，计已达览。已往之事，无可置喙，惟有浩叹。木子之于海宁，早有成约，此话犹在杭城未失以前。兹徐老六来信，则谓忠逆有回苏之说，现托少卿前去探听。然则海宁之说亦系托词矣，杭城陷后，海宁岂能独存，何待□间耶。总之大局已万分岌岌，全恃苏事转圜，察看光景，已成骑虎，乃迟迟未发。云叠次去信，谕以祸福，如能即日举行，则松沪之贼不击可退，此釜底抽薪之法也。轮船两只，务乞饬令前来，一泊豆腐浜，一泊泖塔，一俟永昌信到，即可长驱直进。而于松郡，仍有关应较为稳妥。华尔以洋枪队协守松郡之说，事至无可如何，亦是一法，然亦须曾允堂军门与李蔼堂二君均以为然，始克有济。云处距松城有五十里路，蔼堂、芸樵均不及晤，无从谆致伊二人保守松城、责无旁贷，还乞执事赐函，与之熟商为妥。缘华尔虽勇，只此数百新练之兵，与久练之西兵不同，既任保守郡城，又云如广富林、泗泾等处有警，只须贾太守知会，伊必分队往助，设逆贼间道来图郡城，伊即回救，如或有失，惟伊是问等语。所言原属壮往动听，第恐视贼太易，万一行不掩言，华尔之肉，其足食乎。此管窥之见所由，乞执事与曾、李诸公熟商而审处也。难在要将本有之兵调出城去一层，倘令华尔一军作为策应之师，似为最妙，否则协守郡城亦极妥，若以一人而兼任战守两事，恐有顾此失彼之患。兵勇得力者少，惟望西人协助，庶沪上或可以保。水师提督曾否回来？前议沪上兵勇直同儿戏，锢习已深，无可挽回，拟于洋泾浜设立会防公所，此必不可少者。承商条款亦皆是应办之事，中间略参管见，以期周密。沪上安危系于此举，望先与敏斋诸君筹商速办，云俟此间稍可抽身，即当飞棹旋沪，听候驱策，至祷至祷。

四

十七日申酉刻两次专函，计呈钧鉴。顷张应显从永昌归来，携有杨子芳信，特呈省督。信内云云，极为明晰，而少蘧处来书，概从简略，故其中细情未能详悉。又据张应显云，察看城内各举动，实已联为一气，惜动手稍迟，致有中阻。今各乡贼卡、贼馆均已逃散，忠逆岂无闻见？徐氏亦已豫备，如有他变，定以旗鼓相当，其志甚属可敬，而其事甚为可虑。忠逆到后，定有一番举动，贼中颇传夷酋至金陵暗通线索，此亦意中之事，或贼中欲用离间，亦不可知。总之，无论夷人可靠与否，我处只有极力敷衍，看来即欲来犯，贼必先与夷人说通，与他处总有区别，此至要关键也。云因子芳未能去见木子，已另嘱晓事之人前往侦探逆情。至云忠逆欲赴江北，此说恐未能确。再，少蘧托为转禀，倘木子为伪令逼迫，欲到上海，决不为贼出力，其家属万不可害。此说颇为有见，用特密陈，抚宪前均此禀知。

五

顷杨徽猷来信，备述李绍熙之侄李兆梅属陈墓乡董吴承郊来沪一切详细情形，均载杨、董信内，特将原信呈览。云奉委办此事，大受訾议，虽家置一喙，亦无可分辩。今李绍熙亦因此送命，则其心似亦可以共白矣。现在陈墓董事到此，并备有枪船两只，应否请尊处转商中丞，先派一二稳干之人，偕同该乡董到昆苏一带察看情形，为将来进攻地步。无此本地熟人为伴，则贼中未易去也，或再令张千总应显同往更妥。倘中丞以为可行，即请饬传杨徽猷与张应显赴营，听候中丞面询，酌示可也。

六

本届办捐出力各员衔名，现在赶开清折，今日汇齐，明日当与徐守躬送钧核。抑再有切恳者，云于去年正月间奉委赴局，三月间秉承执事指授，督同金、闵二令与在事各员创办货捐。一载以来，虽犬马微劳，或有可录，但云近日以来常多疾病，精神不振，渐已成废，此次汇保办捐各员，云断不敢仰邀甄叙，言出至诚，并无丝毫矫强应乞。执事于详文内声叙某人坚称不敢仰邀议叙，故未列保本，欲另具公牍，恐与同寅或有窒碍。特肃函沥陈，伏祈照察，临书惶悚，不宜。

七

顷奉手答，谓请保清折内云名首列，若不奖叙，何以处同事诸君，嘱勿过存成见云云。此执事提挈之盛意也，然云自伏处海门，实立志不愿再出，因蒙中丞函札并颁专弁敦迫，力疾赴召，奉差以后又因执事与中丞谬加信托，承办之事过多。贱性率直，不免以一身为丛怨之府，故自书小额曰“勿三斋”，所谓勿三者，一不经手银钱，一不要保举，一不拏印把子，以此自警，藉以见志，此执事之所知也。三十年同谱至谊，尚不见谅，使云何以厝此身乎？务请仍照前恳，粘一红签，注明鄙意。士各有志，不必尽同也。

八

顷沈董来云啊翻译又为画策，所有迎师船价，分四个月归缴，但每名需银二十两。拟于明日再往面说，每名极多十五两，其银分六个月归完，如能答应，可否定见，望即示知。以十五两一人核算，计共需银十三万五千，首期约须三万有零，以后此款即可由防局与啊翻译筹捐按付，似此通融，啊酋实为出力可感。又，邓联升事今日又催沈董为之周全，照覆中详叙，屡次讯供，再三刑吓，委系合伙在前，林姓为匪在后，实无通逆凭据。惟究有不合，既准领事行追赔款，当罚缴数百金，以示薄儆，祈为原谅等语，当可了结。又，前曾托雇巡捕，久经募定，而公所总以无处租屋为词，意在延宕。而啊翻译已令巡捕头在宝文洋行西首看定新造屋三楼三底，房东系开谦记栈之高姓，每年讨价四百八十两。啊意办公之所只给半租，不准抗违，请即委员带差前往晓谕，即日搬住，不能再迟。诸候酌行。

致张玉良

张玉良(? —1861),字璧田,四川巴县(今重庆渝中区)人,清朝将领。由行伍从征广西,积功至千总、肃州镇总兵、广西提督。咸丰十一年(1861),他由常山率军增援杭州,于城外中炮而死。赠太子少保,谥忠壮。

一

兄自去秋移家江北,只以世故多艰,贱躯病不任事,拟赋遂初,藉图将母,乃蒙大府念旧情殷,再三函促,又于松江克复案内奏请开复原官。仰承宪意,至优且渥,自分驽骀,无以报称,遵即渡江来沪,勉力支撑。现奉委办厘捐总局军营事务,目击饷需支绌情形,不得不悉心筹划,以济军储。惟是贼势鸱张,青浦、嘉定一带依旧负嵎,省城恢复,尚非指日可图。昨马自明来沪,晤谈良久,亦以时事为忧。此间兵勇现有三万,分布松江、宝山各处,仅能堵御,薛帅欲俟长龙水师齐备,会合进攻,能否有济,全在天心悔祸耳。彝兵助顺一举尚无把握,日复一日,兵单饷乏,不知何时得有转机。浙西门户幸得福曜照临,倚为屏翰,凡我同乡,无不矢诚感戴,所望浙省一律肃清,大兵乘胜进剿,自浙而吴,渐图扫荡,此两省士民所共引领。如有佳音,尚希示我,以慰望岁之私。暮云春树,两地依依,未识何日得亲帷幄,抵掌而谈,以伸积愫。尚望吾弟于军政之余,顺时保重,至祷至祷。

二

接奉二月望日赐笺,知前寄寸函已尘虎幄。承示师久财匮,饷馈不时,军中竭蹶情形,实为目前通病。而浙省官民当此万窘之时,恃以无恐者,诚以军门去年三月初提一旅之师,驱除剧贼,克复杭城,救灾黎于水火，是用家颂户祝，上戴福星。刻下民力告殚，游氛未殄，仍仗神威英略，转危为安，不特固浙省之籓篱，抑且可联络江南，为恢复苏常之计。所望捷音稠叠，迅奏肤功耳。兄黾勉从公，愧无报称。二月初，苏城贼首率众万余，挟从逆彝匪三百余人，由青浦窜扑松郡，嘉定之贼同时分股四路犯沪，幸为松营所败，歼毙彝匪数十名，彝酋一名，贼乃遁去，旋犯石门平湖，亦为官军所败。昨闻海盐被贼所陷，顷得曾允堂信，知已克复，新埭、中埭两镇亦无贼踪矣。金陵贼于二月初起围攻镇江，逆氛甚恶，十九日官军出战大胜，获其贼帅伪丞相一名，乃解围而去。刻下沪城安靖照常，彝商因汉口马头为贼所阻，有合兵剿杀之议，此事果成，大为我利也。抑再有密陈者，吾弟为江南重望宿将，纪律极严，军心甚固，惟部下兵勇众多，领队官间有照应不到之处，不免易起浮言，尚希随事随时，密为留意，以成大功。兄辱荷知爱，逾于手足，用敢贡其愚瞽，伏祈鉴詧。

按，咸丰十年(1860)春，张玉良率军发动突袭，大败敌军，收复杭州，声威大震。此即函中所言“去年克复杭城，救灾黎于水火”，则该札当作于咸丰十一年(1861)。

致曾秉忠

曾秉忠(1816—1863),字允堂,吴川市塘尾镇曾屋村人。行伍出身,先后任把总、参将、总兵,咸丰十年(1860)为江南水师提督,在两广、湖南、福建等地攻打太平天国队伍,于江南洙泾一战为太平天国所败,遭军机处以削职处分,发往两江总督曾国藩军营差遣。后卒于军伍,归葬本乡。

一

初七日布覆一函,计已达览。顷奉初八日辰刻、亥刻两次惠函,详示一切情形,谨已纫悉。此次平乍贼匪大股突出,窜陷张堰、金山,围扑滕营,逆氛猖獗,意在浦东。而嘉善踞匪又复同恶相济,窥伺洙泾、松江,以图牵制。贼众我寡,节节须防,以他人处此,未免大为棘手,棣台智珠在握,应变出奇,激励士心,机宜神速,是以连日堵剿,迭挫贼锋,歼擒无算,虽古来名将,何以加兹。此时攻剿张堰,倾其巢穴,绝其下窜之路,实为至要。而滕营一旅紧扼海塘,若有蹉跌,贼可沿边东下,无复后顾之忧,是此军安危,关系浦东全局,急宜设法援救。尊函所云,洵为确论。至需用火药、米粮极急,此间亦深知之,中丞已饬备轮船两只,赶速运济,今明先后可到,并又派勇航海应援,赶紧启行矣。冯佐乾已抵南桥,渠在沪时,兄与谈棣台谋勇,渠亦心服,今得麾下,授以方略,会同各队驰援滕营,定当内外夹攻,痛加扫荡。卫城一复,则张堰亦将闻风而遁,遥望红旗,曷胜额祝。另笺所示均悉,际此军政倥偬,犹萦怀淀山湖一案,足征心思缜密,佩甚佩甚。至棣台天性勇毅,身为大帅,仍复亲冒矢石,为士卒先,此赵顺平、常开平之遗风,惟以朝廷柱石,东南亿万姓托命之身,尚祈为时自珍,以慰众望,是所祷切。华庭青年英发,貌似留侯,竟能每战先登,立功甚伟，真不愧将门，深为欣羡。

二

接奉初十日亥刻捷书，忻纫一一。逆贼盘踞张堰，辄敢分股攻陷干巷，四出焚掠，直逼后冈、泖泾，真堪发指。麾下从容布置，安慰民心，飞传水陆各军，严加防剿。当将贼众击回干巷，旋即分派冯佐乾、李参戎等各军分路进攻张堰，四面合巢，并亲督师船，由后冈攻张堰之西环，炮轰击毙贼多名，生擒长毛，夺获枪船，因天雨泥泞，始行收队。而令侄华庭游戎会同徐龚诸将，收复干巷，扫荡贼穴，其截击明珠庵之师亦同时获胜，具见胜算全操，士气猛锐，足以破贼之胆，而绝其内犯之机。干巷肃清，泖泾可以无虑，计张堰贼巢扫除，亦必在顷刻间矣，翘望之至。闻滕营日前亦获胜仗，昨中丞饬大小轮船两只，载军火米石前去接济，今早又开天平轮船前往援剿。滕营固守多日，转危为安，实由麾下力剿于西，故贼不敢并力以东也，慰甚慰甚。续盼大捷，诸维珍重。

按，咸丰十年(1860)春，曾秉忠率兵接连打败太平军，建立奇功，即此函中所言。则该札当作于是年。

三

淀山湖伙劫丝船、谋害客商一案，顷上海县将尊处饬发革勇李得胜审讯案情录折通送前来，谨将原折寄呈台览。据该犯草供，本有首犯陈盈，系花旗队舢板船上充当哨官，并有花旗队的副总哨官，是五品蓝翎，名叫辛胜等语。承审官因其牵涉水师诸多，不便商之于兄，概行删去。现在陈盈等全伙要犯都在松江、泖泾一带，所劫丝包装载芦墟船四只，尚未分散销变，供系陈盈收管，务恳棣台饬委妥干弁勇，赶紧密行缉拿，俾凶犯不致漏网，则王法可伸，幽明同感。一俟赃犯并获，解送前来，所有出力弁勇应给奖赏若干，悉听尊处酌给。各商感泐威严，决不吝惜，必当惟命是从。再，此次李得胜之获，若非麾下着力，断不能迅速拿到。所有陈盈各犯，无论是在水师，亦已斥革，将来与贵营总使丝毫无碍也。

四

十三日为淀山湖一案驰布寸函，计已达到。兹接是日辰刻惠书，承详示十一、十二等日分路进剿张堰获胜，毁贼头卡，并各路截击均有斩擒等情，闻之曷胜忭慰。张堰踞匪屡经麾下督率雄师逼垒攻剿，已足振我军威，阻其出窜，想扫穴擒渠大捷，即在目下矣，企祝之至。滕梁八营待援甚迫，而轮船又因水浅，远隔二十余里，炮力不及，无从入围，接济益形危殆，冯佐乾移师往援，诚是急其所急。乃连日阴雨沾濡，不识能否用兵，中丞极深焦盼，顷又飞调奋勇坐海船往救，以必达为主。能得因大潮汛，水陆夹攻，以解重围，庶不致碍大局。贼匪狡谋百出，亭林仅有李、章两队，尚形单薄，麾下保障东南，运筹周密，知必有以备之矣。青嘉、刘河、罗店等处侦报潜伏多贼，专候张堰、金山消息，逆谋叵测，防不胜防，必得迅解滕围，克复张堰，庶足绝其觊觎耳。

五

接奉十六日惠书，承示连日堵剿，并派调将弁炮船攻打广成，截贼后路，此真无上妙策，兄即将尊函转呈中丞、方伯，均各忻然，并以保举一案加函禀陈，已奉回书，寄呈英盼。兄于麾下公事，理应竭力关照，此案保举早经议及，现在正当激励戎行之际，必当随时禀恳，总期月内出奏，以副雅雁也。正泐覆间，接李蔼堂来信，骇悉滕、梁两营已于十六四鼓溃围而出，贼从此无后顾之虞，松郡东南处处可窜，亭林尤为吃紧。蔼堂现带小队前赴该处料理，而青贼又复至凤凰山一带游奕，松郡亦须严防。冯佐乾扎营堵截龙桥，不知能挡御贼氛，绥辑溃散与否。情形如此，浦东万分可危。浦东设再不保，大局去矣。棣台智谋忠勇，捍卫南疆，虽亭林、柘林陆军非由麾下调遣，刻下紧急如此，棣台必能筹划全盘，赶为布置。冯佐乾、李蔼堂均服棣台谋勇，尽可商调扼扎，但能剿退贼氛，保全大局，则圣主褒嘉，军民戴德，而勋业威名亦莫与伦比矣。

致李恒嵩

李恒嵩(? —1876),字谒堂,长洲人,世居泗泾镇。监生。后加入吴煦洋枪队,在与太平天国军的作战中,屡立战功,官至浙江衢严总兵。同治七年(1868)归田养志,光绪二年(1876)卒于私第。

一

前接初八日惠函,曾泐寸笺布复,谅已登览。兹奉手缄,具稔布置周详,军威益振。所示北簳山一路,向为贼踪出没之地,今得麾下兵勇移营进扎,挖掘濠沟,声势更为联络,此时扼要,以图如屋建瓴,并与凤凰山各营互相呼应。虽经该逆大股冲突,正如撼山不动,益征识力超越寻常,曷胜钦服。惟我军声威愈壮,该逆诡计愈多,声东击西,贼情叵测,谅阁下料贼如神,必能预为整备,徐图攻剿,则踞青之贼不难一鼓歼除,倘有捷音,即祈飞示。此间扩充厘捐,渐有就绪,市面亦极安堵,所望天心厌乱,得有转机,省城早复一日,则民困早苏一分耳。允堂军门为怡和洋行之事颇受委曲,幸有芸樵、听香帮同办理,或可消弭。

二

早间布覆寸函,计已递达。兹接昨晚手示,以金山、卫城为海塘通衢,浦东门户,关系全局非细。刻下大股贼匪围扑甚急,滕协戎孤军固守,势极阽危,因与冯协戎会商,抽派劲旅,先解金山之围。即派得力员弁带队,由柘林南沙一路而进,并由冯协戎饬派将领丁勇会合大队,盛张声威,间道进援云云。倾耳之余,曷胜喜跃。金山一城,只恃滕营撑拄,昨闻被围紧急,中丞、方伯以次同切焦忧,正在函请设法应援,乃已承足下灼照,几先与佐乾协谋驰救,奇兵突进,慑以先声,计鼓锐而前，不但城围可解，且与滕军两面夹攻，正可歼除丑类，英谋胜算，深合戎机。中丞因念滕营火药米粮需用极急，已饬备轮船由海接济，属先驰闻。

三

昨申刻覆奉一函，计已递到。兹接初八亥刻手缄，以日前青浦踞贼出掳民船，并有由嘉善而来千余贼进城，恐其别有奸计，已照来示分饬各营严防矣。此时张堰贼匪尚未剿退，复又添贼，显系诡谋，得足下加意防维，定可无虑。至张堰固须进攻，而金山营盘关系浦东大局，尤须急救。今午已由轮船两只载军火米石前去，本日可到，随后再发勇船由海赴金。吾兄已与曾军门、冯协戎诸军会同进援，能数面夹攻、大为惩创，则张堰不攻自遁矣。

四

初九日申刻复奉一函，计可邀览。顷接初十日惠书，并抄冯佐乾信一纸，详悉种切。当将来函转呈中丞，并将章令所带保胜勇调回松防一节禀商办理。兹奉复谕以该军现赴柘林堵剿，当俟张堰得手，即将章令之勇调防泖泾云云，特照录奉览。惟军务情形不能一定诚如来示所云，早晚异宜，中丞亦嘱转致麾下斟酌缓急办理，总期于张堰、泖泾两面兼顾，俾逆贼不致横窜，而卫防无疏忽之虞。吾兄智珠在握，定能高度周密，以维全局。初十日亭林之役，佐乾约同李游戎由后冈、杨胥浦两路进攻，已经冲进头卡，该逆尚在死拒，值此阴雨，未识能一鼓剿退否。惟后冈、干巷等处亦有贼踪，该逆声东击西，情形叵测，不识佐乾能否分头堵剿，不致使贼蔓延，深为盼念。至所示桐石邨及北簳山一带吃紧情形，此时各路征调正在分拨派援，尤恐青城踞匪乘间窥伺，松防实不可不加意严密，预为布置，近日探报，务望随时飞示，是所祷切。

五

昨酉刻覆奉一函，计已登览。晚间接曾军门初十亥刻来信，今早又接冯佐乾差弁赍函，得悉初九、初十两日会兵进攻张堰并剿复干巷情形，兹又承详示李游戎移知带队，由后冈进攻，杀贼搴旗，已获胜仗，因骤雨收队等因，谨已聆悉。贼匪突踞张堰，围困滕营，辄又西出窜扰，逆谋极为可恶，兹先力攻张堰，以掣贼势，已挫其锐气。昨闻滕营亦获胜仗，加以火轮飞炮，即可击散游氛。但期数面合攻，痛加惩创，永绝其窥伺之心，殊所盼祷也。刻接九江轮船来信，八月初一日安庆省城西南隅地道轰发，官兵乘之而入，长发歼除净尽，大快人心，曾帅于初二日乘炮船进城矣。前此十二日之信系桐城克复讹传，安庆此次的系确音。是日正逢五星联珠，日月合璧，天示休征，从此泰运亨通，逆渠授首，普天同庆也。附以驰达，鹄盼大捷，不具。

六

十一、十二两日叠寄寸函，已先后尘览否？刻奉十三日两书，谨悉一一。佐乾昨日来信，以进攻张堰未能得手，即遵批移师进解滕营之围，虽是正办，然将梁、金各营全行带去，亭林只留李游戎一军，未免太形单薄，设或逆匪伺隙冲突，何以御之？中丞、方伯亦因此同为焦急。兹吾兄已将章令所部调回亭林，协同堵剿，具征布置谨严，防维巩固。但愿佐乾疾趋鼓锐，迅解滕营之困，则军威大振，贼胆可褫，张堰逆屯或不难剿退矣。姚仁仪奋勇越濠仰攻，头面受伤，深堪嘉尚，希嘱其加意调养，报捷时定请大宪优奖也。至方家窑贼踪游奕，姚参戎派队往击，贼即屯聚刘夏地方，伏匿不动，逆情甚为叵测。麾下现已多派探丁，分投确侦，以资准备，贼应不敢肆其狡谲也。

七

昨日奉覆一函，已入览否？兹接十四日惠函，承示章令禀报十三日迎剿卫城出扰之贼，设计埋伏，奋勇冲锋，将贼击败回巢，斩馘甚多，足以慑贼之胆。并稔佐乾及梁金各军均抵柘林，军威甚壮。章令已移师亭林，协同李游戎安营布置等因。逖听之余，深为忭慰，计即日潮信甚大，轮船亦可傍岸，两面夹攻，尤为得手也。

八

接诵十七日手书，惊悉滕、梁两营已溃围而出，从此贼无后虑，东南处处可虞。麾下已驰赴亭林，倥偬布置，忠勇之概，足感人心。此时但期保住亭林、柘林等处，俾贼不致接踵而来，则浦东大局尚可支持，总惟麾下与曾军门之力是望。青贼近塘桥游奕，亦须严防，中丞本拟以泗泾之德勇一千名前赴军前，听候调遣，其原扎之处，另行填扎。昨曾面谕，函商麾下，今因泗泾亦在扼要，一时尚难抽调，弟复力为代请，以尊处防辖之处甚广，必得于无可抽调之中，为之设法。奉谕俟滕、梁二营溃围兵勇见数后，或将此项溃勇安顿防务稍松之地，另行抽出若干名，驰赴麾下听调等因。至所需鸟枪二百枝，已转请方伯如数给发，业已允许照办无误。

九

早间得亭林警信，未稔吾兄所在，愁系万分。兹奉专勇手书，始知麾下已回至松郡。此时贼势猖獗，东南有累卵之危，且恐贼匪窥伺松江。赖有麾下驻扎，专力镇守，以固上海南路，再图进取之机。辰刻闻冯佐乾在南桥被围，此刻仍无信息，不意军情一变，至此倘能退扎奉贤，固守县城，亦是不幸中之幸耳，然天雨如此，光景实难逆料。来信已转呈中丞阅看，奉谕添兵一节，此时实无兵可拨，只好就现有兵力暂为妥筹严防，且看青、嘉两处逆贼如何举动，彼此互为援应等因。现在事势危迫，所恃为唇齿者，惟宝山与松郡耳。阁下智珠在握，非诸人所可抗行，松郡为阁下驻防之地，定必专力顾此。弟关至爱，用特上陈，尚希鉴督。军事方殷，诸维持重珍护，以纾众望，不一。

十

飞启者:刻知冯营退回南桥,贼已跟踪而至,闻信为之骇绝。此时只有力保奉贤,以冀存浦东完善。调兵救援已来不及,应如何应变出奇,设法抵御之处,想阁下自必不遗余力。所虑贼众兵单,深为焦急。本日军情如何,特发专探走询,望即飞示,不一。

致某协戎

一

十五日飞布一函，计已递到。正在盼切万分之际，接专足来信，系十四日发，直至十七送到。前日中丞因滕营危急，吾棣赴援迟迟，极为焦愤，兄再三婉禀，始稍解释。今特飞札饬令麾下速速进兵，许以重赏，在宪意顾全大局，何等着重。不意来书不及救援滕营一字，只在近处扎营八座，作相持之计，读之不胜骇绝。现在浦东大局，只看滕营，滕营安危，只靠足下。自中丞、方伯以下至军民人等，无不侧耳以听，翘首以俟，殊不料尊处信来竟出意计之外。中丞、方伯之待阁下，不啻有国士之恩，兄与吾弟亦情若手足，所以优礼相加者，原以吾弟英才卓荦，将来可为中兴名将，今滕营如此危急，救兵如救火，岂可稍涉迁延，东瞻西顾。为今之计，惟有激励将士，悬以重赏，奋勇进兵，迅解滕营之围，滕营解则贼可不攻自退，此为一定办法。若凭探报之词畏贼之众，迟延不进，则中丞震怒，兄虽有百口，亦不能为吾弟分解也。现在此间已派炮船三十余号，并由轮船拖带，装载军火粮食，共选奋勇约二千名，由海前进。万望麾下念滕、梁二营数千人性命，速速进兵，万勿再延，是所至祷。至事权归一，诚是行军要着，倘吾弟要进而诸将不从，兄可力说。今来书未及滕营只字，不便将原信代陈，恐愈触怒也。

二

顷覆十四日一函，因中丞盼解滕营之围甚急，而人言纷纷，是以措词不无过激。兹接十五亥刻羽书，读悉为之焦灼万状，当即将原信面呈中丞阅看，同深忧愤。奉谕贼势如此鸱张，滕营倘万不能解围，得将滕、梁二营兵勇接应出来，亦是万不得已中之一策。势至无可如何，则麾下一军务当择其尤为吃紧之处，相度形势，权其轻重，扼要堵剿。军务时刻变幻，宪意亦未能遥制也。至军火、口粮等件，已由方伯另覆不赘。允堂军门于松属地势情形最为熟悉，足下能就近禀商，于军事必有裨益，即中丞闻之，亦定以为然也。

三

昨寄三信，想先后呈览矣。前以中丞盼解滕营之围甚急，而兄谬承知爱，情如骨肉，念望尤殷，措词之间，不无激切。嗣悉连日阴雨，军行艰难，吾棣冒雨出兵，泥涂倾跌，以致体履违和，曷胜惦念。兹接十七日寅刻手书，得悉滕营已冲围而出，计已陆续到营，不知散往何处，人数有无大损。如晤滕、梁二君，望为致意，安慰一切。并希查明各营弁勇，商同绥辑安插，此不但维持大局，亦盛德之事也。惟是两营既失，贼益鸱张，势必乘机四窜，堵剿万分为难。曾军门、李蔼堂均在松日久，熟悉地势，一应机宜，就近与商，扼要设防，督率弁勇，着力堵贼。各弁勇如能奋勇摧破贼锋，截贼内犯，保全完善之地，中丞定必立加重赏。此时浦东大局危于累卵，必须并力支撑，有进无退，总盼棣台出奇制胜，以副中丞知遇，军民愿望，无任祷切。承嘱转商饬委孙刺史帮同带勇一节，已为婉禀，奉中丞谕覆，可以照办。

致姜德

一

昨闻逆匪窜扑月浦等处，经阁下督率兵勇迎头痛剿，该逆望风而遁，斩获甚众，闻之不胜欣跃。此间于初八日接周庄初五所发探报，知苏城逆首纠集匪党，欲由青浦窥伺宝山。嗣于十四日又接周庄初八探，云该逆由常州、无锡调贼数千，现住苏城葑门外，欲窜宝山及石门等语，且海盐、乍浦相继不守。今日又报乍浦收复，未知确否。贼势鸱张，四路分窜，意在牵制我军，情甚叵测，不可不严为防范。陆路兵勇经老弟整备周密，自无可乘之隙，其水路要隘倘有急应筹备之处，务望详示情形，转达宪听，以便加意严防。此次贼志觊觎浦东，较之往常冲扑，尤为可虑，总祈格外小心，是所至祷。

二

昨奉一函，计可达览所有。尊处保举一案，中丞已于前日出奏，想阁下亦已奉到行知。所开清折一扣，业已代呈，并为转陈将士奋勇情形，中丞亦深嘉尚。前日派援之带领官甚为得力，宪意尤为欣喜，具见老弟调度有方，用才各当，不胜钦服。再，刻得近探，知苏城贼目陈坤书现分水陆两路，有欲窜泖泾、宝山之说，今日中丞亦曾提及。想老弟声威所播，久寒贼胆，该逆未必轻为窥伺，惟此次贼党人数众多，尚望加意严密，多为设法，庶几有备无患，俾狡贼不得逞其诡计，特此布闻。前来清折只有一扣，已为转呈，中丞尚望另缮一扣，交存兄处。是所切祷。

三

接诵手书，以探报刘河地方颇多外来之人，形迹可疑，已派令妥探前往密侦,具见随事留神,防御谨慎。现在金山窜匪尚未剿退,难保该逆不暗中联络,施其诡谋,必得加意防范,绝其觊觎。庶为周妥探确后,仍望示悉为要,除将来示及另单各层代禀宪听外,专此布复,不宣。

四

顷奉手书,所示海塘互调一节,已将吾弟来函转呈中丞阅看,即为酌办矣。顷闻刘河一带逆船甚多,深恐水陆并进,尚望严为防范,预备一切,且多置侦探,以防窥伺。所有军务情形,务祈随时详示,只须草书数行,不必红单楷书,是所切祷。

五

飞启者:顷奉中丞面谕,贼势猖獗,亭林、南桥各营业已站立不住。昨调尊处奋勇五百名往扎南桥,刻下无须前去,仍归麾下军前,以资调遣。逆情诡谲,宝山亦万分吃紧,务望加意布置,严为防守,是所至祷。专函奉达,即候回音。此后军务信札往还,只须草草数语,不必再用手版为嘱。

六

敬覆者:顷奉飞函,以奉抚宪面谕,姜营所调奋勇五百名,无须前往南桥等因。特驰信关照,尊处未识已接到否。兹展来书,敬悉此五百名已无须调动,仍归麾下防次可也。亭林已溃,南桥营盘被围,南路军务甚坏,浦东危险万状,焦闷已极,草草布覆。不一。

致杨坊

杨坊(？—1865)，字启堂，又字荣阶，号憩棠，浙江鄞县西城(今宁波市)人。道光二十五年(1845)纳粟入成均，咸丰元年(1851)报捐同知，官至苏松常镇太粮储道，奉江苏巡抚吉尔杭阿之命，办理军需，并最终镇压小刀会起义。咸丰十年(1860)五月，美国人华尔到达上海，经美商介绍华尔结识杨坊。经过协商，杨坊与吴煦以及华尔达成一致协议，面对太平军对上海的围攻，决定组建一支部队，由华尔统带，吴煦督带，杨坊会带并出资，共同抵御太平军围攻上海。华尔被太平军击毙后，杨坊被清廷暂行革职，寻病卒。

别逾两旬，想素履清绥，诸凡顺序。弟终日栗鹿，仍无寸闲。日前平乍、嘉善贼匪大股东窜，占踞张堰，围扑金山营盘，逆氛猖獗，浦东颇为震动。现经曾军门督率水师进剿，中丞亦飞调兵勇前往援应，并得李蔼堂、冯佐乾会派将士，防堵南桥、亭林一面，驰救滕营，布置周妥，可望得手。只闻贼数极多，浦东路径歧杂，倘一时未能剿退，殊觉可忧。浙省军务得雪翁中丞书，知近日稍松，金兰有佳音否？宁郡定安谧照常也。前得金眉生书，云盐事小办已部署楚楚，王秋恬刻下定已赶到，所有南北资本共合前议成数，伊等亦公请稳实司事二人，与王秋恬、周星桥二君公同经理银钱。此番所办，颇为核实归经，愚见官场只能出面办事，不能涉手银钱也。台从何日来沪，终七之后必祈命驾，不特方伯望眼将穿，即中丞亦无日不盼念也。

致周腾虎

周腾虎(1816—1862),字弢甫,江苏阳湖人。诸生。咸丰五年(1855)夏入曾国藩幕,嗜读书,博览强记,雄于辩论,通晓古今史事,工诗文,受曾国藩赏识,荐腾虎与左宗棠进京面圣,临行丧母,失去良机。著有《餐芍华馆诗集》《餐芍华馆遗文》《餐芍华馆随笔》《蕉心词》等。

一

辱手书,深荷勤注,感感。承示芜湖、太平均已克复,狗逆就擒,揆帅大军前锋已指东坝,此高屋建瓴之势也,闻之郁抱为之一开。揆帅邃谋深算,超迈古今,其严肃坚定如周亚夫,识拔将帅如郭汾阳,理学文章如王文成,集思广益如诸葛忠武,四公皆一代伟人,揆帅独奄有众长,用能军声所至,丕建崇勋,天下之士望之如泰山北斗,欲见颜色而不可得。而阁下亲被拂拭,登诸荐剡,颜渊虽笃学,附骥尾而行益显,其遭际为何如耶。弟患难之后,积忧伤心,风波之间,怖畏成疾,近复右臂发一外症,精神益不能支,乞假杜门,已逾两旬,自揣蹇劣,加以多病,必不堪再任驰驱。所望阁下筹笔之余,为时保重,尤愿阁下益加砥砺,宏此远谟,以副巨公荐拔。昨见足下于稠众之中呵斥某君,责其不能约束子弟盛气相陵,旁观且为难受,而彼默默无语,怨毒之于人甚矣,幸足下留意焉。

二

一昨奉手书,猥辱详询军情,谨将近日所办各事,略陈大概,惟执事察之。自伪忠逆窜陷杭省以后,乘逆焰方张之势,率其丑类,驰回苏州,而永昌徐氏兄弟与李、熊、钱三人密约之举,遂不得行。当忠逆窜围杭州之时，李、熊均奉伪令往杭，至十一月初四、六两日，先后托故回苏，即与徐氏兄弟密约举事。徐董于初九动身，十三至沪，力陈忠逆在杭，陈逆赴江北（即陈坤书，曾至东西梁山，复折回窜扑镇江，现闻在丹阳，此悍贼也），苏城党类，大半李、熊心腹，正可乘隙进攻，必能得手。惟欲先筹军饷十数万，以备临期举事为各项经费，大府持重，决意覆绝。徐董留沪旬余日，再四恳求。其时杭省接济不通，万分危迫，有援伐魏救赵之策，向大府怂恿，因发军火银二万两，徐董即匆匆购备，于廿七日回去。出吴淞口，由常熟进口（此钱姓所踞之地）。风逆，直于十二月初五始到，当即齐集民团，添募枪船，逐日冠带点名（可谓大谬，作事之粗疏如此），毫无顾忌。人数过众，既需时日，而又不能慎密，事机大露，以致无锡、昆山、苏州一带各贼卡贼馆伪官逃匿一空（时已得杭州被陷信，谬谓忠逆必不能即返）。原约十二月十九日举事，旋得李、熊信，云忠逆即欲回苏，改于十六夜间。传单甫发（传单为调各路民团），而忠逆前队已于十六清晨赶到矣，事遂中阻。忠逆到苏，即发伪谕到各卡，凡永昌徐氏船只过往，一概拿解（陈墓乡董昨有密禀到来，故知其详），远近民团无不惊骇，谓大祸即在顷刻矣。乃越日，忽又有伪谕，谓徐某之剃头赴沪，系为采买军火解往杭州（其时杭州未陷），以备攻打之用，早经禀明办理。各卡馆未悉根由，见徐某剃头，误会有异志，以致群相疑惧，现已查明，无庸再究，徐氏船只仍照常放行。此绝大破绽，居然瞒过，此必熊、李从中播弄，然忠逆岂竟形同木偶，为熊、李玩弄股掌之上耶？此中实在底蕴，未能尽悉。惟闻熊、李、钱联为一气，合四人所部实有三四万人，忠逆见其人众，亦未敢轻以下手，此说亦似近情。总之此事一误于迁延，再误于不密，而原其致误之由，有非笔墨所能尽者。当贼众久顿杭城之时，果能遴选一将，统水陆万人，纠合内应，乘虚袭之，兵法攻其必救，无论苏事能否得手，而杭围之解，似有操券之望。乃迟疑不决，坐误事机，此既往之事，不必再说。徐氏兄弟心颇可嘉，惜才识不足以副之。熊、李、钱非真有忠肝义胆，徒以见贼中所作所为，将来必致灭亡而后已，因之欲脱身来归，并欲藉献城之功，以博取名利，其居心实只如此（李某与杨子芳云：倘此间果像成事样子，则众人亦即住下，不作他图矣，此是实话），并非得当报汉有古人风也。今事不成而机已露，虽能瞒过一时，而后患终属可虑，成败关头，全系天意耳。至西人助顺一节，前日巴酋到沪，介见苏绅，旋约鄙人与敏斋同晤，央渠相助，巴云：中国有谚语，成则为王，败则为寇（巴酋一口官话，于中国情形无不周悉），今观此贼，实是寇非王，唯寇势已大，欲就扫灭，断非一年半载即能了事。我外国人与彼无隙，今欲克复宁波，保守上海，非用武不可，一经用武，即启衅端。中国人作事，每每有头无尾，将来开衅之后，万一撩在我外国人身上，如何处置。今欲帮同剿贼，必须预筹一线到底之法，请大府先行入奏，伊亦禀明驻京公使，听候示下办理等语（用意本在宁波、上海，而不能不统及金陵，即巴酋所谓一线到底也），苏浙绅士公呈内所称借兵克复苏、常、金陵之说，盖曲从巴酋之意也。事势至无可如何，不得不委曲迁就，兄视沪城无西人，其能屹然否耶？言之可叹。所至忧者：川沙、奉、南俱为贼陷，浦东完善之地，遍为逆贼蹂躏，松江、宝山虽有曾军门（秉忠）、李参将（恒嵩）、姜参将（德）驻守（曾、李守松江，姜守宝山，曾每战必身先士卒，故所向有功，惟驭下过宽，所部每多犯法，未能约束。李于安营设垒，颇善布置，而未能与士卒同甘苦。姜朴讷不识字，而敢战有谋略。三君固铁中铮铮矣。此外亦尚有可用之才，在乎司命者识拔耳），而贼势过盛，亦大有岌岌之势。上海税捐两绌，饷无来源，即能苟延，亦将坐困。大府焦心急虑，寝食不遑，奈军务锢习已深，一时竟不能挽回。至于镇江、湖州两郡，虽尚固守，逆贼窥□已久，欲得甘心，若无外援，恐难久持。此数处为克复苏城根本，设有不虞，则东南全局愈不堪设想矣。此江、浙官绅士商，所由饮食祷祝，延颈以望涤帅大兵之早到也。缘奉谆询，特拨冗拉杂奉陈，笔冻手僵，语不能尽，临颖皇恐皇恐。

致徐少蘧

徐少蘧(？—1863)，江苏长洲县人。因家资丰裕，捐纳获监生。太平天国东征苏常时，受清政府地方官委派，组织团练抗拒太平军，旋复受太平天国招抚。后因其反复无常，欲谋叛变，被太平天国军侦获处死。

昨日专布一缄，计尘英照。李、熊二君已回来否？甚念甚念。贤昆玉抱不世出之才，行将建非常之业，出生民于水火，此不独为东南半壁计，实为天下全局计也。惟事机已露，迟则生变，窃为贤昆玉危之。盖办此等大事，贵密贵速，今举动已将旬日，凡有从苏州、无锡一带来者，纷纷藉藉，众口其传，比闻贼中已半多知觉；而贤昆玉号召枪船民团，冠带点名，亦已众目昭彰。并闻苏城附近各贼卡、贼馆，均已闻风逃匿，如此光景，固已势成骑虎，欲罢不能。弟固愿事之早成，而心服贤昆玉之忠肝义胆，苟有所见，不忍缄默。所望贤昆玉统筹全局，默察情伪，详加留意，万一忠逆到苏，事有中变，应如何预为地步之处，必须先事筹备，保家保国，尽在顷刻之间。此弟肺腑之言，实为贤昆玉身家计，不仅为大局计也，尚祈加察为幸。昨得苏信，谓伪忠逆已由杭起程，各伪官均于初五日即今之十六日赴平望迎接，想系确音，如能因其倾巢而出，乘虚直捣，亦一策也。李、熊二君何以尚未回来？一切还望随时密示，是所至盼。松沪防守尚严，附此告慰。嘉兴陈炳文闻在杭炮毙，未知确否？时事艰难，诸望贤昆玉保爱慎重，临颖不胜依系之至。

致杨徽猷

十五日驰寄一信，计必达览。日来松沪防御尚严，上海洋泾浜已设立会防公所，西兵已议明协守，当可无虞矣。所事有无消息？李、熊何以尚未回来？少蘧昆玉任此大事，忠肝义胆，令人心敬，惟势成骑虎，迟则有变，且忠逆闻已由杭启程，即日可到，而熊、李不归，能否从速举行，殊难预决，令人盼念之至。尊处曾否有信？望即示知。

致蒋懋勋

前得秦邮所寄惠书，具悉壹是。缘天热事丛，迟迟作答。嗣闻荣篆沭阳，不禁心喜，并闻辖境逼近捻氛，又深为之忧。下车伊始，正值艰虞，抑何事会之不巧凑也。既而思之，殆所谓错节盘根乃别利器者非耶！光景之窘，不待言矣，差幸吉星拱照，疆宇又安，一时抚辑筹防，必有一番施展。但希自宽怀抱，勉节幸劬，以俟苦尽甘来，升迁善地，皇天不负，上宪亦不负也。弟综理各局厘捐，已形栗鹿，加以委办招抚等事，军书旁午，昕夕筹思，时事撄心，精神颇形疲惫。以海隅蕞尔养兵三万有余，又须接济镇饷军需，甚苦其多，而宝山、上海、松江、金山、奉贤处处贼踪环伺，防不胜防，兵勇又尚觉其少。坐困非策，是以半年来密通线索，增益劲兵，攻其腹心，以为克复苏垣之计。乃近日平乍大股贼匪窜踞张堰，围困金山营盘，志在浦东，浦东危，全局尚可问乎？现在曾军门督师堵剿，中丞飞调精锐，前往援应，并用轮船济师，但期即刻剿退，庶不为所牵掣耳。八月朔日日月合璧，五星联珠，为千百年难得之瑞。是日闻系皇上登极，而安庆省城确于是日黎明克复，庥祥发轫，当可重睹承平也。笠山人安顿厘局账房，聊且敷衍，亦不免忙碌。礼庭仍在弟处。知念缕缕，布陈不尽。

按，同治帝于咸丰十一年(1861)八月即位，则该札当作于是年八月后。

致雷凤翥

奉展七月廿八日惠书两缄，承示镇城军务及筹饷情形，备悉一一。镇营将士奋勇，屡挫贼锋，此由（将军督办）拊循激励，孚辑军心，故能众志成城，力摧强寇，但冀饷源日裕，士马健腾，斯立功尤易耳。弟沪上趋公，只形栗鹿。日前平湖、嘉善贼匪大股东犯，窜陷金山、张堰，围攻滕协戎营盘，势甚猖獗。曾军门亲督各军堵剿，中丞亦调冯协戎带勇会剿，并发轮船前往，以解滕营之围，光景即可击退，惟中丞亟思进取苏垣，而平乍、嘉善、青浦、嘉定之贼三面环伺，时刻蠢动，周遭三四百里水陆大小径路，纠纷牙错，处处可虞，以目前兵力，设防尚形单薄，因此深入之计不能不加意慎重。耳沪上安谧照常，师竹庵之事遵当极意关照，可也。

致陈绍本

一

接诵手书，谨悉一一。此次平乍贼匪窜陷张堰，卫城、嘉善踞匪又复逼近泖泾，逆谋狡诡，股数众多，必仗尊处竭力提防，分头堵御，贤劳可想。昨接曾军门、冯协戎来函，知已水陆会合，堵剿并施，并先救滕营，以固大局。中丞亦知滕营危急，用轮船先运火药米石前往，并即调勇航海应援，计数面会攻，定可得手。泖泾陆路乏兵，弟当转请中丞擘画，一而函致军门，迅为添设防堵。至金邑各乡惨遭贼掠，剿退之后，光景岂能如前，亩捐一层，目前断难举办，贼氛稍平，上台自有章程，弟亦必力为关照，不必过萦清虑也，仍希随时飞示好音为盼。

二

前复一函，计已入览。兹接惠书，承示泖泾防务紧急及张堰情形，谨悉壹是。此时贼氛四出，处处戒严，吾兄绥辑巡防，贤劳楙著，甚慰甚念。惟昨今曾军门、冯协戎、李参戎先后叠次信来，曾军门信云初九日由营至泖安慰百姓，并将由干巷出窜之贼击回，初十四路攻张堰，小有斩获，干巷已经肃清，因雨收队。其所述极详，而来书则云尚未动手。冯协戎于初九扎亭林，初十即与李游戎各军进攻张堰，搴旗馘耳。松江李参戎信所述亦同，已差弁来沪驰报，而来书则云尚在叶榭，殆传闻异词耶？不胜系念之至。泖泾、金山等处均关全局，中丞时刻廑怀，弟将来书所云婉为转陈，已荷飞致曾、冯各营力剿贼氛，以固门户。即曾军门及冯、李诸军亦必督率将士，实力堵剿，不致贻患地方。此后泖地光景及军务贼情，仍望随时示悉。至叠奉来函既无官封，信尾又不记时日，不知何时所发，务希惠寄时详记日子，时刻为嘱。

三

初十日覆寄一函,已递到否?兹接来书,仍不注明时日,不知何日所发,细揣述示情形,大约系十一、二日间事,已具悉矣。午间接曾军门十三日信、松江李协戎十四日信,已知张堰、亭林、柘林近日军务一切。冯协戎昨由柘林进援滕营,连日阴雨,不知能否得手,深为焦急。中丞顷又飞调宝山奋勇航海援应矣。广成、张堰一带贼匪蜂聚,固藉官军堵剿,亦赖乡团拦截,庶贼不致乘隙阑入,闻后冈勇历著战功,最为卓卓,尚望吾兄激励而奖勉之,一俟克奏捷音,弟当转请中丞,优加奖赏也。此后来缄,务希注明日时,以便核对,不致茫然是荷。至承嘱云云,必当代为切陈。

四

二十日巳刻接十七日手书,承详示军务,均系实在情形,曷胜怅闷。刻下亭林、南桥均失,贼匪即将东窜,浦东万分阽危,而枫泾贼聚益多,逼近泖泾,亦甚险极。惟有足下会同营局设法堵御,以固松城屏蔽,是为至要。军事堕坏至此,虽曰天数,岂非人谋不臧。吾兄乍莅新任,适值艰难,不因错节盘根,何以别利器耶?半月来殚竭忠诚,支撑险要,团结人心,上台亦极知之,足下之功,定垂不朽。前嘱转请借给道饷四千一节,已承方伯允行,昨已专函奉覆矣。军务情形,仍望随时飞示为盼。

致张兴诗

张兴诗(1827—1900),字子持,一字恕斋,号经畬。浙江归安人。咸丰元年(1851)辛亥与兄兴义同榜举人,三年考取景山官学教习,期满选授泰兴知县。历充光绪元年、五年恩科江南乡试同考官。光绪二十六年(1900)卒,年七十四。

顷奉八月二十日大移,内开本月十六日有晶顶人手持名帖,为收复招降事宜,过境缺资,借助盘费。查阅藩宪谕内印文模糊,比较亦略小;又另有一谕,查系会防处关防讯,名钱庆昌,安徽怀远人,本是旗丁,与湖州高花农熟识。因友人李际蕃在上海招降,信知伊去办事,奉有藩宪及吴、赵谕单。现在贼首汪、费、魏均在溧阳地方,伊都认识,拟从焦山对渡来署,想借盘费等因。查此事在湖城未陷之先,有同乡同寅章月樵明府(乃登)偕同钱姓者来沪,为宜兴所属之乌溪口有管带炮船贼目与钱姓认识,该贼目志愿投诚,请给谕前往招降,为援解湖州贼围之计。其时弟与赵吟蕉为桑梓情急,正在无法可想之时,姑应其请,给谕令其赶办。至藩宪曾否给谕,一时记不清楚。今湖城已陷,事隔半载,该旗丁所办之事毫无成效,亦不禀复,乃持谕到贵署借取盘川,实属不安本分,难保无藉端招摇情事,且其中有无影射冒混,亦不可知。应请阁下就近将该旗丁解赴常镇道衙门讯明,如果即系前此章明府所保之人,应如何讯释发落之处,由常镇道核夺。是否有当,仍请裁示。原谕仍缴还,以便一并送道也。

覆李某[1]

云山、秋帆来，两接手书，均已心悉。阁下所犯过重，非他人可比，前此觐宪，将阁下被陷苦情，现在纠集同志血诚反正，并办内应各事代为详晰密奏，昨已奉旨一一允准，并根公亦有转机矣。现在根公喜甚，想阁下得此信，必更喜不可支也，从此去逆从顺，有出头之日，建功立业，流芳百世，脱水火而履康庄，属在素好，亦为眉飞色舞。惟尚有心腹之言，为阁下告之。前此令郎南官到沪，此间留住，而觐翁与晓翁即嘱弟善为看待，当为延请业师，在抚恤局中教读。恐一人寂寞，并令张顺之子作伴，每日另给果子、茶点，故南官甚为快活，不愿他往。继而尊堂到沪，即嘱张顺迎至伊家，供给丰备。前此尊堂欲向阁下讨金镯头，觐翁即嘱晓翁代打一双交用，故尊堂亦甚快活，不愿他往。此询来往熟识人，即自知之，非好看话也。乃阁下屡次来信，欲请送出，虽系假话，而并无另信声明，无怪动人之疑，弟从旁力剖，始为释然。现在苏城伙党屡出窜扰，虽经预先密报，屡被我军击退，而地方百姓大遭荼毒，阁下既在彼处，自应设法劝阻，免得生灵受害，此日积一分阴隲，将来自有一分报应。倘袖手不为设法，则不免有造孽之处，良可寒心。至通商本钱，弟处向不丝毫涉手，另有涉手之人，可询城北公，自知也。尊处两次会用，已有一万数千两，业由城北公处会划交付，其经办此中银钱，乃杨太守与二徐专司之耳，此后总得小有效验之处，弟好向上司进言。目前虽为说项，亦无益也，见字望将彼中各处情形分别明示。通商之举，固不能性急，究应如何入手，尊处现在如何安排？吴保胜曾否与约？金二戈处既已扣定，有无生

---

[1] 此李某即昆山佐将李文炳。广东嘉应州人，原名绍熙，曾参加上海小刀会起义。后加入太平天国，潜通清军，密谋内应。同治元年(1862)被太平天国军斩首。

法之处，一一详晰示知，总得使上司看见来书实心为国家办事，自然相信。曾涤帅一到苏、常，不但尊处之功不显，即我辈皆落人后矣。乘其未到之先，必须预为布置，得有小小效验，通商本钱当为禀商，自无不可照办也。城北公近在咫尺，一切尚望就近与商，彼此呼吸相通，均有裨益。尊堂及令郎相见之日，必得阁下建功之后，否则岂特不能见而已哉。阁下心地明白，自能领会也。尚有未尽之言，嘱云山李三面述，不宣。

朱培仁跋

溯自咸丰庚申，金陵大营溃散，三吴两浙相继沦陷，东南处处贼踪，只留沪上一隅，四面受敌，兼濒大海，谈兵家皆视为绝地。平斋丈与中丞薛公、方伯吴公支持危局，共济时艰，两载辛敏，为后来恢复根本。如扩充厘捐，则军营饱腾所自资也；密办招抚，暗设内间，则苏逆献降所由致也；募洋枪队，立会防局，则中外合力，彝兵效顺之明验也；备火轮船，远迎楚师，则又时局一大转圜，而为中国制造之先几也。当夫艰难筹划，志切匡时，目论者震其才猷，甚或所求不遂，从而訾议。迨贼氛告殄，业乏中兴，凡向所经营创始之方，卒一一见诸施行，以助成伟烈，然后知严光、邓禹异其出处，初不异其经济也。其时珥笔襄赞者，为今太仆吴清卿丈家外舅礼庭先生，仁尝从先生游，因得备闻绪论。窃观丈筹饷治军，与中丞方伯往来书札，每每公事旁午笔不停，披凡有酬答，随挥随发，都不留稿。此一卷为哲侄朴堂主政从丛残纸麓中掇拾而存，实不过什伯之一二耳。仁为幕中旧侣，越二十年得预参校之役。重读是录，犹在鼙鼓声中倥偬完缮时焉。光绪八年壬午四月上浣，姻世愚侄朱培仁谨跋。

附录一　江苏候补道吴君墓志铭

俞　樾

君讳云，字少甫，姓吴氏，自号平斋，晚年曰退楼，又曰愉庭，浙江归安人也，所居在太湖之钱溇。谱毁于火，先世无征焉。有曰元卿公者，于君为六世祖，元卿公再传曰鲁招，是为君曾祖，鲁招生世杰，世杰生鳌，则君之考也。以君及君之子承潞贵，曾祖赠通奉大夫，祖与父并荣禄大夫。君生六岁，母康太夫人卒，十岁，父荣禄公卒。君虽孤露，能自奋于学，而屡困场屋，凡六试始籍于学官，应省试又不雠，乃讲求经世之学，旁及金石书画，咸究壸奥。道光二十四年，君年三十有四矣，始援例以通判分发江苏。既至，佐郡守折狱，判决如流。时常熟民以征漕事哄于县，有陶四者年甫成童，有司诬为魁，君鞫之非也，出之狱，粮道某公颇不嗛，君勿顾也。俄权知宝山县，县多逋赋，君立法惩劝，赋毕输而民不扰，方伯李公偲下其法于三十二州县，咸以君为师。又权知金匮，治亦如之。及受代，归适江北，高家堰溃，灾民南来，江南设局留养，以君尸其事，无一夫失所者。二十九年，吴中大水，君再权宝山。甫下车，为鬻以食饥民，有鬻厂，有鬻担，厂以人就鬻，担以鬻就人。天迟明，设大镬煮于庭，君夫人陈氏亲督婢媪，为之曰淡食弗便也，加盐焉；曰冷食弗宜也，置姜焉。君履行四竟，劝富民各振其乡，乡无富民，使邻村助之。是岁，朝廷发帑金百万振江南饥，独宝山一县民自为振，无一粟之浮，无一户之漏，于是大吏咸以君为才。总督陆公方改淮盐章程，使君摄泰坝监掣同知，受事三月，粤贼沿长江东下，泰州为里下河门户，为贼所窥，而坝上扛盐之夫又以失业将为变。君察其老弱者安集之，其强有力者则以抟力之法训练之，鸠然成一军，扬州东乡恃以无患。侍郎雷公以诚驻师扬州万福桥，以君总理营务叙功升知府，大帅以军饷不继使君履亩劝捐，不数月而饷足，议以君功上闻，君曰此不得已之策，可居为功乎？力辞之。已而，总督怡良公上君保全里下河功，加道衔。咸丰八年，权知镇江府，时郡城初复，官吏所需咸取给于各乡镇之团练局，而主局事者则苛敛于民。君至，悉裁撤之，曰孑遗之民可重困乎？镇江故有关常镇，通海道实主之，巡抚徐庄愍公以关政之弛废也，欲以君摄道事，固辞。公曰："然则专以关政属君耳？"君曰："兹事体大，果尔，必入告公，无易言也。"乃以会办之檄往。君既治关，整纷剔蠹，商民不困，岁入益饶。是年，以筹饷功诏以道员用，明年权知苏州府。其时，金陵大营溃，常州继陷，苏松太道吴公煦请以洋兵助战守。庄愍公遂命君驰赴上海，与西洋诸国领事官会议，议未定而省垣陷，巡抚薛公焕命君率炮船会合洋兵收复松江府城，而部议以君失守苏州，奏夺君官。薛公上言，苏州失守，君实不在城中，庄愍所给咨文、委札令箭历历有据，事乃白，复君官，薛公旋檄君兼摄松江府事。而君于是役也，奔驰烈日中帀月，心力交惫，乃力请交代苏郡事并缴还松郡檄。薛公鉴其诚，许焉，然犹命君董厘捐事，且筦营务。君与薛公约：勿任吏职，勿列荐牍，勿主银钱，出纳署所居曰三勿斋。已而，薛公疏保诸有功者，君名居首，坚辞至再，曰息壤在彼矣，谓所署斋名也。当是时，贼势甚盛，浦东诸防营皆溃，烽火及沪上民大震。君虽不居职，而有大议必预焉，其尤大者一在立会防局以联合中外，中外合而沪上一隅乃得安堵以待援；一在筹巨赀赁轮船以迎今相国肃毅伯李公安庆之师，师至而江浙以次肃清，东南底定，是二者皆君成之也。君口不言功，俄获咎以去。先是苏城有贼魁李兆熙者请反正，以母子为质，薛公使君图之，贼中颇有受密约为内应者，君白薛公机可乘矣，顾薛公所部将皆恇怯无应变才，其兵则骄惰不可用，事垂成卒败。忌君者以此事谮于李公，君亦不辨也，曰一官得失何足道，惟念吴民久困重赋，曩以减赋事言于故总督何公，累数千言，格不行，至今以为恨耳，会粮道郭公嵩焘以事咨于君，君即录旧稿与之议。俟克复苏城，然后发君曰，如此则需矣，及今言之时不可失。李公韪其言，会同曾文正公言于朝，减江浙两省赋额数十万石，此又君成之也。君官江苏，三宰剧邑，两典名郡，年甫强仕，罢官，遂不复出。人咸惜君之未竟所用，然而君之造福于三吴者已甚巨矣。诸大吏屡欲起君，皆以疾辞，而民闲利病往往为当事者言之。丁公日昌为苏藩，君语之曰，兵燹后民无盖藏，盍谋积谷乎？丁公从之，民食裕焉。浙水利久不修，太湖诸溇港均淤塞，君致书太仆钟公佩贤，及之钟公以闻，诏下其所定章程于江浙督抚，遂有大修溇港之举。嗣后，虽岁恒雨，不为灾。同治十年，直隶大水，君施木棉衣如干袭，伯相李公疏请还君道衔，且曰吾督师十年，阅人多矣，独于吴君有失之子羽之叹，今以补过也。君笃嗜金石，幼时读《汉书》至梁孝王罍尊事，曰此必三代上法物，惜史氏言之不详耳，塾师大异之。所著有《二百兰亭斋金石记》，二百兰亭者，君所藏禊帖积至二百余种，故以名斋，其书以兵乱毁焉。后得齐侯罍二，遂名所居曰两罍轩，著《两罍轩彝器图释》十二卷，凡一器一铭钩摹而精刻之，意有所疑则博稽经史以证明之。此外有《古官私印考》都凡二十七卷，《虢季子白盘考》《汉建安弩机考》《温虞恭公碑考》《华山碑考》各一卷，《焦山志》十六卷，而诗文、尺牍、题跋之未写定者尤伙。君于同治三年迁居吴下，所居有泉石之胜，客入其室，左图右史，钟鼎前列，君角巾杖履，挥麈而与谈，望之如神仙，几忘其前此之为召父杜母也。余亦寓吴，与君居相望也，君长于余十岁，而嗜学好古、简略世事则与君同之。犹忆往岁，嘉平既望，过君剧谈，君谓余曰："海内皆知君文章经术耳，君所学讵止此邪？"余深愧其言。孰意此一见后，君未及一月而遽谢宾客也。君卒于光绪九年正月癸巳，年七十有三。初娶于李先君，五十四年卒，继娶于陈后君，九月卒。子五：清湘幼殇；承潞同治四年进士，江苏候补道；承泽两淮候补盐大使；承源江苏候补同知；承溥县学生，江苏候补同知；泽、源、溥皆先君卒。女五：长女未嫁殇，余四女并适名族，桐乡周善有、归安王锡玟、吴县潘祖颐、归安朱镜清其婿也。孙八:家棠、家栋、家楣、家枢、家桢、家柟、家榁、家椿。曾孙二:惟峻、惟昆。孙女四,曾孙女一。光绪十年四月壬子,承潞奉君与陈夫人葬吴县某山之原,李夫人始浅葬于湖溇,至是亦奉移而祔焉,礼也。以状乞铭,余衰病之余,几以碑传请者概弗应,然君吾老友也,义固不得而辞,乃为铭曰:士之大端,惟学惟仕,苟不兼优,何以言士?惟君之仕,政绩咸在,未竟所施,以诒厥子;惟君之学,与古为友,罗列尊彝,排比图史,我观时流,无出君右。上寿八秩,盛名千载,郁郁佳城,蒸为兰茝,刻石幽宫,用示永久。

附录二　吴云信札辑录

致张鸣珂[①]

张鸣珂(1829—1908),原名国检,字公束,号玉珊,又号窳翁,晚年自号寒松阁老人,嘉兴人。张氏早孤,青年时期尝营铜铺,二十四岁始习举子业,咸丰十一年(1861)拔贡,官至江西德兴知县、义宁知州。张氏工诗词,善书画,交游甚广。著有《寒松阁集》《寒松阁谈艺琐录》等。

一

玉珊五兄大人足下:

侧闻省中书局借重足下校勘所有局中一切规程,恳详细录示。此间亦拟开办,欲仿照办理也。恃爱琐渎,皇罪,皇罪。除属介夫专函外,手此附布区区,即请台安不具。

弟吴云顿首,初三将来金陵、杭州、苏州三处通力合作,似廿四史可望成功,则大妙矣。

---

① 据《清代名人书札》(第一册)录入,北京师范大学出版社,2009 年,第135—137 页。

二

玉珊仁兄足下：

前辱惠答，并蒙录寄书局章程，感谢感谢。比如酷暑，不审起居何似？伏维珍重。承索近刻双钩本，特寄去汇装一册。内听松石题名，后经好事者搜访出之(仍在惠山)，尚未重订。望代注数行于后如何？此复，即请台安，不具。

弟云顿首，六月廿八日

人名索引

G

H

J

L

M

P

Q

R

S

T

W

《中国近现代稀见史料丛刊》已出书目

第一辑

莫友芝日记
汪荣宝日记
翁曾翰日记
邓华熙日记
贺葆真日记
徐兆玮杂著七种
白雨斋诗话
俞樾函札辑证
清民两代金石书画史
扶桑十旬记（外三种）

第二辑

翁斌孙日记
张佩纶日记
吴兔床日记
赵元成日记（外一种）
1934—1935中缅边界调查日记
十八国游历日记
潘德舆家书与日记（外四种）
翁同爵家书系年考
张祥河奏折
爱日精庐文稿
沈信卿先生文集
联语粹编
近代珍稀集句诗文集

第三辑

孟宪彝日记
潘道根日记
蟫庐日记（外五种）
壬癸避难日志　辛卯年日记
嘉业堂藏书日记抄
吴大澂书信四种
赵尊岳集
贺培新集
珠泉草庐师友录　珠泉草庐文录
校辑民权素诗话廿一种

第四辑

江瀚日记
英轺日记两种
胡嗣瑗日记
王振声日记
黄秉义日记
粟奉之日记
王承传日记
唐烜日记
王锺霖日记（外一种）
翁同龢家书诠释
甲午日本汉诗选录
达亭老人遗稿

第五辑

袁昶日记
吉城日记
有泰日记
额勒和布日记
孟心史日记·吴慈培日记
孙毓汶日记信稿奏折(外一种)
高等考试锁闱日录
东游考察学校记
翁同书手札系年考
辜鸿铭信札辑证
郭则沄自订年谱
庚子事变史料四种(外一种)
《申报》所见晚清书院课题课案汇录
近现代“忆语”汇编